HEYNE <

D1865381

Das Buch

Beinahe dreitausend Jahre sind seit dem Aufbruch der Menschheit in das All vergangen. Die Erde ist das Zentrum eines Sternenreichs, der Liga Freier Terraner. Mehrere tausend von Menschen besiedelte Planeten gehören zur Liga, ihre wichtigsten Repräsentanten sind Perry Rhodan und sein Freund Reginald Bull.

Bei einem für die Medien inszenierten Flug über den Mars kommt es zur Katastrophe: Der Mars-Liner-01, das eigens für diesen Zweck aus dem Museum geholte Schiff, gerät in einen geheimnisvollen Energiewirbel. Rhodan und Bull sowie dreißig andere Passagiere werden mitsamt dem Mars-Liner-01 in eine weit entfernte Zukunft gerissen. Die Versprengten, ein bunt zusammengewürfelter Haufen, müssen nun um das nackte Überleben kämpfen. Unter Rhodans Führung machen sie sich daran, herauszufinden, zu welchem Zweck man sie in die Zukunft entführt hat – und ob es für sie eine Möglichkeit der Rückkehr gibt …

Der Autor

Hubert Haensel, Jahrgang 1952, zählt spätestens seit seinen Romanen um Reginald Bull und Alaska Saedelaere zu den beliebtesten Autoren von PERRY RHODAN. Daneben verfasste er auch Krimis sowie zahlreiche Fantasy- und Abenteuer-Romane.

Der Umschlagillustrator

Der 1964 in Stuttgart geborene Oliver Scholl gestaltete bereits als Jugendlicher Risszeichnungen für die PERRY RHODAN-Serie. Seit Anfang der 90er Jahre arbeitet er als Production Designer in Hollywood, unter anderem für Science-Fiction-Filme wie *Independence Day, Godzilla* und *Time Machine*.

Perry Rhodan
ODYSSEE

HUBERT HAENSEL

Die Kolonisten der Zukunft

Roman

PERRY RHODAN
ODYSSEE
BAND 1

Mit einem wissenschaftlichen
Anhang von Rüdiger Vaas

Originalausgabe

WILHELM HEYNE VERLAG
MÜNCHEN

HEYNE ALLGEMEINE REIHE
Band 01/19007

Das Umschlagbild ist von Oliver Scholl
Die Risszeichnungen auf Seite 5 und 6
sind von Christoph Anczykowski

Umwelthinweis:
Dieses Buch wurde auf chlor- und
säurefreiem Papier gedruckt.

2. Auflage

Redaktion: Klaus N. Frick/Sascha Mamczak
Copyright © 2003 by Pabel-Moewig Verlag KG, Rastatt
Copyright © 2003 des Anhangs by Rüdiger Vaas
Copyright © 2003 dieser Ausgabe by
Ullstein Heyne List Verlag GmbH & Co. KG, München
Der Wilhelm Heyne Verlag ist ein Verlag der
Ullstein Heyne List GmbH & Co. KG.
www.heyne.de
Printed in Germany 2004
Umschlaggestaltung: Nele Schütz Design, München
Satz: Schaber Satz- und Datentechnik, Wels
Druck und Bindung: Ebner & Spiegel, Ulm

ISBN 3-453-87335-1

Mars-Liner-01

Das Museums-Vehikel Mars-Liner-01 ist eine authentische Hinterlassenschaft der ersten Mars-Kolonisten. Der Transportgleiter wurde im Jahre 2021 n. Chr. als Äquivalent eines Fernreisebusses entwickelt, der zwischen den weit auseinander liegenden ersten Mars-Stationen verkehrte. Nutzbar war er ebenso für den öffentlichen Nahverkehr innerhalb der größeren Siedlungen.
Der einsitzige Führerstand für den Piloten wurde leicht zurückgesetzt eingebaut. Auf der rechten Seite der Gleiterzelle befinden sich die runden, wulstartig vorspringenden Schleusen, ihnen gegenüber zwei Rundmodule mit Deuterium-, O_2- und H_2O-Tanks.
Eine flache Kuppel im Heckbereich birgt den Generator zur Erzeugung eines einfachen Schutzschirms. Prallfeld- und Antigravaggregate sind in den beiden Bugauslegern installiert. Als Mehrzweckmodell wurde der Gleiter für alle Eventualitäten ausgestattet und verfügt über ein autarkes Lebenserhaltungssystem einschließlich Nahrungsvorräten.
Die Sitzanordnung innerhalb der Passagierkabine kann variabel gestaltet werden, besteht in der Regel aber aus einer Doppel- sowie einer Einzelsitzreihe. Beidseits der viersitzigen Hinterbank gibt es zwei Hygienezellen für längere Reisen.
Unterhalb des Passagierdecks liegen die Aggregate der Energieversorgung einschließlich eines kleinen Fusionsreaktors sowie Stauräume für Gepäck und ein Kühlfach.

Technische Daten:

Länge: 21,0 Meter
Höhe: 3,5 Meter
Breite: 5,5 Meter

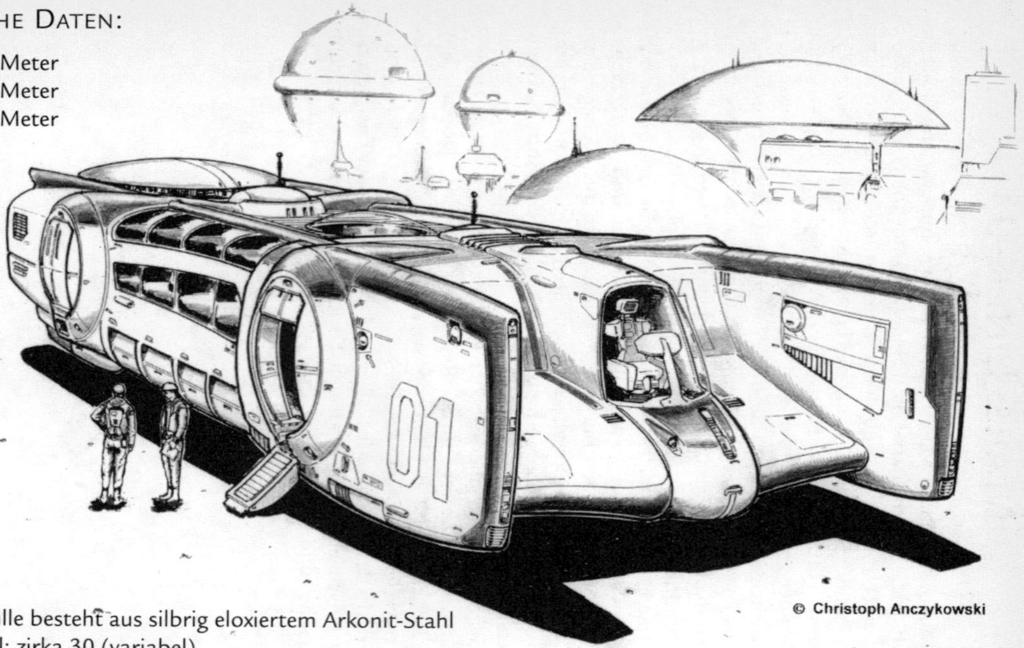

Die Außenhülle besteht aus silbrig eloxiertem Arkonit-Stahl
Passagierzahl: zirka 30 (variabel)
Atmosphären-Geschwindigkeit: 625 km/h

© Christoph Anczykowski

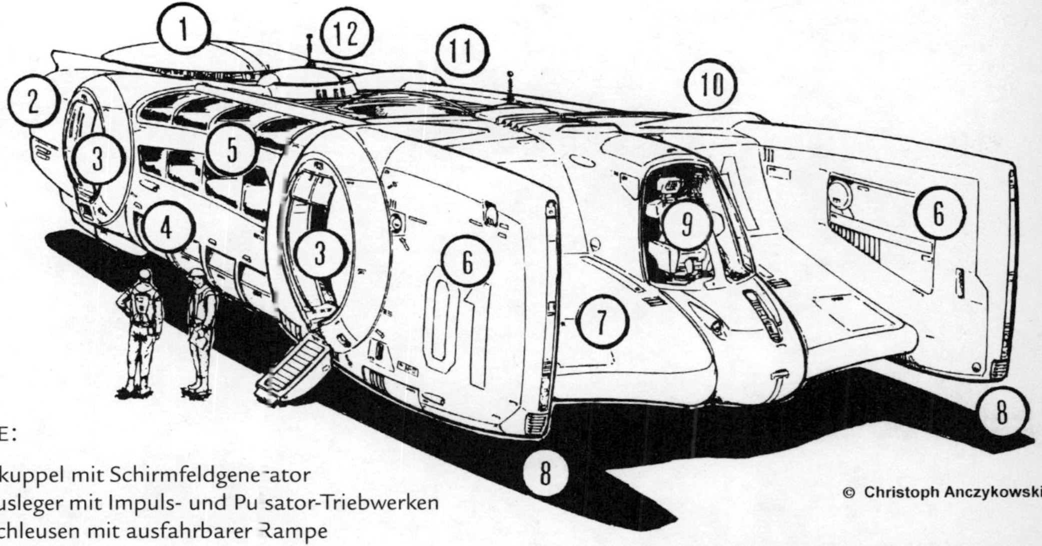

© Christoph Anczykowski

LEGENDE:

1 Schutzkuppel mit Schirmfeldgenerator
2 Heckausleger mit Impuls- und Pulsator-Triebwerken
3 Rundschleusen mit ausfahrbarer Rampe
4 Frachtbereich
5 Passagierraum mit Hygienekabinen
6 Bugausleger mit Antigravtriebwerk
7 Bugschürze mit Prallfeldgeneratoren, dahinter Fusionsreaktor und Energiespeicher
8 Normal- und Infrarotscheinwerfer, Ortungssystem
9 Pilotenkanzel aus Panzertroplon
10 Vorderes Rundmodul mit O_2- und H_2O-Tanks
11 Hinteres Rundmodul mit Deuterium-Tanks
12 Kommunikationssysteme

Prolog

Unheimlich und faszinierend zugleich ging die Sonne auf. Weitaus fahler als die Terraner es gewohnt waren und um ein Drittel kleiner, stieg sie über den zerklüfteten Horizont. Doch ihre Umrisse verwischten schnell – ein aufkommender Sturm peitschte Sandfontänen vor sich her.

Im Widerstreit von Licht und Schatten verwischten die Kraterwände. Sekunden später fegte der Orkan über den Schwebebus hinweg. Die Ebene zwischen dem unwirtlichen Süden und den Lavafeldern des Nordens verwandelte sich in einen mahlenden, alles verschlingenden Strom. Mit Urgewalt brandete die rote Sandflut heran.

»Es besteht kein Grund zur Aufregung.« Die Stimme des Piloten klang geschäftsmäßig monoton. »Bislang hatte die Anreicherung der Atmosphäre mit Sauerstoff Vorrang vor der Einführung der Wetterkontrolle.« Er lachte leise. »Der Sturm ist eine Zugabe; in wenigen Monaten wird das in den Siedlungsgebieten niemand mehr erleben.«

Sand und Geröll schmirgelten über den Rumpf. Jenseits der Scheiben tobte eine rotschwarze Hölle. Es war unmöglich geworden zu erkennen, ob Mars-Liner-01 weiterhin dem engen Grabenbruch folgte oder schon zum Stillstand gekommen war.

Kaum jemand sagte noch etwas. Hie und da war ein Murmeln zu vernehmen, eine erschreckte Äußerung, nicht mehr.

»Wir ändern den Kurs, um dem Orkan auszuweichen ...«

Ein dumpfer Aufprall übertönte die Durchsage. Der Schwebebus bockte. Er schüttelte sich unter dem heranprasselnden Gesteinshagel. Die porösen Brocken zerplatzten beim Aufprall in ein Meer von Splittern.

Die erste Verwünschung war zu hören. »Mars sehen und sterben – hieß es nicht einmal so?«

»Wahnsinn!«, konterte eine jugendliche Stimme. »Wenn ich mir vorstelle, dass wir bald hier leben werden …«

»Ahnst du überhaupt, was es heißt, in dieser Wüste auf sich allein gestellt zu sein?« Ein rot geädertes, aufgequollenes Gesicht wandte sich der jungen Frau zu. »Wie alt bist du? Neunzehn? Dann halte dich mit solchen Äußerungen zurück!«

Shim Caratech lächelte säuerlich. »Siebzehn.« Sie nutzte die Gelegenheit, den Mann zu taxieren. »Sonst noch Fragen?« Zögernd strich sie mit einer Hand über das verhüllte Bündel auf ihrem Schoß.

»Bewahre …« Ihr Gegenüber verzog das Gesicht, fasste sich an die massige Nase – und nieste schallend. Gleich darauf ein zweites Mal, während er aus zusammengekniffenen Augen suchend um sich blickte.

Draußen herrschte Weltuntergang. Unaufhörlich malträtierte der Gesteinshagel das museumsreife Gefährt. Der Mars präsentierte sich von seiner denkbar schlechtesten Seite.

»Man könnte annehmen, diese Welt mag uns nicht«, sagte der Mann hinter Shim.

Braungebrannt und gut aussehend, gefiel er ihr vom ersten Moment an, er gefiel vermutlich jeder Frau. Aber wenn sie ihn mit Perry Rhodan verglich, der vorn im Bus saß … Rhodan war interessanter. Trotzdem wandte Shim sich halb um. »Ich finde das aufregend. Eine beinahe unberührte Welt, wo gibt es die sonst noch?«

»Wenn du das so siehst. Wir wurden uns leider noch nicht vorgestellt. Allgame. Pratton Allgame. Ich bin …« Seine Züge versteinerten, als das Aufheulen des Triebwerks die Isolierungen durchschlug. Der Orkan drückte den Bus zur Seite und schob ihn einen Abhang hinab. Die Schräglage wurde trotz der Stabilisatoren bedrohlich.

»Kein Grund zur Aufregung …!«, meldete der Pilot.

Das Kreischen berstenden Stahls übertönte die Durchsage. Mars-Liner-01 schrammte an Felsblöcken vorbei. Blitze zuckten durch die Düsternis. Ein gigantischer Sog tobte jetzt über dieser Region des Mangala Vallis.

Mit dem Heck voran rutschte der Bus ab, Sekunden später überschlug er sich. In dem Moment schienen nur noch die automatischen Rückhaltesysteme der Sitze zu funktionieren. Shim Caratech wurde tief in die Polsterung gedrückt. Sie verkrampfte beide Hände um das Bündel auf ihrem Schoß, während sie schicksalsergeben die Augen schloss.

Jemand schimpfte erbärmlich.

Eine andere Stimme lachte fast hysterisch – und brach gurgelnd ab, als die Prallfelder wieder wirksam wurden. Mars-Liner-01 schlingerte spürbar, doch Augenblicke später sank er so dicht neben einer zerfurchten Felswand zu Boden, dass niemand den Bus verlassen konnte. Jedenfalls nicht über eine der beiden Schleusen.

»Wir hatten ein kleines Problem«, meldete der Pilot. »Bitte bewahrt Ruhe …«

»Problem?«, rief jemand aufgebracht. »Ich muss verrückt gewesen sein, als ich … als ich glaubte … hier mein Glück zu finden. Der Mars ist … fremd geworden. Wer erinnert sich denn noch, wie er früher war?«

Das eine oder andere zustimmende Nicken. Shim Caratech fragte sich, warum Perry Rhodan dazu schwieg. Die Szene wirkte auf sie so surrealistisch wie viele der virtuellen Spiele, die in den letzten Jahren den Markt überschwemmt hatten.

In diesem Moment erhob sich der schlanke, dunkelblonde Mann im vorderen Bereich des Busses. Sein Blick glitt über die Sitzreihen hinweg. Shim lächelte, als er sie kurz ansah. Er hob die Hand, und jeder wartete plötzlich darauf, was er zu sagen hatte.

»Unser Mars war immer eine faszinierende Welt«, sagte Perry Rhodan. »Wir Menschen haben ihn vor langer Zeit schon einmal besiedelt und wir werden es wieder tun. Unabhängig davon, was inzwischen geschehen sein mag. Fünfzigtausend Menschen warten längst darauf, sich eine neue Heimat zu erobern.«

»Warum zähmt man diese Wildnis nicht, bevor wir ihr ausgesetzt werden?«

»Keiner ist schutzlos.« Reginald Bull hatte sich in seinem Sitz umgewandt, die Arme auf der Rückenlehne verschränkt und das Kinn aufgestützt. Im Gegensatz zu Rhodan wirkte er gereizt.

»Ich fühle mich nicht sicher«, begehrte der Passagier auf. Shim rümpfte die Nase. Der Mann hatte sich schon am Terminal ungeduldig, überheblich und beinahe aggressiv gezeigt. »Mars-Liner-01, ein Überrest der Erstbesiedlung? *Ein Seelenverkäufer*, behaupte ich. Was soll damit bezweckt werden? Nostalgische Gefühle? Patriotismus? Ich pfeife darauf.«

Perry Rhodan schritt zwischen den Sitzreihen hindurch. »Es steht jedem frei, diese Gemeinschaft zu verlassen. Niemand wird gezwungen, auf dem Mars zu siedeln.«

Der Mann lachte glucksend. »Ich verlange, dass mich eine Space-Jet zurückbringt.«

»Du kannst jederzeit aussteigen.«

»Hier?« Der Mann starrte Rhodan ungläubig an. »Das ... das ist nicht dein Ernst? Da draußen ...«

»... warten Gleiter auf alle, die eben erkannt haben, dass diese Welt ihre Kräfte überfordert. Um Missverständnisse auszuräumen: Seit zehn Minuten befinden wir uns im Sicherheitsbereich einer der ersten neuen Depotstationen.«

»Aber der Sturm ...?«

»Eine Holo-Projektion«, murmelte Shim Caratech und lehnte sich zurück. Sie hatte gewusst, dass Perry Rhodan niemanden in Gefahr bringen würde. Er neigte nicht zu Unvorsichtigkeiten. Reginald Bull ebenso wenig. In der Nähe der beiden potenziell Unsterblichen durfte sie sich so sicher fühlen wie nirgendwo sonst.

Shim kaute auf der Unterlippe, als Minuten später der eine Passagier ausstieg. Zwei Offiziere der Raumflotte nahmen ihn in Empfang. Niemand folgte ihm. Alle anderen Passagiere waren fest entschlossen, den roten Planeten zu ihrer neuen Heimat zu machen.

»Eine Welt ... eine ganze Welt für die Kunst.« Der Mann mit der massigen Nase schnäuzte sich und putzte dann mit demselben Tuch seine Brille. Hektisch, wie um sich abzulenken. Shim hatte ohnehin noch nicht gesehen, dass er die Brille wirklich aufgesetzt hatte.

»Wenn das nicht wäre …«, murmelte er. »Wenn das nicht wäre, würde ich ebenfalls aussteigen.« Abrupt hielt er inne, rümpfte die Nase und blickte starr um sich. Sein Niesen ging durch und durch. Mit dem Handrücken wischte er sich das Wasser aus den Augen. »He, Rhodan! Auf dem Mars gibt es keine Katzen, oder?«

Mindestens zwei Dutzend Augenpaare starrten ihn an. Er hob die Schultern und schniefte laut. »Schon gut. Das war nur eine Frage.«

Kapitel 1

Ron Dyke

Es gibt keinen Sternenhimmel mehr über Terrania City. Die Hauptstadt der Erde ist ein brodelnder Wurmtopf, dessen Nächte sich nicht vom Tag unterscheiden. Manchmal glaube ich, im Überfluss, der unser aller Leben bestimmt, ersticken zu müssen.

Zwei Zimmer stehen mir im Redhorse-Tower zur Verfügung, insgesamt 120 Quadratmeter Dschungellandschaft. Da ist der kleine See, in dem ich sogar schwimmen kann, aber eben nur klein, und daran ändert auch die holografische Weitenprojektion nichts. Vom Wasser aus hast du die Illusion großer Ausdehnung und glaubst, in der Ferne Inseln und brütende Wasservögel zu sehen. Ich könnte die Wiedergabe variieren, doch das Wissen, dass diese Welt eine Illusion ist, lässt sich nicht verdrängen.

Eine leise Stimme unterbricht meine Überlegungen. »Es ist 22 Uhr, Ron. Du wolltest informiert werden, um rechtzeitig …«

»Schon gut.« Über glatt geschliffene Kiesel – sie sind echt und waren nicht eben billig – wate ich ans Ufer. Die Libelle über dem Schilfgürtel entpuppt sich als Schweberobot.

»Die Temperatur in der Stadt beträgt 23 Grad. Für Mitternacht wurde ein halbstündiger leichter Nieselregen angekündigt. Empfehlung für die nächsten Stunden ist das Starlight Inn *mit einem neuen Programm zalitischer …«*

»Es reicht!«, unterbreche ich schroff. Während ich mich abtrockne, flattert der Robot hinter mich und bringt meine Haare in Ordnung. »Ein Vorschlag zur besseren Präsentation, Ron«, schnarrt er. »Regenbogenfluoreszenz. Farbe und Intensität werden von deinen Emotionen bestimmt.«

»Ich weiß. Aber ich halte nichts von diesem emotionalen Voyeurismus. Solange ich das nicht bewusst steuern kann …«

»Wie willst du anders schnell und ehrlich Kontakt finden, Ron? Grün symbolisiert Interesse, rot sexuelles Begehren. Die Erfolgsquoten beweisen unwiderlegbar …«

Unwillig fahre ich herum. Die Libelle taumelt, als ich sie mit dem Arm streife. »Wie ich mein Leben außerhalb dieser Wände gestalte, überlass mir! Du bist zu freizügig programmiert, ich werde einen Fix einspielen.« Bei den letzten Worten sehe ich die Libelle schon nicht mehr, sie ist behände zwischen den Pflanzen untergetaucht.

Ich justiere die Panoramaverglasung auf einseitig transparent. Ein grelles Lichtermeer flutet herein. Aus dem 147. Stockwerk bietet sich ein einigermaßen guter Überblick über die Metropole, bis hinüber zu den fernen Raumhäfen. In Minutenabständen starten und landen Kugelraumer; für kurze Zeit wirken sie wie Sternschnuppen, die in großer Höhe aufflammen und ebenso schnell wieder erlöschen.

Winzig wie Ameisen die Menschen unter mir, der Verkehr bildet ein unentwirrbares Chaos auf vielen Ebenen.

Ein monströser Schatten lässt mich zusammenzucken. Gefahr!, schreit etwas in mir. Ich versteife mich in Erwartung eines vernichtenden Aufpralls, obwohl Prallfelder in der Fassade eine Kollision verhindern. Der Gleiter ist riesig, er sinkt vor meinem Fenster abwärts und folgt der Spiralwindung des Turms. Ein holografisches Schriftband am Heck verkündet: »Terrania Sightseeing Tours«. Im Innern 200 Schaulustige aus vielen Bereichen der Milchstraße. Ich hasse diese organisierten Reisen, sie zerstören den letzten Rest von Individualität. Ich verdunkle die Verglasung wieder.

Ich wurde zu spät geboren. Das ist mein Problem. Um einige tausend Jahre zu spät. Früher gab es noch das Unbekannte und Fremde, den Reiz der Entdeckung. Aber heute? Das Leben ist leicht und einfach wie nie – allen galaktischen Konflikten zum Trotz. Wenn die Nachrichten

Raumschlachten zeigen, bleibt das oberflächlich und ist kaum anders als die ungezählten Trivid-Szenen. Realität und Fiktion sind häufig nicht voneinander zu unterscheiden.

Uns Terranern wurde eine transparente Glocke übergestülpt. Hier sind wir, hier hat sich unser Leben abzuspielen, aber das Reizvolle auf der anderen Seite erleben nur wenige Auserwählte. Den Männern und Frauen der Raumflotte steht das Universum offen …

… meine Bewerbung wurde abgelehnt. Mit 53 zu alt. Lächerlich. Aber trotzdem nicht zu ändern.

Vielleicht, *rede ich mir ein,* wäre ich bei den großen Materialschlachten am Sternenfenster ums Leben gekommen.

Egal.

Ich will aus meiner Haut heraus, doch genau das kann ich nicht. Manchmal fühle ich mich wie die Puppe, aus der bald ein Schmetterling schlüpfen wird. Nur fehlt mir die Kraft zur letzten entscheidenden Anstrengung. Wahrscheinlich werde ich sie nie aufbringen.

»Träume weiter, Ron.« Die eigene Stimme schreckt mich auf. Aber genau das ist mein Problem: Ich träume nur. Weil ich zu behütet aufgewachsen bin. Nie habe ich Entscheidungen von echter Tragweite treffen müssen. Das Leben ist keine Herausforderung.

Die Luft flimmert. Zwischen mir und dem kleinen See verdichtet sich die Holowand. »Eine Sondersendung aller terranischen Nachrichtendienste«, flüstert die vertraute Servostimme. »Der Empfangsbereich erstreckt sich ausschließlich auf das Solsystem.«

Das ist ungewöhnlich. Schlechte Neuigkeiten? Ich kann es mir kaum vorstellen. Was sollte schwerer wiegen als der überstandene Krieg gegen das Reich Tradom?

Das Symbol der Solaren Residenz stabilisiert sich. Störungen überlagern das Bild. Ich kneife die Brauen zusammen und warte.

Aus dem Flirren heraus verdichtet sich Reginald Bulls Konterfei. Die Arbeit der Maskenbildner kann nicht darüber hinwegtäuschen, dass sein Gesicht gerötet ist. Er schwitzt. »Soeben«, verkündet er, »habe ich für das Solsystem Großalarm ausgelöst.«

Er scheint mich anzustarren. Durchdringend. Und wie mir ergeht es in dem Moment Milliarden anderer Menschen. Bull zögert, er blickt auf sein Kombiarmband und nickt. »Es ist definitiv. Vor wenigen Sekunden ist der Planet Mars ins Sonnensystem zurückgekehrt. Mit tektonischen Beben und anderen unliebsamen Erscheinungen muss gerechnet werden. Die Heimatflotte steht bereit.« Die Einblendung eines zerklüfteten, rostroten Planeten folgt. Zwei kleine, unregelmäßig geformte Monde umkreisen diese Welt. »Das sind Archivaufnahmen aus der Zeit der ersten Besiedlung«, fuhr Reginald Bull fort. »Heute können sich nur noch die älteren unter uns an den Mars erinnern. Beinahe hundert Jahre sind seit seinem Austausch gegen Trokan vergangen – aber nun wird dieser Tausch rückgängig gemacht ...«

Ich höre nicht mehr zu. Meine eigenen Überlegungen lenken mich ab. Ich bin zu jung, um den roten Planeten jemals erlebt zu haben und kenne seine Geschichte nur aus Datenholos.

Trotzdem spüre ich eine unglaubliche Faszination ...

Diese Welt, die nach einem altertümlichen Kriegsgott benannt wurde, ist fremd, aber zugleich sehr nahe. »Das sind Archivaufnahmen aus der Zeit der ersten Besiedlung ...« Bulls Stimme klingt in mir nach. Es wird eine zweite Besiedlung geben, dessen bin ich mir sicher; ich interpretiere seine Worte genau so.

Wann? Sicherlich nicht heute und morgen. Einige Jahre werden wohl vergehen, bis alle Untersuchungen durchgeführt worden sind und der Planet freigegeben wird. Aber dann werde ich zu den Ersten gehören, die ihren Fuß auf diese Welt setzen. Das ist mein neuer Traum.

Wir leben in einer Zeit, in der Träume Wahrheit werden.

Mit einem Fingerschnippen lasse ich die Holowand zerstieben. Jetzt ist mir danach, im Starlight Inn zu feiern. Wenn es sein muss, sogar mit einer dreibusigen Zaliterin im Arm; die Manie der Körperveränderung macht vor nichts halt.

Ich glaube, ich beginne von heute an erst richtig zu leben, denn ich habe in allem Überfluss ein Ziel gefunden.

Ich werde vom Mars aus wieder die Sterne sehen können.

16. Juni 1329 Neue Galaktische Zeitrechnung

Drei weit geschwungene Kuppeln erhoben sich über die Geröllwüste. In den Strahlen der Morgensonne schimmerte ihr Wabenmuster wie ein rostbraunes Gitter.

Zwei kleine Raumschiffe schwebten im Umkreis der Station auf Prallfeldern. Eine der beiden 60 Meter durchmessenden Korvetten wurde entladen. Wie ein Mückenschwarm hingen die Arbeitsroboter in der Luft.

Für einen Augenblick verharrte ich in der runden Schleusenkammer des Mars-Liners und ließ das Panorama auf mich wirken. Wild zerklüftet der Hintergrund der Marslandschaft, eine endlose Ödnis. Die Station hingegen weit mehr als nur ein Hauch von Zivilisation. Siebzehn Jahre waren seit meinem Entschluss vergangen, mich auf dem Mars niederzulassen, eine lange Zeit, in der ich mehr als einmal des Wartens überdrüssig geworden war. Doch im Nachhinein bereute ich nichts.

Tief atmete ich ein. Die Luft schmeckte anders als auf der Erde, künstlich und nach Desinfektionsmitteln. Zumindest bildete ich mir das ein.

Hinter mir erklang ein mürrisches Seufzen. Ich wurde unsanft vorwärts gestoßen und stolperte die wenigen Stufen hinunter. »Nichts für ungut.« Der Mann, der mich angerempelt hatte, grinste wirr. Aber nur für einen Augenblick, dann drehte er seine Hände, als könne er keiner Fliege ein Leid antun. Er war groß und unförmig, seine Nase war rot geschwollen. Im Bus hatte er schräg hinter mir gesessen. »He!«, er atmete durch Mund und Nase gleichzeitig, »ich nimm dir schon nicht das Land weg, keine Sorge.« Schnaufend schwang er sich durch den Ausstieg.

Fünfzig Hektar Marsboden hatte ich für den Nutzungswert meiner Wohnung in Terrania City erhalten. Gekauft ab Reliefbild. Das Stück Land hatte mich an ein ausgetrocknetes

Flussdelta erinnert. In wenigen Wochen würde ich die ersten Pfosten eines Energiezauns aufstellen und alle Brücken hinter mir abbrechen.

Der Dicke schob sich neben mich. Obwohl ich selbst nicht klein bin, musste ich zu ihm aufsehen. »Ich bin Quart«, ächzte er. »Ich meine, ist doch gut möglich, dass wir Nachbarn werden, oder?«

»Ron.« Ich ergriff seine Pranke und staunte über den sensiblen Händedruck.

Mit der Linken rieb sich mein Gegenüber die Nase. »Der Kraterkegel hinter den Kuppeln … Was meinst du, Ron? Mich erinnert er an ein Gesicht. Mit großen Desintegratoren sollte man den überschüssigen Fels verdampfen. Jahrmillionen würde das Kunstwerk überdauern, eine Skulptur, die schon aus dem Weltraum …« Ein heftiges Niesen stoppte seinen Wortschwall. Eine junge Frau, eher noch ein Mädchen, ging an uns vorbei. Quart wollte sie festhalten, reagierte aber zu langsam. »Ich weiß nicht«, murmelte er. »Irgendetwas hat sie, was mir absolut nicht …«

Er schürzte die Lippen und verzog die Mundwinkel zu einem Lächeln. Perry Rhodan stand keine zwanzig Schritte entfernt. Er hatte mit einem Offizier geredet und blickte in dem Moment zu uns herüber.

Er schaut mich an, stellte ich überrascht fest.

Rhodan kam auf uns zu. Mit seinem Namen war das Schicksal der Menschheit unlösbar verbunden. Man konnte geteilter Meinung über seine Erfolge sein, aber sicher war, dass Terra ohne ihn nicht zu dem heutigen Sternenreich geworden wäre. Eigentlich unglaublich, dass er und Reginald Bull die erste Mondlandung erlebt hatten. Nein, nicht erlebt – sie selbst waren die ersten Menschen auf dem Mond gewesen. So unendlich weit in der Vergangenheit, dass viele die beiden schon als Fossilien ansahen. Wenn ich es recht bedachte, mussten sie an die dreitausend Jahre alt sein. Ob so ein Aktivatorchip, der ihnen die potenzielle Unsterblichkeit verlieh, wirklich erstrebenswert war? Aber weshalb sollte ich mir darüber Gedanken machen? Niemand würde mir je das ewige Leben anbieten.

Rhodan schüttelte dem Dicken die Hand, dann wandte er sich mir zu. »Kennen wir uns?«, fragte er wie beiläufig.

Er war so anders als in den Trividsendungen. Natürlicher. Außerdem spürte ich eine Ausstrahlung, der ich mich nicht entziehen konnte.

»Leider nein«, hörte ich mich sagen.

Seine graublauen Augen lachten. »Das können wir ändern. Wir werden noch einige Tage lang Gelegenheit haben, uns zu unterhalten.«

Mehr als meinen Namen brachte ich nicht heraus. Dabei hatte ich so vieles fragen wollen.

Rhodan schien meine Gedanken zu erraten. »In der Hauptkuppel wartet ein Frühstücksbuffet«, sagte er. »Dort wird jeder die noch fehlenden Informationen erhalten. Unser gemeinsamer Flug wird zweifellos anstrengend werden. Aber das Schlimmste haben wir ja schon hinter uns.«

»Pah!«, schnaubte Quart. »Wer hat sich diesen … diesen …«

»Unfug«, half Rhodan aus.

»Jawohl, Unfug – wer hat sich das ausgedacht? Mir ist seither hundeelend.«

»Das war eine Idee des Einwanderungsbüros. Nur der Pilot wusste davon. Bully und ich wurden erst in letzter Sekunde informiert.«

Quart verzog das Gesicht. »Wollten die uns umbringen, bevor wir einwandern können?«

Eine steile Falte erschien über Rhodans Nasenwurzel. »Dieser Vorgang wird sich nicht wiederholen«, versprach er. »Es gibt Grenzen, die nicht überschritten werden sollten.«

»Also, für mich war das alles sehr realistisch.« Den Mann, der sich unvermittelt einmischte, hatte ich kurz vor dem Aufbruch kennen gelernt. Pratton Allgame war Weinbauer, der sich zum Ziel gesetzt hatte, die Tradition der alten marsianischen Weine wiederzubeleben. »Wer das nicht aushält, der sollte auf Terra bleiben. Der Mars ist schon immer eine Welt besonderer Herausforderungen gewesen.«

Der Dicke blähte die Wangen auf. Aber statt eine Schimpftirade loszulassen, wischte er sich nur mit dem Ärmel seines viel zu weiten Pullovers über die Nase. Das Ding war ebenso altmodisch wie seine ausgewaschene und verbeulte Hose. Ich konnte Quart nicht einschätzen. Angefangen vom Sektenpriester bis hin zum Geheimagenten mochte er so ziemlich alles sein.

Reginald Bulls Stimme übertönte die Geräusche der Verladearbeiten. »Hat denn keiner Appetit auf ein anständiges Frühstück?«, rief er laut. »Vor uns liegt ein langer Tag, und der nächste Sandsturm wird echt sein, das garantiere ich.«

Ich bin überzeugt, dass keiner von uns jemals so viele Holos vom Mars gesehen hatte wie während des Frühstücks. Die eindrucksvollen Bilddokumente gaben einen Abriss über mehr als zweieinhalbtausend Jahre Geschichte des Sonnensystems wieder.

Die offizielle Vorstellung aller Teilnehmer wurde nachgeholt, als weitere Passagiere eintrafen. Bislang war unser Schwebebus nur zu drei Vierteln besetzt gewesen. Als wir zu Beginn der Nacht den im Entstehen begriffenen neuen Raumhafen verlassen hatten, hatte niemand solche Dinge hinterfragt. Und zugegeben, ich war ebenfalls zu müde und zu aufgeregt gewesen.

Das Los hatte uns aus den fünfzigtausend Siedlern ausgewählt, die bereit standen, wie ein Heuschreckenschwarm über den Planeten herzufallen. Exakt so formulierte es Reginald Bull in seiner knapp gehaltenen Begrüßung, nachdem Perry Rhodan vor ihm von Zuversicht und menschlichem Beharrungsvermögen gesprochen hatte.

Bei den Neuankömmlingen handelte es sich um Wissenschaftler. Ein Geologe, zwei Hyperphysiker, ein Spezialist für Terraforming. Allerdings fragte ich mich, weshalb auch eine Kosmopsychologin anwesend war. Wahrscheinlich sollte sie uns im Auge behalten.

Sie setzte sich zu mir, weil an meinem Tisch der letzte freie Platz war. Ihr Blick, mit dem sie nicht nur mich musterte, hatte etwas von der Präzision eines Sezierlasers.

»Ich habe nicht vor, unseren Ausflug mit einem Nervenzusammenbruch zu beenden«, sagte ich. Die Bemerkung konnte ich mir nicht verkneifen.

Das plötzliche Lächeln um ihre Augen herum war echt. »Umso besser«, antwortete sie.

Zwei Personen fehlten noch. Sie trafen mit einer Space-Jet ein, nachdem wir anderen uns schon wieder an Bord des Liners begeben hatten. Medienleute – ich hätte es mir denken können. Ihre Ausrüstung beschränkte sich auf zwei kleine Metallkoffer. Also war keine Direktübertragung vorgesehen.

Nur wenige Meter über dem Boden jagte der Schwebebus der Sonne entgegen. Erst allmählich wurde mir die bizarre Schönheit dieser Welt so richtig bewusst. Rot bis Rostbraun waren die beherrschenden Farben, und immer wieder wirbelte der Wind Staubschleier auf. Ich versuchte mir vorzustellen, dass schon in wenigen Jahren üppiges Grün bis an die Berghänge heranreichen würde. Die Planung sah künstliche Seen ebenso vor wie einen in viele Seitenarme verzweigten Fluss, der den Grabenbrüchen folgen sollte. Zeitweise schien der Horizont sehr nahe zu sein. Dahinter, nur noch gut zweitausend Kilometer entfernt, wartete mein Grundstück.

»Du gehörst zu den ersten Siedlern, die auf dem Mars ihr Glück suchen …«

Ich wurde aus meinen Gedanken aufgeschreckt. Neben mir stand einer der Reporter und blickte mich forschend an.

»Natürlich«, sagte ich.

Der Mann verzog die Mundwinkel. »Milliarden Menschen sind daran interessiert, mehr zu erfahren«, drängte er. »Was ist das für ein Gefühl? Was erwartest du hinter dem Horizont?«

Er würde nicht locker lassen. Ein halbes Dutzend Mikrooptiken umschwirrte mich und zeichnete holografische Aufnahmen aus allen Perspektiven auf. »Ein unberührtes Paradies«, antwortete ich.

»Die fünfdimensionale Streustrahlung, zweifellos ein Erbe der nahen Vergangenheit und der Versetzung des Planeten, hat bislang die Besiedlung verhindert. Aber du sprichst von einem Paradies?«

Was wollte er hören? Es fiel mir schwer, den Mann richtig einzuschätzen. »Die schädliche Strahlung ist abgeklungen«, fuhr ich fort. »Nicht umsonst mussten wir siebzehn verdammt lange Jahre auf diesen Tag warten. Der Mars wurde zur Neubesiedlung freigegeben. Es gibt keine Gefahr mehr, in keiner Hinsicht.«

»Du glaubst also, heute sei ein guter Tag.«

»Warum sollte er das nicht sein?«

»Mühe, Strapazen, fehlende Infrastruktur ... Fürs Erste wahrscheinlich ein Einwohner auf den Quadratkilometer, wenn überhaupt. Das ist Einsamkeit pur. Kann ein Mensch das auf Dauer ertragen?«

Mit einer Kopfbewegung deutete ich auf eine ferne Hügelkette, die sich langsam aus dem Dunst herausschälte. »Irgendwo dahinter liegt mein Grundstück. Dort wartet sehr viel Arbeit. Ich werde keine Zeit haben, mich einsam zu fühlen. Und wer sagt dir, dass ich nicht gerade die Einsamkeit suche?«

»Ja.« Der Mann nickte zögernd. »Wer sagt mir das?« Er blickte an mir vorbei und widmete sich den Optiken. »Das war also eine Stimme der Unentwegten, die sich hier zusammengefunden haben – die erste Stimme dieses Tages. Ein Individualist, zweifellos. Aber es gibt auch andere, Menschen, die das knallharte Geschäft wittern und die einen sechsten Sinn zu haben scheinen. Wie zum Beispiel Pratton Allgame, der sich vorgenommen hat, innerhalb eines Jahrzehnts marsianischen Rebensaft zu einem ernst zu nehmenden Konkurrenten terranischer Weine zu machen. Die Passagierliste dieses Museums-Vehikels zeigt überhaupt eine Reihe interessanter Personen, angefangen von der Mars-Nostalgikerin Fran Imith bis hin zu – ein schwer auszusprechender und noch schwerer zu merkender Name: Quartodezimus Filidor Edlervon Homphé. Er ist Künstler, ein Exzentriker, der auf dem Mars nicht siedeln, sondern der Nachwelt gewaltige Monumente hinterlassen will. Es mag sein, dass uns schon in einigen Jahren das Gesicht von Quartodezimus vom Olympus Mons entgegen strahlt. So wie gleich, wenn ich mit ihm rede – nach der Verlautbarung des Einwanderungsbüros. Und für alle, die sich jetzt berufen fühlen, dieser gigantischen Fels- und Sandwüste Mars ebenfalls ihren Stempel aufzudrücken: Es steht noch Areal der ersten Tranche zur Verfügung.«

Er dirigierte die Optiken zwischen den Sitzreihen hindurch. Er hatte Recht, wenn er den Schwebebus als Museums-Vehikel bezeichnete. Mars-Liner-01 war eine authentische Hinterlassenschaft der ersten Kolonisten und mit dem heutigen Stand der Technik keineswegs mehr zu vergleichen. Aber er erfüllte seinen Zweck. Vor allem empfand ich den Hauch von Nostalgie als reizvoll.

»In wenigen Minuten erreichen wir die erste der archäologischen Grabungsstätten«, gab der Pilot bekannt. »Dieser Planet war bekanntlich nicht immer kahl und unwirtlich. Der Ausgrabungsbereich liegt auf der Sohle eines ausgewaschenen Flussbetts, gut zwei Kilometer unter dem Standardniveau der Oberfläche. Dieses Tal verläuft überaus geschwungen, die Geröllschichtung in den Wänden gibt einen guten Querschnitt über Jahrmillionen planetarer Geschichte.«

Nicht alle im Bus schienen daran interessiert. Aber das gehörte eben auch zu unserer Tour, deren medienwirksame Inszenierung sich auf die Siedlungsregion konzentrierte. Wahrscheinlich warteten die ersten Teams von Terra-News, Independent LFT und wie sie alle hießen, schon bei den Ausgrabungen.

Ich lehnte mich zurück und blickte auf die vorbeihuschende Landschaft, die sich in der Ferne kaum zu verändern schien. Die Weite faszinierte ebenso wie das fahle Spiel von Licht und Schatten.

Hinter mir wurden Stimmen laut. Jemand lachte schrill und hörte ebenso abrupt wieder damit auf.

Die Bergkette verschwand hinter aufkommendem Dunst. Ich blinzelte verwirrt. Da war ... Jäh straffte ich mich. Nichts ... Ich hatte mich getäuscht. Da waren nur Staubschleier in der Atmosphäre.

Für einen Augenblick hatte ich geglaubt, bizarre Gebäude zu sehen, die Silhouette einer riesigen Metropole. Sie hatte die gesamte Ebene bedeckt. Unglaublich fremde Bauten waren mit filigraner Architektur eine Symbiose eingegangen, wie sie nicht einmal Terrania City aufwies.

Ich starrte nach draußen, doch das Bild wiederholte sich nicht.

Erst am Abend würde ich mein Grundstück zu sehen bekommen. Darauf wartete ich. Die Ausgrabungen interessierten mich nur am Rand. Ich schloss die Augen und versuchte, mir diese seltsame Erscheinung in die Erinnerung zurückzurufen. Es wollte nicht gelingen, zu vage war der Eindruck gewesen.

Der Reporter stand jetzt hinter mir. Laut redete er mit zwei Passagieren. Ich achtete nicht darauf, was sie sagten, weil es mich nicht interessierte. Irgendwie war das alles unwichtig und weit weg: der Bus, die Siedler und Wissenschaftler ... Eine nie gekannte Leichtigkeit erfüllte mich, ein schwer zu beschreibender Zustand, als könnte ich alle planetare Schwere abstreifen wie eine zu eng gewordene Haut.

Ich ließ mich treiben und hatte gleich darauf den Eindruck zu schweben. Es war ein schönes Gefühl. Nur noch wie aus weiter Ferne nahm ich die Geräusche hinter mir wahr. Aber auch sie verstummten.

Plötzlich sah ich sie wieder, die fantastische Metropole. Im Licht der hoch stehenden Sonne erwachte sie zu vielfältigem Leben. Sie zog mich mit unwiderstehlicher Gewalt an.

Die Stadt rief mich.

Kapitel 2

»Alles in Ordnung«, sagte Reginald Bull. Er hatte einige Worte mit einer Frau gewechselt, deren holografische Miniatur sekundenlang über seinem Kombiarmband sichtbar geworden war. »Wir werden an der Ausgrabungsstätte schon von einem Medienaufgebot erwartet. Die Burschen wollen unseren Mars-Liner-01 als das Ereignis feiern.«

»Sei froh, dass sie uns nicht mit einer flüssigtreibstoffgetriebenen Rakete zum Mars geschickt haben.«

Bullys Kopf ruckte herum. Aus zusammengekniffenen Augen fixierte er Perry Rhodan. »Nicht mit mir«, sagte er ächzend. »Ich denke, im Alter haben wir uns ein Mindestmaß an Bequemlichkeit verdient.«

»Alter ist relativ«, wandte eine Frauenstimme ein.

Lachfalten prägten sich um Reginald Bulls Augenwinkel ein, als er sich umwandte. »Richtig«, pflichtete er bei. »Ich fühle mich ohnehin von Minute zu Minute jünger.« Er suchte den Blick der hinter ihm sitzenden Frau. Sie mochte um die dreißig sein, vielleicht etwas jünger, und hielt seinem prüfenden Blick mühelos stand.

»Mir ist neu, dass man dem Kriegsgott Mars eine verjüngende Wirkung zuschreibt«, entgegnete sie.

»Wieso ausgerechnet dem?« Bully lächelte wissend. »Das hat wohl eher unsere Unterhaltung bewirkt.«

Bis vor wenigen Minuten hatten sie ausgiebig miteinander geredet. Über sehr vieles, was mit dem vierten Planeten des Solsystems zusammenhing. Bull war über Fran Imiths profundes Wissen verblüfft gewesen, das bis in die Anfangszeit der terranischen Raumfahrt zurückreichte. Sie war ebenso intelligent wie schön, wobei er sich auf die Reihenfolge nicht festlegen wollte. Vor allem hütete er sich davor, diesen Gedanken auszusprechen.

Vielleicht hatte ihn ihre Haarfarbe auf sie aufmerksam gemacht. Dunkelrot. Die Locken fielen ihr luftig bis über die Schultern, und ihre Augen strahlten in einem leuchtenden Blau, das eine starke Persönlichkeit ausdrückte. Bully hatte vor zwei Tagen die Dateien der Teilnehmer durchgeblättert, um sich wenigstens annähernd ein Bild machen zu können. Jetzt bedauerte er, dass er Fran Imiths Kurzvita nicht ausführlicher betrachtet hatte. Aber das ließ sich spätestens übermorgen nachholen. Falls es dann noch nötig war.

Fran Imith hatte ein kleines Areal am Rand des Siedlungsgebiets erworben, in schnell erreichbarer Nähe einer archäologisch viel versprechenden Region. Sie war Mars-Nostalgikerin, und schon dieser Begriff erklärte ihr Interesse und ihre Kenntnisse.

»Reginald«, begann Fran unvermittelt, »du und Perry Rhodan, ihr gehört zu den ersten Menschen, die den Mars betreten haben …«

Bull nickte zögernd. »Wenn ich daran zurückdenke, erscheint mir die Zeit seither wie eine kleine Ewigkeit.«

»Es *ist* eine kleine Ewigkeit«, bestätigte die Frau. »Jedenfalls für Menschen wie mich, die ganz normal altern.«

»… noch lange nicht«, rutschte es Bull heraus.

Fran Imith überhörte die Bemerkung. »Wie fühlt es sich an, nach so langer Zeit wieder den Mars zu betreten?«

»Es ist keineswegs das erste Mal in den letzten Jahren. Aber bislang waren wir unter Ausschluss der Öffentlichkeit hier.«

Fran streifte sich eine Haarsträhne aus dem Gesicht. »Ich verstehe.«

»Es tut gut, wieder auf dem Mars zu sein.« Perry Rhodan wandte sich nun ebenfalls der Frau zu. »Er ist wie ein Stück Heimat.«

»So sehe ich das auch.« Fran Imith hatte noch mehr sagen wollen, schwieg aber, weil sich Reginald Bulls Kombiarmband meldete. Sie reckte den Kopf, um zu sehen, mit wem Bull redete.

Das kleine Hologramm wurde von Störungen durchzogen. Vage war ein verzerrtes Gesicht zu erkennen. Bully hob den Arm ein wenig höher. »Ich verstehe nicht. Muss das Mistding ausgerechnet jetzt den Geist aufgeben?«

Ein Knistern verzerrte die akustische Wiedergabe. Dazwischen einzelne Satzfetzen. »... über dem Gebiet ... außergewöhnliche Interferenzen ... wissen nicht, wodurch sie ausgelöst ...«

Das Bild verblasste und baute sich neu auf. Diesmal war die Farbwiedergabe völlig verdreht. Bull tippte Berührungssensoren an, die das Display in rascher Folge veränderten. »Das Ding funktioniert einwandfrei, eigentlich«, stellte er fest.

»Probleme?«, fragte Perry Rhodan.

Bull hob die Schultern. »Wenn ich das wüsste. Scheint einer unserer Sicherheitsleute gewesen zu sein.«

»In fünf Minuten sind wir vor Ort und können persönlich mit ihm reden.«

Reginald Bull wirkte keineswegs überzeugt. Rhodan ebenfalls nicht. Aber da Mars-Liner-01 über kein Hyperfunkgerät verfügte, blieb ihnen keine andere Wahl, als zu warten.

»Falls etwas Unvorhergesehenes geschehen sein sollte, schicken sie uns ohnehin eine Korvette entgegen.« Bull hantierte wieder am Armband. Vorübergehend schien sich das Hologramm zu stabilisieren, dann verwirbelte es in einem Funkenregen. »Ich halte das für die Auswirkung einer starken Störstrahlung«, sagte er.

»Als Ausgangsort kommt dann wohl nur das Grabungsfeld in Betracht.«

Fran Imith beugte sich nach vorn. »Probleme?«, erkundigte sie sich wie beiläufig.

»Das wird sich in wenigen Minuten herausstellen«, antwortete Rhodan.

»Möglicherweise bei den *Maulwürfen.*« Bulls Blick schien jede Linie um die Augen der Frau nachzuzeichnen. »Falls es sich als erforderlich erweist, müssen wir weiter von den Grabungen entfernt anhalten als vorgesehen.«

Fran Imith nickte irritiert. Ihr war anzusehen, dass sie sich in der Nähe der Aktivatorträger wohl fühlte. Immerhin ergab sich eine Gelegenheit wie diese nicht jeden Tag.

Urplötzlich zuckten ihre Hände hoch. Mit den Fingerspitzen massierte sie ihre Schläfen. Bull musterte sie aus halb zusammengekniffenen Augen. »Kopfschmerzen?«, wollte er wissen.

Sie nickte. »Das kenne ich überhaupt nicht. Bisher …«

Die nachdenklichen Falten auf Bulls Stirn gruben sich tiefer ein. »Ich spüre das auch«, murmelte er und schwang sich aus dem Sitz. Mit raschen Schritten verschwand er Richtung Pilotenkanzel.

»Was ist …?«

»Später, Fran.« Rhodan folgte dem Freund. Er sah nicht mehr, dass Fran Imith sich ruckartig versteifte. Sie trug an allen Fingern fein gravierte silberne Ringe. An einem dieser Schmuckstücke hantierte sie überaus interessiert. Dabei schweifte ihr Blick mehrmals zur Pilotenkanzel.

Draußen hatte sich der Himmel zugezogen. Die Sicht war auf ein Minimum geschrumpft, die fernen Höhenzüge ließen sich nicht einmal mehr erahnen. Fran Imith ballte die Linke zur Faust. Sie schlug mit den Knöcheln gegen die Zähne. »Irgendetwas stimmt nicht«, murmelte sie.

Im Bus machte sich Unruhe breit. Viele Passagiere hatten den nahenden Sturm schon bemerkt, die anderen wurden jetzt aufmerksam.

Jemand stieß einen erschreckten Ausruf aus. Funken huschten über die Verstrebungen zwischen den Fenstern, energetische Entladungen, die an Elmsfeuer erinnerten. Ein heftiges Unwetter schien sich zusammenzubrauen.

Der Pilot wandte sich nicht um, als Reginald Bull die Kanzel betrat. Mehrere Zusatzaggregate waren aktiviert und überspielten ihre Anzeigen auf die Frontscheibe. Die Bodentaster vermittelten ein monochromes Abbild der Planetenoberfläche. Größere Spalten wurden ebenso angezeigt wie die verstreut liegenden Findlinge. Eine Kollision mit den teils sehr großen Felsen wäre dem Schwebebus trotz der Prallfelder schlecht bekommen.

»Und?«

»Noch zwölf Kilometer bis zu den Ausgrabungen.«

»Das meine ich nicht. Ich will wissen, ob alles in Ordnung ist.«

»Schon.« Kopfnickend deutete der Mann nach draußen. »Da braut sich allerdings einiges zusammen.«

Reginald Bull beobachtete die Anzeigen auf der Scheibe ebenso wie die rasch um sich greifende Schwärze. Der Stand der Sonne war nicht mehr festzustellen, lediglich ein fahler Hauch hing noch irgendwo im Zenit. Nicht weit voraus zuckte ein vielfach verzweigter Blitz aus den Wolken herab.

Die Schwärze riss auf. Ein grelles Licht traf den Schwebebus und zerstob in einem irrlichternden Funkenmeer.

»Erzähl mir keiner, dass das normal ist!«, brauste Bull auf. »Was ist mit den Steuerimpulsen?«

Ein kurzes Zögern, dann: »Keine Beeinträchtigung. Soll ich den Bus landen?«

»Nein!«, bestimmte Perry Rhodan aus dem Hintergrund. »Solange wir nicht wissen, was geschieht …«

»Du glaubst …?« Bull schüttelte den Kopf. »Das kann nicht dein Ernst sein.«

In rascher Folge flammten neue Entladungen in der Schwärze auf. Ein Funkenmeer umfloss den Bus wie ein dichter werdendes Schneetreiben. Die Energieortung spielte verrückt.

»Das ist alles, nur kein Unwetter.« Rhodan checkte die Anzeigen seines Kombiarmbands. »Mehrdimensionale Energien … Bestimmung nicht möglich.«

»Du glaubst«, Reginald Bull schüttelte den Kopf, »dieser dreimal verdammte Mars verschwindet schon wieder aus dem Sonnensystem? Ausgerechnet in dem Moment, in dem wir …? Nein, das kannst du anderen erzählen, aber nicht mir.«

Der Bodentaster fiel aus. Flackernd erloschen alle Einblendungen auf der Frontscheibe. Mars-Liner-01 schwamm inmitten eines endlos schwarzen Ozeans, in dem es keine Orientierung mehr gab.

»Ausfall der Leitimpulse!«, meldete der Pilot.

»Umschalten auf Handsteuerung! Runter mit der Kiste!«

Die Geschwindigkeit hatte nur noch zweihundert Stundenkilometer betragen. Den Bus aus wenigen Metern Flughöhe aufzusetzen, erschien Reginald Bull weit ungefährlicher als blind ins Ungewisse zu fliegen.

»Runter, hab' ich gesagt!«

Heftiger peitschte der Funkenregen dem Liner entgegen. Wirbel bildeten sich, Strömungszonen wie unter einem unsichtbaren äußeren Einfluss. Dennoch schien die Zeit plötzlich stillzustehen. Etwas veränderte sich. Reginald Bull spürte es deutlich. Er brachte dennoch keinen Laut über die Lippen. Ein unheimlicher Zwang schnürte ihm die Luft ab.

Neben ihm sackte der Pilot im Sessel zusammen, seine Hände fielen auf die Kontrollen – aber weder bohrte sich der Bus kopfüber in den Sand, noch kippte er seitlich weg. Bulls Reaktion wäre ohnehin zu spät erfolgt.

Ein unheimlicher goldener Schein durchflutete plötzlich die Kanzel. Der Funkenregen stob nicht mehr seitlich davon, sondern klatschte zäh auf den Rumpf des Schwebebusses, und das Licht schien sogar den Stahl zu durchdringen.

»Angleichung unterschiedlicher Energieniveaus«, bemerkte Perry Rhodan.

Bull reagierte nicht darauf. Er hatte die Magnetgurte des Piloten gelöst und zerrte ihn aus dem Sessel. »Hilf mir schon! Der Kerl wiegt mindestens 120 Kilo.«

Es war zu spät.

Das Arkonit der Außenhaut löste sich in flirrenden Eruptionen auf. Dahinter zeigte sich

– Nichts!

Ein anderer, treffenderer Begriff kam Reginald Bull nicht in den Sinn. Nicht einmal Sekundenbruchteile blieben ihm, dann war nur mehr das entsetzliche Gefühl, von gewaltigen Kräften zerrissen zu werden, mit einem Teil des eigenen Ich noch auf dem Mars zu sein, während der Rest in Raum und Zeit verwehte.

Er stürzte in die Unendlichkeit.

Kapitel 3

Quart Homphé

»Nein, nein, nein, so geht das nicht. Etwas mehr Gefühl, wenn ich bitten darf. Das ist ein Kunstwerk. Kunst, verstehst du? K wie kolossal, U wie unübertrefflich, N wie …«

»Nicht normal?«, platzt der Gnom heraus.

»Ja. – Äh, nein, natürlich nicht. Du machst mich völlig wirr im Kopf, Quintus.«

Der Kleine kichert schrill. »N wie natürlich von Quartodezimus Homphé. War es das, was du sagen wolltest, großer Meister?«

»Nein«, ächzt Quart Homphé. Das klingt schon nicht mehr so fest wie eben, sondern eher weinerlich. »Nein und nochmals nein. Mein Kunstwerk lasse ich mir nicht von einem dahergelaufenen …« Ohne darauf zu achten, passiert er die äußere Sperre. Seine unförmige Gestalt, einmal in Bewegung geraten, ist nicht so leicht wieder zu stoppen. Erst als die Holosäulen aufbrechen, bleibt er breitbeinig stehen. Vornübergebeugt, die Hände auf die Oberschenkel gestützt, schaut er sich nach seinem Assistenten um. Doch die in der Dämmerung aufflammende Helligkeit blendet ihn.

»Quintus!«, keucht er. »Schalt das ab! Sofort!«

»Unmöglich, Quart.«

»Nichts ist unmöglich, merk dir das.« Endlich entdeckt Homphé den Gnom hinter einer halb kugelförmigen Projektorphalanx. »Abschalten!« Er brüllt beinahe. »Die Präsentation ist erst für übermorgen …«

Zu spät. 48 dicke Lichtsäulen berühren in dem Moment die tief hängende Wolkendecke über der neu errichteten Anlage für Recycling und Wiederaufbereitung. Zehn Quadrat-

kilometer misst das Areal. Es ist kreisrund angelegt und wird von großen Container-Transmittern begrenzt, die in ihrer Bauweise wie Megalithen wirken. Es gibt nichts, was hier nicht entgiftet werden kann, und die offizielle Eröffnung wird in zwei Tagen stattfinden, begleitet von einer holografischen Installation des bislang nur Eingeweihten bekannten Next-Wave-Künstlers Quart Homphé.

Die Lichtsäulen fluten an den Wolken auseinander. Monatelang hat Quart gerechnet und programmiert und immer von neuem modifiziert. Inzwischen ist er überzeugt davon, seine holografische Installation auf geniale Weise fertig gestellt zu haben. Die Farbkomponenten bilden nur noch das Tüpfelchen auf dem I.

Ergriffen starrt Quart Homphé in die Höhe, schwer atmend und den Tränen näher denn je. Wie eine Brandungswelle flutet das Licht von den Säulen nach innen, entlang der fein strukturierten Bänder der Cirrocumuluswolken. In nahezu acht Kilometern Höhe überschlägt es sich in einem perfekten Zusammenspiel von Helligkeit und Schatten, die Farben vermischen sich, und im Zentrum der Installation entsteht ein erster überdimensionaler Tropfen. Erst funkelnd wie ein Diamant, dann von strahlendem Blau. So gewaltig wie ein Leichter Kreuzer. Seltsamerweise denkt Quart in dem Moment an die Wetterkontrolle. Was heute so perfekt funktioniert, muss auch übermorgen klappen.

Der Tropfen löst sich. Schneller werdend fällt er herab – als wolle er alles unter seiner Lichtfülle begraben.

»Imposant«, seufzt Quart Homphé. »Ich habe mich selbst übertroffen.«

Die nächsten Lichttropfen wachsen unter den Wolkenschleiern. Es ist ein unglaublich erhebender Anblick.

Es regnet funkelndes Licht.

Nur fünfhundert Meter vor Quart Homphé schlägt der erste Tropfen auf. Mit offenem Mund beobachtet der Künstler das Geschehen und nimmt jedes Detail begierig in sich auf, während seine Hände die Brille malträtieren, die er an einem geflochtenen Halsband trägt. Die altmodischen Gläser sind für den Fall gedacht, dass er seine Weitsichtigkeit ver-

liert, eine Bedrohung, die wie ein Damoklesschwert über ihm hängt, ihn aber bislang verschont hat, obwohl die genetische Veranlagung zur Kurzsichtigkeit in seiner Familie vorhanden ist.

Zeitlupenhaft langsam schiebt sich das holografische Licht vom Zentrum nach außen, ein Wall, der von den nachströmenden Quanten aufgebauscht wird. Die Ränder wölben sich in die Höhe, fransen aus und bilden geschwungene Zacken. Quart Homphé hat unterschiedliche Strömungsgeschwindigkeiten programmiert und nicht einmal einen Abweichungsfaktor infolge widriger Bodenwinde außer Acht gelassen.

Er steht wie erstarrt. Was sich ihm hier bietet, ist ein erhabenes Schauspiel, der Anfang einer zwanzigminütigen Sequenz, die noch weit Imposanteres offenbaren wird. An den Zacken der aufsteigenden Lichtflut bilden sich jetzt Kugeln, jede zehn Meter durchmessend, und das alles steigt lautlos wieder auf, eine gewaltige, sich ausdehnende Krone, einem zerplatzenden Wassertropfen abgeschaut.

Die nächsten Tropfen schlagen im Rund auf und spritzen in unzähligen gekrönten Zacken erneut in die Höhe.

Es regnet Licht.

»Fantastisch!«, jubelt Quintus. »Es funktioniert!«

Hat sein Assistent daran gezweifelt? Homphé setzt zu einer heftigen Erwiderung an, dass es ihm angesichts solcher Ignoranz nichts ausmachen wird, sich nach einem neuen Helfer umzusehen, dem sechsten in diesem Jahr, den er dann der Einfachheit halber Sextus nennen wird, doch ein heftiger Niesreiz hindert ihn daran, seine Gedanken auszusprechen. Quartodezimus ringt nach Luft, aus seinen Augenwinkeln quellen Tränen. Dann erreicht der unsägliche Niesreiz die Nasenwurzel und Quart Homphé platzt schallend heraus. Er stolpert mehrere Schritte weit vorwärts.

Ein aggressives Fauchen erklingt.

Quart erstarrt. Die Tränen verschleiern seinen Blick. Aber da ist es schon wieder, dieses entsetzliche Gefühl, sein Schädel müsse zerspringen. Er presst sich eine Hand aufs Gesicht, mit der anderen fuchtelt er wild in der Luft herum. »Weg!«, keucht er. »Verschwinde, du Mistvieh!«

Ein Schrei wie der eines Kleinkinds wird zum verhaltenen Wimmern. Aber das ist noch etliche Meter entfernt. Viel aggressiver klingt das Maunzen unmittelbar vor ihm. Abwechselnd heiß und kalt läuft es Homphé den Rücken hinab, als sich etwas Weiches an seine Beine schmiegt.

»Ver… verschwind…« Das neuerliche Niesen sticht wie mit glühenden Nadeln in sein Gehirn. Quart Homphé stolpert zu allem Überfluss über einen der Projektorköpfe. Mit den Armen rudernd, versucht er, sein Gleichgewicht zu wahren, aber rund drei Zentner Lebendgewicht entwickeln eine beachtliche Eigendynamik.

Er bricht in die Knie, kann gerade noch verhindern, dass er der Länge nach hinschlägt.

»Quartodezimus, hast du dich verletzt?«, ruft Quintus scheinheilig.

Dem Künstler stockt der Atem. Über ihn rollt der Widerschein eines zerplatzenden Lichttropfens hinweg. Die grelle Helligkeit zeichnet sekundenlang monströse Schatten.

Es ist ein Ungeheuer, das Quart in dem Moment anspringt, ein Monstrum mit kantigem Schädel und Stachelpelz, die Reißzähne gierig gefletscht und Geifer versprühend. Und so schwarz wie die Hölle erscheint das Biest.

Quart stockt der Atem. Mit einer einzigen weit ausholenden Bewegung schlägt er zu. Eine Reflexbewegung, aber er trifft. Seine Finger streifen ein weiches, nachgebendes Fellbündel – und im gleichen Moment rast ein greller Schmerz über seine Hand hinweg. Warm und klebrig tropft es über die Finger.

»Quintus«, keucht Quart Homphé. »Hilf mir! Ich verblute.« Er niest wieder, nicht mehr so heftig wie zuvor, und spuckt angewidert aus. Immer noch kniet er auf dem nackten Boden, umgeben von flackernden Entladungen, die ihn in dem Moment herzlich wenig interessieren. Seine Gesundheit ist wichtiger.

»Miau«, erklingt es neben ihm.

»Hau ab!« Quart Homphé wimmert. »Immer nur Katzen … Katzen … überall. Ich kann die Biester nicht mehr sehen.« Mit einem Schmerzlaut reißt er den Arm zurück.

Aber es war nur Quintus, der ihn berührt hat, keines dieser grässlichen Viecher, die seine Allergie auslösen.

»Halt still!«, herrscht ihn der Gnom an. Noch einmal greift Quintus zu und bricht ihm fast das Handgelenk. Manchmal wundert sich Homphé, welche Kräfte sein nur eineinhalb Meter großer Assistent entwickelt.

»Das ist nur ein Kratzer, Quart.«

»Nur? Das ging bis auf die Knochen.«

»Die äußere Speckschicht klafft auf, mehr nicht. Das heilt schnell.«

Homphé schüttelt den Kopf. »Das weiß ich besser als du. Die Wunde wird sich entzünden, im schlimmsten Fall werde ich die Hand nicht mehr gebrauchen können. Und weißt du, was es heißt, eine neue ...?«

»Hab dich nicht so. Die Katze hat dich gekratzt, na und?«

»Katze. Genau.« Quartodezimus würgt und röchelt und spuckt aus. »Woher kam das Vieh?«

»Das Gelände ist groß genug ...«

»Quatsch. Es hätte abgesperrt gehört. Überall sind diese Bestien. Sie sind aufdringlich und falsch, und ihre Haare bringen mich eines Tages noch um.«

Quintus tupft die Wunde mit einem Taschentuch ab. Sie blutet schon nicht mehr. »Du bist krank«, stellt er unumwunden fest. »Du bildest dir ein, dass du Katzen nicht magst ...«

»Sie stinken, sind eigenwillig und verursachen schlimmste Allergien.«

»Du bist starrsinnig, Quart. Es wird Zeit, dass dir das jemand sagt.«

Quartodezimus Filidor Edlervon Homphé wuchtet sich in die Höhe. Er überragt den Gnom um fast einen halben Meter. Erst starrt er seine Wunde an, dann Quintus. »Ich sage dir auch etwas.« Langsam und drohend, zugleich voll verhaltener Genugtuung quellen die Worte über seine Lippen. »Ich brauche deine Hilfe nicht mehr, du kannst gehen. Aber nimm die verfluchten Katzenviecher mit.«

Der Assistent verzieht das Gesicht zu einem schiefen Grinsen. Ihm ist nicht anzusehen, was er wirklich denkt.

»Du tust mir Leid, Quart. Katzen wirst du auf Terra bestimmt nicht entgehen können. Es sei denn …« Sein Blick schweift in die Runde. Der letzte große Lichttropfen zerplatzt soeben in ein filigranes Muster. Mehrere hundert nur einen Meter große Kugeln bilden sich, jede ein holografisches Abbild der guten alten Erde.

»Was?«, schnaubt Homphé.

Quintus geht. Ohne auf die Katzen zu achten.

»Du kannst mich hier nicht allein zurücklassen! Nicht mit diesen Biestern.«

»Ruf doch einen Medotransport! Wenn du mich fragst, du hast eine Katzenpsychose.«

»Und du bist endgültig entlassen.« Quart Homphé schreit jetzt. »Was wolltest du noch sagen? Was heißt: Es sei denn …?«

Der Assistent dreht sich nur einmal um. »Geh doch auf den Mars«, rät er spöttisch. »Wenn du irgendwo sicher sein kannst, keine Katze zu sehen, dann dort.«

Nachdenklich schaut Quart Homphé dem Gnom hinterher. Mit dem Handrücken reibt er sich die Nase und er schafft es, den Niesreiz zu unterdrücken. Endlich rafft er sich dazu auf, den Kodegeber in Funktion zu setzen, der die holografische Installation beendet. Mit einem Wimmern aus den Akustikfeldern bricht die Vorstellung ab. Die beiden pelzigen Scheusale hetzen fauchend davon.

»Der Mars«, murmelt Homphé in Gedanken versunken. Was Quintus da gesagt hat, war der erste vernünftige Satz, den er jemals von sich gegeben hat.

Der Mars!

Homphé nickt vor sich hin. Es gibt nur ein Problem: Was soll er auf dem menschenleeren roten Planeten? Kaum jemand wird seine Holoinstallationen sehen wollen. Felsen bestimmen dort das Bild, keine ausgedehnten Städte, keine Fabrikanlagen.

»Felsen?« Er lauscht dem Klang der eigenen Stimme. »Ich bin Künstler. Ich werde Skulpturen aus Stein erschaffen, wie sie niemand vorher gesehen hat. Ganze Bergzüge …« Quart Homphé stockt. Vor den Erfolg haben die Behörden den

Schweiß gesetzt. Er hasst Formalitäten – aber noch mehr hasst er Katzen.

Die eigenen rasselnden Atemzüge schreckten ihn auf. Er wollte nach Quintus rufen, dann besann er sich. Mit allen fünf Fingern der rechten Hand massierte er seine juckende Nase und schnaufte kräftig.

Zwölf Monate waren vergangen, seit er Quintus entlassen hatte. Er hatte seither nur noch kleinere Installationen fertig gestellt und sich ansonsten um seine Übersiedlung zum Mars gekümmert. Vor allem um die neuen großen Projekte, die er verwirklichen würde. Ein Marsgesicht auf dem Olympus Mons, das anfliegende Raumschiffe unübersehbar grüßte. Vielleicht sein eigenes Konterfei?

Die Luft war trotz der steten Umwälzung stickig. Und überhaupt: Er hatte Mühe, die Augen offen zu halten. Eine seltsame Müdigkeit erfüllte ihn. Die Stimmen der Mitreisenden waren zum fernen, kaum noch wahrnehmbaren Raunen geworden, eine Kulisse, auf die er ebenso gut verzichten konnte.

Quart Homphé blinzelte träge. Er würde versuchen, ein Interview zu geben, gleich an der Ausgrabungsstätte sein großes Projekt der Öffentlichkeit verkünden. Es gab keinen besseren Zeitpunkt dafür. Archäologie und Moderne mussten sich zu einer gelungenen Synthese verbinden. Eine ganze Reihe von Skulpturen als Symbol für den Aufbruch dieser Welt in eine neue Epoche. Unauslöschbar mit seinem Namen verbunden. *Die Homphé-Gesichter …*

Er blinzelte, massierte sich die Augenwinkel und blickte nach draußen. Die endlose Wüste hatte ihn ermüdet. Aber jetzt war da ein goldenes Flirren. Wie dichtes Schneetreiben. Quart Homphé kniff die Brauen zusammen. Das alles erschien ihm seltsam unwirklich, unscharf irgendwie. Ohne den Blick von der Scheibe abzuwenden, tastete er nach seiner Brille und setzte sie auf.

Die Gläser waren verschmiert. Genau das hatte er befürchtet. Sobald er das Ding wirklich benötigte, gab es Probleme. Er spuckte auf die Gläser, zog sich den Pullover aus dem Hosenbund und polierte heftig.

Mars-Liner-01 kippte zur Seite. Quart Homphé wartete auf einen vernichtenden Aufprall, auf das grässliche Kreischen, mit dem Stahl über harten Fels schrammte und vom Bug bis zum Heck aufgerissen wurde.

Aber nichts dergleichen geschah. Lediglich die Magnetgurte schnappten zu und hielten ihn einigermaßen sicher im Sitz fest. Aber das war Homphé längst egal, ein gallebitterer Geschmack im Mund ließ ihn würgen.

Draußen war nichts.

Weder Schwärze noch sonst etwas.

Mit bebenden Händen versuchte Homphé, die Brille wieder auf die Nase zu bekommen. Es gelang ihm erst im dritten Anlauf, nachdem er sich mit den Bügeln fast die Augen ausgestochen hatte. Tränen der Erregung, ein Rest von Spucke auf dem Glas und mehr Schlieren als vorher, die zweifellos von seinem Pullover stammten, beeinträchtigten seine Sicht. Plötzliche Helligkeit blendete ihn, während ihn gleichzeitig eine unsichtbare Faust in den Sitz presste.

Ein Gurgeln drang über Quart Homphés Lippen. Der Pilot hatte den Schwebebus ruckartig beschleunigt und steil in die Höhe gezogen. Für ein solches Manöver waren die Absorber des Museumsvehikels nicht geeignet. Quart bebte, als sein Magen zwischen die Rippen gedrückt wurde. Das Fahrzeug schien abzustürzen.

Entsetzte Schreie ringsum. Dann hatte er es geschafft, sich die Brille zum zweiten Mal von der Nase zu reißen. Aus weit aufgerissenen Augen blickte er nach draußen, auf ein gigantisches Gebäude, das dem Liner entgegen zu springen schien. Außerdem waren da jede Menge andere Fahrzeuge. Auf halsbrecherischem Kurs jagte Mars-Liner-01 zwischen ihnen hindurch, frontal auf die Fassade aus Glas und Stahl zu. Vielleicht würde der Schwebebus nicht gleich beim Aufprall zerrissen werden, sondern hindurchbrechen, aber dann … Quart Homphé lachte heiser, um seine eigene Unsicherheit und Panik zu vertreiben. »Das … das ist wieder nur eine Simulation!«, stieß er hervor. »Was soll der …?«

Ein gewaltiger Schatten huschte heran, ein kantiges Vehikel. *Unglaublich lang und massig,* war alles, was Homphé erkannte, dann drehte sich der Schwebebus um die eigene Längsachse und tauchte weg. Das Manöver war entsetzlich. Die Fliehkraft presste Quart gegen die Scheibe, während die erneut durchschlagende Beschleunigung die Reste des Frühstücks in der Speiseröhre aufsteigen ließ. Er würgte, versuchte, den Brechreiz zu unterdrücken, doch als das andere Fahrzeug nicht einmal einen Meter entfernt vorüberzog, war es um den letzten Rest seiner Beherrschung geschehen. Keuchend übergab er sich und glaubte, sterben zu müssen, weil der Mars-Liner auf die andere Seite kippte.

Schreie neben ihm.

»Schikago!«, brüllte eine Frauenstimme.

Quart Homphé schloss die Augen. Ein extremer Niesreiz quälte ihn. Sein Puls jagte; in diesen Sekunden wähnte er sich dem Tod näher als dem Leben. Wie viel hätte er dafür gegeben, diese Qual nicht länger ertragen zu müssen.

»Schikago, komm her zu mir!« Die Stimme der jungen Frau klang schrill. »Nicht zu dem Mann, neeiiin ...«

Quart Homphés Niesreiz wurde unerträglich und entlud sich. Seine Nase, der Rachen, alles war plötzlich wund, und bis in den Schädel hoch zuckte der Schmerz. Quarts Oberkörper wurde nach vorne geschleudert, dann sank er wimmernd zurück, beide Hände vor dem Gesicht verkrampft. Langsam glitten seine Finger über die wulstigen Wangen abwärts. Schweiß und Tränen verklebten die Lider, er hatte Mühe, die Augen zu öffnen, vielleicht wollte er es auch gar nicht mehr, obwohl Mars-Liner-01 wieder ruhiger flog.

Erneut zuckte es in Homphés Gesicht. Er war blass geworden, der schüttere Haarkranz klebte klatschnass an den Schläfen.

Im nächsten Moment stieß er einen durchdringenden Schrei aus. Ein herausforderndes, aggressives Miauen antwortete ihm. Ungläubig starrte Homphé auf den schmalen Platz zwischen seinem und dem Vordersitz. Ein türkisblaues, goldäugiges Monstrum grinste ihm entgegen und entblößte die spitzen Fangzähne.

»Schikago, komm zu mir! Wird's bald!«

»Eine Katze ...« Quart Homphé schien nicht glauben zu

können, was er sah. Weit quollen seine Augen aus den Höhlen hervor, er schnappte nach Luft wie ein Fisch auf dem Trockenen. »Nimm …«, sein abermaliges Niesen fiel schwach aus, »nimm das Biest da weg!«, herrschte er Shim Caratech an. »Wie kommt das überhaupt an Bord?«

Die Fluglage des Busses war wieder einigermaßen stabil. Ein fahler Himmel zeichnete sich ab und, halb verschwommen, die ferne Sonne. Sie war nicht mehr als ein düsterer gelber Schemen hinter aufgebauschten Regenwolken.

Als Shim nicht sofort reagierte, trat Homphé zu. Doch das hätte er besser gelassen. Die Katzenaugen funkelten ihn tückisch an, das Biest krümmte den Buckel und ließ ein unwilliges Fauchen vernehmen, dann sprang es …

… und landete auf Homphés Knien. Er riss die Arme hoch. »Weg mit der haarigen Bestie!«

»Das ist eine Ferrol-Katze«, sagte Shim Caratech.

»Mir egal, woher das Vieh stammt. Es haart, und Katzenhaare bringen mich um …« Es kostete Quart unglaubliche Selbstüberwindung, zuzupacken. Doch ihm blieb keine Wahl. Seine Finger krallten sich in das seidenweiche und lange Fell.

»Nicht!«, schrie Shim Caratech auf. »Schikago kostet ein Vermögen.«

Homphé lachte wirr. »Und wenn schon … Au, verfluchtes Biest.« Blitzschnell hatte Schikago zugebissen, und ebenso schnell sprang die vom Planeten Ferrol stammende Katze auf den Boden zurück und wandte sich mitten im Gang noch einmal um und musterte die füllige Gestalt, als konnte sie keiner Fliege etwas zu Leide tun.

Quart Homphé starrte seinen rechten Unterarm an, auf dem sich die Bisswunde blutig abzeichnete. Mit der Linken quetschte er zusätzlich das Blut heraus. »Ich brauche Antibiotika«, jammerte er hilflos. »Diese Viecher sind unberechenbar.«

»Schikago ist nicht giftig«, sagte die junge Frau so laut, dass der halbe Bus es hören konnte, »was man hier aber nicht von jedem behaupten kann.«

Homphé reagierte nicht. In sich zusammengesackt, ein Häufchen schwabbeligen Elends, kauerte er in seinem Sitz.

Er registrierte nicht einmal, dass Mars-Liner-01 zwischen fremden Gebäuden tiefer sank.

Quart Homphés Selbstmitleid verhinderte, dass er aus dem Fenster blickte. »Ich wollte auf den Mars, weil es hier keine Katzen gibt«, jammerte er. »Dieser Planet könnte so schön sein. Aber wenn sich diese Biester erst vermehren ... Eine Plage, sage ich. Sie sind eine Heimsuchung ...«

»He!« Pratton Allgame war aufgestanden und klopfte dem Künstler auf die Schulter. »Halt endlich den Mund, du Spinner!«

Homphé starrte ihn erschüttert an.

Mit gekonntem Griff packte Allgame die Katze im Nacken und setzte sie zurück in das Körbchen, das Shim Caratech mit beiden Händen hielt. »Keine Sorge, junge Frau«, sagte er lächelnd, »der Dicke tut Schikago bestimmt nichts. Dafür verbürge ich mich.«

»Danke.«

Pratton Allgame nickte knapp. Mit einer umfassenden Bewegung deutete er nach draußen. »Wir sollten uns endlich mit Wichtigerem befassen«, stellte er fest und fügte nach einer winzigen, wenngleich bedeutungsvollen Pause hinzu: »Was ist das für eine Stadt?«

Kapitel 4

Irgendwo tief im Nichts ein Gedanke, so flüchtig wie das Aufflackern einer Kerze im Orkan und ebenso schnell erloschen:

Ich.

Der Gedanke kehrte wieder. Überrascht, sich seiner selbst bewusst und wissensdurstig.

Ich lebe.

Er registrierte die Veränderung, einen eigentlich zeitlosen Vorgang, ohne ihn aber wirklich zu verstehen. Zugleich erwachte die Erinnerung; sie machte es leichter, zu verstehen. Von einer Sekunde zur anderen war er in einer Art Teleportation aus seiner vertrauten Umgebung herausgerissen worden. Eine Versetzung, die keineswegs zeitlos verlaufen war, sondern auf seltsame und unbekannte Weise verzögert.

Nicht nur ich. Alle wurden von dem goldenen Flirren erfasst.

Er spürte, dass Zeit verging, ohne jedoch sagen zu können, ob es sich um Sekundenbruchteile oder gar Stunden handelte. Seine Sinne waren nicht dafür geschaffen, das wahrzunehmen. Das Nichts hatte seine eigenen Gesetze.

Da war ein zweiter, vorerst noch vager Gedanke. Er signalisierte Gefahr.

Sein bitteres Lachen hallte durch die Unendlichkeit. *Was kann ich dagegen tun? Was?* Er verkrampfte sich, nahm seine Muskeln wieder wahr und seinen Körper. Ein dumpfes Pochen unter der Schädeldecke, das Rauschen des Blutes in den Schläfen. Das Herz hämmerte wild gegen die Rippen.

Es wird nicht mehr lange dauern …

Wie viel Zeit war wirklich verstrichen? Unwillig wischte er die Frage beiseite, sie lenkte ihn nur ab. Er brauchte seine

Konzentration für das vor ihm Liegende. Die ersten Minuten, das wusste er, waren immer die schlimmsten. *Die ersten Minuten von was?*

Schatten verdichteten sich ringsum. Sie nahmen Konturen an, die er zu kennen glaubte.

Er fieberte dem Moment entgegen, in dem er körperlich werden würde.

Ich?

Mischte sich Furcht in seine Überlegungen? Eher waren es Zweifel. Weil eine Frage auftauchte, die er noch nicht beantworten konnte:

Wer bin ich?

»... Reginald Bull.« Die eigene Stimme erschreckte ihn, sie klang heiser und kaum verständlich. Ein wenig verwirrt blickte er um sich und fuhr sich mit beiden Händen durch das zentimeterkurz geschnittene Haar.

Vier, vielleicht fünf Sekunden waren vergangen, seit er sich seiner selbst wieder bewusst geworden war. Die Zeitfunktion des Armbands zeigte es ihm. Aber längst nicht alles war wieder wie zuvor. Das goldene Schneetreiben war verweht, die Sicht hatte sich normalisiert. Die Sonne stand als kleine, verwaschene Scheibe nahezu im Zenit. *Nur diese Stadt ...?* Etwas raste auf ihn zu – etwas, das es an dieser Stelle gar nicht geben durfte. Wie alles andere auch.

Reginald Bull reagierte instinktiv, als er in die verwaiste Handsteuerung eingriff. Mit aufheulenden Absorbern und wimmerndem Triebwerk schleuderte Mars-Liner-01 herum und entging um Haaresbreite der Kollision mit einem anderen, seltsamen Flugobjekt.

Die Marswüste hatte sich auf erschreckende Weise verändert. Das war nicht mehr die weitgestreckte zerklüftete Ebene mit den begrenzenden Höhenzügen und Kratern – das war ... Ein Stöhnen auf den Lippen, drängte Bull alle belastenden Gedanken beiseite. Was er durch die Sichtscheibe der Pilotenkanzel erkennen konnte, war eine gigantische Metropole, mit vielen großen Städten vergleichbar, aber dennoch anders.

Fremd! Der Eindruck fraß sich fest.

Zehn Sekunden …

Der Schwebebus raste durch überbordenden Verkehr. Ein Dutzend Warnanzeigen und mehr blinkten hektisch. Es gab keine Leitimpulse mehr; die Satelliten im Marsorbit waren entweder gestört oder …

… nicht mehr vorhanden.

»Raus aus dem dichten Verkehr!«, kommandierte Perry Rhodan hinter ihm.

Bull lachte dumpf. »Wohin?«, wollte er fragen, aber er brachte nicht einmal den Ansatz über die Lippen. Ringsum herrschte ein kontrolliertes Chaos, dessen Gesetzmäßigkeiten sich ihm entzogen. Immer noch neben dem Pilotensitz stehend, riss er den Schwebebus in die Höhe. Hinter ihm ein dumpfes Krachen, begleitet von kläglichem Wimmern. Rhodan wurde von der jähen Aufwärtsbewegung gegen die Wand gedrückt, und der aus seiner Bewusstlosigkeit wiedererwachte Pilot rutschte auf den Durchgang zur Passagierkabine zu.

Steil schoss Mars-Liner-01 in den mausgrauen Himmel. Das Knacken im Rumpf verriet, dass solche Manöver Gift für den alten Schwebebus waren.

Etwas Großes, Massiges stieg aus der Tiefe herauf. Bully hatte es nur vage wahrgenommen, aber jetzt, als der Bus mit aller Kraft dem Zusammenprall zu entkommen suchte, erkannte er das scheibenförmige Gefährt in voller Größe. Gut hundertfünfzig Meter durchmaß es und schien so etwas wie ein Frachter zu sein. Der leicht nach außen gebogene obere Rumpf war von Vertiefungen geprägt, Ankerbuchten, in denen eigenwillig geformte Container steckten. Der blinkende Spitzkegel im Zentrum mochte ein Fesselfeldprojektor sein oder mit dem Antrieb zu tun haben, Reginald Bull hatte eine solche Konstruktion jedenfalls nie zuvor gesehen.

Kollisionswarnung! Die ersten einfachen Funktionen des Liners erwachten zu neuem Leben.

Es musste ein aberwitziges Bild sein, wie der kantige Schwebebus schräg in die Höhe stieg, von dem massigen Frachter gefolgt. Bully hatte sich in den Pilotensitz geschwungen, aber damit wurde die Sicht für ihn nicht umfassender. Lediglich die auf der Frontscheibe erscheinenden Anzeigen unterstützten ihn.

Der Sitz war hart und mit den modernen Konturensesseln nicht zu vergleichen; die Kontrollen reagierten noch nicht auf Blickkontakt, sondern mussten zum überwiegenden Teil mechanisch aktiviert werden. Trotzdem fühlte sich Reginald Bull sofort vertraut. Mars-Liner-01 war für ihn mehr als ein beliebiges Museumsstück – solche Schwebebusse hatte er vor langer Zeit selbst über die karge Oberfläche des roten Planeten geflogen. An Bord Siedler, die das ehrfürchtige Staunen nicht verlernt gehabt hatten, für die der Mars ein gewaltiger Schritt in ihrem Leben gewesen war.

Nahezu alle Kontrollen flackerten rot. Sie verrieten, dass der Frachter den Bus vom Heck her aufschlitzen würde.

»Wer hat uns das eingebrockt?« Bully zerrte an der Handsteuerung, der Liner kippte zur Seite weg. Für Sekundenbruchteile raste eine zerklüftete Wand heran, dann schrammte der Bus über eine zurückspringende Kante hinweg ins Leere. Ein Konglomerat aus Gittern und Verstrebungen, kantigen Kästen und trichterförmigen Steuerdüsen fegte vorbei und verschwand endgültig aus dem Blickfeld, als Bully den Liner in die Horizontale zurückfallen ließ.

»Da war nicht einmal ein Meter dazwischen«, ächzte er und wischte sich den Schweiß aus dem Gesicht.

»Pass auf!«, warnte Rhodan.

Bull grinste schräg. »Wie meine Großmutter schon immer zu sagen pflegte: Jede Art von Verkehr ist unfallträchtig.« Aus weit aufgerissenen Augen blickte er durch die Frontscheibe. Die ausgedehnte Skyline kam wieder in Sicht, eine Metropole, die sich scheinbar endlos erstreckte. Dazu eine überaus hohe Fahrzeugdichte. Gleiter schwebten von allen Seiten heran und vermischten sich auf vielen Ebenen.

Bull seufzte. »Wenn du mich fragst, hier gilt nur eins: je höher, desto weniger Durcheinander.«

Rhodan hatte dem Piloten auf die Beine geholfen. Sie redeten verhalten miteinander.

»Schick ihn bloß nicht nach hinten!«, sagte Bully warnend. »Unsere Passagiere fragen sonst, wer die Kiste fliegt.«

»Die werden gleich ganz andere Fragen stellen.«

»Das kann ich verstehen.« Reginald Bull seufzte ergeben. »Bei allen Sternengeistern, was ist das hier? Und wieso erwischt es immer uns?«

Zwei Gleiter kreuzten den Kurs des Mars-Liners, gläserne Kästen, wie Bully sie irgendwann vielleicht in technischen Entwürfen gesehen hatte, die aber nie wirklich gebaut worden waren. Sie erschienen ihm ebenso abstrus wie plump, nichts, was dem Konstrukteur besondere Anerkennung eingebracht hätte. »Du mich auch«, rutschte es Bull heraus, als einer der wenigen Passagiere des ersten Gleiters eine obszöne Geste machte. Der Kerl hatte abstehendes dunkles Haar – der Vergleich mit Shims Frisur drängte sich auf – und einen dichten Bart, aber vor allem war er unverkennbar terranischer Abstammung. Wie die anderen auch, die herüber glotzten.

Der zweite Gleiter wich dem Liner aus. Bully konnte gerade noch erkennen, dass er mit Angehörigen anderer Völker besetzt war. Ein Echsengesicht mit weit vorspringendem Maul und faustgroßen Glubschaugen, daneben ein gefiedertes Wesen mit im Nacken aufgestelltem bunten Federkamm ... Reginald Bull kniff die Brauen zusammen, dann schüttelte er den Kopf. Er bildete sich ein, ziemlich alle bekannten Völker identifizieren zu können, aber die da drüben? Der Versuch, noch einen zweiten Blick zu erhaschen, blieb erfolglos.

»Wir befinden uns nicht mehr auf dem Mars!«, sagte Perry Rhodan.

»Ach?« Bully wandte sich nur flüchtig um.

»Wenn du mich fragst, befinden wir uns nicht einmal mehr im Sonnensystem.«

»Ich frag dich nicht, weil mir das schon klar ist. Okay?« Reginald Bull konzentrierte sich auf die Head-Up-Anzeigen, weil eine Front dicht gedrängt stehender Gebäude vor ihm aufwuchs. Ein stählerner Urwald, das war der beste Vergleich. In der Tat wirkten die Häuser wie überdimensionierte Bäume. Von einem säulenartigen Zentrum ausgehend, spalteten sich Fortsätze wie Äste ab, auf denen ballonartige Konstruktionen saßen. Ganz zu schweigen davon, dass diese Bauweise nur mit einer ausgefeilten Technik möglich war, wirkte keiner der »Bäume« wie der andere. Teilweise griffen ihre Äste ineinander und bildeten ein schwer zu überschauendes Dickicht, in dem sich hunderte, wenn nicht gar mehrere tausend Flugobjekte abzeichneten.

Der Pilot schien sich endlich gefangen zu haben. Er wollte etwas sagen, wurde aber unterbrochen, weil Fran Imith in die Kanzel stürmte. Ihr erster Blick galt keinem der drei Männer in dem engen Raum, sondern schweifte nach draußen. Eine wache, lauernde Aufmerksamkeit zeigte sich in ihren Augen. »Die Passagiere werden unruhig«, stellte sie unumwunden fest. »Ich denke, es ist an der Zeit …«

»Wofür?«, fragte Bully.

»Wir müssen ihnen sagen, dass das da draußen …«

»Das ist diesmal keine Simulation«, unterbrach Perry Rhodan.

»Ich weiß«, sagte Fran Imith.

»Umso besser.« Rhodan massierte die kleine Narbe auf seinem rechten Nasenflügel. Den linken Arm hatte er angewinkelt, das Multifunktions-Armband war aktiv, aber die holografische Projektion zeigte nur Störungen.

Fran Imith warf einen flüchtigen Blick auf das Display. Sie schien sich damit auszukennen, andernfalls hätte sie nicht umgehend die richtigen Schlüsse gezogen. »Keiner der bekannten solaren Sender ist aktiv«, stellte sie unumwunden fest. »Das kann nicht sein!«

Reginald Bull hatte anderen Schwebefahrzeugen ausweichen müssen, deshalb den Mars-Liner vor dem »Baumviertel« herumgezogen und die Geschwindigkeit bis auf vierzig Stundenkilometer herabgesetzt. Doch nun bildete der Bus offensichtlich ein Hindernis. Von hinten flutete der Verkehr heran, drängte sich auf teilweise halsbrecherischem Kurs vorbei, und die eine oder andere fremde Gestalt reagierte unverhohlen wütend. Bully hob nur grinsend die Hand, und als ob sein Anblick Wunder wirke, jagten die anderen Maschinen mit wachsender Beschleunigung davon.

»Immerhin – sie scheinen mich zu kennen.« Er grinste breit.

»Red keinen Unsinn«, wehrte Perry Rhodan ab.

»Überzeug dich selbst davon! – Ich wünschte, das alles wäre nur eine Simulation.« Bully bremste den Mars-Liner weiter ab und flog nahe an ein skurriles Bauwerk heran. Er ließ die Maschine absinken. Der fließende Verkehr tangierte ihn danach kaum noch, lediglich Gleiter, die das Gebäude verließen, bedeuteten eine potenzielle Bedrohung.

Er schaltete die Durchsage ein. »Hier spricht Reginald Bull. Ich bitte alle, Ruhe zu bewahren und auf ihren Plätzen zu bleiben. Offenbar wurden wir von einer unbekannten Maschinerie im Bereich der archäologischen Grabungen teleportiert. Das ist an sich kein Problem, außer, dass wir für den Rückflug vielleicht ein Raumschiff anfordern müssen.« Er lachte vielsagend. »Das schafft unser Mars-Liner-01 nicht mehr aus eigener Kraft. Wir suchen nur noch einen geeigneten Landeplatz. Danach wird sich alles klären.«

»Wirklich?«, fragte der Pilot skeptisch. Die Erleichterung darüber, dass Bull seinen Platz eingenommen hat, war ihm deutlich anzusehen. Seine Erfahrung mit dem altertümlichen Fahrzeug beschränkte sich auf wenige Flugstunden.

Und Fran Imith fügte hinzu: »Weiß einer schon, wohin es uns verschlagen hat?«

Perry Rhodan zögerte kurz, ehe er antwortete: »Ich habe eine Stadt wie diese nie zuvor gesehen. Sie befindet sich mit einiger Wahrscheinlichkeit nicht innerhalb der Milchstraße.«

Fünfzig Meter über dem Boden hielt Reginald Bull den Mars-Liner in der Schwebe. Unter dem Bus erstreckte sich eine eigenwillige Flora, eine Art Farnwald. Aber nicht Grün war vorherrschend, sondern ein schmutziges Violett. Bis zu dreißig Meter hoch ragten die gespaltenen Wedel auf. Sie standen in Reih und Glied und wogten gleichmäßig im Wind.

Die Außenoptik übertrug das Bild auf einen lächerlich kleinen Monitor. Es war noch nicht einmal dreidimensional und ließ wenig Details erkennen. Mehrmals glaubte Reginald Bull, Lebewesen inmitten der Pflanzen zu sehen, aber wirklich sicher war er sich dieser Beobachtung nicht. Zu viel anderes beanspruchte seine Aufmerksamkeit. Die Gebäudefront wirkte im wahrsten Sinne des Wortes erdrückend. Über schätzungsweise eineinhalb Kilometer erstreckte sie sich und war annähernd ebenso hoch, eigentlich ein gewaltiger Klotz, grundhässlich, wären nicht die unzähligen Rücksprünge, Nischen und Einschnitte gewesen. Wie Höhlen wirkten sie, umrahmt von gewundenen Stahlträgern, einem engmaschigen Außenskelett und offenbar in die Zwischenräume gegossenem Kunststein. Ununterbrochen schwebten Gleiter ein und aus.

Es hatte zu nieseln begonnen. Der Farnwald schien sich dem belebenden Nass entgegenzurecken.

»Zehn Minuten erst«, murmelte Reginald Bull. »Dabei kommt es mir vor, als hingen wir hier schon eine kleine Ewigkeit rum.« Er checkte die letzten Aggregate und Messinstrumente. Inzwischen funktionierten alle Bereiche wieder, angefangen vom Prallfeld bis hin zu der einfachen Funkanlage. Niemand hatte es je für notwendig erachtet, Hyperfunk zu installieren. »Was sagt dein Armband, Perry?«

»Nichts, was ich auf Anhieb verstehen könnte. Die Frequenzen, auf denen gesendet wird, sind für uns ungewöhnlich. Außerdem ist der Pikosyn ausgefallen, nur noch die positronischen Funktionen arbeiten.«

»Könnte eine Folge der Strahlung sein. Sonst noch was?«

»Ich gebe ungern Halbwahrheiten bekannt.«

»Die sind mir immer noch lieber als gar nichts. Wir werden jemanden nach dem Weg zum nächsten Restaurant fragen müssen.«

»Oder nach Hause …«, wandte Fran Imith ein. Sie stand nach wie vor im Durchgang zur Kanzel. Aus dem Passagierraum erklang Pratton Allgames Predigerstimme.

»Das hört sich an, als hätte sich unser Weinbauer mit Quart Homphé angelegt«, murmelte Reginald Bull.

»Andere Sorgen hast du nicht?«

Bully hob die Schultern. »Wenn du mich so fragst … Ich werde darüber nachdenken.«

Die Situation war nicht so ungewöhnlich, wie sie erschien. Oft hatten sich die beiden Unsterblichen auf unbekanntem Terrain behaupten müssen. Immer war es ihnen gelungen, sich wieder nach Hause durchzuschlagen. Nur hatten sie nie auf einen bunt zusammengewürfelten Haufen unterschiedlichster Menschen Rücksicht nehmen müssen.

Perry Rhodan pfiff überrascht zwischen den Zähnen hindurch. Seine Armbandortung hatte neue Daten geliefert. »Das ist interessant. Die Masseanzeige gibt eindeutige Werte aus.«

»Und?«

»Diese Welt ist der Mars!«

Sekundenlang herrschte betretenes Schweigen. Nur aus dem Bus drangen lauter werdende Stimmen nach vorne. Die Passagiere waren sich über irgendetwas uneins.

»Ich habe schon besser gelacht.« Reginald Bull seufzte ergeben. »Wenn das der Mars ist, muss der fahle gelbe Fleck, den wir gesehen haben, unsere Sonne gewesen sein. Aber verrate mir dann bitte, was dieser ganze Unfug da draußen …« Er verstummte, denn im Hintergrund wurde es laut.

Fran Imith hatte sich schon zurückgezogen, die aufgebrachten Gemüter aber nicht beruhigen können. Perry Rhodan ging ebenfalls nach hinten. Er brauchte nur die Fäuste in die Hüfte zu stemmen, um wenigstens vorübergehend für Ruhe zu sorgen.

»In Ordnung«, sagte er. »Jetzt will ich wissen, wo das Problem ist!«

Khirm Smertens, ein hagerer Zwei-Meter-Mann mit ungewöhnlich blasser Haut, hielt ihm ein silbernes, zwei Handspannen messendes Etwas entgegen. »Hier haben wir das Problem. Warum wird uns die Wahrheit vorenthalten?«

»Ich kenne sie selbst noch nicht.«

Ein anderer fragte: »Wo befinden wir uns wirklich?«

»Die Ortungsdaten sagen, dass dies der Mars sein muss.«

Betretenes Schweigen. Doch gleich darauf redeten alle durcheinander. »Ruhe!«, rief Smertens und streckte das schmale Silberband in die Höhe. »Verdammt, haltet endlich den Mund!«

»Das ist Shims Haarspange«, stellte Rhodan fest und stellte damit seine Beobachtungsgabe unter Beweis.

»Mit integriertem Funkempfänger.« Khirm Smertens nickte eifrig. »Shimmi lässt sich ständig mit Musik berieseln. Aber jetzt ...« Er justierte das Kombigerät auf höchste Lautstärke.

Eine knarrende Stimme erklang, ein dumpfer Bass, der an das Quaken eines Froschs erinnerte. Eine zweite schnarrende Stimme fiel ein. Es war offensichtlich, dass sich beide unterhielten. Aber die Wesen sprachen kein Interkosmo, die Lingua franca der Milchstraße.

»Wenn das als Beweis nicht genügt. Wir befinden uns weder auf dem Mars noch im Sonnensystem, nicht einmal mehr in der Milchstraße.«

»Bitte«, sagte Perry Rhodan. »Alle Aufregung hilft uns nicht weiter. Wir haben ein Problem ...«

»Ein Problem?«, ächzte jemand. »Das ist doch schamlos untertrieben.«

»... aber wir werden damit fertig.«

»Bitte«, drängte Fran Imith im Hintergrund, »geht wieder auf eure Plätze. So ändert keiner etwas.«

»Die Frau hat Recht«, pflichtete Allgame bei. »Wenn uns jemand heil zurückbringen kann, dann Rhodan und Bull. Aber keiner von euch. Wer sich das zutraut, soll sich melden!«

Es wurde leiser im Fahrgastraum. Nicht zuletzt deshalb, weil sich eine Flugschale neben dem Bus herabsenkte.

Langsam schwebte sie nach vorne. Zwei Wesen kauerten in dem eigenwilligen Gefährt, die Hände auf seitlichen Konsolen aufgestützt. Sie waren humanoid, nicht allzu groß, aber im Vergleich dazu ungewöhnlich breit in den Schultern. Vogelabkömmlinge. Ihre kantigen, spitzen Schnäbel und die weiß gefiederten Schädel erinnerten an irdische Kormorane. Ihr Interesse galt eindeutig dem Mars-Liner.

Rhodan machte auf dem Absatz kehrt zur Pilotenkanzel.

»Wir erregen Aufsehen.« Reginald Bull deutete auf die Einblendungen, die das Ortungsbild der Flugschale und ein halbes Dutzend anderer Fahrzeuge zeigten.

Die beiden Gefiederten schwenkten vor den Mars-Liner ein. Aus hochgestellten ovalen Augen blickten sie auf die

Pilotenkanzel. Die Schädel vollführten ruckartige, kröpfende Bewegungen.

»Möchte wissen, was die von uns wollen.« Bully massierte sich die Schläfen. »Mit irgendwas sind die nicht einverstanden.«

Die Flugschale pendelte, sackte abrupt bis auf den Boden ab und stieg langsam wieder in die Höhe. Die Bewegungen der Vogelabkömmlinge wurden hektischer, sie rissen die Schnäbel auf, als wollten sie tatsächlich ihre Nahrung wieder hervorwürgen.

»Hinterher!«, bestimmte Perry Rhodan. »Sie wollen, dass wir ihnen folgen.«

»Aber …«

»Mach schon!«

Sonderlich überzeugt schien Bully nicht zu sein, dennoch ließ er den Bus langsam in die Höhe steigen. Die Flugschale der Gefiederten beschleunigte und jagte im 45-Grad-Winkel davon. Erst als die Vogelwesen bemerkten, dass der Bus deutlich langsamer in Fahrt kam, verzögerten sie wieder.

»Ich denke, das ist unser Abholdienst«, sagte Perry Rhodan zufrieden.

Bully warf ihm einen verkniffenen Blick zu. »Wenn du mich fragst, sonderlich aufmerksam sind die nicht. Wir könnten längst als Wrack in irgendeiner Straße liegen. Die sind fünfzehn Minuten zu spät dran.«

»Bei dem Verkehr hier …« Rhodans Tonfall war nicht zu entnehmen, wie ernst er seine Bemerkung meinte.

Reginald Bull stutzte zuerst, er schien zu einer Erwiderung ansetzen zu wollen, überlegte es sich aber doch anders.

»Wir sollten unsere Passagiere wissen lassen, dass es nun bald wieder nach Hause geht«, stellte Perry Rhodan kurz darauf fest.

»Was macht dich so sicher?«

»Nichts. Aber sag's ihnen trotzdem.«

Kapitel 5

Ein ergebenes Seufzen auf den Lippen, aktivierte Reginald Bull die Bordkommunikation. »Wir werden in Kürze mehr über unsere Situation erfahren«, verkündete er. »Offensichtlich haben wir zwei Lotsen bekommen, die uns durch diese Stadt führen. Ich denke, am Ziel erwartet uns eine umfassende Aufklärung. Danke.«

»Ich hoffe, Sie hatten einen angenehmen Flug und beehren uns bald wieder.«

Bully kniff die Brauen zusammen. Rhodans Bemerkung hatte ihn auf dem falschen Fuß erwischt.

»Ich finde, du bist der perfekte Flugkapitän«, versicherte der Freund.

»Wenigstens einer, der das einsieht.« Reginald Bull gab sich schon wieder zuversichtlich, obwohl der Verkehr erneut dichter geworden war. Es wurde schwierig, möglichst nahe an der Flugscheibe dranzubleiben. Unaufhörlich drängten andere Gleiter heran. Dass dieses Durcheinander keine schwerwiegenden Kollisionen nach sich zog, erschien wie ein Wunder.

Die Vogelwesen umflogen zwei Pyramidenbauten, deren Spitzen ein funkelnder Energietunnel miteinander verband. Am Tunnelrand klebten transparente Kapseln, und einige Dutzend Menschen warteten darauf, diese Gebilde betreten zu können. Bully versuchte, mehr zu erkennen, aber die Distanz war zu groß.

»Abgesehen von ihrer Kleidung … sie könnten durchaus auf Terra geboren sein.«

»Das wäre möglich, ja.«

Schnaubend stieß Reginald Bull die Luft aus. »Ich kenne dich! Du hältst mit irgendetwas zurück. Also?«

Sie näherten sich den Außenbezirken der gewaltigen Metropole, die vielleicht sogar größer war als Terrania City. Querab schimmerten Wasserflächen im Widerschein fahler Sonnenstrahlen. Überhaupt bestimmte zunehmend exotische Vegetation das Bild, die Bauten traten weiter auseinander und wurden niedriger.

»Wir wurden nicht an einen anderen Ort versetzt«, sagte Perry Rhodan.

»Hm.«

»Dieser Planet ist der Mars.«

»Das hattest du bereits festgestellt.«

»Bist du anderer Ansicht, Bully?«

»Ich könnte dir alle plausiblen Vermutungen an den Fingern abzählen.«

Die Flugschale mit den beiden Vogelwesen beschleunigte. Gut zweihundert Stundenkilometer betrug die Fluggeschwindigkeit. Weit voraus tauchte im Dunst ein einzelnes höheres Bauwerk auf.

»Jede Wette, das ist unser Ziel.« Reginald Bull warf Rhodan einen auffordernden Blick zu. »Ich höre immer noch«, drängte er.

»Wir haben den Mars nicht verlassen. Leider gibt es keinen anderen Beweis als die eingeschränkten Ortungsdaten meines Armbands. An eine Parallelwelt glaube ich nicht. Trotzdem war das, was wir erlebt haben, eine Art Versetzung.«

»Nicht im Raum, sondern in der Zeit?« Bully klang keineswegs überrascht.

»Wenn du so willst, beides. Nur eben initial auf der Zeitschiene.«

»Da existieren zwei Richtungen, wenn ich mich nicht irre.«

Das Bauwerk voraus wurde deutlicher. Zwei Kilometer Höhe, zeigte die Distanzmessung an, ein gewaltiger Turm, der sich ab dem unteren Drittel zu drei gabelartigen Zinken verjüngte.

»In die Zukunft!«, sagte Perry Rhodan jäh und fügte hinzu: »Das ist aber nur ein Gefühl.«

Bully nickte. Verbissen blickte er nach draußen. »Wenigstens gibt es noch Menschen«, sagte er nach mehreren tiefen Atemzügen. »Trotzdem. Hier sind mehr als nur einige hundert Jahre vergangen. Allein diese grässliche Vegetation … Die Farne erinnern mich an das erdgeschichtliche Trias. Wie lange lag das vor unserer eigenen Zeit? Nein, sag's lieber nicht.«

»Die Pflanzen wurden wahrscheinlich von überall her importiert.«

»Rund 250 Millionen Jahre«, sinnierte Bully. Einmal in Fahrt gekommen, war er nicht mehr so leicht zu stoppen. »Ungefähr vor 205 Millionen Jahren begann das Jura. Damals hatten sich die Kontinente der Erde noch nicht einmal getrennt.« Wie aberwitzig seine Vermutung war, sah er von selbst ein. »Weißt du, was unsere Passagiere mit uns machen würden, sobald sie eine solche Zahl hören? Dabei sind wir da ebenso reingeschliddert wie sie.«

Der Turm war deutlicher zu erkennen. Nicht drei Zacken stiegen aus dem Unterbau auf, sondern vier. Zudem handelte es sich um zwei monströse Bauten, die sich kreuzförmig überlappten – zwei »Stimmgabeln«, deren Zinken verschiedene Höhen erreichten und in schrägen Dächern endeten.

»Sieht bedeutungsvoll aus«, sinnierte Bully. »Wer dort sitzt, hat vermutlich einiges zu sagen.« Er zuckte zusammen, als Rhodan urplötzlich mit der rechten Hand ausholte und über seine Schulter wischte. »He«, brummte er, »was ist in dich gefahren?« Vorübergehend war er abgelenkt, weil die Flugschale mit den Vogelwesen tiefer sank und abbremste. Er glich die Geschwindigkeit des Mars-Liners an. Erst dann schaffte er es, sich wieder dem Freund zuzuwenden.

Perry Rhodan hatte etwas in der hohlen Hand gefangen. Allerdings tat er sich schwer, dieses Etwas festzuhalten und hatte inzwischen die Linke zu Hilfe genommen. »Ich mag es nicht, wenn man uns nachspioniert«, schimpfte er.

»Lass mich raten. Eine Mikrooptik?«

»Ich habe mich schon gefragt, warum keiner von den Medienleuten in der Kanzel erscheint. Sonst hören sie doch auch das Gras wachsen.«

»Das Ding hat unsere Unterhaltung übertragen?«

»Zumindest aufgezeichnet.«

Bullys Augen funkelten, als er auf die Seitenwand deutete. Neben den Redundanzsystemen der wichtigsten Flugkontrollen gab es mehrere leere Fächer. Sie waren für Erweiterungsinstallationen vorgesehen gewesen, die bei diesem Typ von Schwebebus aber nie ausgeführt worden waren. »Vorläufige Sicherheitsverwahrung, schlage ich vor. Falls jemand die Optik vermisst, wird er sich schon melden. Dann erzähle ich ihm was.«

Er konzentrierte sich auf den Anflug. Ein imposantes Bauwerk war diese doppelte Stimmgabel, doch wurde Bully erst jetzt richtig bewusst, dass im näheren Umfeld kaum Flugverkehr herrschte.

Nicht einmal mehr fünfhundert Meter Distanz. Die Flugschale war zum Stillstand gekommen, der Bus schloss im Schritttempo auf. Alle Scanner und Ortungen arbeiteten, aber die Ergebnisse ließen zu wünschen übrig.

»Sieht so aus, als wären vor uns einige Abschirmungen aktiv.«

»Das allein muss noch nicht sehr viel bedeuten.« Rhodan hatte einige Mühe gehabt, die Mikrooptik in Gewahrsam zu nehmen, ohne dass sie ihm dabei entwischt war. Das Ding war wendiger als eine Hummel und keineswegs größer, aber auch nicht intelligenter als ein Insekt. Ein leises und rhythmisches Knacken verriet, dass die Optik hartnäckig gegen die Tür anflog.

Bullys Finger huschten über die Kontrollen, als mehrere kleine Schirme aufflackerten.

Unbekannte Energieform …

Beeinflussung des Pulsatortriebwerks … Keine Reaktion auf den Korrekturschub, den Bull auslöste.

Kinetische Fremdeinwirkung … Der Bus wurde wie von Geisterhand auf das Bauwerk zu gezogen. Auch die Flugschale glitt weiter.

»Sie haben uns im Traktorstrahl.« Bull schaltete alle Antriebsfunktionen auf Leerlauf. Immerhin konnte er auf diese Weise blitzschnell reagieren, sollte es die Situation erfordern.

Er wirkte grimmig entschlossen. »Auf die Erklärung, die wir hoffentlich bald erhalten werden, bin ich wirklich gespannt.«

Für einen Moment stockte Perry Rhodan der Atem. Das Gefährt mit den beiden Vogelwesen musste unweigerlich gegen die Wand prallen. Große Fensterfronten prägten die Fassade des Bauwerks in vielen Bereichen, aber ausgerechnet vor dem Mars-Liner und der Flugschale gab es weder Luken noch Einflugöffnungen, und die verspiegelte Außenhülle wirkte wie eine Stahllegierung.

»Für unsere neuen Freunde ist das offenbar völlig normal«, bemerkte Reginald Bull.

Sekunden später schien die Wand aufzuwallen. Rhodan versuchte, mehr zu erkennen als nur dieses Brodeln – es gelang ihm nicht. Auch nicht, als der Mars-Liner-01 ebenfalls in das Gebäude einflog. Vermutlich täuschte der Eindruck, dass die Materie in Bewegung geraten war, und es handelte sich um einen energetischen Effekt. Der Terraner spürte ein Prickeln am ganzen Körper, als würden sich seine Haare aufrichten, aber so schnell wie es begonnen hatte, war es auch wieder vorbei. Er hatte das Durchdringen der Wand nicht einmal richtig wahrnehmen können.

Eine Halle öffnete sich vor dem Bus, eher sogar ein weitläufiger Hangar, der sich in unbestimmter Distanz verlor. In der Nähe gab es nur ein weiteres Fahrzeug: die Flugschale der Lotsen.

Die beiden Vogelwesen klappten ihre Konsolen zurück und schwangen sich über die niedrige Bordwand. Sie hatten sichtlich Mühe, einen sicheren Stand zu bewahren.

Sechs ebenfalls fragil wirkende Vogelabkömmlinge näherten sich mit stakenden Schritten von der Seite her. Noch waren sie gut zweihundert Meter von dem gelandeten Mars-Liner entfernt, aber sie kamen zielstrebig heran.

»Sonderlich eilig haben sie es nicht«, bemerkte Reginald Bull. »Das dürfte aber dennoch unser Begrüßungskomitee sein.«

Der Gang der Fremden wirkte unsicher, was wohl an den hoch angesetzten Kniegelenken lag. Die schmalen Hüften taten ein Übriges dazu, sie hielten die Standfläche relativ eng begrenzt. Für menschliches Empfinden wirkten die Proportionen verschoben. Die breiten Schultern und der tonnenförmige Oberkörper lasteten auf dürren, zerbrechlich anmutenden Beinen. Die Arme machten keinen stabileren Eindruck, und Flügel, die eine Entlastung des Gehapparats bedeutet hätten, schienen nicht einmal mehr rudimentär vorhanden zu sein.

Bully schüttelte den Kopf. »Ich habe keine Ahnung, wo ich dieses Volk einordnen soll. Wir sind solchen Vögeln bislang nicht begegnet.«

Gleichzeitig wirkten die Fremden bis auf ihre Köpfe humanoid. Sie trugen pastellfarbene lange Gewänder, die das Brustgefieder aussparten. Auch die verhornten Gliedmaßen waren deutlich zu erkennen.

Die beiden Wesen aus der Flugschale, die dem Bus schon deutlich näher waren, hielten kurz inne und schienen mit den anderen zu reden.

»Warum hören wir nichts?«, schimpfte Perry Rhodan, der soeben das Translatormodul seines Armbands kontrollierte.

»Vergiss nicht, wie alt die Kiste ist«, antwortete Bully. »Der Typ hatte doch damals schon seine Macken. Ich vermute, dass eine Sandkruste die Außenmikrofone abdeckt.«

Rhodans Wangenknochen traten hervor. Ihm war anzusehen, dass er sich ärgerte. »Welches verkappte Genie hatte eigentlich die Idee mit dem Museumsfahrzeug?«

»Tourismus und …«

»Ich will's gar nicht hören«, wehrte Rhodan ab. »Wir hätten unser Veto einlegen sollen. Allerdings habe ich mich von der Nostalgie verleiten lassen; zwei Tage im Bus über den Mars … Wie lange hatten wir keine Gelegenheit mehr für solche Fahrten.« Er deutete nach hinten. »Gehen wir!«

»Und das hier?« Bully klopfte auf die Konsole. »Mir behagt es nicht, die Startbereitschaft aufzugeben.«

»Kommt der Bus gegen den Traktorstrahl an?«

»Ich weiß nicht. Vielleicht mit voller Beschleunigung.«

»Und die Wand hinter uns?«

Bully seufzte ergeben. »Willst du alles mies machen? Dann

stell dich gleich in die Kabine und erkläre, dass wir keine Ahnung haben …«

Sie sorgten sich um die Passagiere. Alles andere war zweitrangig. Die Mehrzahl der Männer und Frauen hatte den Vorfall vermutlich noch nicht in seiner ganzen Tragweite erfasst. Aber sobald das geschah, würde es Probleme geben. Sie waren räumlich oder zeitlich weit von der Heimat entfernt – und der einzige Lichtblick war, dass es so aussah, als hätte man sie erwartet.

Genau das sagte Perry Rhodan, als er Augenblicke später zwischen den Sitzreihen stand. »Wir wurden erwartet, das ist offensichtlich. Reginald Bull und ich werden mit den Fremden reden. Wir wissen noch nicht, was das alles zu bedeuten hat, aber wir finden es heraus.«

»Schaffen wir es nach Hause?«, rief jemand dazwischen.

»Wir haben es immer geschafft. Weshalb sollte das diesmal anders sein?«

Einige lachten. Shim Caratech klatschte hastig Beifall. »Mein Vertrauen hast du, Perry!«, rief sie laut.

Rhodan deutete eine Verneigung in ihre Richtung an. »Danke, Shim.« Gleichzeitig hob er die Hand und hinderte zwei Männer in den vorderen Reihen am Aufstehen. »Wir brauchen keine Medienpräsenz da draußen«, wehrte er ab. »Ich hoffe, das ist unmissverständlich. Vorerst bleibt jeder Passagier an Bord.«

»Wir haben einen Informationsauftrag …«

»Die Situation hat sich geändert. Wenn ich hier die Verantwortung übernehme, erwarte ich, dass meine Anordnungen befolgt werden. Wir wissen nicht, wie unsere Freunde da draußen auf Optiken und dergleichen reagieren.«

»Schon gut.« Der Reporter, der sich schon halb erhoben hatte, ließ sich auf den Sitz zurücksinken. »Sobald alles zufrieden stellend geklärt ist …?«

»Dann meinetwegen.« Rhodan ließ die vordere Schleuse aufgleiten. In einer nicht atembaren Atmosphäre hätte das äußere Schott blockiert und einen Ausstieg nur über die korrekte Schleusenfunktion ermöglicht.

Kurz wandte er sich zu Bull um, der dem Piloten eine

Reihe von Anweisungen gegeben hatte, dann verließ er den Bus.

»Ihr müsst reden«, sagte Bully. »Möglichst viel, wenn wir euch verstehen sollen.« Er tippte sich mit dem Finger an die Brust. »Ich bin Reginald Bull. Mein Begleiter heißt Perry Rhodan. Wir sind Terraner. Aber ich denke, das wisst ihr. – Ich hoffe es jedenfalls«, fügte er hinzu.

Die Translatormodule ihrer Armbänder benötigten einen möglichst großen Wortvorrat für die Analyse der fremden Sprache und ihrer Grammatik.

Bully glaubte, in den Gesichtern der Vogelwesen Neugierde und eine furchtsame Zufriedenheit zu erkennen. Zumindest erweckten ihre Muskelbewegungen und die Veränderung im feinen Gesichtsgefieder diesen Eindruck. Überhaupt schienen die Farbnuancen der Federn so etwas wie eine Physiognomie darzustellen. Dass die Augen der Fremden weit vorne saßen und senkrecht standen, hatte er schon gesehen, bevor er der Flugschale gefolgt war. Aus unmittelbarer Nähe erkannte er ihre Grundfarbe als ein helles Gelb mit schwarz kontrastierender Iris.

Der Blick dieser Augen wirkte traurig.

»Wie dem auch sei«, fuhr Reginald Bull fort. »Wir hoffen auf einen freundschaftlichen Kontakt. Ihr wirkt auf mich nicht gerade angriffslustig. Eher würde ich sagen, sehr müde und kraftlos.«

»Das ist bedingt richtig«, erwiderte eine tiefe, getragene Stimme. Bully empfand in dem Moment eine schwache Vibration. Er wusste nicht einmal, ob er die Worte wirklich gehört hatte. »So schnell reagiert kein Translator«, murmelte er im Selbstgespräch. »Das war Zufall, oder?«

»Wir verstehen dich sehr gut, Reginald Bull.«

Überrascht legte er die Stirn in Falten. Der amüsierte Zug um Perry Rhodans Mundwinkel ärgerte ihn. »Wer versucht hier eigentlich, uns auf den Arm zu nehmen?«, wollte er wissen. »Das sieht nach einem abgekarteten Spiel aus. Aber für einen Medienscherz geht das entschieden zu weit.« Ruckartig wandte er sich um. Wie erwartet, blickten ihm hinter den

Sichtscheiben des Mars-Liners eine Reihe interessierter Gesichter entgegen – allen voran die beiden Reporter.

»Es ist Zeit für eine Erklärung«, sagte in dem Moment Perry Rhodan.

»Natürlich«, erwiderte der größte der Fremden.

Bully schätzte, dass er exakt so groß wie Rhodan war, also 1,89 Meter. Zugleich glaubte er zu erkennen, dass es sich um einen ihrer Lotsen handelte. »Also, was ist das hier?«, drängte er. »Theater oder nicht?«

Sein Gegenüber sperrte den Schnabel auf. Eine verknorpelte Zunge wurde sichtbar. Das Vogelwesen stieß eine Reihe dumpfer Laute aus und winkelte die Arme vor der Brust an. »Wir befinden uns im Ordensturm von Mantagir«, verkündete es, als sei damit schon alles gesagt. »Wir Tambu gehören dem Orden der Wissenschaftler von Cor'morian an.«

Sobald der Fremde redete, lag mehr als nur die Vibration seiner Bassstimme in der Luft. Bully glaubte, zwei Stimmen unterscheiden zu können – eine, die zu ihm in Interkosmo sprach und eine zweite, leise, im Hintergrund, die wie Vogelkrächzen klang, in derselben Tonhöhe.

»Ich bin Gherdo Cal Stogg, der technische Leiter dieser Niederlassung.«

»Wo befinden wir uns?«, fragte Rhodan. »Wie heißt diese Welt?«

»Balance B.« Der Gefiederte reckte den Hals.

»Welche Galaxis?«

»Vaaligo.«

Bully wollte gerade loslegen, als sein Gegenüber ihm die Hand entgegenstreckte. Die Finger wirkten unglaublich dürr; wahrscheinlich befanden sich unter den faserigen Hornlamellen nur Muskelstränge und Knochenfragmente.

Die Art, wie Gherdo Cal Stogg ihm die Hand entgegenhielt, irritierte Bull. Erst bei genauerem Hinsehen bemerkte er die hauchdünne transparente Scheibe auf der Kuppe des Mittelfingers. Ohne eine schwache Lichtreflexion wäre ihm das Gebilde vermutlich gar nicht aufgefallen.

»Was ist das?«

»Ein Translator.«

Die Scheibe war so groß wie eine Zwei-Galax-Münze, also etwa wie seine Daumenkuppe. In ihrer Konsistenz erinnerte sie an Folienmaterial. Sie mochte gleichermaßen als Miniatur-Monitor wie als Datenspeicher dienen. Ob die äußerst umfangreichen Funktionen eines Übersetzungsgeräts darauf Platz fanden, von denen der Datenspeicher noch das geringste Volumen beanspruchte, erschien fraglich. Die logischen Funktionen der Spracherkennung und Interpretation sowie der Lernfähigkeit benötigten üblicherweise ein mehrfaches Volumen.

»Ein schönes Spielzeug.« Seine Zweifel waren keineswegs geringer geworden. »Vor allem wurde das Gerät schon auf Interkosmo programmiert.«

»Das ist selbstverständlich«, bestätigte einer der Wissenschaftler. »Wir sind gezwungen, professionell und effektiv zu arbeiten.«

Reginald Bull akzeptierte es, dass der Tambu ihm das Plättchen auf die Wange drückte. Es haftete sofort, und als er selbst mit den Fingern darüber strich, nahm er es fast nicht als Fremdkörper wahr. Er spürte nur eine kaum tastbare Hautunebenheit. Zudem war dieser Translator nur bei peinlich genauem Hinsehen zu entdecken, das stellte er fest, als Perry Rhodan ebenfalls ein solches Gerät erhielt.

»Vaaligonde ist die Verkehrssprache unserer Galaxis. Alle lokalen Varianten stehen euch hiermit zur Verfügung.«

Reginald Bull war nahe daran, die Vermutung eines Zeitsprungs zu revidieren. »Das Interkosmo wurde alten Archiven entnommen?«, fragte er. Lebende Sprachen, die von nahezu allen raumfahrenden Völkern einer Galaxis benutzt wurden, verschwanden nicht innerhalb weniger Jahrtausende. Dazu hätte es extremer Veränderungen bedurft.

»Nicht einmal unsere am weitesten zurückreichenden Datensammlungen kennen phonetische oder schriftliche Beispiele eurer Sprache«, antwortete der Tambu. »Lediglich ein einziger Hinweis auf eine vor Äonen verschollene Umgangssprache existiert. Die Quelle ist aber nachgewiesenermaßen unzuverlässig.«

Sekundenlang starrte Reginald Bull die Fremden an, dann

schüttelte er sich, als müsse er eine plötzliche Benommenheit vertreiben. »Noch einmal, und zwar langsam und zum mitschreiben«, forderte er. »Wie alt ist diese Quelle?«

»Sehr alt.«

»So geht das nicht.« Er glaubte zu spüren, dass die Blicke der Buspassagiere ihn förmlich sezierten. Für einen Augenblick war er versucht, sich umzudrehen und ihnen zu sagen … Was eigentlich?

»Eine genaue Zahl!«, verlangte Perry Rhodan in dem Moment.

»Nahezu eine Milliarde eurer Jahre.«

Eine Milliarde … Perry Rhodans Gedanken überschlugen sich. Das war selbst für ihn mehr, als er auf Anhieb verkraften konnte. Schwindel erfasste ihn. Er beugte sich vor und stützte die Hände auf den Knien auf. Tief atmete er ein, konzentrierte sich zugleich auf die Impulse des Zellaktivators, die ihm halfen, die Übelkeit zu überwinden. *Eigentlich,* dachte er, *ist es unerheblich, ob wir tausend Jahre in die Zukunft versetzt wurden oder eine Milliarde. Der Vorgang an sich ist identisch.*

»Mein Gott!« Neben ihm fuhr sich Reginald Bull mit beiden Händen durch das Stoppelhaar. »Gibt es die Erde überhaupt noch?«

»Sie erfüllt einen wichtigen Zweck«, antwortete Gherdon Cal Stogg.

»Wie schön.« Bully wischte sich mit dem Handrücken über die Augen. »Jetzt würden wir gerne wissen, was hinter alldem steckt.«

»Wir befinden uns noch auf dem Mars?«, fragte Perry Rhodan.

»Diese Welt heißt heute Balance B.«

»Hm.« Bully verbiss sich jeglichen Kommentar. Es war nicht die Zeit dafür.

»Wir sind dreißig Personen«, fuhr Rhodan fort. »Was sollen wir den anderen sagen? Dass die Wissenschaftler von Cor'morian uns entführt haben?«

»Dass wir eure Hilfe benötigen. Allein sind wir endgültig

verloren.« Es war Perry Rhodans Blick, der Gherdon Cal Stogg aufforderte, weiter zu reden. »Uns Tambu bleibt keine andere Hoffnung mehr. Wenn ihr euch verweigert, werden wir die Zeitversetzung rückgängig machen. Wir wollen andere Wesen nicht in Bedrängnis bringen.«

»Das zu hören, tut gut«, murmelte Reginald Bull.

Einer der anderen Wissenschaftler sagte: »Vor einiger Zeit haben wir festgestellt, dass Balance B im Mittelpunkt einer außergewöhnlichen Raum-Zeit-Instabilität liegt. Erst diese Instabilität ermöglichte es, entlang der Zeitachse nach einer Lösung für unser Problem zu suchen. Wir sind sicher, dass wir in den Terranern die erhoffte Unterstützung gefunden haben.«

»Wurde unser Mars-Liner entführt, weil die Wissenschaftler von Cor'morian maßgebliche Personen wollen?«

Gherdon Cal Stogg legte den Kopf schräg, was entweder Unsicherheit oder Verneinung bedeutete. »Wir konnten das Fahrzeug keineswegs gezielt für den Transport auswählen, sondern mussten akzeptieren, was wir im Wirkungsbereich des Temporal-Teleporters fanden. Seine Zielgenauigkeit lässt noch zu wünschen übrig. Andererseits sind wir schon zufrieden damit, dass es uns so schnell gelungen ist, eine Versetzung zu bewirken. Die Streuwirkung ist dafür verantwortlich, dass euer Fahrzeug nicht am Ordensturm materialisierte, sondern irgendwo in Mantagir.«

»Mantagir ist diese Metropole?«, vermutete Rhodan.

»Deshalb also das verspätete Empfangskomitee.« Bully kaute nachdenklich auf der Unterlippe.«

»Das tut uns Leid. Natürlich sind wir uns der Gefahr bewusst, in die wir euch damit gebracht haben.«

»Ist das ein großes Problem?« Der Tambu hob die Arme leicht an und ließ sie wieder sinken. Die Geste drückte Unschlüssigkeit aus. »Also doch ein Problem«, stellte Bully unumwunden fest.

Der Tambu zögerte. Dann sagte er: »Wir glauben nicht, dass die Nodronen auf euch aufmerksam geworden sind. Mantagir ist eine kosmopolitische Stadt, da fällt ein ungewöhnlich konstruiertes Fahrzeug mehr oder weniger nicht auf.«

»Und warum wurden wir eine Jahrmilliarde ...«, Perry Rhodan zerbiss die Zahl regelrecht, »warum wurden wir so weit in die Zukunft geholt? In der kurzen Zeit in Mantagir haben wir gesehen, dass hier auch Menschen leben.«

Den Tambu spreizten sich die Federn, das war schwer zu übersehen. »Was du für Menschen hältst«, brachte Gherdon Cal Stogg hastig hervor und sein Schnabel schlug mehrmals knackend zusammen, »das sind Nodronen!«

Kapitel 6

Ron Dyke

Neugierde und Unvernunft waren für mich schon immer hervorstechende Eigenschaften des Menschen gewesen. Das bestätigte sich wieder. Unser Mars-Liner-01 war nach längst überholten Bedürfnissen konstruiert. Der Gang zwischen den Sitzplätzen verlief nicht in der Mitte, sondern im linken Drittel – weil sich auf dieser Seite Einzelplätze befanden. Rechts gab es Doppelsitze, breit genug, um jedem Passagier ausreichend Bewegungsfreiheit zu bieten. Rechts befanden sich zudem die beiden Luftschleusen, eine vor den Sitzen, die andere im rückwärtigen Bereich vor der Hygienezelle.

Ich saß rechts und beobachtete Perry Rhodan und Reginald Bull, die höchstens zwanzig Meter entfernt mit den Vogelwesen redeten. *Irgendwie seltsam,* fand ich, aber das lag wohl daran, dass sich jeder die Begegnung mit Vertretern fremder Kulturen anders vorstellt. Als einer der Gefiederten erst Bulls Wange berührte und danach Rhodans, traf mich ein schmerzhafter Stoß zwischen die Schulterblätter und ließ mich mit der Stirn gegen die Scheibe krachen. »Lass sehen!«, keuchte mir jemand ins Ohr. »Was geschieht da draußen?«

»Nichts … was dich dazu zwingen sollte …, andere zu belästigen«, antwortete ich.

»Dann rück zur Seite. – Bitte.«

»Siehst du nicht, dass es zu eng wird?« Mein Sitznachbar, einer der nachträglich zugestiegenen Wissenschaftler, protestierte ebenfalls.

Abwehrend hob ich die Arme, als der kleine und korpulente Mann erneut versuchte, sich ans Fenster zu drängen. »Von meiner Seite aus sieht man nichts«, widersprach er.

»Vielleicht beim nächsten Mal. Dann könnte es umgekehrt sein.«

»Da draußen wird Geschichte geschrieben, aber wir sitzen nur da und lassen das alles an uns vorbeigehen!«, protestierte er.

»Woher willst du das wissen?«, fragte mein Nebenmann.

»Hat einer jemals solche schrägen Vögel gesehen?« Die Stimme des Kleinen wurde schrill. »Wir müssen doch nur eins und eins zusammenzählen.«

Einige lachten, was ihn nur noch mehr anzustacheln schien. Meinen Nebenmann und mich keines weiteren Blicks würdigend, stieß er sich ab und stolperte im Gang nach vorne. Aber auch dort biss er auf Granit. In der offenen Schleuse standen die beiden Reporter. Ich konnte nicht erkennen, was sie taten, aber wahrscheinlich versuchten sie, die Unterredung mit Akustikfeldern aufzuzeichnen.

»Ich habe ein Recht, nach draußen zu gehen«, protestierte der Kleine, als ihn die Medienleute zurückdrängten.

Der eine oder andere feixte inzwischen. Das war die Abwechslung, die wir brauchten, um nicht über unsere Situation nachdenken zu müssen.

Auf einmal stand die Frau, die schon mehrfach mit Reginald Bull geredet hatte, neben dem Mann. Vielleicht hatte sie vor, sich an Bull heranzumachen, ich wusste es nicht und erlaubte mir auch kein Urteil. Aber irgendwie hatte es danach ausgesehen. Fran Imith hieß sie, sofern ich den Namen richtig behalten hatte, und sie packte unvermittelt mit der linken Hand zu und zog den Kleinen einfach mit sich. Mit Nachdruck setzte sie ihn auf seinen Einzelplatz zurück.

»Was Perry Rhodan gesagt hat, war unmissverständlich«, erinnerte sie. »Wir bleiben im Bus, und er und Bull führen die Verhandlungen. Oder ist jemand anderer Ansicht und traut sich mehr zu?«

Ich schaute mich um. Nur noch zwei Männer standen unschlüssig zwischen den Sitzreihen. Gurgelnd wuchtete sich Quart Homphé in die Höhe, dann trat und schlug er unkontrolliert um sich.

Er nieste schallend und schimpfte wie ein Raumtramp; die

Katze fauchte und Shim Caratech glaubte, sich lautstark gegen den Dicken behaupten zu müssen – wahrscheinlich hatte sie da nicht einmal so Unrecht. Wir waren wirklich ein bunt zusammengewürfelter Haufen.

»Bull kommt zurück!«

Vorübergehend hatte ich mich ablenken lassen. Vielleicht hätte ich besser diesem Homphé meinen Platz angeboten, damit er aus der unmittelbaren Nähe der Katze wegkam. Shim hatte wohl einen triftigen Grund vorweisen können, dass ihr gestattet worden war, das wertvolle Tier mitzunehmen.

Reginald Bull trat durch die Schleuse. Sofort herrschte wieder angespannte Aufmerksamkeit. Er ließ seinen Blick schweifen.

»Diese Stadt heißt Mantagir«, sagte er übergangslos. »Sie liegt auf dem Planeten Balance B – Details dazu später. Es hat den Anschein, dass wir einige Tage hier verbringen werden, als Gäste der Wissenschaftler von Cor'morian. Sie haben uns auf ihre Welt geholt, aber sie werden uns auch wieder zurückschicken. Soviel dazu. Das Volk der Tambu bittet um unsere Hilfe.«

»Was wollen sie von uns?«

Bull schüttelte den Kopf. »Sie warten auf jemanden, der uns das erklären wird. Danach sollen wir unsere Entscheidung treffen. Einstweilen sind wir Gäste im Ordensturm der Wissenschaftler. Das heißt, jeder kann sich innerhalb des Gebäudes frei bewegen.«

»Und in der Stadt?«

»Ohne ortskundige Begleitung halte ich das nicht für ratsam.«

»Wird auch Zeit, dass wir diese Sardinenbüchse verlassen können.« Quart Homphé drängte sich nach vorne. »Mir ist hundeübel. Das Katzenvieh stinkt …«

»… überhaupt nicht!«, protestierte Shimmi.

Homphé wandte sich zu ihr um und winkte ungehalten ab. »Das kann ich besser beurteilen. Aber jetzt brauche ich frische Luft, sonst ersticke ich.« Er wälzte sich an Bull und den Reportern vorbei. Für einen Moment sah es so aus, als wolle er noch etwas sagen, dann schüttelte er verbissen den Kopf und schwang sich seufzend durch die Schleuse.

Inzwischen drängten alle auf den Mittelgang. Um Aufmerksamkeit heischend, hob Bull die Arme. »Niemand wird gezwungen, den Bus zu verlassen. Wer an Bord bleiben will …«

»Sollen wir uns diese Gelegenheit entgehen lassen?« Eine ältere, grauhaarige Dame blieb vor Bull stehen und musterte ihn von oben bis unten. »Wann hat einer von uns schon die Gelegenheit, die Unsterblichen zu begleiten? Das ist interessanter als der öde Mars; von dem werden wir noch genug sehen.« Ich stand unmittelbar hinter ihr. Sie wandte sich zu mir um. »Was sagst du dazu? Stimmt das, oder nicht? Na los, worauf wartest du noch?«

»Äh … ja …«

»Das war alles?« Sie schien es nicht fassen zu können. »Ich bin wahrscheinlich doppelt so alt wie du, mein Junge, aber so wortkarg …«, sie schüttelte den Kopf, »nein, das war ich nie. Du musst das Leben hinterfragen, sonst erinnerst du dich später nicht einmal mehr, wofür du überhaupt gelebt hast. Ist es nicht so?«

Ich wich so weit wie möglich zur Seite. Bulls Blick wollte mich durchbohren. Natürlich hatte er bemerkt, dass mir momentan alles andere als nach tief schürfenden Gesprächen war.

Vor der Schleuse standen die Passagiere dicht gedrängt, als ich als einer der Letzten den Bus verließ. Einige diskutierten laut, andere blickte nur staunend um sich. Dabei war es herzlich wenig, was wir zu sehen bekamen. Nur ein Hangar, dessen Decke schätzungsweise fünfzehn Meter über uns hing, leicht nach oben gewölbt und der entstehende Hohlraum von einer Art Gestänge abgegrenzt. Wie ein Spinnennetz mit stabilisierender Funktion.

Endlich stiegen auch Bull und der Pilot aus. Zugleich stakten zwei Tambu heran. Ihre Bewegungen zu verfolgen, machte schwindlig. Ich ertappte mich dabei, dass ich an mir hinabblickte und mir vorzustellen versuchte, wie sich so hoch angesetzte Kniegelenke auswirken würden.

»Das Fahrzeug ist hier gut untergebracht. Noch ist der Ordensturm der sicherste Ort in ganz Mantagir.«

Ich verstand, was der Tambu sagte. Er benutzte einen eigenen Translator.

»Wenn du allerdings glaubst, du müsstest den Einstieg absichern …«

»Was würdest du an meiner Stelle tun?«, fragte Bull.

»Alle Sicherheitsvorkehrungen treffen, auch wenn sie unnütz erscheinen«, antwortete der Gefiederte.

Reginald Bull nickte. »Ich verzichte darauf. Wer den Bus betreten will, der schafft es ohnehin.« Er wandte sich uns Passagieren zu: »Perry und mir wurde versichert, dass sich jeder frei bewegen kann. Trotzdem halte ich es für sinnvoll, wenn wir zusammenbleiben. Hier im Hangar ist sowieso die Katze gefr… ich meine, es ist nichts geboten. – Entschuldige, Shimmi, das ist so eine Redensart von mir.«

»Deswegen muss man sich nicht entschuldigen.« Quart Homphé stand einige Schritte weit abseits und wedelte mit den Händen in der Luft herum, als versuche er, in Gedanken eine Statue zu positionieren.

In dem Moment erklang ein drohendes Fauchen. »Nein, Schikago – neeiiin!« Das war Shim Caratechs Stimme. Unruhe entstand. Wo die Passagiere am dichtesten beieinander standen, zeichnete sich hastige Bewegung ab.

»Haltet sie doch fest!«

»Verdammt, ist die schnell! Und wendig.«

»Das Biest kratzt.«

»Schikago, hierher!« Ein türkisfarbener Blitz fegte zwischen den vielen Beinen hervor und verschwand unter der Schleusentreppe. Sekunden später sah ich die Ferrol-Katze in Angriffshaltung. Ihr weißer Schwanz, langsam von einer Seite zur anderen zuckend, und die weißen Barthaare waren der einzige Kontrast.

Die Tambu schienen sich versteift zu haben. Aber vielleicht bildete ich mir das auch nur ein. Interessiert schauten sie zu, wie Shim vergeblich versuchte, die Katze aus ihrem Versteck hervorzulocken. Schikago zog sich indes nur weiter zurück, und dann war sie plötzlich verschwunden, hatte vermutlich einen Durchschlupf unter den Bus gefunden.

Shimmi setzte sich auf die Stufen, stellte den Korb ab und schmollte. Mit beiden Händen raufte sie sich ihr kurzes blondes Haar, das ohnehin schon in alle Richtungen abstand. »Ich gehe nicht mit!«, verkündete sie laut. »Ich bleibe hier.«

Einige lachten, andere glaubten, Ratschläge geben zu müssen. Sogar Perry Rhodan kam näher. »Shim …«, begann er, kam aber nicht weiter. Ein lautes Kreischen erklang und Schikago fegte unter dem Podest hervor. Nur wenige Sätze brauchte sie, die Tambu zu erreichen und ihre Zähne in eines der dünnen Vogelbeine zu schlagen.

Das geschah so schnell, dass es niemand hätte verhindern können. Und schon fegte Schikago zurück. Lediglich Reginald Bull reagierte und packte konsequent zu. Weder Schikagos Fauchen, noch ihr Zähnefletschen beeindruckten ihn.

»Pass künftig besser auf deinen Schützling auf«, sagte er tadelnd, als er Shim die Katze zurückgab.

»Das Biest wird bald alle auf dem Gewissen haben«, ächzte Homphé. »Katzen machen mich krank. Wenn ich doch nie auf die Idee gekommen wäre, den Mars aufzusuchen.«

Ich achtete nicht länger auf ihn. Der Tambu, den Schikago gebissen hatte, musste von zwei Artgenossen gestützt werden. Hinter mir murmelte jemand halblaut etwas von Katzen und Vögeln und dass es unverantwortlich sei, ein Tier in den Bus mitzunehmen. Wenn der dicke Künstler das gehört hätte, wären ihm die Halsadern noch einige Zentimeter mehr geschwollen.

Perry Rhodan entschuldigte sich bei dem Gefiederten. Die Antwort ließ mich spontan aufhorchen. »Wir sind uns der Gefahr bewusst, die Terraner darstellen können«, sagte der Tambu. »Aber uns bleibt keine andere Wahl. Um nicht unterzugehen, müssen wir zu ungewöhnlichen Mitteln greifen. Im schlimmsten Fall …«

»Sprich nicht weiter!«, unterbrach ein anderer.

»Im schlimmsten Fall verbündet ihr euch mit den Nodronen. Aber wir hoffen, dass das nicht geschehen wird, wenn ihr sie erst kennen lernt.«

Ich fragte mich, in was für eine Welt wir verschlagen worden waren.

Die Aussicht war atemberaubend. Nicht, weil sich Mantagir vor uns nach allen Seiten bis an den fernen Horizont erstreckte – solche Metropolen waren auch auf der Erde zu finden –, sondern ihrer exotischen Bauweise wegen.

Ein Antigrav-Lift hatte uns aus dem Hangar in eines der darüber liegenden Stockwerke des Ordensturms gebracht. Keiner war zurück geblieben, und offensichtlich bereute niemand seinen Entschluss.

Die Tambu erklärten, was wir sahen. Dabei stürmte so viel Neues auf uns ein, dass sich niemand auch nur die Hälfte von dem merken konnte, was sie sagten. In Mantagir waren hunderte der unterschiedlichsten Völker vertreten. Ihre Namen sagten mir nichts, ich hatte sie nie zuvor gehört. Interessant klang, dass die Bevölkerung nur aus Kolonisten von ganz Vaaligo bestand. »Von einer Urbevölkerung ist auf Balance B nichts bekannt«, sagten sie. »Und wir – nun wir haben euch geraume Zeit beobachtet, bevor wir die Zeitversetzung in Angriff nahmen.«

Rhodans und Bulls Mienen blieben verschlossen. Beide hielten sich zurück. Kein Zweifel, die Situation war ernster als alle glaubten. Richtig betrachtet, waren wir Mars-Siedler eine zusätzliche Belastung. Ich fragte mich, wie viele von uns die Nerven verlieren würden, sollte die Situation eskalieren.

»Du ...« Shim Caratechs Stimme riss mich aus meinen Überlegungen. »Du bist Ron, nicht wahr?«

Ich nickte.

»Halt doch bitte das hier. Aber pass auf, dass Schikago nicht wieder ausreißt!«

Schon hatte sie mir den Korb in die Hand gedrückt. Angesichts der doch recht gewichtigen Ferrol-Katze war der Korb überraschend leicht. Vermutlich bewirkte das ein winziger Antigrav.

Der Korb war geflochten. Eine solche Arbeit gab es nur noch auf wenigen Welten. Aus dem im oberen Rand eingelegten Kunststoffring war eine hauchdünne Kuppel ausgefahren. Zweifellos ließ das Material Sauerstoff diffundieren. Entkommen konnte Schikago so nicht mehr, falls ich nicht versehentlich die Abdeckung zurückfahren ließ, und ich würde mich hüten, einem der verschiedenen Sensoren zu nahe zu kommen.

Die Katze hatte sich zusammengerollt und schnurrte leise. Nur als ich versuchte, den Korb abzustellen, öffnete sie träge ein Auge. Ihr Blick war vorwurfsvoll, dann gähnte sie, streckte sich und ließ ihre spitzen Zähne funkeln.

»He, nicht schlecht, aber wacklig.« Shimmi hockte auf einer der Stangen, die aus einer halbhohen Wand herausragten. Holz, hatte ich auf den ersten Blick vermutet, doch es handelte sich eher um synthetisches Material. Die Maserung war zu gleichmäßig.

Shimmis Beine reichten nicht mehr bis auf den Boden. Beide Arme ausgebreitet, versuchte sie, ihr Gleichgewicht auszubalancieren. Dieser Raum, hatte es geheißen, war Treffpunkt für die Wissenschaftler von Cor'morian anlässlich von Besprechungen oder einfach nur in ihrer Freizeit. Derzeit war außer unseren Begleitern niemand hier.

Ein unterdrückter Aufschrei. Shimmi hatte den Halt verloren. Sie versuchte noch, sich festzuhalten, aber das Material war zu glatt. Sekundenlang hing sie nahezu waagerecht in der Luft, dann klatschte es.

»Mist, verflixter.« Shim lag auf dem Bauch und grinste gequält. Zögernd streckte sie einen Arm empor und wartete darauf, dass ihr jemand auf die Beine half. Ich vermute, dass sie hoffte, Rhodan würde ihr den Gefallen tun. Aber er bedachte sie nur mit einem missbilligenden Blick. Erst Pratton Allgame ergriff ihre Hand und zog sie hoch.

»Halte dich bitte mehr zurück, Shim«, sagte er mit mildem Tadel. »Manche Völker reagieren unvorhersehbar auf Zwischenfälle. Ich hoffe, du hast dich nicht verletzt.«

»Halb so schlimm«, antwortete Shimmi. »Danke übrigens.«

»Es war mir eine Ehre.«

Sie schaute ihn an, zog eine Braue in die Höhe und kam auf mich zu. »Schläft Schikago? Sie scheint in letzter Zeit etwas träge zu sein.«

Das mit dem träge zweifelte ich an. Die Katze hatte sich eben erst ungeniert auf einen sehr großen Vogel gestürzt. Wir konnten von Glück reden, dass der Vorfall keine diplomatischen Verwicklungen ausgelöst hatte.

Ein Halbkreis hatte sich um die Tambu, Rhodan und Bull gebildet. Allem Anschein nach gab es Wichtiges zu hören.

»... wie lange der Aufenthalt in Mantagir dauert, hängt letztlich von eurer Entscheidung ab«, führte einer der Gefiederten aus. »Wir haben vor wenigen Minuten Nachricht vom Prior-Forscher erhalten, dem erhabenen Lishgeth On Paz. Er befindet sich inkognito im Anflug auf Balance B. Unter Einhaltung aller Sicherheitsvorkehrungen dürfte er noch während der Nacht, spätestens aber morgen früh im Ordensturm eintreffen.«

»Dieser Prior-Forscher ist der Anführer, auf den wir warten?«, wollte Rhodan wissen.

»Lishgeth On Paz wird euch die spezielle Problematik in allen Einzelheiten erläutern. Danach können Entscheidungen getroffen werden.«

Bull nickte. »Das heißt, wir werden die Nacht im Ordensturm verbringen.«

Ich warf einen Blick durch die übergroßen Panoramascheiben. Die Sonne war nicht zu sehen, doch die länger gewordenen Schatten verrieten, dass sie den Zenit schon vor geraumer Zeit überschritten hatte.

Glierdon Cal Stogg legte den Kopf schräg und plusterte sein Gefieder auf. »Angesichts der bevorstehenden Ankunft des Prior-Forschers erscheint uns die Unterbringung im Ordensturm für längere Zeit als zu gefährlich. Unser Orden hat mächtige Feinde in Mantagir.«

Ich sah, dass Reginald Bull das Gesicht verzog.

»Eigentlich auf dem ganzen Planeten«, fuhr der Wissenschaftler fort. »Das ist leider Tatsache.«

Bull wirkte wenig erfreut. Perry Rhodan rieb sich mit dem Zeigefinger den Nasenflügel. Er schüttelte kaum merklich den Kopf.

»Um es genau zu sagen: Der Orden ist in der ganzen Galaxis in seinem Bestand bedroht. Und zwar unmittelbar.«

Reginald Bull kaute auf der Unterlippe. Gut zehn Sekunden vergingen in bedrücktem Schweigen. »Ist das jetzt alles?«, erkundigte er sich schließlich. »Oder kommt als nächste Steigerung die Lokale Galaxiengruppe?«

»Ich verstehe deine Verärgerung, Terraner. Bitte versetze dich dennoch in unsere Lage …«

»Ohne ausreichende Informationen ist das ein schwieriges Unterfangen.«

»Morgen«, vertröstete Gherdon Cal Stogg. »Bis dahin haben wir für euch eine unverfängliche Unterkunft angemietet. Sie liegt nordwestlich des Stadtzentrums und bietet größtmögliche Bequemlichkeit.«

»Das gefällt mir nicht.« Bully sprach aus, was ich ebenfalls dachte. Die Tambu hofften auf unsere Hilfe, gaben ihre Informationen jedoch nur scheibchenweise preis. Fürchteten sie, dass Rhodan und Bull ablehnen würden, sobald sie alles wussten? Überhaupt – wer entschied darüber? Die beiden kraft ihrer Erfahrung, die niemand anzweifelte, oder alle Passagiere, indem sie abstimmten? Mich wunderte in dem Moment, dass noch keiner diese nahe liegende Frage ausgesprochen hatte.

»Ich wiederhole, dass die Unterkunft sicher und unverfänglich ist«, versprach das Vogelwesen. »Eure Individualdaten wurden ausgemessen und werden soeben an die Unterkunft übermittelt. Falls wir eure Unterstützung erhalten, werdet ihr in Kürze auf einen sicheren Planeten transportiert. Und egal, ob ihr das morgen schon wollt oder erst in mehreren Wochen, wir werden euch in eure Zeit zurückschicken, und zwar in einer Punktlandung – auf einige wenige Tage genau.«

»Zeit?«, stöhnte die ältere Dame, die mich an der Schleuse angesprochen hatte. »Wir wurden also in der Zeit versetzt und nicht im Raum? Warum sagt uns das niemand?«

»Weil bislang keine ausreichende Gelegenheit dazu war«, antwortete Perry Rhodan. »Ohnehin ändert das nichts an der Tatsache.«

»Jetzt ist die beste Gelegenheit für Erklärungen. Oder befürchtest du, dass wir alle in Panik ausbrechen?« Sie wandte den Kopf und versuchte, Reaktionen der anderen zu erkennen. »Man kann sich an den Fingern abzählen, dass wir nicht nur ein paar Jahre in die Zukunft versetzt wurden.« Sie zögerte. »Oder ist es die Vergangenheit? Sind die Menschen, die wir in Mantagir gesehen haben, Lemurer?«

»Wir befinden uns in der Zukunft«, sagte Rhodan.

»Wie weit?« Sie war resolut und fürchtete sich nicht einmal vor dem Disput mit einem der Unsterblichen. In Gedanken leistete ich Abbitte; ich hatte sie falsch eingeschätzt.

»Eine Milliarde Jahre.«

Ich akzeptierte die Zahl eher beiläufig, bevor mir bewusst wurde, was sie wirklich bedeutete. In einer Milliarde Jahren eroberte Leben aus dem Ur-Ozean seine Welt, entwickelte es sich im Rahmen einer eigenen Evolution und wurde intelligent, griff vielleicht sogar schon nach den Sternen, während raumfahrende Völker von der kosmischen Bühne abtraten und in der Bedeutungslosigkeit verschwanden oder sogar ausstarben. Spontan fragte ich mich, welche Funktion die Menschheit heute erfüllte. Wir hatten Menschen gesehen, also existierte unsere Spezies noch.

Und die Unsterblichen, die Aktivatorträger? Was war aus ihnen geworden? Mussten sich Rhodan und Bull nicht zuallererst genau diese Frage stellen? Mir wurde in dem Moment erst richtig bewusst, wie wenig die beiden zu beneiden waren.

Da war plötzlich ein seltsames, vibrierendes Geräusch, ein schriller Ton an der Grenze der Hörbarkeit, der sich hartnäckig festsetzte. Dieser Ton schmerzte nicht nur, er zwang mich sogar, hastiger zu atmen. Zugleich spürte ich einen stärker werdenden Kopfschmerz, der sich bis in den Nacken hinabzog. Ich sah es an den Gesichtern der anderen, dass es ihnen ähnlich erging.

»Sie kommen …!«

Ein Mann schrie. Er machte einen Schritt vorwärts, dann noch einen, rannte los. Andere folgten ihm. Sie starrten durch die Panoramafenster hinaus auf die Stadt, über der ein Schwarm düsterer Flugkörper erschienen war. Fünfzig oder mehr mussten es sein. Sie wogten heran wie Insekten auf der Jagd nach Beute.

Schmal wirkten sie von vorn und zugleich bedrohlich. Der Schwarm glitt nach zwei Seiten auseinander ... teilte sich weiter ... *Jäger!* Die Assoziation drängte sich auf. Sie erinnerten an irdische Rochen. Eine einzige schmale Schwinge bildete den Rumpf, an den äußeren Enden nach vorne geschwungen und spitz zulaufend. Auch der Bug war als Doppelspitze ausgeformt – vielleicht war es gerade das, was sie wie Rochen erscheinen ließ. Von diesen Spitzen ausgehend verliefen zwei verdickte Stränge schräg nach hinten, der Rumpf dazwischen wurde klobiger. Ich verstand zu wenig von Raumfahrttechnik, doch in diesem Bereich arbeitete wohl die Besatzung, dort waren auch die Antriebsaggregate untergebracht. Und die Waffenprojektoren.

Die ersten Jäger rasten auf den Ordensturm zu, stellten sich auf eine Schwingenkante auf und verschwanden seitlich aus dem Sichtfeld.

Hinter mir rief eine Stimme Befehle. Rhodan oder Bull, keine Ahnung, wer von beiden. Ich achtete auch nicht darauf, sondern hatte nur Augen für die heranwogenden Jäger. Vielleicht fünfzig, höchstens hundert Meter vor den Fenstern zog einer der Jäger vorüber. Ich glaubte zu spüren, dass die Wände bebten. Flüchtig sah ich unter dem Rumpf eine geschwungene Kanzel und glaubte sogar, humanoide Formen zu erkennen.

Jemand packte mich am Arm und wollte mich mit sich ziehen. »Wir müssen hier weg! Komm endlich!«

Ich schüttelte die Hand ab. Eine Stimme erklärte mich für verrückt. Dann wurde es leiser um mich herum.

Immer noch starrte ich nach draußen. Das Gros der Flotte drängte heran. Zwei große Gleiter, die den Kurs der Jäger kreuzten, wurden von grün leuchtenden Strahlen getroffen. Über eine Strecke von etlichen hundert Metern hinweg konnte ich verfolgen, wie sich ihre Außenhülle auflöste, Entladungen zwischen den Antriebsaggregaten aufzuckten und schließlich mehrere kleine Explosionen die kläglichen Fragmente vollends zerrissen.

Ich war fasziniert und abgestoßen zugleich. Die Zukunft erschien mir nicht besser als meine eigene Gegenwart oder die Vergangenheit. Offenbar lernten Intelligenzen nie dazu. Setzten sie ihren Verstand wirklich nur dazu ein, immer neue und effektivere Mordmaschinen zu ersinnen?

Ich war unfähig, mich um meine eigene Sicherheit zu sorgen. Auf gewisse Weise war mir sogar egal, was geschehen würde. Konnte ich in der Zukunft überhaupt sterben? Das war nicht meine Zeit; alle meine sterblichen Überreste mussten sich längst in Atome verflüchtigt haben.

»Ron Dyke, hörst du nicht …?«

Der Denkfehler war, dass ich in meine Zeit zurückkehren musste, wenn ich dort sterben wollte. Alles andere …

Eine flackernde grüne Helligkeit schreckte mich auf. *Desintegratoren!*, erkannte ich. Die Jäger feuerten auf den Ordensturm. Doch die Waffenstrahlen wurden weit vor dem Gebäude von einer gelblich schimmernden Wand aufgesogen – ein Schutzschirm, der eben noch nicht da gewesen war.

»Ron! Wir müssen hier weg!«

Ich zögerte immer noch. Bis ein greller Blitz mich einhüllte. Lodernde Glut war überall, und obwohl ich keine Hitze spürte, glaubte ich, mitten im Fegefeuer zu stehen.

Noch hielt der Schirm stand.

Endlich warf ich mich herum. Aber überall loderte roter Widerschein, der mir das Wasser in die Augen trieb. Das Nachleuchten des Strahlschusses hatte sich in die Netzhaut eingebrannt. Weit vor mir war ein Schatten; er winkte, schrie, aber ich verstand nicht. Ich taumelte weiter, verfolgt vom losbrechenden Stakkato, ein dumpfes, salvenartiges Dröhnen, als sei der ganze Turm ins Schwingen geraten.

Weiter!

Nicht nachdenken! Lauf einfach, lauf um dein Leben!

Sekundenlang glaubte ich, wieder das schrille, vibrierende Heulen zu vernehmen, doch es erstarb, als mich ein heftiger Stoß von den Beinen warf. Ich schaffte es nicht mehr, mich abzufangen und rutschte über den Boden. Blutige Schleier wogten vor meinen Augen. *Jetzt nicht die Besinnung verlie-*

ren – weiter! Die Schmerzen wurden unerträglich, aber irgendwie kam ich wieder auf die Beine.

Vor mir musste der Weg zum Liftschacht sein. Mehr als ein verschwommenes Abbild der Umgebung nahm ich ohnehin nicht mehr wahr, und alles sah so verflucht ähnlich aus. Ich taumelte gegen eine hüfthohe Wand, verfing mich zwischen den daraus hervorstechenden Stangen.

In dem Moment zerplatzte die Verglasung. Ich muss wohl geschrien haben, als der peitschende Knall die Welt in Totenstille versinken ließ. Eine ungeheure Druckwelle fegte Splitter heran, dann schlug sengende Hitze über mir zusammen.

Die Schmerzen waren heftiger geworden. Übergangslos fiel ich aus der wohligen, pochenden Geborgenheit meiner Ohnmacht in die Wirklichkeit zurück. Es musste mein Röcheln gewesen sein, das mich aufgeschreckt hatte; ich bekam kaum noch Luft. Eine schwere Last drückte auf den Brustkorb.

Ich war eingeklemmt und unfähig, die Arme zu bewegen. Die Hitze wurde unerträglich. Feuerschein erfüllte die Luft. Mühsam schaffte ich es, wenigstens den Kopf zu drehen. Ich musste wissen, wie weit die Glut schon um sich gegriffen hatte. Immer noch war ich taub, in meinen Ohren knackte und pochte es.

Halb verkrampft hing ich zwischen irgendwelchen Trümmern. Als ich zurückblickte, stand die Welt für mich Kopf, ein ungewohnter Anblick. Wo bis vor wenigen Minuten noch die imposante Fensterfront gewesen war, gähnte ein gewaltiges Loch. Teile der Decke waren herabgebrochen; Stahlträger und Mauerschutt bildeten ein undurchdringliches Chaos. An vielen Stellen sonderten brennende Kunststoffe dichten Qualm ab.

Draußen huschten die Jäger vorbei – tödliche Schatten, unheimlich. Ich spürte, dass sie auf den Ordensturm feuerten, aber ich hörte nichts. Das Gebäude bebte, schien sich manchmal sogar aufzubäumen.

Weitere Deckensegmente brachen herab. Staub und Glut wirbelten auf.

Eine Berührung an der Schulter. Ich schreckte zusammen.

Aber nahezu gleichzeitig schob sich Rhodans Gesicht in mein Blickfeld. Was er sagte, verstand ich nicht. Er blickte mich forschend an, bewegte erneut, aber diesmal deutlicher, die Lippen. Offenbar wollte er wissen, ob ich meine Beine noch spürte.

»Ich höre nichts«, brachte ich hervor.

Er kniff die Brauen zusammen und musterte mich eindringlich.

»Mein Rückgrat … ist in Ordnung.«

»Okay.« Das konnte ich ihm vom Mund ablesen. Mühsam wuchtete er die ersten Trümmer zur Seite. Der Schweiß rann ihm in Strömen übers Gesicht und hinterließ glänzende Spuren auf der rußgeschwärzten Haut.

Wie lange Perry Rhodan versuchte, mir zu helfen, weiß ich nicht; ich hatte jedes Zeitgefühl verloren. Irgendwann richtete er sich auf und schaute mich besorgt an.

»Geh!«, herrschte ich ihn an. Allmählich glaubte ich, wenigstens die eigene Stimme wieder zu hören. »Die anderen brauchen dich dringender!«

Er bückte sich, wuchtete einen der Balken hoch und rammte ihn mit aller Kraft zwischen den Schutt. Ich brüllte dabei wie am Spieß, aber schon im nächsten Moment bekam ich mehr Luft. Rhodan benutzte den Balken als Hebel. Mauerbrocken rollten zur Seite. Qualvolle Augenblicke vergingen, aber er schaffte es. Ich bekam meinen rechten Arm frei und konnte gleich darauf endlich wieder freier atmen.

»Versuche, dich nach vorne zu ziehen. Ich kann das Geröll nicht mehr lange zurückhalten.«

Irgendwie verstand ich ihn. Nicht jedes Wort, aber ich reimte mir das Gesagte zusammen. Mit aller Kraft wälzte ich mich herum, zog die Beine an und versuchte, auf die Knie zu kommen. Ein paar Zentimeter noch; meine Finger ertasteten einen Riss im Boden, ich verkrallte mich darin und spannte die Muskeln an. Ein letzter Ruck, ich spürte, dass etwas hinter mir nachgab und warf mich mit einer letzten Anstrengung nach vorn.

Der Ordensturm erbebte bis in die Grundfesten. Dreck regnete von der Decke herab. Die Beben waren das Heftigste, was ich bislang gespürt hatte. Explosionsgeräusche hallten durch das Gebäude; noch schienen sie weit entfernt, aber das konnte sich sehr schnell ändern.

Erstickend lag der Staub auf den Atemwegen. Ich kam schwankend auf die Beine. Hustend und nach Luft ringend, taumelte ich weiter. Rhodan zog mich mit sich.

Überall brannte es. Im Salventakt jagten die Geschütze der Jäger ihre Glutbahnen ins Gebäude. Nicht die Energien waren zu spüren, sondern ihre Auswirkungen, die Schäden, die sie anrichteten. Der Lärm kam näher. Nicht weit von uns entfernt donnerte ein Deckensegment herab. Staub und Geröll wälzten sich wie eine Lawine heran und hüllten uns ein. Rhodan brüllte auf, er zerrte mich zu Boden und warf sich schützend über mich.

Die nächsten Atemzüge waren qualvoll, ich keuchte nur noch, presste die Hände fest vors Gesicht.

»Wir müssen hier raus!«

Wir hasteten weiter, als hinter uns die Hölle losbrach. Ohrenbetäubender Lärm, das Kreischen von Metall auf Metall, dazu stoßweise, harte Erschütterungen. Einen bangen Augenblick lang fürchtete ich, dass der Turm über uns einstürzte, aber dann sah ich einen der Jäger auf uns zukommen.

Die brennende Maschine raste auf uns zu – viel zu schnell, als dass wir ihr noch entrinnen konnten. Wie gelähmt starrte ich dem Monstrum entgegen, schaffte es nicht einmal, die Augen vor dem Ende zu verschließen. In dem Moment wollte ich wissen, was geschah, wie es sich anfühlte, wie ein Insekt zerquetscht zu werden.

Eine halbe Tragfläche brach ab und wirbelte davon. Der Jäger kippte, bohrte sich mit dem Stumpf in den Boden und wurde herumgerissen. Ein infernalisches Toben fegte über uns hinweg. Höchstens zehn Meter entfernt schrammte das Raumschiff vorbei und bohrte sich als monströses Geschoss durch berstende Innenwände.

Weg hier!

Wir stolperten weiter, hinter uns die Hölle. Wenn der Jäger explodierte, mussten wir weit entfernt sein – sehr weit entfernt sogar.

Endlich der Lift vor uns. Ein Tambu wartete. Sein Gefieder war blutverschmiert, ein Arm hing seltsam verdreht am Körper. Er war vermutlich mehrfach gebrochen. Ich verstand nicht, was der Fremde Rhodan zurief, aber offensichtlich gab es außer dem Schacht, der jederzeit zur Todesfalle werden konnte, noch einen anderen Weg in den Hangar.

Augenblicke später hasteten wir eine gewundene Treppe hinab. Ich war mit meiner Kraft am Ende, doch Perry Rhodan fand immer noch genügend Energie, den Tambu zu stützen, der ein jämmerliches Bild abgab. Das Vogelwesen konnte sich nicht mehr aus eigener Kraft auf den Beinen halten.

Der Hangar ... Auch hier herabgebrochene Deckensegmente; Versorgungsleitungen, die wie Eingeweide aus einem aufgebrochenen Leib hervorquollen. Alles um mich herum drehte sich. Ein rasender Wirbel ... Ich spürte noch, dass ich zusammenbrach, dann war nichts mehr.

Kapitel 7

»Das ist der Ernstfall, den wir befürchtet haben.« Der Tambu kröpfte unablässig, offensichtlich ohne es selbst zu bemerken. Sein Gesichtsflaum hatte sich abgespreizt. »Die Nodronen wagen es wirklich, mitten in Mantagir mit Gewalt gegen uns vorzugehen ...«

»Ich hoffe, es gibt entsprechende Defensivmaßnahmen.« Reginald Bulls Stimme klang bitter, seine Enttäuschung war nicht zu überhören.

Shim Caratech schaute abwechselnd ihn und dann wieder den großen Wissenschaftler an. Vorübergehend hatte sie geglaubt, dass ihr diese Welt der fernsten Zukunft gefallen könnte, allein schon die riesige Metropole mit ihrer exotischen Ausstrahlung hatte es ihr angetan. Aber der Schein trog, ein Paradies war das nicht.

»Sie wollen den Ordensturm auslöschen«, fügte ein anderer Tambu hinzu. »Ich fürchte, sie werden es schaffen.«

Im ersten Erschrecken glaubte Shimmi, sich verhört zu haben. Dann sah sie Bulls Wangenknochen hervortreten. Er schien dem Cor'morian an den Hals gehen zu wollen. *Das vielleicht nicht,* durchzuckte es sie. *Aber er wird ihn rupfen.* Genau den Eindruck machte Bull in dem Moment.

»Warum greifen die Jäger an?«

»Das ist eine lange Geschichte. Der erhabene Lishgeth On Paz ...«

»Ja, ja, ich weiß«, unterbrach Bull ungeduldig. Sein Blick schweifte über die Gruppe. »Unter den Umständen verlassen wir das Gebäude natürlich schnellstmöglich.«

Eine Explosion flammte auf, nicht sehr weit entfernt. Shim konnte nicht erkennen, was geschehen war, doch die sich ausdehnende Glutwolke ließ das Schlimmste befürchten. Augenblicke später flossen die ersten Energieschüsse vor der Panoramafront auseinander.

»Wie stark ist der Schutzschirm?«, wollte Fran Imith wissen.

»Ein ziviler Klasse II-Schutz.« Gherdon Cal Stogg starrte an Reginald Bull vorbei auf die Silhouetten der Jäger. »Dieser Übermacht hält er nicht stand. Unsere wenigen bewaffneten Gleiter ...« Er unterbrach sich. »Ihr müsst überleben, Terraner! Wir bringen euch in Sicherheit.«

»Unser Schwebebus ...?«

»Seine Technik würde den Nodronen nicht lange widerstehen.«

Die ersten Passagiere folgten den Tambu bereits, ohne auf Bull zu achten oder auf Perry Rhodan, der lautstark versuchte, Dyke zur Vernunft zu bringen. Einige hatten sich von der Gruppe abgesondert und im Raum verteilt. Die anderen verschwanden hinter den Gefiederten soeben in einem unübersichtlichen Korridor. Die Tambu wussten, was zu tun war. Sie kannten die Angreifer und deren Möglichkeiten.

Shimmi warf einen ängstlichen Blick in die Runde. Trotz der riesigen Sichtscheiben konnte sie nur einen eng begrenzten Ausschnitt sehen. Die Vorstellung, was in diesen Sekunden wirklich rings um das gewaltige Bauwerk geschah, wie Dutzende der bedrohlich wirkenden Raumschiffe das Feuer eröffneten, ließ sie erschauern. Dann rannte sie los, gequält von dem Gefühl, dass die Tambu resignierten.

Vor ihr verschwanden die anderen Passagiere in einem Seitengang. Einer der Gefiederten trieb sie zur Eile an. »Beeil dich!«, rief er Shimmi entgegen. »Wir dürfen nicht länger warten!«

Siedendheiß durchzuckte es sie. Längst nicht alle waren vor ihr. Reginald Bull fehlte noch, ebenso Perry Rhodan und ein paar andere.

Von irgendwoher rollte ein dumpfes Grollen heran, gefolgt vom Stakkato dröhnender Explosionen. Der Turm schien zu schwingen wie eine angeschlagene Saite. Ein heftiges Beben ließ Shim gegen die Wand prallen; sie schaffte es gerade noch, den Korb mit Schikago festzuhalten.

Der Tambu vor ihr war in den Knien eingeknickt. Er hatte Mühe, sich aufrecht zu halten. Weit riss er den Schnabel auf, und sein Schrei ging Shim durch und durch. Sie spürte seine Todesfurcht.

Nur noch sie und der Cor'morian waren in dem Korridor, die anderen in ihrer Furcht schon vorausgeeilt. Einen Augenblick lang gab sie sich ihrer Panik hin. Was, wenn sie den Anschluss verlor?

»Lauf endlich!«, krächzte es vor ihr. »Falls unsere Gleiter noch entkommen können, dann jetzt. In einigen Minuten wird es dafür zu spät sein.«

Ein schreckliches Bild entstand vor Shim Caratechs innerem Auge, wie eine Szene aus den Spielen, die sie selbst verabscheute, obwohl sie für ihre Altersgenossen Kult bedeuteten: Der übermächtige Feind belagerte die Guten. Es galt, eine Möglichkeit zur Flucht zu finden und diese auch zu überleben ... »Nein«, brachte sie tonlos hervor. »Ich warte auf Rhodan und Bull.« Sie stolperte zurück, umgeben von ohrenbetäubendem Lärm, den sie gar nicht mehr so richtig wahrnahm. Nach wenigen Schritten wandte sie sich noch einmal um. Der Tambu war verschwunden, der Korridor leer. Weit entfernt glaubte sie, Feuerschein zu sehen.

Sie ging schneller. Zum Glück war im Boden des Flechtkorbs ein kleiner Antigrav eingearbeitet. Andernfalls wäre ihr Schikagos Gewicht längst zur Last geworden.

Der Korridor verzweigte sich mehrfach. Shimmi war über den ersten Knotenpunkt schon hinaus, als sie innehielt. Die Richtung war falsch. Zumindest erschien es ihr so. Also zurück und in den anderen Seitengang ... Auch hier war sie allein. Sie hatte sich verlaufen. Irgendwie sahen sich alle Abzweigungen ähnlich, und das Stakkato der Vernichtung war ohnehin überall.

Schwer atmend hielt Shim Caratech inne. In ihren Augen lag ein gehetzter Ausdruck. »Perry!«, rief sie. Dann lauter: »Perry! Bully!« Sie erhielt keine Antwort. Nur Schikago fauchte aggressiv und schlug seine Krallen in die Folie. »Lass das!«, herrschte Shimmi die Katze an.

Schwer atmend stand sie da und dachte an ihre Eltern, die

eigentlich an dieser ersten Marsexkursion hätten teilnehmen sollen, und an ihren Freund Jaki. Wenn der gewusst hätte, was hier geschah. »Schwächling«, fauchte sie. Er war ihr inzwischen sowas von scheißegal …

Ein Krachen und Bersten rollte heran, der Boden bäumte sich auf. Ungläubig starrte Shimmi in die Höhe. Wenn der Turm einstürzte, war es ohnehin egal, wo sie sich befand. *Mein Gott!* Traurig blickte sie Schikago an. Die Augen der Katze hatten sich zu schmalen Schlitzen verengt, Schikago wirkte schläfrig, als ginge sie das alles nichts mehr an. *Mein Gott,* brachte Shimmi ihren Gedanken zu Ende, *niemand wird je erfahren, was mit uns geschehen ist.*

Ein gewaltiges, massiges, dunkles Etwas durchbrach die Wände vor ihr. Dicker Stahl zerfetzte wie dünnes Papier. Aus einer Abzweigung stürzte ein Tambu hervor – Shim sah ihn nur für Sekundenbruchteile, bevor er von dem Koloss weggewischt wurde.

Was durch den Korridor tobte, war eines der rochenförmigen kleinen Raumschiffe. Shimmi brüllte sich die Seele aus dem Leib. Zeitlupenhaft langsam sah sie den Tod auf sich zukommen und stand dennoch wie versteinert. Der stählerne Leib schob einen Wall aus Trümmern vor sich her. Die Wände wurden zur Seite gepflügt und der Schrottberg wuchs immer höher auf.

Unvermittelt taumelte Shim ins Leere. Sie begriff noch, dass in der Wand verlaufende Leitungssysteme aufgeplatzt waren, dann schlug sie mit dem Kopf auf. Ein kühler Luftzug umfing sie, und während über ihr alles in einem röhrenden, berstenden Chaos verging, stürzte sie ab.

Ein heftiger Ruck raste durch ihre Beine und stauchte sie zusammen. Sie war auf ein Hindernis geprallt und hatte es durchschlagen. Gleich darauf ein zweites Mal. Vielleicht handelte es sich um Filtersysteme; sie wusste es nicht.

Der Sturz wurde zum Gleiten, dann erfolgte ein letzter Aufprall. Shim Caratech blieb benommen liegen, ein Häufchen Elend, zusammengerollt wie ein Embryo und mit ebenso wenig Selbsterhaltungstrieb. Inzwischen war ihr alles egal, wenn nur diese Qual endlich aufhörte. Mit beiden Armen den Korb umklammernd, ließ sie sich auf den Rücken sinken.

Hoch über ihr explodierte der ins Gebäude eingedrungene Jäger. Die Vibrationen und der Lärm waren in der engen Röhre unerträglich. Shim wartete nur noch auf eine mörderische Druckwelle oder eine heranschießende Flammenwand. Aber nichts dergleichen geschah.

Nach einer Weile registrierte sie, dass ihr Gefängnis den Blick nach draußen erlaubte. Das Endstuck bestand aus trüb transparentem Material – vielleicht handelte es sich um den Einstieg für Wartungstechniker.

Vergeblich suchte sie nach einem Öffnungsmechanismus. Sie tastete die glatte Wandung ab, trat mit den Füßen um sich, aber nichts geschah. Draußen stürzte ein Deckensegment in die Tiefe, riss den Boden teilweise auf und verkeilte sich. Über die entstandene Rampe rutschten brennende Wrackteile herab.

Shim konnte sich nicht befreien, sie schaffte es nicht einmal, in der glatten Röhre wieder in die Höhe zu kriechen. Wimmernd ließ sie ihren Tränen endlich freien Lauf.

»Nimm die Optiken weg, oder ich vergesse mich!« Im Laufen drehte sich Reginald Bull herum, seine Rechte zuckte vor und die Finger verkrallten sich im Hemd des Reporters. Für einen Augenblick hatte es den Anschein, als wolle er mit der anderen Hand zuschlagen. Doch dann stieß er den Mann nur unwillig zurück.

Einen halben Meter vor ihm hing die Kamera in der Luft. Bully war überzeugt davon, dass sie gerade jetzt alle Gesichter in Großaufnahme zoomte. Schweißüberströmt, verzerrt, teils blutig. »Ich mag das nicht«, sagte er schwer atmend. »Noch eine Aufzeichnung und ich sorge dafür, dass du deine Lizenz verlierst.«

Der andere starrte ihn an. Wütend erst, dann unverhohlen spöttisch. »Wer sagt dir, dass wir es überhaupt zurück schaffen?«

»Wozu brauchst du dann die Aufnahmen?« Reginald Bull ging weiter. Sie waren nur noch eine kleine Gruppe, hatten alle anderen aus den Augen verloren. Die Mehrzahl war hoffentlich von den Tambu in Sicherheit gebracht worden und verließ vielleicht gerade in diesem Augenblick den Ordensturm. Und Perry? Um den Freund machte Bull sich weniger Sorgen als um alle anderen. Wahrscheinlich würde Rhodan sogar noch vor ihm und seinen Schützlingen im Hangar und beim Mars-Liner sein. Über das, was dann geschehen musste, zerbrach Bully sich noch nicht den Kopf. Die Situation würde entscheiden.

Sie hatten eine Zwischenetage erreicht. Das Stockwerk über ihnen stand in Flammen, jedenfalls so weit sie es vor ihrem Abstieg überblickt hatten. Die Kampfjäger der Nodronen feuerten ohne Unterbrechung.

»Da vorne geht es nicht mehr weiter!« Fran Imith war im Laufschritt bis zur nächsten Abzweigung vorausgeeilt, nun kam sie zurück. Aus einer Platzwunde auf ihrer Stirn quoll ein ansehnlicher Blutfaden. Es schien sie nicht zu interessieren.

Zweimal schon hatten sie umkehren müssen, weil Feuersbrünste oder Schuttberge den Weg versperrt hatten. Inzwischen fürchtete Reginald Bull, dass sie sich immer weiter vom Mars-Liner entfernten.

»Das ist … Wahnsinn. Ich kann nicht mehr … ich sterbe.« Wo er gerade stand, ließ Quart Homphé sich zu Boden sinken.

»Reiß dich zusammen, Fettwanst!«, herrschte Pratton Allgame ihn an. »Ohne dich wären wir längst am Ziel!«

»Pratton«, stöhnte Bull, »mit solchen Vorwürfen machst du nichts besser.«

»Ich sage nur, was wahr ist. Diese Memme wird uns bald alle auf dem Gewissen haben.«

»Genug!«, herrschte Bull den Mann an. »Genügt das Chaos ringsum noch nicht? Müssen wir uns schon gegenseitig ans Leder?« Mit dem Handrücken wischte er sich über die Lippen. »Steh auf, Quart!« Trotz des Zellaktivators atmete er schwer. Es war eigentlich kein Wunder, dass der übergewichtige Künstler nicht mehr weiter konnte.

»Ihr müsst mich tragen. Ihr habt die Verantwortung für

mich. Der Mars, eine beschauliche Tour …« Homphé lachte glucksend und brach ab. Mit weinerlicher Stimme fuhr er fort: »Ich bin krank – seht ihr das nicht? Mein Herz. Und die Lunge. Ich … ich krieg keine Luft mehr. Das war zu viel für mich, zu katas… trophal.«

»Weiter!«, drängte eine Frauenstimme. »Wir müssen Quart zurücklassen. Aber er liegt ohnehin im Sterben.«

»Wer?«, brachte Homphé mühsam hervor.

»Du selbst sagst das«, pflichtete Fran bei. »Unsere Kosmopsychologin hat das nur wiederholt.«

Quart Homphé gurgelte. Er bemitleidete wirklich sich selbst am meisten. Im nächsten Moment packte Fran Imith zu. Es sah leicht aus, wie sie den Dicken hochwuchtete, tatsächlich setzte das mehr als nur Körperkraft voraus. Reginald Bull blickte die Frau staunend an. Fran wirkte weder sonderlich zerbrechlich, noch zierte sie sich wie manche andere, wenn es darum ging, auch einmal zuzupacken. Von Anfang an hatte er gesehen, dass sie gut durchtrainiert war, aber wie sie Homphé auf die Beine stellte, ließ sie in seiner Achtung eine Stufe höher steigen.

Fran Imith schob den Dicken kurzerhand vor sich her. Und irgendwie schien er plötzlich Respekt zu empfinden. Jedenfalls trottete er mit hängenden Schultern weiter.

Viel zu lange irrten sie schon auf der Zwischenetage umher, ohne einen weiteren Abstieg zu finden. Ein einziges Mal passierten sie eine Fensterfront und erhaschten einen Blick auf anfliegende Jäger. Aus den Schächten der Luftumwälzung quoll stinkender Rauch, der sich in öligen Schwaden über dem Boden anreicherte. Insgeheim fürchtete jeder den Moment, in dem er nicht mehr erkennen konnte, wo er hintrat. Es war ohnehin düster geworden. Ganze Batterien von Leuchtplatten funktionierten nicht mehr.

Ein dumpfes Dröhnen näherte sich, huschte vorüber. Es kam von der Außenwand. Reginald Bull folgte der verborgen bleibenden Lärmquelle mit den Augen. Er erwartete, jeden Moment die Fassade aufbrechen zu sehen.

»Da hinüber!« Er ging wieder voraus. Sie mussten weg von der Peripherie, die Bedrohung war hier zu groß. Den

Geräuschen nach zu schließen, hatten Jäger ein Stockwerk hoch über ihnen in Schutt und Asche gelegt.

Das Dröhnen begann erneut. Es schien von vorn auf sie zuzukommen. »Lauf endlich, Quart!«, brüllte Reginald Bull.

Fremdartige große Aggregate bestimmten das Bild. Manche Maschinenblöcke reichten bis unter die Decke, andere wirkten filigran und zerbrechlich. Mannsdicke Kabelstränge spannten sich scheinbar ohne nachvollziehbare Ordnung in den verschiedensten Höhen. Sie wirkten nicht nur seltsam archaisch, sie machten zugleich das Labyrinth perfekt.

Quart Homphé drehte sich im Kreis. »Das bringt nichts«, schluchzte er. »Wir finden hier nicht raus – nicht bevor alles über uns zusammenbricht.«

»Ich seh' mich weiter um«, schlug Fran Imith vor.

»Das tust du nicht«, widersprach Bully. »Wir bleiben zusammen! Ich will dich nicht verlieren.«

Die Frau reagierte verblüfft. »Nett«, brachte sie überrascht hervor, doch das hörte Bull schon nicht mehr. »Zeichnen deine Optiken nur auf?«, wandte er sich an den Reporter.

Der Mann schüttelte verwirrt den Kopf.

»Mensch«, fauchte Bully, »ich will wissen, ob die Dinger direkt senden können? Auf Armbandfrequenz?«

»Du meinst …?«

»Können Sie? Ja oder Nein?«

»Ja, natürlich.«

»Dann mach schon, jag sie raus!«

Endlos lange Minuten vergingen, bis alles justiert war. Über Reginald Bulls Handgelenk verdichtete sich die Holoprojektion. Die Störungen waren ungewöhnlich, aber endlich zeichneten sich Konturen ab.

Die Optiken jagten mit großer Geschwindigkeit zwischen den Maschinen hindurch. Ein beinahe unüberschaubares Labyrinth. Wer sich hier nicht auskannte, brauchte Stunden, um hindurchzufinden. Endlich zeigte das Holo eine Treppe abwärts, steil und unbequem, aber sie war der Ausweg, den Bull erhofft hatte.

Hinter ihnen näherte sich das Dröhnen zum dritten Mal. Glühende Risse durchzogen plötzlich die Außenwand und platzten auf. Stahlverstrebungen wurden nach innen gedrückt, Mauersegmente wirbelten heran. Dahinter Nodronen-Jäger. Sie feuerten mit Hochenergiewaffen. Brodelnde, alles verbrennende Glut flutete durch die äußeren Stockwerksbereiche.

Bully sah die Feuerwalze noch heranrollen und vor den monströsen Aggregaten in die Höhe branden, dann hetzte er als Letzter die enge Treppe abwärts. Heftige Erschütterungen ließen ihn den Halt verlieren. Er stürzte, überschlug sich, fing sich irgendwie ab und taumelte weiter.

Die Treppe brach auseinander. Im Podest unter ihm klaffte ein breiter Riss. Die anderen hatten die Stelle schon überwunden und hetzten weiter. Reginald Bull zögerte nur kurz, dann stieß er sich ab. Zwanzig, dreißig Meter unter ihm war der Boden.

Später hätte er nicht springen dürfen. Schwer schlug er gegen die Stufen und klammerte sich wie eine Klette fest. Die Konstruktion schrammte schräg an einer Wand entlang, verfing sich aber Sekunden später mit einem heftigen Ruck. Bully wurde nach vorn geschleudert, ließ im richtigen Moment los und riss die Arme schützend über den Kopf. Der erneute Aufprall trieb ihm die Luft aus den Lungen, er überschlug sich, rutschte weiter, blieb irgendwo hängen. Unter ihm waren die letzten Stufen, der Boden schien ihm entgegenzuspringen. Reginald Bull schlug schwer auf, versuchte aber sofort, wieder auf die Beine zu kommen. Deutlich registrierte er das Pochen des Zellaktivators in der Schulter, die belebenden Impulse, die den anderen fehlten.

Hinter ihm erklang das Kreischen berstenden Metalls. Die Treppenkonstruktion war noch nicht zur Ruhe gekommen.

Bully sah Quart Homphé davontaumeln. Der Künstler stürzte, raffte sich aber wieder auf und stolperte weiter, ohne sich nur einmal nach den anderen umzuwenden.

Die Psychologin krümmte sich am Boden, sie schien ernsthaft verletzt. Pratton Allgame räumte Trümmer beiseite, um ihr zu helfen.

Und dann entdeckte er Fran Imith. Bully stockte der Atem,

als er die Frau nur wenige Meter neben sich liegen sah. Ihre ohnehin blasse Haut wirkte endgültig blutleer, das rote Haar fiel ihr halb übers Gesicht, aber sie bewegte sich nicht. *Bewusstlos oder tot.* Er starrte sie an, seine Kehle wurde rau. Gleichzeitig vernahm er ein dumpfes Bersten über sich, Metall schrammte über Metall, und das Geräusch kam näher. Irgendetwas hatte sich in der Höhe gelöst, es polterte den Treppenabsatz herab.

Fran Imith lag dicht vor den verdrehten Überresten der Treppe.

Alles geschah wahnsinnig schnell. Reginald Bull warf sich nach vorne, bäuchlings kam er neben der Frau auf, bekam sie an den Schultern zu fassen und wälzte sich mit ihr herum. Ihre Glieder waren schlaff wie die einer Puppe. Der Gedanke, sie könne tot sein, entsetzte ihn. Aus den Augenwinkeln heraus sah Bully einen Schatten näher kommen. Er schrie auf und machte seinem Entsetzen Luft. Fran lag jetzt über ihm, noch einmal drehte er sich herum, hielt den leblosen Körper dabei umklammert. Jedes Details brannte sich in sein Gedächtnis ein. Das alles war wie ein Film, der in extremer Zeitlupe vor ihm ablief.

Fran Imiths Lider zuckten, als er sich über sie wälzte. Ein Stöhnen drang über ihre Lippen. Sie lebte.

Noch eine Drehung zur Seite. Das Dröhnen war jetzt neben ihm, etwas unheimlich Massiges krachte auf den Boden – keine eineinhalb Meter entfernt.

Bully lag nur da und atmete schwer. Er starrte auf den Geräteblock, der Fran und ihn zerschmettert hätte, wären sie nur ein wenig langsamer gewesen. In dem Moment sah er, dass Fran ihre Augen weit aufgerissen hatte. Sie starrte ihn an und doch zugleich an ihm vorbei, und immer noch hielt er sie fest an sich gepresst.

»Bully, Fran …« Pratton Allgame rief mit bebender Stimme nach ihnen.

»Wir … haben es geschafft!« Stockend brachte Bull den Satz hervor, sein Kopf sank auf Fran Imiths Schulter.

Gleich darauf reagierte er wie elektrisiert. Es spürte Frans Lippen an seiner Schläfe, kurz nur und zart wie ein Hauch, aber so völlig anders als die Situation. »Danke, Bully«, raunte sie.

Er ließ ihre Schultern los und sank zurück. »Ich hätte besser aufpassen sollen. Das hätte nicht geschehen dürfen.«

»Das ist doch wohl meine Aufgabe.«

»Was?« Bull stemmte sich in die Höhe und registrierte ungläubig, dass er recht wacklig auf den Beinen stand. *Eine Milliarde Jahre,* schoss es ihm durch den Sinn. *Dazu der Angriff. Kein Wunder, wenn ich mich mies fühle.* Den anderen Grund, der dafür noch in Frage kam, ignorierte er. Jetzt war weiß Gott nicht die Zeit für solche Überlegungen. Deshalb vergaß er Frans Bemerkung auch sofort wieder.

»Ich wollte sagen«, berichtigte sie sich, »dass jeder für sich selbst verantwortlich ist.«

Er reichte ihr die Hand, um ihr aufzuhelfen. Sie kam aus eigener Kraft auf die Beine, ergriff dann aber doch seine Rechte und zog sich an ihm hoch. »Nochmal Danke, Bully.«

Er stand da wie vom Donner gerührt. Einer der mächtigsten Männer der Liga Freier Terraner, aber ihm fehlten die Worte. »Vergiss es«, brachte er endlich tonlos hervor. Er war ein Idiot. Hatte er sich nicht im Bus noch ausgemalt, wie es sein würde, Fran Imiths Nähe zu spüren? Und was tat er?

Irritiert blickte sie ihn an. »Wenn du meinst, Bully.«

»Fran ...« Er stockte. Der Ordensturm der Wissenschaftler von Cor'morian schwankte. Was immer er hatte sagen wollen, es war vorerst unwichtig. »Du kannst Reginald zu mir sagen«, brachte er noch hervor. »Oder bleib bei Bully, wie es alle tun. Such dir's aus. Aber jetzt müssen wir weiter.«

Kapitel 8

Wieder hatte Shim Caratech versucht, sich in die Höhe zu ziehen. Verbissen und mit aller Kraft hatte sie um jeden Zentimeter gekämpft, und sie hätte jubeln können, als sie wirklich weiter gekommen war als zuvor. Aber dann war sie erneut abgerutscht und hatte ihre Furcht und die Panik in sich hineingefressen.

Es gab keinen Öffnungsmechanismus. Nicht von dieser Seite aus. Und die Röhre war zu steil, sie würden niemals aus eigener Kraft entkommen.

So weit sie sehen konnte, herrschten Chaos und Zerstörung. Unaufhörlich krachten Trümmer aus der Höhe herab, Shim erkannte nicht, ob sie nur von einer Galerie stammten oder aus anderen Stockwerken. Vor wenigen Minuten war ein Feuersturm durch die Halle getobt, aber die Flammen waren schnell wieder erloschen. Stellenweise fiel feiner Regen. Offenbar funktionierten noch automatische Löschvorrichtungen. Dampf wogte auf und würde bald alles gnädig verhüllen.

Shim Caratech hatte keine Tränen mehr. Sogar ihr trockenes Schluchzen, das von unkontrollierten Zuckungen begleitet wurde, versuchte sie zu unterdrücken. Der Furcht folgte Trotz, die selbstverleugnende Gewissheit, dass ihr das Schicksal nichts anhaben konnte. »Wir müssen stark sein, Schikago, dann schaffen wir es auch. Wäre doch schlecht, wenn Tiana spürt, wie es um uns steht.« Sie musste reden, das half. Gegen die Einsamkeit und ihre Trauer. Und Schikago war ein guter Zuhörer, sie schnurrte leise und wohlig. Aber das lag daran, dass Shim den Korb geöffnet hatte und die Katze kraulte. Schikago konnte sich dann endlos dehnen und genüsslich alle viere von sich strecken. Shimmi wünschte sich, sie hätte auch jemanden gehabt, der ihr den Nacken kraulte. Ob Bren überhaupt schon mitbekommen hatte, dass sie fehlte? Und ihre Mutter, die das alles arrangiert hatte, würde ohnehin längst tausend Qualen durchleiden, nur weil Shim einmal nicht zu Hause war.

»Was meinst du, Schikago? Perry Rhodan wird uns retten; er sieht doch, wer fehlt, sobald der Bus starten soll.«

Sie belog sich selbst. Aber diese Lüge tat gut. Mechanisch grub sie ihre Finger in Schikagos Nackenfell. Ihre Gedanken eilten zurück zum Mars. Das Sicherheitspersonal auf dem Raumhafen hatte den Korb unter die Lupe genommen, nachdem die Streustrahlung des Antigravs angemessen worden war. »Zwei Personen sind für den Flug vorgemerkt.« Shim hatte ihren treuesten Augenaufschlag vorgeführt und geantwortet: »Schikago und ich.«

»Wer ist Schikago?«

»Meine Katze.«

»Hier stehen die Namen Tiana und Bren Caratech.«

»Oh, Mist.« Sie hatte ihr Hemd abgetastet, danach die eng sitzende Hose, und die zunehmende Unruhe des Sicherheitsbeamten hatte ihr verraten, dass ihr Styling perfekt war, auch wenn etwas mehr Fleisch auf ihren Rippen nicht geschadet hätte. Die Erleuchtung, dass sie den Datenträger an ihrer Haarspange befestigt hatte, war ihr gerade noch rechtzeitig gekommen.

Trotzdem hatte der Mann den Kopf geschüttelt. »Keine Katze.« Sein Standpunkt war unabänderlich erschienen und hätte ihr beinahe eine wenig freundliche Antwort entlockt. Wäre nicht, ja, wäre nicht urplötzlich diese markante Stimme hinter ihr erklungen.

»Gibt es Probleme?«

Im Herumfahren hatte Shim erkannt, wer da stand. Wie eine kleine Gottheit hatte sie ihn angestarrt, wohl wissend, dass auch er nur ein Mensch aus Fleisch und Blut war. Aber was für ein Mensch! Um fast eine Kopflänge überragte er sie, er war schlank und sichtlich gut trainiert, und der Blick seiner graublauen Augen hatte sie elektrisiert. *Perry Rhodan!*

»Nein«, hatte der Sicherheitsbeamte behauptet.

»Ja«, hatte sie gesagt, und Perry Rhodans Lächeln war noch eine Spur breiter geworden. Hinreißend männlich, hatte Shim empfunden.

»Das geht in Ordnung. Ich verbürge mich dafür.«

Einfach so hatte er das gesagt, hatte ihr zugenickt und seinen Weg fortgesetzt. Und von da an fragte sie sich, wie es sein musste, einen solchen Mann zum Vater zu haben – oder mehr noch, zum Freund.

Sie schreckte aus ihren Gedanken auf, weil eine gutturale, gänzlich unverständliche Stimme erklang. Verwirrt blickte Shim auf die silberne Spange, die sie sich eben aus dem Haar gezogen hatte. Das Gerät war Empfänger für die Terranischen Äther-Streams und kombinierte umfassende Speicherfunktionen mit Akustikfeldern im Lautsprecherbereich ebenso wie im Umlenkbereich als Kopfhörer. Jetzt produzierte es unverständliche Laute. Shim fröstelte, als sie eine harte Stimme vernahm, unterbrochen von schrillem Zirpen. Das war unglaublich fremd, zweifellos die Umgangssprache in dieser Epoche.

Vertraute Laute registrierte sie erst, als die Spange auf einen nahen Sender umsprang. Siedendheiß überlief es sie, obwohl sie selbst sich über Funk nicht bemerkbar machen konnte. Aber allein schon zu wissen, dass die anderen nach ihr suchten, war unglaublich viel wert.

Die Stimme wurde von Störungen überlagert, war aber dennoch einigermaßen verständlich. »… nicht mehr lange warten … Wenn du mich hörst, Perry … antworte endlich.«

Niemand suchte sie. Shim Caratech hätte losheulen können. »Bully«, brachte sie gepresst hervor. »Hol mich hier raus, Bully!« Sie schrie beinahe. Obwohl sie wusste, dass er sie nicht hören konnte.

»Wir müssen bald starten … Der Ordensturm wird den Angriff nicht überstehen. Und wir? Ich habe lange nicht mehr gebetet, Perry … aber ich hoffe, Gott hat ein Auge auf uns. … Wo bist du? Gib mir wenigstens ein Lebenszeichen … Kann nicht glauben, dass du umgekommen …« Der Empfang brach zusammen. Verzweifelt versuchte Shim, eine neue Sendung herauszufiltern. Aber vielleicht konnte Reginald Bull auch nicht mehr reden. Die Vorstellung, dass es ihn und wer weiß wen noch erwischt hatte, ließ die junge Frau frösteln.

»Weißt du, was ich glaube, Schikago?« Leise murmelte sie vor sich. »Oder nein: was ich hoffe? Dass wir alle nur Figuren in einem Spiel sind, nicht real, weißt du. Und dass ein neues Spiel anfängt, wenn wir alle raus sind. Dann bekommen wir eine neue Chance, das ist so wie das Y-Bakami, das ich in der Tasche habe. Jedes Mal eine neue Welt und neue Charaktere ...«

Ein Dröhnen schreckte sie auf. Es schien von überall her zu kommen.

Das Geräusch wurde rhythmisch, ging in ein Schaben über, als machte sich jemand an der Röhre zu schaffen. Shim Caratech hob den Kopf.

Das Erste, was sie sah, war ein kantiger Vogelschnabel inmitten eines markant gefiederten Gesichts. Der Tambu stand auf einem verbeulten Behälter und das Werkzeug, mit dem er an ihrem Gefängnis hantierte, wirkte wie ein ausgeglühtes Metallstück. Es schien immer noch sehr heiß zu sein. Shim glaubte zu erkennen, dass die Hände des Vogelwesens grässlich verbrannt waren.

Ein Teil der Röhrenwand polterte zu Boden. Shim fiel ebenfalls, aber sie konnte sich einigermaßen abfangen.

»Komm!«, sagte der Cor'morian. Ohne abzuwarten, ob sie ihm auch wirklich folgte, wandte er sich um und stakte auf seine unbeholfen wirkende Art davon.

»Wie hast du mich gefunden?«

»Wir versuchen, euch alle in Sicherheit zu bringen. Der Angriff der Nodronen kam zu früh.«

»Ihr wusstet also, was geschehen würde?« Shim blieb abrupt stehen. »Trotzdem habt ihr uns entführt?«

»Euer Fahrzeug«, sagte der Tambu anstelle einer Antwort. Sie folgte seinem ausgestreckten Arm mit den Augen. Höchstens zweihundert Meter entfernt stand der Mars-Liner-01. Auf den ersten Blick wirkte er unbeschädigt, aber auch verlassen. Niemand hielt sich in der Nähe auf, beide Rundschleusen waren geschlossen.

»Wo sind die anderen?«

»Geh!«, herrschte der Gefiederte sie an. »Ein Teil von euch wird soeben von unseren besten Piloten ausgeflogen. Wir hoffen, dass sie entkommen; die Nodronen rechnen nicht mehr mit Widerstand.« Und wandte sich um und stolperte davon.

»Und du?«, rief Shim hinter ihm her. »Warum hilfst du uns nicht und kommst mit mir?«

»Wenn meine Heimat stirbt, sterbe ich ebenfalls.«

»Deine Heimat, dieser Planet – Balance B?«

»Ein Planet, nein, das haben wir längst nicht mehr. Meine Heimat ist dieser Ordensturm.«

Shim Caratech zögerte nicht länger. Sie ging, rannte zuletzt, sodass ihr Herz wild gegen die Rippen hämmerte. Der Mars-Liner durfte nicht ohne sie starten.

»Wartet!«, keuchte sie.

Nichts bewegte sich.

Die Furcht, vielleicht nur um Sekunden zu spät zu kommen, wich dem beklemmenden Gedanken, allein zu sein.

Und wenn schon. Welche Chance würde der schwerfällige Schwebebus gegen die schlanken Jäger der Nodronen haben?

Sie waren ein verlorener Haufen. Das wurde Reginald Bull erst richtig bewusst, als er die wenigen Personen vor sich sitzen sah. Fran Imith und Pratton Allgame durchwühlten gerade die Medo-Ausrüstung des Liners. Besonders umfangreich war das Material nicht.

Fran verabreichte der Kosmopsychologin eine schmerzstillende Injektion. Dabei hantierte sie nicht nur überaus geschickt mit den Ampullen und der Druckluftkanüle, sie wusste auf Anhieb, wo sie ansetzen musste. Bully nahm sich vor, Fran danach zu fragen – später, sobald sie das Gebäude weit hinter sich hatten.

Niemand hatte den Bus während ihrer Abwesenheit betreten. Die Überwachung arbeitete zwar nur auf positronischer Basis, doch sie hätte jede Manipulation aufgezeichnet.

Alle Funktionen zeigten Grünwerte. Bully fragte sich dennoch, wie er den Schwebebus aus dem Hangar fliegen sollte.

Damit die Wand ihre Konsistenz veränderte, bedurfte es zweifellos eines Anstoßes, eines Funkimpulses oder einer besonderen Strahlung. Oder der Vorgang wurde zentral ausgelöst. Es gab unzählige Möglichkeiten. Reginald Bull verwünschte die Tatsache, dass er nicht rechtzeitig danach gefragt hatte. Denkbar war auch ein vollautomatischer Vorgang, sobald der Liner der Wand nahe kam. Falls er sich allerdings irrte, würde er keine zweite Chance erhalten.

Bully drosch die Fäuste aneinander. Er würde ohnehin nicht starten, solange sie nur so wenige waren. »Sechs von dreißig.« Er schüttelte den Kopf. »Wir müssen warten.«

Aber genau das konnte er nicht. Er durfte alle, die es bis in den Bus geschafft hatten, nicht einer vagen Hoffnung wegen in neue Gefahr bringen.

Galt das auch für Perry Rhodan? Bully biss die Zähne zusammen. Unbewegt blickte er nach draußen. Vielleicht war es gerade die massive Hangarwand, die dem Mars-Liner bislang Schutz bot. Die Angreifer konzentrierten sich auf die Fensterfronten in den oberen Etagen. Im Bus waren die Erschütterungen kaum mehr wahrzunehmen, hier innen wirkte die Welt noch einigermaßen heil. Die Sensoren zeichneten alle Beben auf und projizierten die Daten auf die Frontscheibe. Die Ausschläge wurden intensiver.

Fran und der Weinbauer Pratton hatten die Kosmopsychologin auf die hinterste Bank gelegt, das waren vier Sitzplätze zwischen den beiden Hygienezellen. Die Verletzte schien zu schlafen. Aber ihr Atem war flach und kaum wahrzunehmen.

»Ich weiß nicht«, sagte Fran, als Reginald Bull sie fragend ansah. »Ich vermute, sie hat schwere innere Verletzungen, aber in dieser Schrottkiste gibt es keine Möglichkeit, das festzustellen. Ich kann nur ihre Schmerzen lindern.«

Bully nickte stumm. Er widersprach nicht. Mit »Schrottkiste« hatte Fran Imith gar nicht so Unrecht. Andererseits war ein Medienspektakel geplant gewesen, kein Ausflug in die fernste Zukunft des Solsystems.

Der Reporter blickte ihm entgegen. Mit zwei Fingern wischte er sich überschüssiges Wundplasma von den Brauen. Seine Stirn wies zwei lange Platzwunden auf, das schon geronnene Blut war in seinem Gesicht verschmiert und wirkte wie eine Kriegsbemalung. Auch eine Fleischwunde am Oberarm war schon versorgt.

»Wir sind die Letzten«, stellte der Mann fest. »Außer uns hat es keiner zurück geschafft.«

Bully reagierte nicht darauf. »Bist du in Ordnung?«, fragte er ausweichend.

»Ich schon, aber …«

»Wir warten!« Sein Tonfall duldete keinen Widerspruch. Bull ging wieder nach vorne. Nur neben der Sitzreihe, in der sich Quart Homphé zusammengekauert hatte, blieb er stehen. Der Künstler zitterte. Er hatte die Arme vor der Brust überkreuzt und wippte mit dem Oberkörper unkontrolliert vor und zurück. Er schien nicht einmal zu bemerken, dass jemand neben ihm stand.

Homphé reagierte auch nicht, als Bully ihn ansprach. Nur ein Wimmern kam stoßweise über seine Lippen.

»Hast du Schmerzen, Quart?«

Homphé hielt lediglich für einen Moment in seiner monotonen Bewegung inne, dann ließ er sich gegen das Fenster sinken. Sein Jammern wurde lauter.

»Reiß dich zusammen, Fettsack!« Bull konnte nicht anders, als den Mann anzuschreien. »Es ist für uns alle nicht schön, aber so machst du nichts besser.«

Quart Homphé verstummte, seine Lippen bewegten sich nun lautlos. Er zog die Beine hoch und rollte sich auf den beiden Sitzplätzen zusammen.

»Wenn du ein Schlafmittel brauchst …«

»Nein, nein, ich will kein Gift in meinem Körper.« Homphé vergrub den Kopf unter den Armen.

»Wie du willst.« Reginald Bull ging weiter. Auf gewisse Weise konnte er den Dicken sogar verstehen. Nichts sehen, nichts hören und nichts reden – wie die drei Affen – war manchmal das Allheilmittel.

Er ging in die Pilotenkanzel und ließ sich auf den Sitz fallen. Mit beiden Händen fuhr er sich über das Gesicht, dann winkelte er den linken Arm an. »Aktiviere die Hauptfrequenz!«, befahl er dem Pikosyn, dann rief er nach Perry Rhodan.

Eine Minute später wiederholte er den Ruf mit verändertem Text.

Rhodan meldete sich nicht.

Bully starrte dumpf brütend vor sich hin. Unzählige Gefahren hatten sie überlebt. Angriffe technisch hoch stehender Invasoren ebenso wie kosmische Katastrophen. Und ausgerechnet ein banaler Ausflug auf dem heimischen Mars sollte das Ende bedeuten? Das war nicht zu begreifen.

Was haben wir falsch gemacht? Er vergrub das Gesicht in den Händen. Vielleicht war das einfach nur der Zeitpunkt, der irgendwann hatte kommen müssen. Die Aktivatorchips schützten nicht vor einem gewaltsamen Tod. *Haben wir wirklich geglaubt, es könne ewig so weitergehen?* Tief atmete Bully ein. *Wir haben nicht nur nach den Sternen gegriffen – wir wollten das Universum. Aber wir wollten es nicht für uns, sondern für alle. Eine friedliche Koexistenz aller Völker.* Und ausgerechnet das eigene Sonnensystem wurde zum Verhängnis.

Reginald Bull blickte auf. Er sah eine Bewegung, aber er verarbeitete sie nicht. Weil er in Gedanken immer noch bei Perry Rhodan weilte und es nicht der Freund war, der da auf den Mars-Liner zukam.

»Shimmi«, murmelte er. »Das ist Shimmi …« Erst Sekunden später reagierte er wirklich. »Shimmi kommt!«, brüllte er nach hinten. »Sie hat es also auch geschafft.« Mit einer hastigen Schaltung öffnete er die vordere Schleuse.

Shim Caratech kam nicht zur Ruhe. Gehetzt schaute sie sich um, lehnte sich in ihrem Sessel zurück und fuhr sich mit den Händen durchs Haar. Dankbar nahm sie den Becher Wasser entgegen, den ihr Pratton Allgame reichte. Sie trank viel zu hastig, verschluckte sich und spuckte die Hälfte wieder aus. Was dann noch da war, stellte sie Schikago in den Korb.

Sie rieb sich den Nacken und blickte die Umstehenden fahrig an. »Die anderen werden von den Tambu ausgeflogen«, brachte sie stockend hervor. »Sie sind jetzt schon in Sicherheit.«

»Wieso kannst du das wissen?«

Shim wischte sich den Schweiß von der Stirn. »Einer dieser Vögel hat es mir verraten. Der mir geholfen und mich hierher geschickt hat.«

»Wo ist der Cor'morian jetzt?«

»Wo?« Shim Caratech schnaufte gequält. »Ich weiß es nicht. Er wollte hier bleiben. Mehr …«, sie schluchzte stoßweise, »mehr weiß ich nicht.«

»Das reicht auch«, wandte Pratton Allgame ein. »Sieht denn keiner, wie es der Frau geht?«

»Wir müssen trotzdem warten«, sagte Fran Imith.

»Auf wen denn noch? Alle sind längst draußen.« Allgame war neben der jungen Frau in die Hocke gegangen und legte ihr besänftigend seine Hände an die Schultern.

»Wir warten auf Perry Rhodan«, fuhr Fran eisig fort. »Das sind wir ihm schuldig.«

Eine schrille Stimme erklang von der anderen Sitzreihe. »Rhodan ist längst weg, der hat sich als Erster abgesetzt. Um uns kümmert sich kein Schwein, wir sind doch nur das Fußvolk.«

Allgames Miene verhärtete sich. Ihm war anzusehen, dass er Quart Homphé am liebsten vom Sitz hochgezerrt hätte. Aber Shim hielt ihn zurück. »Lass den Schwätzer«, raunte sie. »Der hat keine Ahnung.«

»He!« Offenbar ermutigt, weil niemand widersprach, wurde der Dicke lauter. »Wir müssen starten, Bull! Ich bestehe darauf.«

»Noch nicht.«

»Es ist mein Recht …« Homphé brach gurgelnd ab, als sich Bully jäh über seinen Sitz beugte.

»Ich weiß, was dein Recht ist, Quart. Das musst du mir nicht erzählen. Aber vielleicht hilfst du uns, die anderen zu suchen. Das würde dir gut tun.«

»Wo?« Quart Homphé blickte Bull von unten herauf an, als hätte er nicht richtig gehört.

Reginald Bull machte eine umfassende Handbewegung, und Augenblicke später wurde der Künstler von Krämpfen geschüttelt. »Ich bin krank«, wimmerte Homphé. »Alles dreht sich; ich halte das nicht mehr aus.« Ein Schwall

Wasser klatschte in sein Gesicht; nach Luft ringend, verstummte er.

»Hat der Herr außerdem noch einen Wunsch?« Fran Imith stellte den leeren Becher zurück. »Nein? Dann können wir uns endlich um wirklich Wichtiges kümmern.« Sie bemerkte, dass Reginald Bull sie nachdenklich musterte. Prompt wollte sie zu einer Entschuldigung ansetzen, aber Bully winkte ab. »Du bist mir um Sekunden zuvorgekommen.«

»Nein!« Der heisere Aufschrei ließ alle herumfahren. Der Reporter hatte ihn ausgestoßen. Er war kreidebleich, sein Blick verlor sich in weiter Ferne.

»Was ist los?«

Trebb Wilburn versuchte zu reden, aber seine Stimme versagte. Der Metallkoffer lag geöffnet neben ihm. Ein Hologramm flimmerte über dem aufgeklappten Deckel, doch es zeigte kein Bild, nur das energetische Grundmuster. Der Reporter aktivierte die Wiedergabe.

Zuerst war da nur eine Stimme: »... sie sagen, dass die Nodronen nicht ruhen werden, bevor sie den Ordensturm von Mantagir dem Erdboden gleichgemacht haben. Aber sie wollen uns in Sicherheit bringen. Wir sind neunzehn Personen, was mit den anderen geschehen ist, weiß ich nicht. Trotzdem hoffe ich, dass du noch lebst, Trebb, und dass du meine Aufzeichnung auch empfängst. Ich sende das Material live an dich – es ist besser, wenn wir beide über diese Unterlagen verfügen.« Endlich wurde der Sprecher sichtbar. Sein Gesicht wirkte verzerrt, das Haar hing ihm in wirren Strähnen in die Stirn. Im Hintergrund waren einige andere Menschen zu sehen, aber auch mehrere Tambu. »Einer von uns beiden wird bestimmt durchkommen, Trebb. Und weißt du, was das bedeutet? Dieses Material wird ein Vermögen wert sein. Eine Milliarde Jahre in der Zukunft – eine Milliarde, Trebb! Wir lassen uns für jedes Jahr einen Galax honorieren.« Er lachte schallend. Aber dieses Lachen war nicht ehrlich, es spiegelte trotz allem Besorgnis wider. »Ich wünsche dir viel Glück. Wir alle werden es brauchen.«

Die Einstellung wechselte. In der Wiedergabe wurde eine

lang gestreckte Fensterfront sichtbar. Unschwer war zu erkennen, dass sie sich in einem der »Gabelzinken« des Gebäudes befand. Der Blick reichte zu zwei anderen der schlanken Säulen hinüber und weiter bis an den fernen Horizont. Das Bild wirkte neblig und unscharf.

Für Sekundenbruchteile waren einige der rochenförmigen Raumjäger zu sehen. Glutstrahlen hämmerten in den Schutzschirm, konnten ihn aber nicht durchschlagen. Dann war der Spuk schon wieder vorbei.

»Sie sagen, dass in diesem Sektor die Schirmfelder extrem verstärkt wurden. Es wird den Nodronen schwer fallen, sie zu durchbrechen. Aber offenbar versuchen sie das gar nicht. Hörst du mich, Trebb? Wir schaffen es, davon bin ich überzeugt. Die Nodronen greifen uns hier nicht an, weil sie es gar nicht nötig haben. Sobald der Turm in sich zusammenfällt, erledigt sich für sie das Problem der starken Schutzschirme. Darauf spekulieren die Nodronen, und ihre Rechnung geht auf. Doch bis das geschieht, sind wir alle draußen.«

Die Optik zeigte Gesichter in Großaufnahme. Ängstliche, verschwitzte, in Reglosigkeit erstarrte Grimassen. Dazwischen Cor'morian, ausdrucksstark mit aufgeplustertem Gefieder und großen Vogelaugen. Jeder, der diese Bilder sah, spürte instinktiv, dass die Tambu wussten, was sie taten. Nicht eine Sekunde lang kamen Zweifel auf. Nur in der Totale schlich sich etwas wie Wehmut ein, vielleicht sogar ein Gefühl hilfloser Resignation.

»Gherdon Cal Stogg ist bei uns. Er beteuert, dass er nicht mit einem so überraschenden Angriff der Nodronen rechnen konnte. Aber er wird uns in Sicherheit bringen. Die Maschinen, die hier in einem abgeriegelten Bereich stehen, sind Neuentwicklungen, Raumgleiter, bei deren Konstruktion auf erschwerte Ortung größter Wert gelegt wurde. Die Piloten fliegen sie mit Mentalkappen. Wenn ich das richtig verstanden habe, eine Art Gedankensteuerung, die blitzschnelle Reaktionen erlaubt.«

Mindestens drei Optiken waren im Einsatz. Das ließen die Überblendungen erkennen. Da waren zum einen die Raumgleiter, imposante keilförmige Konstruktionen mit geschwungener Kantenführung. Es gab keine größeren planen Bauteile. Schon die optische Wiedergabe schien sich in stetig zitternder Bewegung zu befinden. Die Cor'morian verteilten ihre Passagiere gleichmäßig auf beide Gleiter. Eine andere Szene zeigte die gegenüberliegenden Gebäudeteile.

Jäh zoomte das Bild. Das Entsetzen in Großaufnahme. Gewaltige Explosionen an der Basis des gegenüberliegenden »Gabelzinkens«. Wie ein ausgezacktes Band zogen sich Glutwolken über den sichtbaren Teil des Bauwerks. Die Jäger der Nodronen konzentrierten ihr Feuer auf den oberen Bereich. Der schlanke, aber immer noch mehrere hundert Meter durchmessende Gebäudeteil neigte sich zur Seite. Risse entstanden, weiteten sich aus, dann brach der Sockel weg. Staub quoll auf, der Zoom zeigte monströse Mauerplatten, die der auf ihnen lastende Druck förmlich wegsprengte.

Sekunden später sackte der Turm ab. Nacheinander brachen die unteren Stockwerke weg. Immer höher wogte der Staub auf, eine gigantische, das Entsetzen verdeckende Wolke, die von innen heraus von flackerndem Feuer erhellt wurde.

»Wer dort drüben noch ist, hat keine Überlebenschance. Ich frage mich, was die Nodronen zu solchem Hass treibt. Wir werden es erfahren. Ganz sicher. Ich verstehe, warum die Wissenschaftler von Cor'morian Terraner zu Hilfe holen. Aber sie hätten sich eines unserer modernsten Schlachtschiffe sichern sollen, nicht das Uraltmodell eines Schwebebusses. Was sie brauchen, sind Waffen und ausgebildete Raumsoldaten, keinen Haufen Zivilisten ... Wir starten, die andere Maschine vor uns. Wir fliegen durch die Wand hindurch ...«

Die Bilder wechselten. Zu erkennen war nicht viel. Sequenzen aus dem Innern des Gleiters, die Menschen eng zusammengepfercht, bemitleidenswert in ihrer Hilflosigkeit.

Von allen Seiten stürzten die Jäger der Nodronen heran. Ihre Geschütze woben ein tödliches Netz vor den fliehenden Gleitern.

»Das sind zu viele. Sie schießen sich ein ...«

Ein Schutzschirm blähte sich zum flammenden Fanal auf.

Nicht einmal einen erschreckten Atemzug später loderte eine neue Sonne zwischen den Wolken. Ein alles durchdringender greller Schein löschte vorübergehend jede andere optische Wahrnehmung aus.

»... sie sind ... sie wurden vernichtet.« Der Kommentar versiegte hilflos.

Aus dem Lohen heraus entstanden neue Konturen. Die Aufnahme zeigte die zurückfallende Metropole Mantagir. Gleichzeitig legte sich ein glühender Schleier über das Bild; der Schutzschirm des zweiten Gleiters reagierte im gegnerischen Feuer.

Dann ein greller, die Augen schmerzender Blitz.

Danach war nichts mehr, nur noch das fahle Projektionsrauschen.

Kapitel 9

Beklemmendes Schweigen hing im Mars-Liner-01. Jemand weinte. Es war Shimmi. Dicke Tränen rannen ihr über die Wangen hinab.

»Wir haben sie verloren«, sagte Fran Imith stockend. »Sie sind gestorben, ohne dass wir ihnen helfen konnten.« In dem Moment wurde wohl jedem bewusst, wie sehr sie aufeinander angewiesen waren.

»Und jetzt?« Quart Homphé hatte sich wieder aufgesetzt und blickte die anderen teilnahmslos an. Unruhig zupfte er an seinen fleischigen Fingern. Es knackte vernehmlich. Aber vielleicht war das seine ureigene Art, mit dem Grauen fertig zu werden.

»Es gibt nichts Neues zu sagen«, antwortete Reginald Bull frostig.

»Nichts?« Homphé verschränkte die Finger ineinander, streckte die Arme von sich weg und drückte die Hände durch. »Ein Seitenturm ist schon eingestürzt. Die anderen werden auch zusammenbrechen.«

»Die Raumgleiter wurden abgeschossen«, versetzte Fran Imith eisig. »Wir haben also eine makabre Wahl ...«

Homphé schauderte, aber er schwieg. Zögernd begann er, seine nutzlose Brille zu putzen. Diesmal mit einem imprägnierten Tuch, das er dilettantisch genau auffaltete, als hänge davon seine künstlerische Laufbahn ab.

»Gibt es noch eine Sendung?«, fragte Bull den Reporter. Trebb Wilburn schüttelte nur den Kopf.

»Wir sind zu siebt«, stellte Reginald Bull fest. Keiner reagierte darauf. Fran Imith kümmerte sich um die Kosmopsychologin; als sie sich wieder aufrichtete, schüttelte sie aber kaum merklich den Kopf. »Warum gibt es hier keine vernünftige Diagnosemöglichkeit? Sie muss operiert werden, und das vermutlich sehr schnell.«

»Wenn nicht?«

»... stirbt sie wahrscheinlich.«

»Wir müssen in unsere Zeit zurück.« Allgame bedachte Shim mit einem forschenden Blick. Die junge Frau war vor Erschöpfung eingeschlafen, jedoch zuckten ihre Augen unter den geschlossenen Lidern. »Es gibt keine Alternative. Oder kennt jemand eine vernünftige Klinik in dieser Zeit?«

»Ich sehe trotz allem keinen Grund, die Hoffnung aufzugeben«, sagte Reginald Bull scharf.

»Das tue ich auch nicht«, sagte Allgame. »Vielleicht machen die Nodronen Gefangene. Wenn wir uns über Funk ergeben ...«

Quart Homphé ließ ein abgrundtiefes Seufzen hören. »Macht das«, murmelte er halblaut. »Ich will, dass diese Qual ein Ende hat.«

»Wir sind fünf – außerdem eine schwer Verletzte und ein Verrückter«, korrigierte Fran Imith Bullys Gedankengang von vorhin. »Neunzehn von uns starben in den Raumgleitern der Cor'morian. Ich wünschte, es wäre anders. Das ergibt vier Vermisste. Fragt sich, wie viel Zeit uns bleibt, sie zu finden.«

»Sobald wir den Hangar verlassen, schießen uns die Nodronen ab«, gab Bully zu bedenken. »Wir brauchen einen anderen Ausweg.«

»Ich sagte eben schon, dass wir uns ergeben sollten«, erinnerte Allgame.

Quart Homphé lachte glucksend. »Ich kann den Kerl zwar nicht leiden, aber diesmal hat er Recht.«

»Nein«, widersprach Bull.

»Dann stimmen wir ab.« Homphé bebte. »Wir wollen überleben, Reginald Bull. Wir sind nicht unsterblich wie du.«

In Situationen wie dieser verwünschte Bully den Zellaktivator. Immer wieder gab es Menschen, die ihn um ihn nicht nur beneideten, sondern sogar hassten. Sie fühlten sich übervorteilt, sahen nur das Erstrebenswerte einer unendlichen Lebensspanne. Bully hatte viel Geduld, weil er die Menschen und ihre Probleme kannte. Aber sie war alles andere als unerschöpflich, und wenn er explodierte, dann krachte es gewaltig. Noch beherrschte er sich, wenngleich sich seine Hände um den Kragen der groben Jacke verkrampften, die er über dem olivfarbenen Overall trug. *Siedler-Outfit*, hatte er geglaubt. Der Werkzeuggürtel um die Hüfte war detailgetreu der Ausrüstung der einstigen Mars-Kolonisten nachempfunden. Sogar eine Falt-Atemmaske mit kleinem Pressluftvorrat hing am Gürtel. Doch stattdessen hätte er besser daran getan, schwere Waffen mitzunehmen.

Sekundenlang schloss er die Augen. Weil Perrys Stimme durch seine Gedanken spukte.

»Willst du uns hier draußen verhungern lassen?« Da war der vorwurfsvolle Klang wieder. Zugleich kam neues Leben in Bulls untersetzte Gestalt. Sein Ruf hallte durch den Bus: »Rhodan hat es geschafft!«

Viel zu langsam glitt die Schleuse auf. Perry Rhodan half Ron Dyke die wenigen Stufen hinauf und stützte ihn, bis Dyke sich ächzend auf den nächsten Sitz sinken ließ.

»Seid ihr okay?«, fragte Fran Imith.

»Bis auf einige Abschürfungen.«

»Das kriegen wir hin«, versicherte Bull. »Fran ist besser als jeder Medoroboter.«

Perry Rhodans Blick war inzwischen über die Sitzreihen geschweift. »Sind das alle?«, fragte er bitter.

»Wir hoffen noch auf zwei weitere Überlebende. Alle anderen sind tot, umgekommen beim Versuch, mit den Cor'morian den Turm zu verlassen.«

Ein zweites Seitengebäude musste eingestürzt sein. Die Minuten anhaltenden schweren Erschütterungen waren auch an Bord des Mars-Liners zu spüren. Ebenso gut hätte es sie selbst erwischen können. Aber darüber verloren weder Perry Rhodan noch Reginald Bull ein Wort. Nur Quart Homphés Jammern wurde unerträglich. »Wir müssen weg«, murmelte er immer von neuem. »Wir müssen hier raus, sonst gehen wir drauf.«

»Es reicht!«, herrschte Bully den Künstler an. Homphé

stutzte nur für einen Augenblick, dann begann sein Lamento von neuem. Doch irgendwie spürte er, dass etwas geschehen sollte, das sich gegen ihn richtete. Als sich Fran Imith neben ihm über die Sitzlehne beugte, wollte er sie im ersten Erschrecken abwehren, doch gleich darauf erschien sogar so etwas wie Erleichterung in seinen zusammengekniffenen Augen. Eine Hochdruckinjektion zischte. Homphés Gurgeln wurde leiser und verstummte, als sein Kopf zur Seite kippte. Bully ließ den Dicken auf den Sitz gleiten und sicherte ihn mit den Magnetgurten. Quart Homphé würde eine Zeit lang tief schlafen.

»Wir sind wirklich nur noch ein fliegendes Hospital.« Pratton Allgame seufzte. »Ich halte es hier drinnen nicht mehr aus. – Lass mich nach den Vermissten suchen. Ohne Gewissheit über ihr Schicksal fliegen wir ja doch nicht ab.«

»Ich warte nur noch auf die Dämmerung«, antwortete Bull. »Nach meiner Schätzung in einer halben Stunde.«

Ein Hauch von Sarkasmus umfloss Allgames Mundwinkel, als er fragte: »Und wie lange hält das Gebäude noch stand?«

»Mindestens dreißig Minuten«, versicherte Fran Imith, bevor Bull oder Rhodan antworten konnten.

»Bis dahin vertrete ich mir die Füße«, kündigte Allgame an.

»Zu gefährlich«, wehrte Rhodan ab. Der Hangar schien zwar noch halbwegs stabil zu sein, aber die steten Beben konnten nicht ohne Folgen bleiben. Mitunter schien ihr Zentrum schon sehr nahe zu sein. »Wir müssen starten, sobald der Turm …«

»Da draußen sind noch zwei von uns«, erinnerte Allgame. »Wir sollten wenigstens versuchen, sie zu finden.«

»Das ist wie die Suche nach der Nadel im Heuhaufen«, ließ sich Wilburn vernehmen. »Ich weiß nicht, ob es viel bringt, aber ich kann zwei Optiken entbehren.«

»Das klingt doch schon besser«, bemerkte Fran Imith. »Ich gehe ebenfalls.«

»Du weißt, was du tust?« Beinahe hatte es den Anschein, als wollte Bull die Frau zurückhalten, aber dann ließ er seine ausgestreckte Hand wieder sinken. »Falls das Gebäude einzustürzen beginnt, muss ich starten. Dann kann ich nicht mehr warten, bis alle an Bord sind. Eine andere Chance, den Nodronen zu entkommen, werden wir nicht erhalten. Eine Lawine aus Staub und Dreck wird sich nach allen Seiten ausbreiten und der Bus muss mittendrin sein. Andernfalls erwischen uns die Jäger.«

»Das meinst du nicht wirklich, Reginald.« Ungläubig blickte die Frau ihn an, eine ganze Weile länger als es nötig gewesen wäre, ihr Missfallen auszudrücken. »Wie groß, glaubst du, ist die Chance, das zu überstehen?«

»Höher als bei den Tambu-Gleitern.«

»Zwanzig Prozent?«, fragte Fran Imith.

»So ungefähr«, bestätigte Bully.

»Und ich dachte immer, Aktivatorträger würden ihr Leben ganz besonders zu schätzen wissen. Habe ich mich geirrt?«

Bulls Züge versteinerten erneut. »Die Frage kannst du dir selbst beantworten, sobald wir hier raus sind.«

»Unser Ausflug erübrigt sich!«, rief Pratton Allgame in dem Moment. »Da kommen zwei.«

Ronika und Khirm Smertens waren durch die Hölle gegangen. Das brauchten sie nicht zu sagen, das war ihnen anzusehen. Fran Imith fing die junge Frau gerade noch auf, als sie in der engen Schleusenkammer zusammenbrach. Khirm hätte wahrscheinlich nicht einmal mehr die Kraft aufgebracht, seine Frau vor dem Sturz nach außen zu bewahren.

Niemand fragte. Was wollten sie noch reden? Längst war alles gesagt, und ungeschehen machen konnten sie nichts. Selbst wenn sie die Zeit hätten zurückdrehen können.

Fran Imith versorgte die Neuankömmlinge. Pratton Allgame ging ihr dabei zur Hand. Einfach nur dasitzen und abwarten, das konnte er nicht.

Die Erschütterungen wurden heftiger. In Sekundenabständen durchliefen Bebenwellen den Boden. Urplötzlich ein dumpfes Dröhnen; etwas Schweres hatten den Mars-Liner getroffen und den Rumpf in Schwingungen versetzt.

Es geht los!, sagte Perry Rhodans Blick. Staub zog in trägen Schwaden durch den Hangar. Im Hintergrund loderten Flammen auf, erstarben aber ebenso schnell wieder. Die Erschütterungen hielten nicht nur an, sie wurden nun rasch stärker.

Bully schaute kurz über die Sitzreihen hinweg. Nein, so hatte er sich den Flug über die Marswüste nicht vorgestellt. »Ich bin in der Kanzel. Einer muss die Kiste gleich fliegen.«

»Reginald!«, rief Fran hinter ihm her.

Er wandte sich bei den vordersten Plätzen um. Wortlos. Mit ausdruckslosem Gesicht.

»Du schaffst es«, sagte die Frau. Und so leise, dass Bully es bestimmt nicht hören konnte, fügte sie hinzu: »Du musst es einfach schaffen.«

Es ging los. Das war der Augenblick, vor dem selbst Reginald Bull sich gefürchtet hatte. Weil er nicht wusste, was wirklich geschehen würde. Er war längst nicht so ruhig, wie er sich den Anschein gab. In seinem Innern rebellierte es. Nicht seinetwegen machte er sich Sorgen – weder er noch Perry Rhodan waren unersetzlich; ihr Tod würde ein herber Verlust für die Menschheit sein, aber die Terraner standen längst auf eigenen Beinen. Perrys Sohn Michael, Homer G. Adams, Tifflor und vielleicht sogar Saedelaere würden die nahtlose Fortsetzung ihrer Politik sicherstellen. Sie waren Menschen, die schon immer in kosmischen Bahnen dachten. Aber da war etwas, das Bully noch gar nicht in voller Konsequenz abzuschätzen vermochte, ein Gefühl, dem er sich lange Zeit hinweg entzogen hatte. Da war ein Mensch, zu dem er sich hingezogen fühlte. Er wollte nicht, dass Fran Imith starb. Auch wenn er bislang herzlich wenig über sie wusste – sie hatte etwas, das ihn neugierig machte. *Vielleicht,* dachte Bully, *habe ich mein Leben noch gar nicht wirklich gelebt.*

Er saß im Pilotensitz, nicht nur die Kontrollen vor sich, sondern auch die gebogene Frontverglasung. Die seitlich vorspringenden Bugausleger behinderten seine direkte Sicht, andererseits bargen sie so unverzichtbare Aggregate wie die Prallfeldgeneratoren und den Antigrav. Und wahrscheinlich war es sogar besser, wenn er nicht zu viel von dem mitbekam, was neben ihm geschah; das half ihm, sich ausschließlich nach vorne zu orientieren.

Wann hatte er zuletzt ein Fahrzeug geflogen, das noch mit Sensorschaltern ausgerüstet gewesen war? Das war sehr lange her. Die heutigen berührungsintensiven Flächen mit ihren situationsbezogenen Schemata ließen das Flair, eine Maschinerie wirklich zu beherrschen, gar nicht mehr aufkommen. »Wir zwei«, murmelte Bully, »du uns ich, wir sind eins. Anders können wir es gar nicht schaffen.« *Ich hoffe nur,* fügte er in Gedanken hinzu, *du lässt mich nicht im Stich, sobald es darauf ankommt.*

Die Sicht reichte kaum mehr wenige Meter weit, die Geländetaster zeigten immer neue Unebenheiten voraus. Die Deckenverkleidung des Hangars platzte ab. Bully konnte nur hoffen, dass der Mars-Liner nicht unter herabstürzenden Trümmern begraben wurde. Die Gefahr war groß. Alles in ihm drängte danach, sofort loszufliegen, bevor es endgültig zu spät sein würde.

Aber draußen warteten die Jäger der Nodronen. Ihnen würde der langsame Schwebebus nicht entgehen können.

Was er vorhatte, war gegen jede Vernunft. Vielleicht sprach er damit sein eigenes Todesurteil und das der ihm anvertrauten Menschen.

Die Prallfelder waren aktiviert. Einen vernünftigen Schutzschirm, einen, der diese Bezeichnung wirklich verdient hätte, gab es nicht. Wozu auch?

Die Ausschläge im unteren Feld der Einblendungen wurden steiler. Die oberen Etagen des Turms sackten in sich zusammen.

Mehr Leistung auf den Antigrav ... Mars-Liner-01 löste sich vom Boden. Urplötzlich überzogen flackernde Rotwerte die Kontrollen. Bully konnte nicht erkennen, was den Bus im Heckbereich getroffen hatte, doch er atmete auf, als er erkannte, dass das Prallfeld stabil geblieben war.

Der Schweiß rann ihm unter den Kragen. Warum, um alles in der Welt, konnte er diesmal nicht ruhig bleiben? Er erinnerte sich an schlimmere Situationen, die er gemeistert hatte. Vor seinem inneren Auge jagten die rochenförmigen Jäger vorbei.

Die Bebenwelle verstärkte sich rasend schnell. Aus jedem Ausschlag der grafischen Wiedergabe wuchs schon der nächste, stärkere heraus.

Ein Rascheln erklang hinter ihm. Bully achtete nicht darauf.

»Ich denke, du brauchst jetzt Gesellschaft«, sagte Perry Rhodan leise.

»Ich weiß nicht. Du solltest dich besser anschnallen.«

»Wenn du meinst.« Rhodan zog den Notsitz aus der Wand heraus. Von oben klappten die Bügel des Rückhaltesystems herab.

»Ich dachte eigentlich an den Passagierraum«, brachte Bully gepresst hervor; »dort ist es sicherer. – Nein, bleib. Ich freue mich, dass da du bist.«

»Wir schaffen es.«

Tief atmete Reginald Bull ein. Aber er schwieg. Die Außenmikrofone übertrugen ein dumpfes Rumoren. Es klang wie das Grollen eines fernen Vulkanausbruchs, aber es kam näher. Und es wurde lauter.

Die Erschütterungen waren jetzt körperlich spürbar. Alles geriet in Bewegung, es regnete Trümmer. Der Lärm steigerte sich zum Stakkato. Weltuntergang. Wer immer sich noch im Gebäude befand, konnte dieses Chaos nicht überleben. Ein zwei Kilometer hoher Turm stürzte haltlos in sich zusammen, als hätte es nie eine Statik und Antigrav-Elemente gegeben, die ihm Stabilität verliehen. Von außen gesehen musste es ein ungeheuerlicher Vorgang sein, zu sehen, wie ein Stockwerk nach dem anderen wegbrach, wie Fassadenfragmente ringsum abplatzten und in die Tiefe stürzten, sich beim Aufprall in den befestigten Boden bohrten und dabei wie Geschosse explodierten.

Viel zu schnell erreichte dieses Chaos die unteren Etagen. Plötzlich klaffte ein Riss in der Außenwand. Er weitete sich aus, verzweigte sich, und die Druckwelle wirbelte das Innere des Gebäudes nach außen. Auch den Mars-Liner. Wie ein welkes Blatt im Herbststurm wurde der schwere Schwebebus herumgeworfen. Vergeblich versuchte Bully, die unkontrollierte Bewegung abzufangen, das Pulsator-Triebwerk dröhnte unter Volllast, aber der heranbrandende Lärm übertönte alles. Das eigene Wort war nicht mehr zu verstehen.

Schutt prasselte herab, und der Staub war wie ein Leichentuch plötzlich überall. Es gab kein Licht mehr, nur noch erstickende Schwärze.

Die Zeit schien stillzustehen.

Reginald Bull erfasste alle Anzeigen gleichzeitig. Die Ausfälle häuften sich. Schirmversagen im achteren Bereich; er glaubte, die Erschütterungen bis ins Cockpit zu spüren. Gefährliche Schräglage; die Druckwelle hatte den Liner weiter angehoben und würde ihn umwerfen, wenn er nicht gegensteuerte. Etwas Großes, Schweres schrammte vorbei. Das Kreischen des Stahls klang wie der Todesschrei eines Urzeitsauriers.

Dann war der Mars-Liner durch. Teils aus eigener Kraft, weit mehr aber von der Druckwelle aus dem Gebäudeinnern getrieben, hatte er den Hangar verlassen. Die Sicht wurde keinen Deut besser, selbst die Ortungen reagierten zu träge für dieses alles unter sich erstickende Chaos.

Nur der Lärm veränderte sich. Aus dem dröhnenden Prasseln der einstürzenden Mauern wurde ein monotones Rauschen. Gleichmäßig beinahe, wie von einer gigantischen Brandungswelle.

Es war in der Tat eine Woge aus Staub und Dreck und Schutt, die den Mars-Liner-01 mit sich riss. Immer wieder wurde der Bus schwer erschüttert. Bully hielt ihn verbissen nicht nur in der Schwebe, sondern dicht über dem Boden. Ein gefährliches Spiel, doch was war nicht gefährlich gewesen, seit sie Mantagir erreicht hatten?

Undurchdringliche Schwärze hüllte den Bus ein. Sie bedeutete Schutz und Bedrohung gleichermaßen. Es war unmöglich, abzuschätzen, wie weit der Bus sich schon vom Zentrum des Geschehens entfernt hatte. Reginald Bull hätte nicht einmal zu sagen vermocht, wie viel Zeit vergangen war – er war zur Marionette seiner eigenen Anspannung geworden, ein Roboter, der rein mechanisch seine Arbeit verrichtete und alles Störende verdrängte. Nur würden seine

Gefühle später zum Ausbruch kommen und ihn überrollen, so wie die unglaublich düstere Woge, die hundert Meter und höher auf die dicht bebauten Stadtteile zudonnerte – eine Sintflut, die alles mit sich reißen würde, was nicht rechtzeitig fliehen konnte.

Irgendwann ebbte der Lärm ab.

Die Relieftaster lieferten wieder brauchbare Bilder.

Aus dem brodelnden Dunst schälten sich die Silhouetten naher Bauwerke heraus. Reginald Bull ließ den Bus noch weiter absinken und beschleunigte gleichzeitig.

Energieverbrauch minimiert: Prallfelder nur noch im Heckbereich, alle Taster abgeschaltet. Flug auf Sicht. Die Sonne war inzwischen untergegangen, in den Straßenschluchten herrschte Düsternis.

Mars-Liner-01 löste sich aus der brodelnden, langsam in sich zusammensinkenden Staubwalze. Ein düsterer Schemen, so tauchte er im Tiefflug in die Metropole ein. Keine Raumjäger stießen aus der Höhe auf ihre Beute herab und eröffneten das Feuer.

Nur dreieinhalb Minuten waren vergangen. Sie erschienen Reginald Bull unendlich lang. »Ich habe Blut und Wasser geschwitzt«, brachte er stockend hervor. »Aber wir haben es geschafft.«

»Es war klar, dass du das sagen würdest.« Perry Rhodan löste das Rückhaltesystem und erhob sich. »Ich sehe nach unseren Passagieren. Oder brauchst du mich?«

»Den Rest bekomme ich ganz gut allein hin«, erwiderte Bully. Er wandte kurz den Blick. »Danke.«

»Wir schaffen es auch nach Terra zurück. Irgendwie.«

Erst einige Kilometer weiter wurde der Verkehr lebhafter. Wahllos wechselte Reginald Bull die Richtung und ließ den Bus in größere Höhe aufsteigen. In der Nacht verwandelte sich die Metropole in ein gleißendes Lichtermeer. Nur hinter dem Mars-Liner, gut fünfzehn Kilometer entfernt, brodelte eine gigantische schwarze Säule. Blutig rot loderte die Glut in ihrem Zentrum, und ein gewaltiger Rauchpilz hatte sich bereits kilometerweit ausgedehnt. Bald würden Staub, Asche und kleinste Trümmer abregnen.

Die beiden letzten schlanken Seitentürme waren gemeinsam eingestürzt. Reginald Bull fragte sich, wie viele Leben der Angriff der Nodronen gekostet haben mochte. Unzählige Fragen bewegten ihn in diesem Augenblick. Aber alle waren nur zweitrangig, bis auf eine: »Wohin?« Er kannte noch keine vernünftige Antwort darauf. Sie waren Fremde in einer fremden Stadt.

Zwischenspiel

Ein grimmiges Lächeln hatte sich in das von Narben entstellte Gesicht von Axx Cokroide eingegraben. Diese Narben waren die sichtbaren Zeichen von Dutzenden ritueller Zweikämpfe, aus denen er als unangefochtener Sieger hervorgegangen war. Niemand sonst hatte eine so reiche Erfahrung vorzuweisen. »Ich höre«, sagte er und seine Stimme vibrierte. Dass er die Hand auf die Peitsche von Nodro senkte, die als einzige Waffe in seinem Gürtel steckte, ließ den Boten zusammenzucken. »Wenn du keine schlechten Nachrichten bringst, hast du nichts zu befürchten«, fügte Axx Cokroide hinzu. Er genoss die sichtbare Furcht des Untergebenen.

»Die Kampfjäger, Herr, melden den Vollzug ihrer Mission.«

Axx Cokroide, offizieller Botschafter des Zwillingsgötzen, Oberhaupt des Cokroide-Clans und damit der mächtigste Clanführer in diesem Sektor von Vaaligo, blickte ihn unverwandt starr an.

»Der Ordensturm der Wissenschaftler von Cor'morian wurde weisungsgemäß vernichtet. Es gab zwei Fluchtversuche, aber beide wurden unterbunden.«

»Gut.« Axx Cokroide hatte sich erhoben und sich der Fensterfront zugewandt. Das oberste Stockwerk des Botschaftsgebäudes erlaubte einen weiten Blick über Mantagir. Die Nacht war hereingebrochen. In weiter Ferne tobte in diesem Moment ein unbeschreibliches Chaos, zu weit entfernt, als dass er es hätte beobachten können. »Ein bedauerlicher Unfall, wir werden den Völkern Vaaligos unser Mitgefühl aussprechen. Die Experimente der Wissenschaftler bergen den Tod in sich, davor habe ich stets gewarnt. Du kannst gehen.«

»Ja, Herr.«

Augenblicke später war Axx Cokroide allein. Sein Lachen hallte von den Wänden seines großen Arbeitszimmers wider. Er war immer ein Gegner der Tambu und ihrer mangelnden Informationspolitik gewesen. Geheimniskrämerei dieser Art hasste er. Die Informationen seines Geheimdienstes, die Wissenschaftler im Ordensturm von Mantagir planten einen Schlag gegen das Empire von Nodro, hatte nur das Fass zum Überlaufen gebracht. *Du oder ich* – eine andere Wahl hatte nie bestanden. Auch der Versuch, den Ordensturm zu erobern, wäre zum Scheitern verurteilt gewesen. Die Wissenschaftler hätten ihn lieber selbst zerstört, als ihn den Nodronen in die Hände fallen zu lassen.

Axx Cokroide spuckte aus. Nodro war jetzt schon die entscheidende Macht auf Balance B wie überhaupt im Tazmai-System. Nur für einen offenen Krieg war es noch zu früh.

Die Reaktion der Stadtverwaltung konnte er vorhersehen. Alle Vertreter der beteiligten Völker würden schweigen. Heute lag der Ordensturm in Schutt und Asche, morgen konnte ein Unfall jeden anderen ereilen. Selbst wenn sich alle Kräfte in Mantagir vereinten – er fürchtete sie nicht. Hinter ihm standen die Zwillingsgötzen.

Axx Cokroide ging zu seinem Schreibtisch zurück und stellte eine Verbindung her. »Ich will Nedra sehen!«, befahl er. »Bringt sie zu mir!«

Der schnelle Sieg hatte ihn in Laune versetzt. Nedra hatte er schon lange haben wollen, seine Lust aber bis zum heutigen Tag aufgeschoben. Sie war jung und kräftig und sie würde ihm das Recht nicht verweigern.

Zwei Wachen brachten ihm die Frau. Hatte er sich getäuscht, verweigerte sie sich? Oder spielte sie nur ihr Spiel mit ihm?

Nedra war halb so alt wie er und einen Kopf kleiner. Ihre Muskeln bewiesen ihre körperliche Stärke, aber auch alle anderen Formen waren entsprechend üppig. »Sieh mich an!«, herrschte er sie an. Nur zögernd hob sie den Blick. Aber sie schaute durch ihn hindurch.

»Du kennst mein Recht.« Er blieb dicht vor ihr stehen, seine Rechte zuckte vor und umklammerte ihr Kinn. Axx

Cokroide wusste, dass sein Griff schmerzhaft war, doch Nedra verzog nicht einen Muskel. Er drehte ihren Kopf, betrachtete die mit wildem Fleisch verwachsenen Narben, die von ihren Zweikämpfen zurückgeblieben waren und ihr tief schwarzes, zu Strähnen geflochtenes Haar, das bis weit über die Schultern fiel. Dann strich seine Hand abwärts, über ihre Schultern, ihre Brust. Er spürte, wie Nedra zusammenzuckte.

»Verschwindet!«, herrschte er die Wachen an, dann zog er die Frau mit sich. »Ich will dich sehen! Ganz, hier und jetzt.«

Sie wagte keinen Widerspruch. Aber in ihren Augen loderte ein düsterer werdendes Feuer. Es reizte ihn. Sein Wort war Gesetz, sie konnte sich nicht sträuben.

Der Umhang glitt von Nedras Schultern. Darunter trug sie eine grob gewebte, geschnürte Jacke. Ungeschickt nestelte sie an den Bändern.

»Mach!«, forderte Axx Cokroide. Mit zwei Schritten war er bei ihr, packte mit seinen Pranken zwischen die Bänder und riss die Jacke auseinander. Dann das Hemd, das sie darunter trug. Nedras Brüste waren schwer und wohlgeformt, sie hoben und senkten sich unter hastigen Atemzügen.

Ein Summton riss Axx Cokroide aus seinen Betrachtungen. Sekundenlang schwankte er zwischen dem Anruf und seiner Lust, dann nahm er den Anruf entgegen. Nedra würde ihm nicht entkommen.

»Was soll die Störung? Wenn es nicht wichtig ist ...«

»Es ist sehr wichtig, Herr. Es geht um den Ordensturm.«

»Er wurde vernichtet.«

»Ja, aber ...«

»Was noch?« Die Frage war voll verhaltenem Zorn.

»Die Erstanalyse aller Aufzeichnungen hat ergeben, dass ... Jemand scheint der Vernichtung entkommen zu sein.«

»Ausgeschlossen. Mir wurde gesagt, dass kein Tambu entkam.«

»Die Auswertung der Ortungsprotokolle ist eindeutig. Ein Gleitfahrzeug unbekannter Bauart entkam der Vernichtung, wenn auch mit knapper Not.«

In dem Moment bedauerte Axx Cokroide, dass nur eine Sprechverbindung bestand. Er hätte jetzt das furchtsame Gesicht des anderen sehen wollen. Zu glauben, dass die weltfremden Wissenschaftler fähig gewesen sein sollten, den Kampfjägern zu entkommen, fiel ihm schwer. Noch dazu in einem Fahrzeug unbekannter Bauart. Sein Gefühl sagte ihm, dass dahinter weit mehr steckte, als er momentan überblicken konnte.

»Die Ortungsdaten des fremden Fahrzeugs liegen vor. Ich will, dass nach ihm gefahndet wird! Überall! – Und ich will den Verantwortlichen für diesen Fehlschlag sehen. Im Innenhof und sofort!«

Er bedachte die Frau mit einem durchdringenden Blick. »Du musst leider noch auf mich warten. Ich habe Wichtigeres zu tun.«

Er ging.

Das kalte Licht der Schweinwerfer stanzte einen begrenzten Bereich des Hofs aus der Dunkelheit heraus. Ein Teil der Gesandtschaft hatte sich versammelt. Eine schweigende, anonyme Masse, fand Axx Cokroide. Er musste sie nicht beachten.

Ohnehin galt sein Interesse dem Delinquenten. Der Henker hatte ihm die Beine gespreizt an die beiden im Boden verankerten Pflöcke gefesselt und die Arme auf den Rücken gebunden. Axx Cokroide spuckte dem Mann ins Gesicht. Es war ein blutjunger Nodrone.

»Warum?«, herrschte er ihn an. »Wie konnte dieser Fehler geschehen?«

»Ich weiß es nicht«, stammelte der andere. »Ein unbekanntes Fahrzeug, fremde Technik … Ich flehe um Gnade, Herr.«

»Abgelehnt.« Axx Cokroide machte auf dem Absatz kehrt.

Dann ein kurzer Blick zum Henker, der die Peitsche von Nodro schon in der Hand hielt. Cokroide lächelte grimmig, er nickte.

Der Henker hob die Hand. Keineswegs schwungvoll, sondern mit Bedacht und großer Vorsicht. Ein Raunen ging durch die Menge, sogar Axx Cokroide hielt in dem Moment den Atem an. Er sah den Ausdruck großen Erstaunens im

Gesicht des Verurteilten; der Mann schien überrascht zu sein, dass er noch lebte. Wer die Peitsche überstand, war frei.

Dann die ersten dünnen Blutspuren auf der Haut. Senkrecht nebeneinander, wie unglaublich feine Linien. Auch die Kleidung riss auf. Beide Arme kippten von den Schultergelenken aus nach unten, die Schultern lösten sich vom Körper, der Schädel fiel in Scheiben auseinander.

Jede Hinrichtung ähnelte der anderen. Axx Cokroide ging. Wer Fehler machte, wurde bestraft, so war sein Gesetz. Aber das interessierte ihn in dem Moment schon nicht mehr. Auf ihn warteten die Freuden der Leidenschaft.

Kapitel 10

Ronika und Khirm Smertens

Unbewegt blickt er auf die eisgraue Flut, die sich schäumend durch das Tal wälzt. Mehr denn je erscheint ihm der Dschungel am jenseitigen Ufer wie eine unheimliche und tödliche Mauer. Der Schutzschirm, der das Naturschutzgebiet umgibt, ist keineswegs unüberwindbar. Das weiß er nun, aber es ist zu spät – Godila kann niemand zurückbringen.

»… damit wir erkennen, dass nichts in diesem Universum ewig Bestand hat. Godila starb, bevor sie ihr Leben genießen konnte. Wir werden uns immer fragen, warum das so sein musste, aber wir werden die Antwort darauf wohl nie erhalten. So bleibt uns nur, Godila dahinfahren zu sehen auf dem Fluss ohne Wiederkehr. Wie das Wasser sich ins Meer ergießt, von der Sonne aufgesogen wird und über dem Land wieder abregnet, so wird für sie ein neuer Kreislauf des Lebens beginnen.«

Khirm spürt Ronikas Körper neben sich beben; seine Frau wird von heftigem Schluchzen geschüttelt, sie krallt ihre Finger in seinen Unterarm. Es fällt ihr schwer, ohne Godila weiterzuleben. Auch ihm fällt es schwer. Aber sie sind beide noch jung.

Der Geistliche bückt sich, um die Taue zu lösen, die den Sarg am Ufer halten. Ein anderer reicht ihm die Feuerschale.

»Das mache ich!«, sagt Khirm unvermittelt. Ronika schaut ihn zwar überrascht an, doch sie hindert ihn nicht daran, die Schale in den Sarg zu stellen. Lange blickt er auf das bleiche Gesicht ihrer Tochter. Godila liegt da, als schliefe sie nur. Leicht fallen die braunen Locken auf ihre Schultern. Die grässlichen Wunden, die ihr die Bestie zuge-

fügt hat, werden von den eng gewickelten bunten Bändern kaschiert.

In ihrer Religion bedeuten diese Bänder Unverwundbarkeit und ewiges Leben. Deshalb werden die Toten darin eingehüllt, bevor sie der Fluss für immer mit sich nimmt. Vor einigen Jahren hat Khirm den Ursprung des Glaubens erfahren, der mit ihren Ahnen von Terra gekommen ist. Die Menschen haben uralte und heilige Bäume mit solchen Bändern geschmückt, als Zeichen von Würde und Unantastbarkeit.

Langsam treibt das Boot in die Mitte des Flusses, wo die Strömung reißend wird. Irgendwann, hunderte Kilometer entfernt Richtung Meer, werden die Flammen auf den Sarg übergreifen …

Wortlos wendet sich Ronika um. Schweigend geht sie am Ufer entlang zurück in die Stadt. Nichts wird mehr so sein, wie es einmal war. Khirm weiß, dass seine Frau den insektenhaften, unermüdlichen Arbeitern niemals mehr unbefangen begegnen kann. Sie haben den Schutzschirm vernachlässigt und sind schuld daran, dass eine der wilden Bestien den Dschungel verlassen konnte. Jedenfalls glauben die Technikwächter, solche Spuren gefunden zu haben.

Ronika redet an diesem Abend kein Wort mehr. In der Nacht hört Khirm sie weinen. Aus der Ferne dringen die Stimmen des Urwalds heran.

Der neue Tag bringt einen Sonnenaufgang wie lange nicht mehr. In Minutenabständen steigen beide Gestirne über den Horizont herauf und ihre Strahlen vereinen sich zu einem gewaltigen Kaleidoskop. Ronika hat kaum einen Blick dafür. Ihre Augen sind blutunterlaufen, ihr Gesicht ist hager und eingefallen.

Am Abend findet Khirm die Waffe, einen handlichen Nadler mit starken Explosivgeschossen, die mühelos die Panzer der Arbeiter durchschlagen können. Er schweigt dazu, aber zwei Tage später sieht er Ronika am Rand der Siedlung stehen und die Arbeiter beobachten. Sie trägt die Waffe bei sich.

Noch bringt sie es nicht fertig, den Schuldigen zu töten. Aber sie wird es tun. Khirm kennt seine Frau lange genug, *um zu spüren, was in ihr vorgeht. Sie haben ihren Ehevertrag auf Lebenszeit verlängert, als Godila geboren wurde. Eine schwere Geburt, in der Einsamkeit der Nordberge ohne medizinische Hilfe. Der Medogleiter war erst eingetroffen, nachdem Khirm selbst die Nabelschnur durchtrennt hatte.*

»Wir gehen fort!«, sagt er endlich. »Third Hope birgt zu viele Erinnerungen, und ich will nicht, dass du zur Mörderin wirst. Für mich macht es keinen Unterschied, ob Mensch oder Insekt.«

Zwei Monate verbringen sie mit der Suche nach einer geeigneten Welt, bis sie endlich fündig werden und alle Formalitäten erledigen. Weitere zwei Wochen später starten sie an Bord eines kleinen Passagierraumers. 14.837 Lichtjahre bis New Egypt – für jemanden, der seinen Heimatplaneten nie verlassen hat, bedeuten sie eine gewaltige Entfernung. Und doch sind sie mit Zwischenaufenthalten innerhalb von sieben Tagen zu bewältigen.

Der letzte Start verzögert sich, ohne dass die Verantwortlichen Gründe dafür nennen. Erst am dritten Tag gibt es eine lapidare Verlautbarung, astrophysikalische Besonderheiten behinderten den Weiterflug.

Ein Hypersturm – vielleicht. Doch die Wahrheit ist weit erschreckender. New Egypt steht inmitten dichter Sternpopulation, die nächsten Sonnen nicht einmal ein Lichtjahr weit entfernt. Und eine dieser Sonnen ist im Begriff, zur Supernova zu werden. Innerhalb der nächsten zehn Standardjahre. Die planetare Regierung hat deshalb den Notstand ausgerufen und als erste Maßnahme alle Einwanderungsprogramme gestoppt. New Egypt wird wohl evakuiert werden müssen.

»Ohne den Zuschuss für die Existenzgründung wird unser Guthaben in einem halben Jahr aufgebraucht sein«, stellt Khirm bitter fest. »Der Flug war teuer genug.«

Zwei Tage später startet der Raumer ohne sie. Khirm und Ronika sind mit ihrer spärlichen Habe auf einer Welt gestrandet, die nichts anderes ist als ein gigantischer Umschlagplatz, ein Funkfeuer zwischen zwei galaktischen Spiralarmen. Schrill, hektisch und unerträglich. Hier gibt es keine Arbeit für einen Agraringenieur und eine Formdesignerin. Nicht einmal Gelegenheitsjobs. Roboterheere verrichten alle Verladearbeiten auf den großen Raumhäfen, und in den Raumfahrerkneipen die Gäste zum Konsum zu animieren, wäre das Letzte, zu dem Ronika sich herabließe.

Khirm setzt alle Hebel in Bewegung, ihre Situation zu ändern. Aber die Botschaft der LFT war während des Kriegs gegen das Reich Tradom geschlossen und wurde seither nicht wieder besetzt. Mehrere Hyperfunksprüche an eine über tausend Lichtjahre entfernte terranische Niederlassung verschlingen eine große Summe Galax. Die Antwort eines terranischen Attachés trifft ein, als Ronika und Khirm ihre letzte Hoffnung fast schon aufgeben wollen. Es ist ein auf zunächst zwanzig terranische Standardjahre befristetes Arbeitsangebot für einen Agraringenieur. Verlängerung um denselben Zeitraum in Aussicht gestellt.

»Urbanisierung und Terraforming im Solsystem«, liest Ronika Smertens ungläubig. »Das ist das Heimatsystem der Menschheit.«

»Etwas Besseres könnte uns gar nicht passieren«, bestätigt Khirm ohne zu zögern.

Seine Frau legt den winzigen Projektorchip zur Seite. »Ich weiß nicht«, sagt sie leise. »Das kann doch nur einen der unwirtlichen Monde betreffen, die bis heute nie besiedelt wurden. Giftgasatmosphäre, eisige Kälte und was sonst noch.«

»Lies weiter!«

»Und wenn schon. Wir werden in Containern dahinvegetieren müssen, wenigstens in den ersten beiden Jahrzehnten.«

»Lies trotzdem«, bittet Khirm eindringlich.

Ronika aktiviert den Chip von neuem. Augenblicke später schaut sie verblüfft und ungläubig zugleich auf. »Der Mars?«

»Der vierte Planet des Solsystems.« Khirm nickt lachend. »Vor Jahren haben die Medien ausführlich über diese Welt berichtet. Dort gibt es keinen Dschungel, der uns an Third Hope erinnern kann, nur Sand und Wüste und eine unglaubliche Herausforderung.« Er zieht seine Frau an sich und küsst sie auf die Stirn. »Das ist ein Wink des Schicksals, Ronika ...«

»Wo sind wir?« Völlig überraschend fuhr sie auf der Sitzbank hoch, doch eine feste Hand hinderte sie daran, aufzuspringen.

»In Sicherheit«, antwortete Khirm verhalten, als wolle er selbst noch nicht daran glauben.

Leise seufzend ließ sich Ronika Smertens wieder zurücksinken. »Mir fehlt ein Stück Erinnerung. Ich weiß nur noch, dass wir endlich den Bus vor uns hatten – aber dann ist da nichts mehr.«

»Der Mars-Liner konnte den Turm gerade noch rechtzeitig verlassen.«

Weit riss Ronika die Augen auf. Sie starrte durch die oberen Fenster in die Nacht hinaus. Scheinwerferfinger geisterten über den wolkenverhangenen Himmel. »Verfolgen sie uns?«

»Wer – die Jäger? Nein, danach sieht es nicht aus.«

»Wie fühlst du dich, Ronika?« Fran Imith war herangekommen und beugte sich über die hagere Frau.

»Wir haben überlebt. Was soll ich sonst sagen?« Ronika wandte den Kopf und blickte suchend über die nächsten Sitze. »Wo sind die anderen? Der Bus ist ja halb leer.«

»Die Tambu wollten sie in Sicherheit bringen.«

»Und?«

Fran schüttelte den Kopf. Ihre Geste sagte mehr als Worte.

»Entsetzlich.« Khirm brauchte eine Weile, bis ihm das über die Lippen kam. »Wenn ich daran denke, dass wir bei der Gruppe waren, die sofort zu Beginn des Angriffs tiefer ins Gebäude geführt wurde. Aber irgendwie«, er stockte und fuhr sich mit der Hand übers Gesicht, »irgendwie haben wir den Anschluss verloren und mussten uns selbst durchschlagen. Wir waren schon nahe daran, aufzugeben, aber dass wir als Einzige …« Er schaute Fran nachdenklich an. »Vielleicht gibt es doch so etwas wie eine Gerechtigkeit des Schicksals.«

»Das hängt immer davon ab, was man selbst daraus macht. – Ronika, ich hätte gern einen Test vorgenommen.«

Es dauerte nur wenige Sekunden, bis der auf die Innenseite des Handgelenks geklebte Messstreifen Puls, Blutdruck, Hautwiderstand und noch einige andere Werte anzeigte. Sie lagen zwar nicht ganz im Normbereich, ließen aber keine Probleme erkennen. Das traf auch auf Khirm zu.

»Wohin fliegen wir?«, fragte seine Frau.

»Ich nehme an, Reginald wird den Bus irgendwo landen, wo wir unbehelligt bleiben werden.«

»Und wie kommen wir nach Terra zurück?«

»Rhodan und Bull finden einen Weg, bestimmt«, sagte Fran Imith mit Nachdruck. »Wir haben Glück im Unglück, dass sie bei uns sind.«

»Danke.« Nachdenklich schaute Ronika Smertens der Frau mit dem dunkelroten Haar hinterher. Fran wandte sich in dem Moment an den fettleibigen Künstler, schien aber keine Antwort zu erhalten. Ronika sah, dass sie sich schulterzuckend umwandte und mit Allgame redete. Der Winzer vollführte eine umfassende Armbewegung. »Ein Platz ist so gut oder so schlecht wie der andere«, verstand Ronika. »Ich gebe mich da keinen Illusionen hin.«

Sie blickte nach draußen. Die Flughöhe war schwer zu schätzen. Zwischen 500 und 800 Metern vielleicht. Unter dem Bus quoll der Fahrzeugstrom unvermindert dicht, nur in der Höhe war es ruhiger geworden.

Ronika presste ihr Gesicht an die Panzertroplonscheibe und schirmte die Reflexe verursachende Innenbeleuchtung mit den Händen ab. Die vorbeihuschenden Fassaden erschienen nun deutlicher. Aber nicht das interessierte sie. Ihr Blick wanderte in die Höhe, glitt seitlich voraus und widmete sich zuletzt der Region hinter dem Schwebebus. Ronikas Aufatmen war nicht zu überhören.

»Die Nodronen-Jäger lassen uns in Ruhe«, versprach ihr Mann. »Keine Sorge. Die können unseren Ausbruch gar nicht mitbekommen haben, falls sie überhaupt von uns wissen.«

»Ihr Angriff galt den Wissenschaftlern von Cor'morian?«

»Wem sonst?«

Das leuchtete ein und half ein wenig, ihr Unbehagen zu verdrängen. Weit in der Ferne glaubte Ronika einen Hauch von Düsternis in der schwächer werdenden Lichtflut auszumachen. Eine schmale schwarze Säule, die den Stadtrand mit den Wolken verband. »Ist er das?«, wollte sie wissen.

»Wer?« Höhere Bauten behinderten die Sicht. Auf vielen Dächern wucherte eine üppige Pflanzenpracht, zum Teil hingen Schlingpflanzen weit über zerklüftete Mauern herab.

Jetzt sah es auch Khirm: eine sogar auf die große Entfernung noch deutlich wahrnehmbare Rauchsäule. »Der Ordensturm existiert nicht mehr«, bestätigte er. Knapp fünfzig Kilometer mochten sie mittlerweile entfernt sein. In der Passagierzelle herrschte Schweigen. Fran Imith hatte sich inzwischen auf einen der vielen freien Plätze sinken lassen.

Ronika hing düsteren Gedanken nach. Wie ihr erging es wohl den meisten. Furcht beherrschte sie, doch darin mischte sich auch ein wenig Neugierde. Wer hatte schon die Gelegenheit zu erfahren, wie die Zukunft aussah? Wäre nur nicht Unverständnis und Trauer gewesen. Sie hatten Menschen verloren, mit denen sie vor einem Tag aufgebrochen waren. Das war schwer zu verstehen. So wie Ronika vor Monaten den Tod ihrer Tochter nicht verstanden und schon gar nicht akzeptiert hatte. Sie glaubte, jeden Moment aus diesem schrecklichen Albtraum aufwachen zu müssen. Aber die leeren Plätze blieben. Nichts machte den Tod ihrer Begleiter ungeschehen – und das Entsetzlichste daran war die Vorstellung, dass sie selbst nur unverschämtes Glück gehabt hatte.

Warum? Da war die quälende Frage wieder, auf die es wohl nie eine zufrieden stellende Antwort geben würde. Ronika Smertens hatte geglaubt, sich eines Tages mit der Ungewissheit arrangieren zu können, doch nun erkannte sie, wie brüchig diese Hoffnung gewesen war. Ob ein Monat oder hundert Jahre – nichts, was einmal geschehen war, würde wirklich in Vergessenheit geraten.

»Welches Datum schreiben wir?«, fragte sie unvermittelt.

»Den 17. Juni«, murmelte Khirm schläfrig.

»Ich meine das Jahr«, fügte Ronika hinzu.

Er bedachte sie mit einem verwirrten Augenaufschlag. »1329 Neue Galaktische Zeitrechnung«, sagte er, verstand aber erst im selben Moment, worauf sie hinauswollte. »Ich weiß es nicht. Ich glaube kaum, dass wir eine Möglichkeit haben, das festzustellen.«

»Die Cor'morian können das.«

»Wahrscheinlich.«

»Sie werden uns auch wieder in unsere Zeit zurückschicken?«

»Das hat sich so angehört.«

»Wie bekommen wir erneut Kontakt zu ihnen?«

Khirm blickte seine Frau verwirrt an. »Ich habe keine Ahnung«, gestand er endlich ein. »Aber Rhodan oder Bull werden schon wissen, was sie tun.«

Der Bus sank langsam tiefer. Andere Fahrzeuge flogen auf demselben Kurs und kamen zum Teil sehr nahe. Viele transparente Kapseln waren darunter. Ronika entsann sich, solche eigenwilligen Gebilde bei den pyramidenartigen Bauwerken gesehen zu haben. Sie vermutete, dass es sich um öffentliche Verkehrsmittel handelte. Alles flutete in eine Richtung. Und dann entdeckte sie den zerklüfteten Hügel voraus. Ein unruhiges Spiel von Licht und Schatten veränderte sein Aussehen stetig. Das Areal war nicht einmal aus der momentanen Perspektive zu überschauen, es musste sich über viele Quadratkilometer hinweg erstrecken.

Mars-Liner-01 schwamm mit dem Strom. Hunderte der unterschiedlichsten Fahrzeuge waren ringsum.

Suchte Reginald Bull die Anonymität der Masse? Nach allem, was Ronika inzwischen gesehen hatte – und das waren nur eng begrenzte Ausschnitte – musste Mantagir ein ungeheurer Schmelztiegel sein, ein Ort, an dem wohl alle galaktischen Völker vertreten waren. Hypermoderne, in ihrer bizarren Eleganz schon fragil wirkende himmelsstürmende Bauten kontrastierten mit eher bodenständiger, kubischer Architektur, die im Vergleich plump war und wahrscheinlich so massig wie die Intelligenzen, die darin wohnten. Und hier ein Berg nahe dem Zentrum der Stadt, ein ausgedehntes Gelände, das zu pulsieren und sich zu bewegen schien.

»Es lebt.« Ronika erschrak über die eigene, hastig hervorgestoßene Feststellung. Welche Ahnung hatte sie denn schon von großen Städten? Sie hatte auf einer Welt gelebt, auf der die Natur das bestimmende Element gewesen war, auf der menschliche Siedlungen kein Fremdkörper, sondern integrierter Bestandteil gewesen waren … Ronika schlug die Hände vors Gesicht. Hörte das nie auf? Die Erinnerung stieg in ihr empor wie ein Schreckgespenst. *Nichts anmerken lassen!*, redete sie sich ein. *Wenn sich einer von uns wirklich auf den Mars gefreut hat, dann ist das Khirm. Er würde sich Vorwürfe machen.*

Eine Laustsprecherstimme fraß sich in ihre Gedanken vor. Ronika war dankbar dafür, dass sie auf die Weise abgelenkt wurde.

»Wir wissen nicht viel über die Wissenschaftler von Cor'morian und noch weniger über die Nodronen«, sagte Perry Rhodan. »Aber bei aller Trauer über unsere Toten müssen wir herausfinden, was auf dieser Welt gespielt wird. Es sieht danach aus, als hätte sie zwei Gesichter – den schönen äußeren Schein und die bittere Wahrheit hinter den Kulissen. Vielleicht wird schon nach uns gefahndet. Wir wissen das nicht. Deshalb suchen wir den Schutz der Anonymität in der Menge. Mars-Liner-01 wird in Kürze landen. Alle anderen Fahrzeuge sind in ein komplexes Leitsystem eingebunden. Wir haben die Hauptfrequenzen aufgespürt und orientieren uns daran. Was immer das vor uns sein mag, ein gewaltiger Vergnügungspark, Sportstätten oder andere öffentliche Einrichtungen, wichtig ist, dass wir Informationen erhalten.«

Ein Pulk von etwa vierzig Maschinen, zu denen auch der Bus gehörte, scherte aus dem bisherigen Kurs aus. Ronika konnte das monströse Bauwerk nicht mehr sehen. Doch dafür erschienen weit verstreut fünf Verteiler. Eine andere Bezeichnung fand sie nicht für die Bauwerke, die an die trichterförmigen und von Lamellen umgebenen Kortuspilze ihrer Heimat erinnerten. Zwischen 100 und 300 Metern hoch, eine schlanke, sich nach oben öffnende Mittelachse und, von dieser ausgehend, weit abstehende Scheiben oder Segmente – das waren Abstellplätze für Gleiter, aber eben deshalb auch unterschiedlich hoch.

Der Mars-Liner schwebte ein. Atemlos verfolgte Ronika Smertens den Anflug. Das alles war neu für sie, solche Szenen kannte sie bestenfalls aus den vielfältigen Trivid-Programmen, aber sie selbst zu erleben, war etwas völlig anderes. Zumal sie ihr Leben lang nicht von Third Hope weggekommen war.

Ein unaufhörlicher Strom von Fahrzeugen. Leitlichter in schwer zu deutender Vielfalt. Vorübergehend fragte sie sich, wie Reginald Bull damit zurechtkam. Doch seinetwegen brauchte sie sich bestimmt keine Gedanken zu machen. Eher empfand sie Beklemmung, weil sie das alles mehr interessierte als das Schicksal der ums Leben gekommenen Passagiere. Viele von ihnen hatten Freunde und Verwandte gehabt, die auf sie warteten und nicht einmal ahnen konnten, was geschehen war.

Ein Schatten schreckte Ronika auf. Aber der Bus hatte nur eines der Lamellendecks erreicht, das aus unmittelbarer Nähe riesig wirkte. Dreißig Meter Höhe, schätzte Ronika. Und überall Fahrzeuge und die fremdartigsten Geschöpfe, die der zentralen Trichtersäule zustrebten.

Auch die anderen klebten buchstäblich an den Scheiben. Von Shim Caratech kam ein staunender Ausruf nach dem anderen.

Zwei oder drei freie Landeplätze nahezu im Zentrum der Deckscheibe glaubte Ronika zu sehen. Reginald Bull schien einen weniger auffälligen Bereich vorzuziehen, denn der Mars-Liner tangierte das Deck nur und sank außerhalb weiter in die Tiefe.

Im unteren Lamellenbereich waren die Decks teilweise abgeschlossen. Wahrscheinlich verbargen sich hinter den Gitterstrukturen Versorgungsaggregate, Energieumwandler, Antigrav-Generatoren und sogar Schutzschirmprojektoren.

Auch hier gab es kaum freie Landeplätze. Minuten später setzte Mars-Liner-01 jedoch in einem zwischen zwei großen Aggregatkomplexen gelegenen Bereich auf, der von außen kaum einsehbar war.

»Wir machen Zwischenstation«, hallte Rhodans Stimme aus den Lautsprechern. »Alles Weitere wird sich ergeben.«

»Das ist alles?«, fragte Ronika verwirrt. »Keine Erklärungen, nichts?«

»Rhodan weiß nicht mehr als wir«, sagte ihr Mann.

Kapitel 11

»Ich erwarte von dir nur, dass du eine Menge auswertbare Holoaufzeichnungen mitbringst, Trebb«, stellte Reginald Bull unmissverständlich klar. »Extratouren gibt es nicht.«

Eine steile Falte erschien auf Wilburns Stirn. »Dafür stehen mir dann die Exklusivrechte an der Dokumentation zu«, forderte er. »Wenn ich schon den Kopf hinhalte …«

»… willst du auch ordentlich dabei verdienen.« Der Vorwurf in Bulls Stimme war nicht zu überhören. »Manchmal glaube ich, es gibt keine Ideale mehr.«

»Geld«, sagte der Reporter, »ist eines.«

»Dafür sind dann Einzelne bereit, über Leichen zu gehen.«

»Ich habe niemanden auf dem Gewissen«, widersprach Wilburn. »Ich werde sogar zwanzig Prozent der Einnahmen für die Hinterbliebenen unserer Toten spenden.«

Es war Bully anzusehen, dass ihm eine heftige Erwiderung auf der Zunge lag, doch er schluckte sie unausgesprochen hinunter. Sie mussten sehen, dass sie gemeinsam das Beste aus der Situation machten, alles andere hatte dahinter zurückzustehen. Er wandte sich Rhodan zu: »Funkkontakt nur im Notfall über die Armbänder. Wir versuchen, alles zu vermeiden, was Aufsehen erregen könnte.«

»Acht Stunden Zeitlimit«, wandte Fran Imith ein, »ist das nicht zu großzügig bemessen? Falls euch etwas zustößt …«

»Ich weiß es nicht«, unterbrach Bully. »Das hängt von den Gegebenheiten ab, die wir antreffen.«

»Ich werde alle Aufzeichnungen stündlich mit Rafferimpuls übermitteln«, sagte Wilburn. »Die Gefahr einer zufälligen Ortung dürfte in dem Fall gering bleiben.«

»Aber wir halten zumindest einseitigen Kontakt.« Bully wusste, dass Fran Imith gerne mit dem Reporter getauscht hätte. Doch er hatte seine Entscheidung getroffen, weil Wilburns Schwebeoptiken wertvolle Dienste leisten konnten.

Sie verließen den Bus.

»Es ist schon ein eigenartiges Gefühl, hier zu sein«, stellte Wilburn fest. »Diese Stadt ist eigentlich noch gar nicht gebaut, die Bewohner von Mantagir werden erst in ferner Zukunft geboren.«

Reginald Bull warf einen raschen Blick in die Runde. Niemand befand sich in ihrer Nähe. »Du unterliegst einem Trugschluss«, widersprach er. »Die Gebäude sind Realität ebenso wie alle Intelligenzen, denen wir begegnen werden.«

»Aber – das ist unsere Zukunft.«

»Jetzt nicht mehr. Das hier ist unsere Gegenwart, sie ist so real wie alles, was wir kennen.«

»Ich will mich mit dir nicht streiten.« Mit einer fahrigen Bewegung wischte sich der Reporter über die Stirn und riss dabei ein Stück des noch nicht völlig mit dem Gewebe verbundenen Sprühplasmas ab. Die Wunde blutete erneut.

Als Reginald Bull nicht antwortete, begann Wilburn noch einmal: »Sobald wir ins Jahr 1329 NGZ zurückkehren, wird diese Zeit hier unsere fernste Zukunft sein und noch nicht existent.«

»Dann schon«, bestätigte Bull.

»Wo liegt der Unterschied?«

»In der Realität der jeweiligen Gegenwart.«

Trebb Wilburn schüttelte den Kopf. »Das verstehe, wer will.«

»Jede Zeit für sich ist real. Was geschieht, kann nicht rückgängig gemacht werden.«

»Ich würde eher sagen, wir haben gar nicht erst versucht, eine Änderung herbeizuführen. Wenn wir unsere Toten mit zurücknehmen …«

»Sie sind tot, sie bleiben tot und niemand kann sie wieder lebendig machen. Egal, ob du mit den sterblichen Überresten eine Milliarde oder fünf Milliarden Jahre in die Vergangenheit gehst. Jede Zeit, in der wir gerade existieren, ist unsere reale Gegenwart, deshalb warne ich vor Unvorsichtigkeiten. Ich würde ungern in einer Zeit sterben, die nicht meine eigene ist.«

»Aber …« Wilburn schwieg. Vor ihnen führten markierte Wege zusammen. Sie sahen einige Dutzend Personen, die aber nicht auf sie achteten. »Wie kann etwas gleichzeitig mehrfach existieren, ohne sich zu überlappen?«

»Nichts existiert gleichzeitig.«

»Alles im Jahr 1329 NGZ …«

»Gehört hier schon sehr lange der Geschichte an. So lange, dass die Liga Freier Terraner längst vergessen wurde. Ohnehin solltest du von unzähligen potenziellen Zeitebenen ausgehen.«

»Hör auf mit diesen Spitzfindigkeiten!«

»Warum produzierst du nicht eines Tages eine Reportage mit einem Dimensionsphysiker?«

Trebb Wilburn schüttelte sich. »Wenn ich schon die Zeit nicht verstehe …« Das Eingeständnis fiel ihm sichtlich schwer. »Mir ist jetzt bewusst, dass meine Realität stets genau da ist, wo ich mich gerade befinde.«

Einige tausend Gleiter, Kapseln und was es außerdem als schnelles Fortbewegungsmittel gab, waren allein auf dem einen Deck abgestellt. Reginald Bull fragte sich, wie viele Einwohner Mantagir haben mochte. Doch eine Schätzung war mit vielen Unsicherheitsfaktoren behaftet.

Obwohl das Deck, auf dem er den Mars-Liner gelandet hatte, keineswegs zu den besonders stark frequentierten gehörte, strömten immer mehr Personen der Zentrumsnabe zu.

Zwei Wesen mit grauer Schuppenhaut, in glitzernde, halb transparente Umhänge gekleidet, die den Blick kaum behinderten, kamen von hinten heran und eilten schweigend weiter. Ihre waagerecht und quer liegenden, auf einem schmalen Hals sitzenden Köpfe erinnerten Bull an terranische Hammerhaie. Und nicht nur das. »Aarus?«, murmelte er, als er ihnen aus zusammengekniffenen Augen hinterher blickte. Eine entfernte Ähnlichkeit mit den Technikern der Kosmischen Wurme war nicht zu leugnen.

Spinnenartige Geschöpfe näherten sich auf sechs stelzenartigen Beinen unglaublich schnell. Ihre dicht behaarten eiförmigen Körper hingen wie eine Gondel unter den kantig abstehenden Schultergelenken. Zumindest auf die Distanz war eine Unterscheidung zwischen vorne und hinten nur aufgrund ihrer Laufrichtung möglich.

Während des Anflugs hatte Reginald Bull aus den Zentrumsnaben rotierende Flugkörper aufsteigen sehen. Aufgrund ihrer scheibenförmigen Konstruktion boten sie wohl Platz für viele Passagiere. Zubringerfahrzeuge, hatte er vermutet.

Nun betrat er mit Wilburn eines dieser Flugtaxis. Die Nabe im Zentrum der Plattformen war nichts anderes als eine Hohlröhre. Die Flugscheiben liefen darin an Führungsschienen. Aber das sah er erst, nachdem er die ovale Aussparung durchschritten hatte und sich umwandte. Der teils gläsern wirkende Rumpf ermöglichte ihm diese Feststellung.

Gut dreißig Meter durchmaß die Scheibe. Sie bot Platz für mehrere hundert Personen. Aber nur zum Teil und scheinbar wahllos angeordnet, gab es Sitzgruppen.

Siebzig oder achtzig Personen warteten bereits auf den Transport. Ihre Gespräche verstummten beinahe abrupt. Bully blickte in die Runde. Sie wichen ihm aus, stellte er fest. Aber sie taxierten ihn eindringlich, sobald sie glaubten, dass ihm das nicht auffiel.

Das Schweigen hatte etwas Beklemmendes.

Reginald Bull wusste selbst nicht, warum er plötzlich sagte: »Kein schöner Tag heute. Der Ordensturm der Wissenschaftler von Cor'morian wurde zerstört.«

Kaum einer schaute ihm ins Gesicht. »Du.« Reginald Bull ging auf die nächste Sitzgruppe zu und wandte sich an einen dicken Humanoiden mit Schildkrötengesicht. »Was sagst du dazu?«

Zögern erst, dann: »Ein schrecklicher Unfall.«

»Viele dürften umgekommen sein.«

Er stand jetzt vor dem Schildkrötenwesen. Zwei andere, die er nicht angesprochen hatte, beeilten sich, ihren Platz zu räumen. »Wo wollt ihr hin?«, fragte er. Dass Trebb Wilburn die Augen verdrehte, amüsierte ihn.

»Die Plätze sind frei«, sagten sie.

Bully bedeutete Wilburn, dass er sich setzen sollte. Zugleich wandte er sich wieder an das Schildkrötengesicht. »Ob die Tambu den Ordensturm wieder aufbauen werden? Noch imposanter als zuvor?«

»Ich weiß nicht. – Nein, ich glaube nicht.«

»Vielleicht nicht in Mantagir. Aber Balance B ist groß.«

»Ich glaube, Herr, ich muss mir die Füße vertreten.«

»Nein, noch nicht.« Bully empfand alles andere als Vergnügen, als er sein Gegenüber blass werden sah. »Ich will eine eindeutige Antwort auf eine unmissverständliche Frage«, drängte er. »Leben auf Balance B noch mehr Tambu?«

»Nein, bestimmt nicht. Nur im Ordensturm der Wissenschaftler.«

»Habt ihr Vertraute, einen Unterschlupf …?«

»Ich weiß das nicht. Bitte, du kannst mich zu den Wettspielen schicken – aber ich werde trotzdem nichts sagen können.«

»Wer dann?« Reginald Bull hob seine Stimme. Jeder musste verstehen, was er fragte. »Ich suche Antworten.«

Die Scheibe startete. Ein blitzschneller Wechsel von Licht und Schatten, von draußen hereinfallend, war der einzige Anhaltspunkt für die Bewegung. Augenblicke später bot sich ein verschwommener Blick über die Stadt, doch Bully achtete nicht darauf. »Wo finde ich noch Wissenschaftler von Cor'morian?«, wollte er wissen.

Eines der Spinnenwesen stakte auf wackligen Beinen auf ihn zu. Es hielt einen respektvollen Abstand von mehreren Metern ein, als es langsam den Körper absenkte. Ein Kopf war auch jetzt nicht zu sehen. Heftig schwingende Sinnesfäden erzeugten schrille Töne. Auch sie übersetzte das Translatorplättchen auf Bullys Wange problemlos. »Wissen die Nodronen nicht am Besten, wo sie jemanden finden können?«

Wieder dieser abrupte Wechsel von Licht und Schatten. Die Scheibe senkte sich in einen Landeschacht.

Nachdenklich schaute Reginald Bull den davoneilenden Passagieren nach. Wenn er sich nicht täuschte, hatten sie es sehr eilig.

»Was ist?«, fragte Trebb Wilburn interessiert.

»Später«, sagte Bull ausweichend.

Die Flugscheibe hatte sie in einer unterirdischen Halle abgesetzt – wie tief unter der Oberfläche, vermochte Bully nicht einmal abzuschätzen. Eine Messung war mit den eingeschränkten Funktionen seines Armbands nicht mehr möglich. Nach dem dritten Versuch, der wieder einen anderen Wert erbrachte, gab er es auf.

Kuppelförmige Hallen reihten sich aneinander. Das Ganze war ein gigantischer Verkehrsknotenpunkt, in dem ein Unkundiger tagelang umherirren konnte, ohne jemals an den Ausgangspunkt zurückzugelangen. Sofern er der ortsüblichen Schriftsprache unkundig war. Holografische Leitsysteme, situationsbezogen aufleuchtende Hologramme, Hinweise, Beschriftungen in den Start- und Landeschächten der Flugscheiben, aber auch die komplexe Führung eines monströsen U-Bahn-Netzes – all das wirkte nur verwirrend. Und dazwischen wimmelte ein wahrhaft babylonisches Vielvölkergemisch.

Von einer vergleichsweise ruhigen Galerie in rund vierzig Metern Höhe aus, auf der sie sich ungewollt wiedergefunden hatten, beobachteten Bull und Wilburn das Treiben.

»Als hätte jemand die Ursuppe eines Planeten ausgekippt«, raunte der Reporter.

Bully blickte ihn verblüfft an. Dann sagte er sich, dass der Vergleich gar nicht so schlecht war. Er gab sogar treffend wieder, was sich abspielte.

In Terrania City konnte jeder, der mit offenen Augen durch die Stadt ging, Angehörige von vielleicht zehn, höchstens fünfzehn verschiedenen Völkern treffen. Dazu die von irdischen Siedlern abstammenden Umweltangepassten, deren Konstitution sich im Laufe von Generationen deutlich verändert hatte. Doch das war nichts gegen die Vielfalt von Mantagir.

Der Traum von der kosmischen Einheit hätte in dieser Metropole verwirklicht sein können, ein uneingeschränktes Mit- und Nebeneinander. Aber die Wirklichkeit war anders, der Angriff auf die Wissenschaftler von Cor'morian, was immer sich hinter dieser Bezeichnung verbergen mochte, hatte ein kaltes, zynisches und Leben verachtendes Gesicht erkennen lassen. Die Zukunft war nicht besser als die Vergangenheit.

Zwei Stunden waren vergangen. Im Untergrund gab es weder Tag noch Nacht, nur künstliches, sich regelmäßig veränderndes Licht. Allem Anschein nach barg der Hügel doch ein gigantisches Unterhaltungszentrum. Die Helligkeitsschwankungen kündigten spezielle Programme an und mochten für Wesen bestimmt sein, deren Kommunikation auf Hell-Dunkel-Werten basierte. Bully erkannte das, als er eine Gruppe vermeintlicher Pflanzen passierte und in dem Moment das Licht abfiel. Die eineinhalb Meter hohen knorrigen Stämme zogen Dutzende bleicher Wurzelfäden aus dem Boden, entfalteten ihre Knospenköpfe zu fahl rosafarbenen Gebilden und näherten sich mit ruckartigen Bewegungen dem Zugang eines Röhrenschachts.

Obwohl die Menge dicht gedrängt vorbeiflutete, blieb Bully und seinem Begleiter ausreichend Bewegungsraum.

»Sind wir Aussätzige?«, raunte Wilburn in einem geeigneten Moment.

»Viel schlimmer«, gab Bully tonlos zurück. »Wir sind Menschen.«

Der Reporter blieb abrupt stehen. Sein Blick verengte sich, ohne dass er verstand, was sein Begleiter meinte.

»Jeder hält uns für Nodronen«, fuhr Reginald fort. »Wahrscheinlich bleiben wir deshalb von allzu großer Neugierde verschont. Man respektiert uns, ist aber zugleich erleichtert, wenn wir verschwinden. Kein Wunder, wenn ich bedenke, was mit den Tambu geschehen ist.«

»Die Nodronen als Nachfolger der Menschen«, sinnierte Trebb Wilburn. Er wirbelte herum und stemmte sich die Fäuste in die Hüfte. Fast ebenso schnell wichen die Passanten zur Seite. Er fixierte ein fast drei Meter großes Echsenwesen, das unter seinem stechenden Blick Unsicherheit erkennen ließ. Im letzten Moment erinnerte er sich daran, dass ihn der andere nicht verstehen würde. Gab es Nodronen, die sich einer fremden Sprache bedienten? Er wandte sich wieder Bull zu. »Ich fange an, den Sinn zu verstehen, der hinter allem steckt. Die Vogelwesen haben uns nicht zufällig in ihre Zeit geholt, weil wir gerade auf dem Mars weilten – sie haben sich mit Absicht Menschen ausgesucht.«

»… alles ist möglich in den Katakomben von Mantagir – lass es geschehen. Erfülle dir deine geheimsten Träume und tritt an im Zweikampf gegen einen Irchy-Ba. Besiege deinen Gegner. – Du bist skrupellos und willst selbst einmal die Peitsche von Nodro führen? Hier kannst du es tun – für nur fünfzig Calculs. Aber sieh dich vor, zerfleische dich nicht selbst mit den Schnüren.« Überlaut verkündete eine hallende Stimme die angebotenen Attraktionen. Reginald Bull ignorierte die vermeintlichen Verlockungen, Wilburn wirkte nur noch unsicher. Weil er kein Wort von dem Geschrei verstand. »Du siehst die Tage verrinnen und dein Leben ist inhaltsleer geworden? Deine großen Pläne haben sich nicht erfüllt, du bist nur ein Staubkorn in der Wüste Vaaligos. Vielleicht nicht einmal das? Hast du je die Fesseln gesprengt, die dich von angenehmen Erinnerungen fernhalten? Dann genieße wenigstens diesen Tag oder die Nacht, denn alles ist möglich in den Katakomben von Mantagir – lass es geschehen …«

Ein Holokubus zeigte in rasch wechselnder Folge skurrile Lebewesen. Es mochten einige hundert sein, viele plump und massig, von Schuppen oder gar einem Hornpanzer geschützt. Manche sahen aus wie Tiere, doch die Art, wie sie in der Darstellung ihre schweren Waffen handhabten, zeigte Intelligenz.

»Wähle deinen Gegner«, drängte die monotone Stimme, die alles zu durchdringen schien. »Die Kategorien sind Körperkraft oder geistige Auseinandersetzung. Die Siegesprämie richtet sich nach der Dauer deines Zweikampfs. Nur zweihundert Calculs beträgt dein Einsatz in der Stunde nach Mitternacht.«

»Was ist das?«, wollte Wilburn endlich wissen, nachdem er sich minutenlang darauf konzentriert hatte, die Reaktionen der vorbeiflutenden vielgestaltigen Menge zu beobachten. Ein kurioses Panoptikum waren die Katakomben von Mantagir auf jeden Fall. Kleine blauhäutige Kugelgeschöpfe balancierten auf drei Beinen vorbei und das Auffallendste an ihnen waren die weit ausfahrbaren Tentakelaugen. Dazu Insektoide in den unterschiedlichsten Gestalten, von hagerem Wuchs mit rudimentären Flügelstümpfen bis hin zur wohlgenährten, in dunklen Farben glänzenden Kreatur, die ein beißender Geruch umwehte. Viele Passanten wichen diesem Geschöpf spontan aus, nur Reginald Bull rümpfte lediglich die Nase. Sekundenlang starrten sie sich an. Die hochgewölbten schwarzen Facettenaugen wirkten wie ein Zerrspiegel, der das Geschehen ringsum seiner unausgesprochenen Bedrohlichkeit enthob. Auf zwei Meter standen sie sich gegenüber. Schweigend, beinahe erstarrt.

Da war ein Wühlen unter seiner Schädeldecke. Das war Reginald Bulls erstes Empfinden. Irgendetwas versuchte, in seine Gedanken einzudringen, aber diese Kraft scheiterte an seiner Mentalstabilisierung. Im nächsten Moment war alles wieder wie zuvor, nur dass sich die Facettenaugen auf Trebb Wilburn richteten.

Bully sah den Reporter kaum merklich zusammenzucken, dann verhärteten sich Wilburns Züge. Vielleicht war das schwarze Insektenwesen, das so frappierend an eine Schmeißfliege erinnerte, telepathisch veranlagt. Oder es konnte Gefühlregungen sondieren. Beides bedeutete eine neue Qualität der Bedrohung. Bully warf sich nach vorne, seine Hand krachte auf den Chitinpanzer des Schwarzen. »Verschwinde!«, herrschte er ihn an. »Wir mögen das nicht.« Ein dicker, mit Borsten übersäter Rüssel zuckte ihm entgegen, Bully griff instinktiv zu. »Du lädst dir eine Menge Ärger auf, wenn du dich mit uns anlegst. Sag mir deinen Namen!«

Das Insektenwesen schien ihn ungläubig anzustarren. Oder auch wütend. Bully glaubte, das zu spüren. Ebenso die ablehnende Haltung. Sicher war er sich jedoch keineswegs. Dann riss sich sein Gegenüber ruckartig los. Borstenhaare splitterten zwischen seinen Fingern, zugleich wurde der beißende Gestank unerträglich.

Sekundenlang pendelte Reginald Bulls Blick zwischen dem in der Menge verschwindenden Schwarzen und seiner Hand hin und her. An den Fingern klebte eine dunkle Flüssigkeit. Sie stank erbärmlich. Vergeblich versuchte Bully, die zähen Tropfen abzuschütteln.

In dem Moment wurde er zum ersten Mal angesprochen. Es war ein ebenfalls insektoides Geschöpf, aber es reichte ihm nur bis zum Bauch. Der Kleine sah aus wie eine überdimensionale Stubenfliege mit dunklem Körperpanzer. Unruhig trat er von einem Bein auf das andere, während er mit seinen vier Armen immer heftiger gestikulierte.

»Selbst du solltest dich nicht mit einem Entflohenen anlegen. Sie sind unberechenbar, auch wenn sie uns Rmedi in gewissem Sinn ähnlich sehen.«

Das klebrige Zeug an seiner Hand trocknete bereits ein. Aber der Gestank wurde deshalb keineswegs erträglicher. Bully streckte den Arm zur Seite. »Ein Entflohener?«, fragte er. Ob er sich damit als Unwissender bloßstellte, erschien ihm zweitrangig. Wichtiger war der Anknüpfpunkt und dass er vielleicht Antworten auf einige Fragen erhalten konnte.

Sein Gegenüber zeigte sich keineswegs verwundert. »Wir Rmedi nennen sie so. Es gibt nicht viele von ihnen, sie sollen extrem langlebig, aber zugleich so gut wie unfruchtbar sein. Ich glaube, dass nicht viele in Vaaligo jemals von diesen Kreaturen gehört haben. Vor allem wusste ich nicht, dass einer der Entflohenen auf Balance B weilt.«

»Dieser Name ist eigenartig.«

Die »Fliege« ließ ein hektisches Klicken vernehmen. »Die Urväter dieser stinkenden Abart, heißt es, sind aus einem Labor auf Balance A ausgebrochen. Sie wurden von den Wissenschaftlern von Cor'morian gezüchtet.«

»Wozu?«

»Niemand weiß das heute noch.«

»Du hast Kontakt zu den Tambu in Mantagir?«

Der Rmedi schien zu erstarren. »Nein«, brachte er hervor. »Ich will nicht von Cokroide als Gegner angesehen werden. Glaube mir.«

Bei den letzten Worten hatte er sich umgewandt, und nun hastete er davon und ließ sich von der Menge mitreißen. Schon nach wenigen Sekunden verlor Bull den Kleinen aus den Augen.

Wilburn hatte inzwischen eine seiner Schwebeoptiken zurückgeholt und justierte sie neu. »Wie wäre es mit einem Translator für mich?«, fragte er. »Du hast das Ding auf der Wange, warum gibst du mir nicht einfach dein Armband?«

»Weil der Pikosyn nicht mehr richtig funktioniert.«

Wilburn zog indigniert eine Braue hoch. »Ein terranisches Produkt mit Fehlern?«

»Tatsächlich, so etwas soll es geben. Dabei glaube ich nicht einmal, dass die Fehlfunktionen am Armband selbst liegen. Einige hyperphysikalische Bedingungen scheinen sich verändert zu haben.«

Der Reporter grinste anzüglich. »Ich kenne das. *Fliegst du dein Raumschiff an die Wand, war's der physikalische Widerstand. Und weißt du danach auch nicht weiter, schieb die Schuld auf den Hyperfeldleiter.*«

Bully schürzte die Lippen. »Ist das die neueste Entschuldigung aller Raumschiffstechniker?«

Wilburn hatte die Optik in der hohlen Hand gehalten. Jetzt ließ er sie wieder aufsteigen. Er blickte ihr hinterher, als sie eine Gruppe echsenartiger Geschöpfe passierte und steil in die Höhe stieg.

Sie hatten einen gewaltigen Dom erreicht, der allem Anschein nach den Übergang in die hügelartige Anlage darstellte. Transportbänder stiegen in verwirrendem Durcheinander zu den offenen Zwischenetagen auf. Gläserne Aufzugkapseln schimmerten wie Regentropfen, die ihre Farbe mit der Höhe veränderten, und zwischen all dem spannten sich Fußgängerbrücken ebenso wie spiralförmig gewundene Hohlröhren, in denen hin und wieder Schwärme geflügelter Lebewesen sichtbar wurden.

Von allen Seiten strömten Bewohner Mantagirs in den Dom und strebten in die Höhe. Sehr viele Insektoide, aber auch Echsenwesen prägten das Bild der Menge. Die wirklich menschenähnlichen Humanoiden waren entweder von kleinem Wuchs oder unterschieden sich durch auffällig lang gezogene kahle Schädel oder auch ein zweites Armpaar. Ein Geschöpf wie eine monströse Raupe, auf acht Stummelbeinen laufend, den Oberkörper aufgerichtet und mit weiteren acht Gliedmaßen jeden mit Nachdruck auf die Seite schiebend, bahnte sich einen Weg durch die Menge.

»Es scheint doch einiges an dem dran zu sein, was die Zukunftsforscher behaupten«, sagte Wilburn bedeutungsvoll.

Bull schaute ihn fragend an. »Dass in ferner Zukunft Insekten die Herrschaft übernehmen werden«, fuhr der Reporter fort, »weil sie sich jeder Veränderung ihrer Umwelt weit effektiver anpassen können als der Mensch.«

Wilburns Augen verengten sich plötzlich. Er fixierte einen Punkt auf einer der höherliegenden Etagen.

»Siehst du was Bestimmtes?«, drängte Bull.

»Ich hätte schwören können ... Nein, da ist niemand mehr.«

»Wen hast du gesehen?«

»Menschen – oder Nodronen. Ich bin mir schon nicht mehr sicher.«

»Wie viele waren es?«

»Drei oder vier, so genau konnte ich das nicht erkennen.«

Damit hatten sie rechnen müssen. Es war unvermeidlich, dass sie früher oder später auf Nodronen trafen. Die Frage stellte sich nur, wie eine solche Begegnung verlaufen würde. Obwohl der Angriff auf den Ordensturm kompromisslose Brutalität offenbart hatte, lagen die Hintergründe dieses Vorgehens für die Terraner im Dunkeln. Es mochte sein, dass die Nodronen ihresgleichen gegenüber umgänglicher waren. Man musste beide Seiten kennen, um sich ein einigermaßen verlässliches Bild machen zu können.

»Haben sie uns entdeckt?«

»Keine Ahnung ...«

Ein Strahlschuss zuckte auf. Bullys Kopf flog förmlich in die Höhe, als er das Aufblitzen registrierte. Prompt ging sein Blick in die Richtung des Einschlags; der Schuss hatte eine der Fußgängerbrücken getroffen und ein an den Schmelzrändern nachglühendes Loch hinterlassen. Mehrere Passanten waren verletzt oder sogar getötet worden. Panik entstand, als die einen flohen und andere zu helfen versuchten. Bully beobachtete die gegenüberliegenden Etagen. Von dort ebenso wie von einigen der offenen Bandstraßen aus konnte geschossen worden sein.

»Schick die Optiken hin! Übertragung auf mein Armband.«

»Mist, verdammter!«, fluchte Wilburn plötzlich. »Ich hab nur noch eine zur Verfügung. Die andere ist Totalausfall.«

Hektisch hantierte er an dem kleinen Steuergerät. »Es ist, wie ich sage. Irgendwer hat die Optik abgeschossen!«

Sie standen am Rand einer surrealistischen Brunnenkonstruktion, die nach dem Zufallsprinzip schwebende Wassertropfen ausspie. Vor allzu neugierigen Blicken aus der Höhe waren sie deshalb einigermaßen geschützt.

Etwa vierzig Meter über ihnen entstand Bewegung und weitere Schüsse fielen. In rascher Folge stachen armdicke Glutstrahlen quer durch die weitläufige Halle. Ein Lift wurde getroffen und begann zu brennen. Die Kabine mit mehreren echsenartigen Passagieren stoppte abrupt.

Der zweite Schuss hatte eines der Laufbänder gestreift und mehrere Personen in die Tiefe gerissen. Aber es sah so aus, als wären sie von Prallfeldern aufgefangen und sanft zu Boden gebracht worden.

Die nächsten Strahlbahnen lagen näher und ließen in nur noch zehn Metern Höhe glutflüssiges Material abtropfen. Danach traf ein Schuss in die Menge. Genau das hatte Bully befürchtet, als er erkannt hatte, dass die Strahlbahnen einem beweglichen Objekt galten, das sich mit hoher Geschwindigkeit schräg abwärts bewegte – auf Wilburn und ihn zu!

Der Reporter fluchte unterdrückt. Hektischer als zuvor hantierte er mit seinem Steuerelement – und in dem Moment wurde Bullys Vermutung zur Gewissheit. Beide Optiken waren angemessen und als Fremdkörper identifiziert worden.

Deutlich sah er jetzt die Schützen: Sie waren Menschen. Zumindest auf Distanz erschien die Ähnlichkeit verblüffend. Sie trugen dunkle Uniformen mit einem jackenartigen Schuppen- oder Paillettenpanzer, und sie machten von ihren Waffen rücksichtslos gebrauch. Am Boden waren mehrere Personen getroffen worden. Bull konnte nicht erkennen, ob es Tote gegeben hatte oder nur Verletzte, aber alles rannte plötzlich auseinander.

»Du kannst nicht ...«, begann er, wurde aber schroff unterbrochen.

»Ich weiß«, stieß Wilburn hervor. »Ich kann die Optik

nicht zurückholen, ohne dass sie uns aufspüren. Ich muss sie opfern, sonst gibt es noch mehr Tote.«

Die Schüsse vereinten sich in großer Höhe. »Ich verwünsche diese Kerle.« Der Reporter warf die nutzlos gewordene Steuerung in den Brunnen.

»Und nun verschwinden wir besser«, bestimmte Bull. »Unsere schießwütigen Freunde werden bald hier auftauchen.«

»Seit zehn Minuten überfällig.« Fran Imith blickte über die endlos scheinenden Reihen der abgestellten Fahrzeuge hinweg. »Ich hoffe, du hast Recht, Perry, und es ist ihnen wirklich nichts zugestoßen.«

»Das wäre bei Bully dann wohl das erste Mal.«

»Irgendwann ...« Fran Imith zögerte, nahm den Satz aber doch wieder auf. »Irgendwann ist immer das erste Mal.«

»Falls es wirklich Probleme gibt, kann Bully sich über sein Armband melden«, wandte Rhodan ein.

»Sofern ihm dazu die Möglichkeit bleibt.«

Perry Rhodan musterte die Frau von der Seite. Er konnte sie schwer einschätzen. Fran Imith hatte offenbar eine harte Schule durchlaufen, sie verstand es zuzupacken und scheute kein vertretbares Risiko, aber sie spielte auch mit ihren Reizen. Zudem schien sie geschafft zu haben, was seit langem keiner Frau mehr gelungen war, nämlich Reginald Bull den Kopf zu verdrehen. *Ihn zumindest zum Hinschauen zu verleiten,* berichtigte sich Perry, denn manchmal glaubte er, keinen hartnäckigeren Single zu kennen als Bully.

»Wir warten noch«, entschied er. Selbst wenn er eine Suchaktion starten musste: Wen sollte er schicken? Und vor allem: wo anfangen? Falls nicht wenigstens ein Peilsignal eintraf, musste eine Suche nach Bully und Wilburn der berüchtigten Suche nach der Nadel im Heuhaufen sehr nahe kommen. Doch beide hatten gewusst, worauf sie sich einließen.

Rhodan ging zwischen den Sitzreihen hindurch nach hinten.

Pratton Allgame zeigte sich von allem unberührt. Er blätterte in einem Buch, einem handlichen Exemplar fürs leichte

Gepäck und eigentlich ein Mittelding zwischen traditionellem Buch und Datenspeicher. Die Folienseiten nahmen ein Vielfaches der üblichen Datenmenge auf und generierten über Mikrosensoren entweder nach Blickkontakt oder Berührung die jeweils nächste Textseite. Altmodisch blieb es dennoch, vergleichbar dem Mars-Liner-01. »Der Mars im Wandel der Geschichte«, las Perry im Vorbeigehen den Titel. Allgame schaute flüchtig auf. »Eine interessante Abhandlung«, bemerkte er. »Dein Name wird mehrfach darin erwähnt. Und falls du Ablenkung suchst: Ich habe auch ein Buch über Weinbau im Gepäck.«

Die beiden Smertens unterhielten sich mit Ron Dyke, ihnen fiel nicht einmal auf, dass Rhodan vorbei ging. Nur Homphé blähte die Wangen auf wie ein zu groß geratener Frosch. »Mir ist nicht gut«, jammerte er. »Warum will das keiner einsehen? Unternimm endlich etwas, bring uns heim!«

»Uns ist allen nicht gut«, erwiderte der Terraner. »Aber mit Wehklagen kommen wir nicht weiter. Versuch einfach, dich zu beruhigen.«

Die Kosmopsychologin lag nach wie vor lang ausgestreckt auf der Rückbank. Inzwischen hatte sie die Augen wieder geöffnet, wenngleich sie nur blicklos an die Decke starrte.

»Sie reagiert«, sagte Shim Caratech, die Fran vor kurzem abgelöst hatte. »Das ist doch schon ganz gut, oder?«

»Ich hoffe es.« Rhodans Blick streifte den Flechtkorb. Unter der Abdeckung kauerte Schikago wie ein Schwerverbrecher. Etwas Lauerndes lag im Blick der Ferrol-Katze, als sie ihre Krallen zeigte.

Rhodan ging vor der Psychologin in die Hocke. Sie bewegte den Kopf nicht, doch ihre Augen folgten ihm. »Du verstehst, was ich sage, Imara?«

Ein flüchtiges Blinzeln.

»Hast du Schmerzen?«

Die Augäpfel bewegten sich ein klein wenig von links nach rechts und wieder zurück.

»Wir suchen nach einem Weg, um bald von hier fortzukommen. Du schaffst es.«

»Ich passe weiter auf«, sagte Shimmi.

Perry Rhodan nickte dankbar, wandte sich wieder um und ging nach vorne. Quart Homphé wuchtete sich vor ihm vom Sitz. Mit beiden Händen griff er nach Rhodans schlichtem Anzug und krallte die Finger ins Revers. »Wir müssen uns stellen, damit das alles ein Ende hat«, ächzte er. »Verstehst du? Wir müssen das einfach tun …«

Rhodan ergriff die fleischigen Handgelenke und drückte sie zur Seite, bis Homphé endlich losließ. Mit Nachdruck schob er den Künstler auf seinen Sitz zurück.

»Ich werde nichts überstürzen und schon gar nichts tun, was wir hinterher bereuen müssten, Quart. Versuch einfach wieder zu schlafen …«

»Wie stellst du dir das vor? Bei dieser Aufregung.«

»… dann beruhige dich wenigstens. Jammern bringt uns jedenfalls in keiner Hinsicht weiter.«

Homphé riss die Augen weit auf. Dennoch hatte Rhodan das Gefühl, dass der Dicke nur durch ihn hindurchblickte.

Zwanzig Minuten war der erwartete Kontakt inzwischen überfällig … Perry Rhodan ignorierte seine wachsende Unruhe. Von Quart Homphés Pessimismus würde er sich jedenfalls nicht anstecken lassen.

Die Frage nach Freund oder Feind hatte sich für Reginald Bull beantwortet. Wer rücksichtslos von der Waffe Gebrauch machte, nur um zwei unbekannte Objekte zu zerstören und dabei Verletzte oder gar Tote in Kauf nahm, der hatte sich selbst ins Abseits gestellt.

Neben Wilburn bahnte er sich einen Weg durch die Menge. Gegen den Strom, denn er wollte sich nicht zur Oberfläche emportragen lassen. Von dort waren die Nodronen gekommen – sofern es sich wirklich um Nodronen handelte. Über die Distanz hinweg hatten sie jedenfalls wie Menschen ausgesehen.

»Vielleicht haben wir es mit einer Art Polizeitruppe zu tun.«

»Das vermute ich.« Die Arme erhoben und leicht vorgestreckt, versuchte Trebb Wilburn, allzu rüde Zusammenstöße zu vermeiden.

Zweihundert Meter hatten sie sich erst von dem Brunnen entfernt. Dort herrschte mittlerweile Aufruhr. In mehreren aus der Höhe herabsinkenden Flugschalen sah Bull zum ersten Mal Roboter – einfache Konstruktionen mit zylinderförmigem Körper und Kugelkopf. Vielleicht waren es Medoroboter. Oder ein Räumkommando? Der letzte Gedanke erschreckte ihn, war er doch eine Folge der offensichtlichen Härte, die das Leben in Mantagir bestimmte. Immer drängender wurde die Frage, weshalb die Wissenschaftler von Cor'morian Terraner so aberwitzig weit in die Zukunft geholt hatten.

Rechts von ihnen, höchstens dreißig Meter entfernt, schwebte eine Kapsel herab. Der Uniformierte im Innern hielt mit beiden Händen eine klobig aussehende Brille vor seinen Augen. Zweifellos ein Suchgerät.

Reginald Bull versetzte Wilburn einen Stoß zwischen die Schulterblätter, der den Reporter zur Seite taumeln ließ. Vor ihnen gab es eine Vielzahl röhrenförmiger Tunnel – wahrscheinlich der Zugang zu schnellen Verkehrsverbindungen.

Der Nodrone verschwand in der Menge. Trotzdem hatte Bully das Gefühl, dass er ihnen folgte.

Ein Tunnel war so gut wie jeder andere. Dass sie in eine Sackgasse gerieten, fiel erst auf, nachdem sie die Röhre durchschritten hatten und sich eine lang gestreckte Höhle vor ihnen öffnete. Optische Felder ließen die jenseitige Wand massiv erscheinen, doch in rascher Folge brachen ovale Flugkörper daraus hervor, Kapseln mit jeweils sechs Sitzplätzen. Sie landeten, entließen ihre Passagiere und hoben innerhalb von Minutenfrist wieder ab, sofern keine neue Fahrgäste einstiegen.

Reginald Bull war stehen geblieben und beobachtete den Vorgang. Es gab keine Leitsysteme, die erklärt hätten, wohin die Kapseln flogen. Angesichts ihrer Vielzahl glaubte Bully, dass sie aus den verschiedensten Bereichen von Mantagir kamen. Sich ihnen anzuvertrauen bedeutete eventuell, sich in einiger Zeit am jenseitigen Ende der Metropole wiederzufinden. Das war kein sonderlich verlockender Gedanke.

Trebb Wilson war schon ein Stück weitergegangen und

erst nahe der Landefelder stehen geblieben. Bully wollte ihm folgen, als er angerempelt wurde. Ein grau geschuppter massiger Leib streifte ihn und stieß ihn zur Seite.

Ein zweiter grauer Schatten wuchs neben ihm auf, eine gespaltene Zunge zischte ihm entgegen. Bully erkannte einen dreieckigen Schlangenschädel mit weit auseinander liegenden Augen. Der Rumpf war nicht dicker als ein menschlicher Oberschenkel, doch eine Vielzahl dünner Tentakelarme relativierte diesen Eindruck.

»Nimm ihm die Peitsche ab!« Zugleich mit der Übersetzung des Translatorplättchens vernahm Bully ein durch Mark und Bein gehendes Zischen. Gut ein Dutzend Tentakeln wickelten sich von hinten um seinen Leib.

»Er hat keine Peitsche bei sich.«

»Was wollt ihr von mir?«, fragte Bull scharf. »Ich habe euch keinen Anlass gegeben, mich anzugreifen.«

Das Zischen verstärkte sich. Einige Echsenwesen und eine große froschähnliche Gestalt wurden aufmerksam. Mit allen Anzeichen des Entsetzens wichen sie zur Seite aus.

»Zwei unserer Nestbrüder sind der Peitsche zum Opfer gefallen«, zischte das Schlangenwesen, das ihn angerempelt hatte. »Wir werden dich dafür töten, Nodrone.«

Bully schüttelte den Kopf, eine Geste, mit der die beiden offensichtlich wenig anfangen konnten. Das kantige Maul vor ihm öffnete sich und entblößte kräftige Eckzähne. Fein ziselierte Muster waren in den Zahnschmelz eingraviert und mit einer funkelnden Masse ausgefüllt worden. Aber nicht das jagte Bully einen Schauder den Rücken hinab, sondern die schillernden Tropfen an den nadelspitzen Zahnenden. Er fragte gar nicht erst, ob sein Zellaktivator das Gift würde neutralisieren können, er griff seinerseits an, im selben Moment, in dem sein Gegenüber zubiss.

Das Maul zuckte um Haaresbreite an ihm vorbei, weil Reginald Bull sich mit einer jähen Drehung losriss. Seine ineinander verschränkten Hände krachten gegen den Halsansatz des Schlangenwesens und ließen das grässliche Zischen verstummen.

Den zweiten Angreifer ahnte Bully mehr, als dass er ihn

schräg hinter sich noch erkennen konnte. Sich in derselben Bewegung, mit der er zugeschlagen hatte, fallen lassen und nach dem anderen Gegner treten, war eins. Sein Tritt ging fehl, die Kreatur wuchs züngelnd über ihm auf.

Die Kreatur stieß zu. Gleichzeitig zuckte ein Blitz auf. Der kantige Schädel wurde von grellem Feuer umflossen. Schuppenhaut und Fleischfetzen spritzten nach allen Seiten, dann quoll ein Schwall Blut aus dem plötzlich kopflosen Rumpf. Die sterblichen Überreste kippten rückwärts und wanden sich in wilden Zuckungen.

Entsetzt wich die Menge zurück. Die vielfältigen Lautäußerungen steigerten sich zum Crescendo, auf das der Translator nicht mehr reagierte.

Ein Fußtritt traf Reginald Bull in die Seite, als er sich aufrichten wollte, und warf ihn zurück. Er blickte geradewegs in die flirrende Abstrahlmündung einer Energiewaffe. Der Kerl, der ihn bedrohte, wirkte wenig Vertrauen erweckend. Ein Vollmondgesicht, fand Bully. Der Schädel war kahlgeschoren, aber das Gesicht wurde bis zu den Jochbögen von dunklen Bartschatten beherrscht. Ein verkniffener Zug lag um den schmalen Mund, die Augen funkelten in stechendem Gelb. Der Mann trug tatsächlich eine Uniform aus grobem schwarzem Stoff. Über der weit geschnittenen und an der Hüfte gegürteten Jacke hing ein panzerartiger Paillettenüberwurf.

»Wer bist du?«, herrschte er Bully an. »Was hatten die beiden Sonden zu bedeuten?«

»Nichts«, antwortete Reginald Bull betont lässig. »Wenn es sein muss, erkläre ich das deinem Vorgesetzten …«

»Steh auf! Aber vorsichtig. Ich werde nicht zögern, einen Rebellen dahin zu schicken, wo er hingehört.«

»Ich bin kein …« Reginald Bull stockte der Atem. Aus den Augenwinkeln sah er den Schatten hochfahren. Mit unglaublicher Geschmeidigkeit schnellte sich das Schlangenwesen, das er wohl nur für wenige Momente betäubt hatte, auf den Uniformierten. Der Nodrone stieß einen gurgelnden Schrei aus, als sich die Zähne in seinen Waffenarm bohrten. Sein Gesicht verzerrte sich zur Grimasse, er taumelte, der Strahler entglitt seinen kraftlos werdenden Fingern, dann riss ihn die zuckende Kreatur zu Boden und versuchte, ihn zu umschlingen.

Bully rannte los. Bevor andere Nodronen erschienen oder einige der Umstehenden auf den Gedanken kamen, ihn ebenfalls anzugreifen. Wilburn blickte ihm entgegen. »Zu den Kapseln!«, rief Bull, mit der flachen Hand das Translatorplättchen abdeckend. Niemand musste verstehen, was er sagte, und inzwischen war es ihm egal, ob er als Fremder identifiziert wurde.

Der Einstieg einer Kapsel stand noch offen. Wilburn schwang sich hinein und machte sofort Bully Platz.

»Starten!«

Keine Reaktion. Bulls Blick schweifte nach draußen. Die Menge erschien ihm wie eine vielgestaltige schweigende Mauer. Zu gerne hätte er gewusst, was in diesen fremden Wesen vor sich ging.

Erst nach einer kleinen Ewigkeit hob die Kapsel ab, beschleunigte und flog in einen engen Tunnel ein. »Zielangabe ist erforderlich«, erklang eine mechanische Stimme. Nur Reginald Bull verstand, was sie sagte.

»Welche Ziele stehen zur Verfügung?«, erwiderte er.

Ein Hologramm baute sich vor ihm auf. Es zeigte unverkennbar einen Ausschnitt der riesigen Metropole.

»Details im nahen Umkreis!« Das System schien praktikabler zu sein, als er befürchtet hatte. Bully setzte noch eins drauf: »Unterlegung mit Realbildern!«, verlangte er.

Es funktionierte. Der Translator der Tambu war nicht mit Gold aufzuwiegen. Reginald Bull lehnte sich entspannt im Sitz zurück und nannte sein Ziel.

Kapitel 12

Ron Dyke

Im ersten Moment wusste ich weder, wo ich mich befand, noch was geschehen war. Ich hatte wieder einen jener Albträume gehabt, die mich in letzter Zeit häufig quälten. Weil ich zu lange gewartet hatte, Terrania City zu verlassen. Das Leben auf der Erde war wie eine eiserne Zwangsjacke gewesen, aus der ich mich nicht mehr befreien konnte – kein goldener Käfig, wie viele glaubten. Deshalb träumte ich von fernen Welten und Dingen, die niemand vor mir gesehen hatte. Aber längst waren das keine schönen Träume mehr. Sie erschreckten mich und wollten mir einreden, dass es ungefährlicher sei, vom 147. Stockwerk aus über den Dschungel aus Stahl und Glas hinwegzublicken, als mich dem Unbekannten auszusetzen. Mit Ronika und Khirm Smertens hatte ich über fremde Welten und tödliche Konflikte gesprochen. Ein Planet musste nicht einmal intelligentes Leben hervorgebracht haben, um für Menschen zur Falle zu werden, aggressive Mikroben genügten …

Ruckartig richtete ich mich auf. Die Stimmen, die ich jetzt deutlicher vernahm, hatten mich geweckt. Vorne im Bus redeten etliche Personen laut durcheinander.

Meine Lider waren verklebt. Hastig blinzelnd versuchte ich, den undeutlichen Schatten, die ich sah, mehr Kontur zu geben – und mit einem Mal wurde mir klar, dass ich nicht geträumt hatte. Die Wirklichkeit war schlimmer als ein Traum.

Reginald Bull und der Reporter waren wieder da. Nur wirkten sie alles andere als zufrieden.

»Babylon war nichts gegen die Völkervielfalt in Mantagir«, hörte ich Bully sagen. *Babylon?* Ich kannte den Namen, aber ich konnte ihn auf Anhieb nicht zuordnen.

Inzwischen drängten die anderen nach vorne, sogar Homphé schaffte es, sein nervendes Jammern einzustellen. »Neugierde versetzt tatsächlich Welten«, murmelte ich, als sich der Fette an mir vorbeischob. Quart reagierte nicht darauf, war vermutlich vom Geruch seines eigenen Angstschweißes wie betäubt.

Babel. Natürlich, das war es. Der Turmbau zu Babel. Ich erinnerte mich, vor langer Zeit in einer Abhandlung über die Bibel davon gelesen zu haben. *Geschah hier auf dem Mars etwas Ähnliches?* Ich glaubte an Gott, an ein Wesen, das die Geschicke des Kosmos lenkte und über allem stand, aber was die Menschen daraus gemacht hatten, missfiel mir.

»Ich bin überzeugt, dass die Wissenschaftler von Cor'morian nicht unsere Gegner sind«, sagte Reginald Bull. »Die Nodronen sind die Gefahr, aber was dabei wirklich auf dem Spiel steht, wissen wir noch nicht.«

Homphés ablehnendes Schnaufen war wie ein rotes Tuch für mich. »Wir brauchen die Cor'morian, um in unsere eigene Zeit zurückzukehren«, hörte ich mich mit Nachdruck sagen. Ich hatte mich nicht einmischen wollen, aber ich konnte nicht anders.

»Wir beherrschen die fremde Sprache nicht«, wandte Allgame ein. »Außer den beiden Translatoren stehen uns keine Hilfsmittel zur Verfügung. Und wir wissen noch herzlich wenig über die örtlichen Gegebenheiten.«

»Wir müssen zurück!«, prustete Homphé. »Das ist unser einziges Problem. Wir müssen schnell zurück; mir geht es nicht gut.«

»Unser schlimmstes Problem heißt Homphé!«, platzte Pratton Allgame heraus. Ob gewollt oder ungewollt, blieb dahingestellt. Jedenfalls brauste der Künstler auf und wäre dem Weinbauern beinahe an die Kehle gegangen.

Perry Rhodan stellte sich zwischen die beiden. »Wir müssen uns zusammenraufen!«, sagte er bedrohlich leise. »Und das werden wir auch schaffen. Ob wir zurückkehren können, hängt in erster Linie von uns selbst ab und danach erst von den Tambu. – Was ist, Quart?«

Der Künstler murmelte etwas Unverständliches. Schließlich bequemte er sich zu einem Nicken.

»Was sagst du, Pratton?«, fuhr Rhodan fort.

»An mir soll es nicht liegen.«

»Es gibt noch ein zweites Problem. Ich will den Teufel nicht an die Wand malen, aber ...«

Ein Aufschrei von der Rückbank her unterbrach den Terraner. »Perry, schnell!« Shim Caratechs Stimme war ihr Erschrecken anzuhören.

Homphé war der Erste, der herumfuhr. Er versperrte den anderen den Weg, aber er dachte nicht einmal daran, sich in Bewegung zu setzen. Wie versteinert stand er da und starrte nach hinten.

Fran Imith flankte über die Sitze hinweg. Rhodan folgte ihr auf demselben Weg, und Bully schaffte es endlich, den Künstler auf seinen Platz zurückzuschieben. Ich fragte mich, ob Homphés Kunstwerke eine ähnlich impertinente Ausstrahlung aufwiesen wie er selbst.

»Sie stirbt.« Shim Caratechs Ausruf mahnte eindringlich, dass es Wichtigeres gab, als über unbequeme Mitmenschen zu schimpfen. Plötzlich war mir so hundeelend, wie Homphé es vorgab. Der kalte Schweiß brach mir aus allen Poren.

»Ron«, vernahm ich Ronika Smertens wie aus weiter Ferne. »Was ist mit dir? Du bist leichenblass.«

»Es ist nichts«, log ich. »Nur eine vorübergehende Schwäche.« Dass sie mir nicht glaubte, interessierte mich in dem Moment herzlich wenig.

Rhodan stand neben der Psychologin. Er bückte sich und drückte ihr die Augenlider zu.

»Was machen wir mit dem Leichnam?«, hörte ich Fran Imith fragen. »Wir können Imara nicht in Mantagir beisetzen.«

»Neben dem Gepäckraum ist eine Kühlkammer«, sagte Reginald Bull. »Wenn wir einige Getränke nach oben holen und den Rest umschichten ... Wer fasst mit an? Quart ... Ron ...«

Die Sonne ging über Mantagir auf, als wir es endlich geschafft hatten. Mehrmals waren wir zu Unterbrechungen gezwungen gewesen, weil Fremde zu nahe an den Mars-Liner herangekommen waren. Aber alle hatten nur zu ihren eigenen Gleitern gewollt und waren gestartet. Mittlerweile gähnten sichtbare Lücken auf dem Deck.

Ich entfernte mich vom Bus. Wenigstens einige Minuten lang wollte ich allein sein. Langsam wich die künstliche Lichtfülle der Nacht dem trüben Schein des neuen Tages. Erste Sonnenstrahlen durchbrachen den Dunst über der Stadt.

Meine Schritte stockten. Nicht weit vor mir machte sich jemand an einem Gleiter zu schaffen. Ein Bulldoggengesicht, fand ich, als der Fremde zu mir herüber schaute. Der wilde, bis auf die Brust reichende Bart wirkte ungepflegt. Er rief mir etwas zu, was ich nicht verstand. Es klang aggressiv. Dann ließ er von seinem Gleiter ab und kam auf mich zu. Ich reagierte erleichtert, als Reginald Bull von hinten neben mich trat. Der Fremde machte auf dem Absatz kehrt, schwang sich in seine kleine Maschine und jagte mit wimmerndem Triebwerk auf der anderen Seite über die Plattform hinaus.

»Entferne dich lieber nicht zu weit vom Bus«, mahnte Bull. Kein Vorwurf lag in seinen Worten, sondern nur Besorgnis.

»Ich wollte den Sonnenaufgang sehen.«

Er nickte stumm. Dann ging er vor mir her und blieb erst wenige Meter vor dem Ende der Plattform stehen. Es hatte nicht den Anschein, dass sie von Prallfeldern oder Ähnlichem gesichert wurde. Aber wahrscheinlich gab es hier ohnehin niemanden, der das Bedürfnis verspürte, seinen Blick über den Dschungel der Zivilisation schweifen zu lassen.

In der Ferne spielten erste Sonnenstrahlen im »Geäst« der seltsamsten Bauten, die ich je gesehen hatte. Ein Wald aus Beton, Glas, Stahl und wer weiß was noch. Wir waren gestern schon daran vorbeigeflogen.

Eine Handbreit daneben ging die Sonne auf. Sie hatte sich in der Zukunft nur wenig verändert. Etwas rötlicher empfand ich ihren Schein und den Glutball größer als er hätte sein dürfen. Über dem Horizont lag ein fahler Regenbogen.

Wenigstens für einen Augenblick genoss ich die Stille. Dann glitt mein Blick weiter und suchte markante Punkte. »Wir könnten uns hier zurechtfinden«, sagte ich leise.

»Das wird hoffentlich nicht nötig sein«, wehrte Reginald Bull ab.

Ich folgte seinem Blick mit den Augen. Nach wie vor stand eine fahle, dunkle Rauchwolke am Horizont, wo sich gestern noch der Ordensturm der Wissenschaftler von Cor'morian erhoben hatte.

»Wir lassen den Mars-Liner hier zurück«, eröffnete Bully.

»Wieso das? Wir …«

Er ließ mich nicht ausreden. »Wir müssen damit rechnen, dass die Angreifer im Nachhinein unsere Flucht aus dem Ordensturm bemerken. Schon deshalb können wir es uns nicht leisten, mit dem Bus weiterzufliegen.«

»Und du willst ihn hier lassen?«, wandte ich ein.

»Inmitten zehntausend anderer Fahrzeuge dürfte unser Museumsstück am wenigsten auffallen«, fuhr Reginald Bull fort. »Sobald die Nodronen die Ortungen ihrer Jäger auswerten, werden sie von uns wissen. Auch wenn sie sonst nichts herausfinden, den Bus werden sie im aktiven Zustand anhand seines energetischen Spektrums identifizieren können.«

»Aber wohin sollen wir uns wenden?«

»Die Wissenschaftler von Cor'morian wollten uns in einem sicheren Quartier unterbringen. Sie haben unsere Daten schon übermittelt.«

»Welches Reisebüro?« Die Bemerkung konnte ich mir nicht verkneifen.

»Keine Ahnung.«

Ich muss ihn wohl ziemlich verwirrt angeschaut haben, denn er ließ ein leises Lachen vernehmen. »Wir machen es eben wie Touristen in allen galaktischen Metropolen – wir behaupten, wir hätten den Namen unseres Hotels vergessen.«

So einfach sollte das sein? Ich schaute ihn skeptisch an. »Und wen fragen wir?«, wollte ich wissen. Trotzdem hatte er

Recht, ganz bestimmt sogar. Sobald wir unsere Unterkunft erreichten, würden wir auch erneut Kontakt zu den Wissenschaftlern von Cor'morian bekommen. Und damit stand uns der Rückweg in unsere eigene Zeit offen.

Wir hatten den Mars-Liner-01 fast wieder erreicht. Ich wandte mich noch einmal um – die ersten Sonnenstrahlen fielen bereits bis weit in das Parkdeck herein.

»Wir fragen das öffentliche Verkehrsnetz«, antwortete Bully erst jetzt auf meine Frage. »Ich habe es schon probiert, funktioniert bestens.« Als er meinen Blick bemerkte, mit dem ich unseren Schwebebus taxierte, fügte er hinzu: »Wir dürfen ihn nicht zerstören und wir können ihn nicht einmal verschenken. Aber ebenso wenig wollen wir damit weiterfliegen.«

»Trebb!« Perry Rhodan rief den Reporter zurück, als der Mann gerade den Bus verlassen wollte. »Hier, nimm das; vielleicht hast du Verwendung dafür. Ich hätte es beinahe vergessen.«

Obwohl ich nur wenige Schritte entfernt stand, konnte ich nicht erkennen, was Rhodan Wilburn gab.

»Meine Schwebeoptik.« Der Mann nahm den kleinen Gegenstand wie etwas sehr Wertvolles entgegen. »Danke.«

»Ich denke, wir sind uns einig«, sagte Rhodan.

Unmittelbar an der Zentralsäule führten Personenaufzüge vom Boden bis zur Trichtermündung. Reginald Bull und Wilburn hatten den Weg ausfindig gemacht, und wir gingen ihn nun in die entgegengesetzte Richtung.

Knapp einen Kilometer entfernt, eingebettet in ein Geflecht aus Schwebebrücken, Laufbändern und von Pflanzen überwucherten Galerien, verknüpfte ein Verkehrsknotenpunkt die fünf Gebäude und ihre Landeplattformen mit der städtischen Infrastruktur. Zwar herrschte einiger Andrang, doch ging alles zügig voran. Wiederholt fiel mir auf, dass uns die Vertreter der unterschiedlichsten Völker abschätzend musterten. Wir erregten Aufmerksamkeit, aber niemand sprach uns an. Entweder stellten Echsenabkömmlinge und Insektoide den Hauptanteil der Bevölkerung, oder ihr Lebensbereich konzentrierte sich überwiegend auf die umliegenden Stadtteile und andere Viertel waren den Humanoiden vorbehalten.

Als Vorletzter unserer Gruppe stieg ich in eine der Kapseln. Ronika und Khirm Smertens sowie Fran Imith hatten schon auf den Sitzen Platz genommen, die sich unseren Körperformen anpassten. Bully kam als Letzter. Die transparente Wandung erlaubte den Blick hinüber zu Rhodans Gruppe. Ich sah, dass er auf Homphé einredete, der Dicke aber heftig gestikulierend abwehrte. Rhodan wandte sich ab. Erst als Quart allein vor der Transportkapsel stand, kam Bewegung in seine massige Gestalt. Quartodezimus – was für ein Name – musste einfach vor vollendete Tatsachen gestellt werden.

Reginald Bull unterhielt sich mit einer mechanischen Stimme, die aus Lautsprecherfeldern erklang. Was die Automatik sagte, verstand ich nicht, das Vaaligonde schien mir ohnehin ein grässlicher Zungenbrecher. Aber Bullys Antwort, obwohl sie von der Übersetzung seines Translators überlagert wurde, war einigermaßen verständlich, solange ich mich auf ihn konzentrierte.

»... sind fremd auf Balance B und in Mantagir, gestern erst eingetroffen. Wir haben den Namen und die Adresse unserer Unterkunft verloren.«

Die Kapsel war etwa fünfhundert Meter hoch aufgestiegen und verharrte in dieser Position, während andere an uns vorbeizogen und in den angrenzenden Straßenzügen verschwanden. Mehr als ein leichtes Flirren der Luft rund um das untere Drittel einer jeden Kapsel konnte ich nicht als Antriebsemission erkennen.

Eine seltsame Sprache war das Vaaligonde. Als die Automatik sich wieder meldete, versuchte ich, wenigstens einige halbwegs bekannte Brocken herauszuhören. Aber da war nichts, was auch nur entfernt dem Interkosmo geähnelt hätte.

»Wir sind nicht die einzigen Besucher, die in Mantagir die Orientierung verlieren.« Bully wiederholte die Aussage mit seinen eigenen Worten, um uns zu informieren. »Passiert das wirklich Angehörigen aller Erbauer-Völker?«, fragte er, offensichtlich, um der Automatik weitere Informationen zu entlocken.

Der krächzende Laut schien eine Bestätigung zu bedeuten. Wahrscheinlich waren mit Erbauer-Völker alle gemeint, die in das wuchernde Geschwür Mantagir ihre eigene Architektur eingebracht hatten.

Die Kapsel mit Rhodan und den anderen hing inzwischen neben uns. Die Antwort des Verkehrssystems ließ lange auf sich warten. Überlichtschnell arbeitenden Syntrons musste es ein Leichtes sein, aus einigen zehntausend eingebundenen Hotelverzeichnissen die benötigten Daten auszufiltern. Oder gab es keinen solchen Verbund? Vielleicht beruhten die Rechenanlagen auch auf einem anderen Standard.

»Das *Ewige Ei der Irchy-Ba* verzeichnet seit einem Tag die Anmeldung von dreißig Humanoiden, die von einem Planeten namens Mars stammen. Die übermittelten Individualdaten stimmen mit denen der anwesenden fünf Personen ein.«

Bully nickte uns zu. »Richtig«, bestätigte er. »Wir wollen vor diesem Haus abgesetzt werden.«

Wie hatte der Name gelautet? *Das Ewige Ei der …?* Mir war der Begriff schon wieder entfallen. Aber wir hatten jetzt ein Ziel. Alles andere würde sich ergeben.

Ich sah das vorbeihuschende Mantagir inzwischen mit etwas anderen Augen, nicht mehr so verkrampft und feindselig wie zu Anfang. Die Metropole wirkte bizarr und vielfältig, keineswegs geplant, sondern eher im Laufe langer Zeit gewachsen, wie überhaupt organische Formen das Bild entscheidend mitprägten. Kühn in den blassen Himmel strebende Architektur konkurrierte mit riesenhaften Termitenbauten. Hochstraßen und Schwebebänder wickelten sich um plumpe Blöcke, die eher an behauene Felswände erinnerten als an Bauwerke einer galaktischen Metropole. Dazwischen die nüchterne und zweckmäßige Linienführung von Versorgungszentren mit dem unüberschaubaren Gewimmel von Lastengleitern. Und dazwischen, plötzlich und völlig unerwartet, ein Urwald. Baumriesen ragten hoch auf. Ihre ineinander verfilzten Kronen bildeten ein nahezu undurchdringliches Dickicht, wären da nicht hin und wieder Einflugschneisen zu sehen gewesen. Dieser Urwald war bewohnt. Und in einiger Entfernung zog eine hoch aufragende blaue Wand meinen Blick an. Ein tropfenförmiges Gebilde, sich nach oben stark verjüngend, von Strukturen durchzogen, die an Wasserpflanzen erinnerten. Obwohl die Kapsel rasch abdrehte, gewann ich den Eindruck, dass jenes vermeintliche Bauwerk nicht wirklich ein Gebäude war, sondern in Form gepresstes Wasser – ein Kunstwerk oder doch eher Behausung für Amphibien?

Immer gieriger nahm ich die neuen Eindrücke in mich auf. Eine Milliarde Jahre in der Zukunft – wer hätte sich jemals träumen lassen, dass unser öder Mars so viele Facetten erhalten würde. Weit in der Ferne, sich im Dunst des Horizonts verlierend, ragten Bergzüge auf.

»Ich will, dass wir für den Rest des Wegs nahe zusammenbleiben«, sagte Perry Rhodan. »Keine Extratouren.«

Die Kapsel sank tiefer.

Das Gebäude wirkte für menschliche Verhältnisse überraschend normal. Von der Eiform bis hin zu einer Art Nestbau, wie es dem Ursprung der Tambu entsprochen hätte, hatte ich beinahe schon alles erwartet. Statt dessen blickte ich auf eine hohe Gebäudefront mit Vorsprüngen, Nischen und Spalten, bestehend aus sechseckigen langen Elementen, die in unterschiedlich großer Anzahl zusammengedrängt, gebündelt und übereinander aufgeschichtet waren. Manche Segmente schienen frei in der Luft zu schweben, und erst bei genauem Hinsehen fiel auf, dass ihre seitlichen Säulen doch auf den darunter liegenden Bauteilen ruhten.

Der Eingang öffnete sich wie eine düstere Höhle vor uns. Als Reginald Bull allein vorausgehen wollte, hielt ihn Fran Imith am Arm zurück. »Das könnte auch eine Falle sein«, warnte sie. »Du bist ohne Schutz.«

Bullys Augen verengten sich. »Wenn Perry und ich immer so vorsichtig gewesen wären, gäbe es keine unabhängige Menschheit mehr.« Nachdenklich leckte er sich über die Lippen, dann nickte er versöhnlicher. »Hast du einen besseren Vorschlag?«

»Ich gehe mit dir.«

»… was letztlich uns beide in Gefahr bringt.«

Frans Blick huschte die Straße entlang. Auf der gegenüberliegenden Seite, fast hundert Meter entfernt, wand sich ein Schwebeband in die Höhe. Die Gebäude wirkten in diesem Bereich gedrungen, der Gleiterverkehr folgte teilweise dem Straßenverlauf, die Mehrzahl der Maschinen kreuzte in größerer Höhe.

»Du hast dich heute Nacht schon unnötig in Gefahr gebracht«, betonte die Mars-Nostalgikerin.

»Wie gesagt …« Bully schickte sich an, das Gebäude zu betreten. »Wir sind beide unbewaffnet. Also was soll's?«

Fran Imith bückte sich blitzschnell. Ihre eng anliegende, hochgeschlossene Cat-Suit-Kombination wirkte ohnehin schon wie eine zweite Haut, nun offenbarte sie ein perfektes Muskelspiel. Fran war gut trainiert. Ich hatte zufällig mitangehört, wie sie Bull gegenüber ihren Sieg im 400-Meter-Sprint bei der terranischen Stadtmeisterschaft erwähnt hatte. Aber das lag zehn Jahre zurück.

Fran trug wadenhohe dunkle Stiefel. Jetzt glitten ihre Finger über den Schaftrand hinweg und als sie sich wieder aufrichtete, funkelte ein Messer in ihrer linken Hand. Ein Wurfdolch, wenn ich das richtig erkannte, eine dünne und allem Anschein nach rasiermesserscharfe Klinge. Mit einer knappen Bewegung schüttelte Fran ihre roten Locken in den Nacken, zugleich ließ sie den Dolch hochspringen, fing ihn ebenso geschickt an der Klinge wieder auf und reichte ihn Bull. »Nimm den hier mit«, sagte sie, »dann ist mir wohler.«

Bullys Blick wurde durchdringend. Niemand fing einen Dolch so auf, wie Fran Imith es gerade gezeigt hatte, wenn er nicht im Umgang damit geübt war.

Bully taxierte die Klinge, dann reichte er sie zurück. »Es gibt doch stets Überraschungen«, sagte er leise. »Aber mit dem kleinen Vibratormesser«, er klopfte auf seinen Werkzeuggürtel, »das ich hier habe, kann ich besser umgehen. Behalte den Dolch.«

Seine bedeutungsvolle Geste in Richtung Rhodan bemerkte ich vielleicht als Einziger. Bully fragte nicht, weshalb Fran im Stiefelschaft versteckt eine Waffe bei sich trug, doch plötzlich hing eine beinahe greifbare Anspannung in der Luft. Lächelnd ließ die Frau den Dolch in ihren Stiefelschaft zurückgleiten.

»Ist das zweite Wurfmesser in deinem rechten Stiefel für mich reserviert?«, wollte Rhodan wissen.

Fran lachte hell, wie jemand, der sich bei seinen geheimsten Gedanken ertappt fühlte.

»Was ist jetzt?«, drängte Shim Caratech. »Gibt es Zimmer für uns oder nicht? Ich muss den Korb ausputzen; Schikago hat …«

»Niemand will das hören«, schnaubte Quart Homphé. »Setz das Biest aus, damit wir endlich Ruhe haben.«

Pratton Allgame schob sich an Khirm und Ronika vorbei und klopfte dem Dicken von hinten auf die Schulter. »Du bist ein Widerling«, stellte er im Brustton der Überzeugung fest. »Es wird Zeit, dass dir das jemand sagt. Im Gegensatz zu dir sind Katzen wahre Freunde.«

Homphé lief puterrot an. Er schnappte nach Luft. Als ich schon glaubte, er würde sich mit seiner ganzen Fülle auf den Weinbauern stürzen, wuchtete er sich herum und stürmte vor uns her, als gäbe es nichts, was ihn aufhalten könnte.

Sein ersticktes Gurgeln erklang Augenblicke später. Aber da waren Reginald Bull und Fran Imith schon neben ihm und schleppten ihn weiter.

Kapitel 13

Der Zugang entpuppte sich als weitläufige, zerklüftete Höhle. Ausgebleichte Wurzeln hingen von der Decke oder rankten sich um schlanke, schillernde Stalaktiten. Wasser tropfte von den Wänden und sammelte sich in einem schmalen Rinnsal, das den glitschig werdenden Pfad begleitete, eine Brücke aus ineinander verkeilten unbehauenen Felsblöcken unterquerte und in einen weitläufigen See mündete.

Die Höhle führte noch tiefer in den Fels hinein, doch die Wände traten mit zunehmender Distanz enger zusammen und verwehrten Sicht. Ein diffuses Licht verlieh dem allen einen unwirklichen Schimmer, und von irgendwoher erklang ein dumpfes Raunen, das sich zu Silben formte.

Jemand redete auf ihn ein. »… wurde avisiert«, verstand Reginald Bull, als er sich endlich umwandte. Im gleichen Augenblick erlosch die Illusion.

Er befand sich in einer weitläufigen, elegant ausgestatteten Lobby. Transparenz bestimmte das Bild, ein elegantes Nebeneinander spiegelnder Säulen und futuristischer Möblierung. Im Hintergrund wucherte üppige Blumenpracht und davor erstreckte sich tatsächlich ein kleiner Teich. Kegelförmige Roboter waren mit Reinigungsarbeiten befasst.

Fran Imith hielt Homphé fest, der mit offenem Mund um sich blickte. »Holografische Installationen«, hörte Bully den Dicken ächzen, achtete aber nicht länger auf ihn.

Eine riesige Eidechse beobachtete ihn aus weit hervorquellenden Pupillen. Allerdings besaß dieses Wesen sechs Gliedmaßen, die den schlanken, flammend rot geschuppten Körper dicht über dem Boden hielten.

Die Eidechse reckte ihm den Kopf entgegen. Der Kehlsack wurde von einer blau geschuppten Querfalte gebildet, die zitternd hüpfte, als dieses Geschöpf erneut zu reden begann. Es waren fauchende, zischende Laute, denen Bully ohne das Translatorplättchen keine Bedeutung zugemessen hätte.

»Mir wurden dreißig Humanoide avisiert. Ihr seid aber weniger.«

»Das ist schon in Ordnung«, antwortete der Terraner. »Die anderen mussten Balance B überraschend wieder verlassen. Ich hoffe, das ist kein Problem.«

»Das ist es nicht«, bestätigte die Eidechse. »Besondere Wünsche oder Vorlieben?«

»Nein. Aber hat jemand nach uns gefragt?«

Sein Gegenüber richtete den Oberkörper ein Stück weit auf und kam ihm dadurch noch etwas näher. Bully schätzte das Geschöpf auf über drei Meter Länge, und sein Gewicht mochte sich einer Tonne nähern. Der kräftige Schwanz peitschte über den Boden. Er stellte vermutlich eine nicht zu unterschätzende Waffe dar.

»Wer sollte gefragt haben?«

»Ein Tambu«, sagte Bull.

»Nein.« Das Wesen wuchs noch ein Stück höher vor ihm auf. Erst jetzt erkannte Bully, dass die vorderen beiden Gliedmaßenpaare gleichermaßen als Handlungs- wie auch als Laufarme dienten. »Du weißt nichts von dem schrecklichen Unglück, das die Wissenschaftler von Cor'morian ereilt hat? Ihr Ordensturm ist nach einer gewaltigen Explosion in sich zusammengestürzt. Alle Medienkanäle berichten seit vergangener Nacht davon. Es scheint keine Überlebenden gegeben zu haben.«

»Aber die Kampfjäger der Nodronen ...«

»Etliche Kampfjäger und sogar zwei Kleine Frachter sind im Einsatz. Es heißt, sie hätten bislang nur die Überreste von Tambu aus den Trümmern herausgeholt. Schrecklich, das Ganze. Aber die Wissenschaftler haben schon immer gefährliche Experimente durchgeführt. Sie spielen mit der fünften Dimension, und das wird eines Tages noch schlimme Folgen nach sich ziehen.« Die Eidechse ließ sich wieder auf alle sechs Gliedmaßen zurückfallen. »Du kommst von Nodro?«

»Mars«, sagte Bully.

»Nie gehört. Trotzdem, du siehst aus wie eine Nodrone.«

»Hast du damit ein Problem?«

»Nein, nein, bestimmt nicht«, beeilte sich die Eidechse zu versichern. Minuten später hatte sie Bull die benötigte Anzahl von Zutrittskodes ausgehändigt. Es waren fingernagelgroße, einen halben Zentimeter dicke Plättchen, auf die ihre Zimmertüren ansprachen.

»Und?«, wollte Reginald Bull wissen. »Wie bediene ich sie?«

»Du kennst die Zutrittskodes nicht?«, erklang es verblüfft.

»Nicht in dieser Ausprägung.«

»Wo liegt dein Planet, dieser Mars?«

»Auf der anderen Seite von Vaaligo. Sehr weit entfernt.«

»Das ist in der Tat eine lange und strapaziöse Reise. Ich möchte sie nicht hinter mich bringen müssen.« Bullys Antwort hatte das Echsenwesen offenbar zufriedengestellt. »Du musst den Würfel fest mit der Hand umschließen, dann führt er dich.«

Ein flackernder Lichtpunkt führte sie zu einem Lift, der augenscheinlich nur auf dem Stockwerk endete, auf dem ihre Zimmer lagen. Auch dieser Korridor wirkte von einer Seite aus höhlenartig. Sobald man sich aber umwandte, sah man einen quadratischen Querschnitt und spiegelnde Wände.

Fran Imith musste lachen, als Shimmi sich mehrmals im Kreis drehte, dann den Flechtkorb zwischen ihre Füße klemmte und mit beiden Händen an ihren Haaren zupfte, die jetzt flach angedrückt waren. Die Nacht im Bus hatte ihre Spuren hinterlassen. Obwohl Shimmi schon an Bord versucht hatte, mit Haarspray und Spiegel ihre Haare wieder in den Griff zu bekommen. Als sie jetzt ihre Tasche von der Schulter nahm und nach der fingerhutgroßen Spraydose kramte, griff Fran kurz entschlossen zu. »Du lässt das Zeug, wo es ist!«

»Ich weiß nicht, was dich das interessiert«, erwiderte Shim unwirsch.

»Sehr viel sogar. Wir gehen erst auf die Zimmer. Dort hast du genügend Zeit …«

»Na also.« Shim hängte sich die Tasche wieder über die Schulter, ballte die linke Hand zur Faust und folgte dem aufflammenden Licht zur gegenüberliegenden Tür.

»Bleib stehen!«, sagte Fran scharf.

»Was ist jetzt schon wieder?« Seufzend wandte sich Shimmi um. »Habe ich etwas falsch gemacht?«

»Noch nicht. Aber wir müssen vorsichtig sein.«

»Bully, Perry!«, rief Shim Caratech. »Sagt doch auch etwas.«

»Fran hat mein vollstes Vertrauen«, sagte Bull.

»Mann!« Shim verdrehte die Augen. »Was ist bloß los?. Nicht mal mehr frisch machen darf man sich.«

»Sobald ich weiß, ob dein Zimmer sauber ist.« Shim verstand nicht, was Fran von ihr wollte. Und schon gar nicht, als Fran verlangte, ihr den Zutrittskode zu geben.

»Gib Fran den Schlüssel«, verlangte Reginald Bull. »Das gilt auch für alle anderen. Allerdings denke ich, Fran ist uns eine Erklärung schuldig.«

»Sie ist alles, nur keine Mars-Nostalgikerin«, behauptete Pratton Allgame.

Fran Imith steckte zwei ihrer Fingerringe um. »Sollte jemand Zweifel an meiner Integrität hegen«, sagte sie, »ich bin ausgebildete TLD-Agentin und für den Terranischen Liga-Dienst als Leibwächterin tätig. Aktuell wurde ich für den Schutz von Perry Rhodan und Reginald Bull eingeteilt, die beiden wussten jedoch nichts davon.«

»Ein harmloser Rundflug über den Mars«, murmelte Bully. »Nicht einmal da ist man vor dem TLD sicher.«

»Harmlos?«, erwiderte Fran mit eigenwilliger Betonung.

Bully hob die Schultern und ließ sie langsam wieder sinken. »Niemand konnte vorhersehen, dass wir … ach, was soll's?« Er winkte ab.

Fran Imith verdrehte ihre Ringe gegeneinander. Augenblicke später baute sich ein Holo über ihrem Handrücken auf. »Alles sauber«, verkündete sie. »Im Korridor gibt es keine Abhörvorrichtungen oder Kameras.«

»Zumindest nichts, was du mit dem Kleinkram feststellen kannst«, ergänzte Bully.

»TLD-Ausrüstung, mein Lieber. Immerhin hast du keinen Verdacht geschöpft, bis ich dir den Wurfdolch geben wollte.«

»Da wurde mir allerdings einiges klar.«

»Ich hatte Pratton im Verdacht, uns zu überwachen«, sagte Rhodan.

Der Weinbauer blickte ihn erstaunt an. »Ich und Geheimdienst? Bewahre! Ich bleibe bei meinen Rebstöcken.«

Beinahe eine halbe Stunde benötigte Fran Imith, um die Quartiere zu überprüfen. Danach stand fest, dass es weder Fallen noch andere unerwünschte Dinge gab. Das Hotel war sauber.

Reginald Bulls Unterkunft war die Letzte, die Fran inspizierte.

»Schade«, sagte Bully, als sie sich zum Gehen wandte.

Fran wandte sich um. »Was meinst du damit, Reginald?«

»Schade, dass wir uns unter diesen Umständen kennen lernen mussten.«

»Es wird ja nicht ewig so bleiben.« Fran Imith schob den Ärmel ihres Cat-Suits zurück und streifte ein hauchdünnes Kombiarmband über den Stoff. »Jetzt kann ich das offen tragen«, sagte sie und aktivierte die bislang brachliegenden Funktionen. »Nur die Datumsanzeige ist unvollständig. Der 18. Juni 1329 …« Sie tippte eine Eingabe. »Plus E Null Neun – Exponent Neun, nur zur Erinnerung.«

»Plus eine Milliarde Jahre.« Bully gab auf seinem Armband ebenfalls den Zusatz ein. »Wer hätte das jemals gedacht?«

Pratton Allgames Lächeln erstarb, kaum dass die Tür hinter ihm zugeglitten war. Er presste die Lippen zusammen, und seine braunen Augen bekamen einen stechenden Ausdruck. Langsam wanderte sein Blick durch das Zimmer. Nichts schien ihm entgehen zu können.

Mindestens vierzig Quadratmeter, schätzte er. Der Raum war für humanoide Ansprüche ausgerichtet. Es gab eine gepolsterte Sitzgruppe, einen kleinen dazugehörenden Tisch mit Fuß, einen Wandschrank für Gepäck und Kleidung sowie ein rundes Bett. Auch hier kein Antigrav, sondern eine dicke

Spezialunterlage, die sich jeder Belastung anpasste. Pratton nickte zufrieden, als er probeweise an mehreren Stellen zudrückte. Er würde gut schlafen, auf jeden Fall besser als in der vergangenen Nacht im Bus.

Die große Fensterfront war abgeblendet. Auf sein Kommando in Interkosmo würde der Mechanismus nicht reagieren, deshalb unternahm Pratton erst gar nicht den Versuch. Stattdessen tastete er die Wand neben dem Fenster ab. Seine Finger huschten über den elastischen Wandbelag. Er fand nichts, auch auf der anderen Seite nicht.

Erneut schweifte sein Blick durch den Raum. Genauer diesmal und nichts auslassend. Das Rundbett stand ziemlich nahe an der Seitenwand, dort gab es eine knapp einen halben Meter breite Nische. Fran Imith hatte mit ihren Ringsensoren nach energetischen Streureflexen und Ähnlichem gesucht, aber darüber hinaus alles unberührt gelassen. Pratton arbeitete da genauer.

Er schürzte die Lippen, als er in der Nische ein daumennagelgroßes transparentes Plättchen entdeckte. Mit dem angefeuchteten Finger tippte er darauf und holte es heraus. Das Ding erinnerte verblüffend an die beiden Translatoren der Tambu. Er ging damit in den angrenzenden Nassraum und platzierte das Plättchen vor der Spiegelwand auf seiner Wange. Es schien förmlich mit der Haut zu verschmelzen und war danach so gut wie unsichtbar.

Pratton sah sich auch hier ausgiebig um. Die Dusche war geräumig für drei Personen seiner Statur. Der Wasserfluss wurde hier wie auch am Waschbecken über Bewegungssensoren gesteuert, ein einfaches Prallfeld baute sich auf, sobald die Dusche benutzt wurde. Es gab flauschige Handtücher, aber auch ein Trockengebläse mit langer Zuleitung. Es klapperte leise, als Pratton den Spiralschlauch in die Hand nahm. Augenblicke später fiel ihm aus der Düsenöffnung ein daumendickes längliches Etwas entgegen. Pratton drehte das Gebilde unschlüssig zwischen den Fingern. Es war unvollständig, befand er schließlich. Drei kleine Stecköffnungen an der Schmalseite verrieten es ihm.

Pratton streifte sein Cape ab und legte es über die Sessellehne. Dann erst unterzog er den Nassraum einer eingehenderen Überprüfung. Unter dem Waschbecken, in einem schmalen Einschnitt, fand er das zugehörige zweite Teil. Das Zusammenfügen war einfach. Eine Sensortaste verriet, dass das Gerät über mindestens zwei Funktionen verfügte. Aber nichts geschah.

Ein lautes Klopfen schreckte Pratton auf. Es kam von der Tür neben dem Nassraum, die den Durchgang zum nebenan liegenden Quartier darstellte. Pratton hatte diese Tür bislang ignoriert. Jetzt wurde sie von der anderen Seite aufgestoßen.

»Hallo, ich will nicht aufdringlich sein, aber wenn wir schon nebeneinander wohnen …« Das war Ron Dykes Stimme. »Pratton, bist du das? Natürlich, ich kenne doch das Cape. Pratton, bist du im Nassraum?«

Dyke blickte ihn direkt an, aber er schien ihn nicht zu sehen. Er kam so nahe, dass Pratton nur den Arm auszustrecken brauchte, um ihn zu berühren – dann drehte er sich um und verließ den Raum wieder. Allgames Gedanken überschlugen sich. Dyke hatte ihn nicht gesehen, und das konnte eigentlich nur eines bedeuten: Das Gerät, das er aktiviert in der Hand hielt, war ein Deflektor. Anerkennend schnalzte er mit der Zunge. Deflektoren gehörten nie zur Standardausstattung eines Hotelzimmers, sonst wäre ihm früher vieles leichter gefallen.

Jemand hatte das Gerät gezielt deponiert!

»Das Fenster aufhellen!«, sagte Pratton.

Unvermittelt fielen die Sonnenstrahlen ungehindert durch die Scheiben.

Der Translator funktionierte. Er war also auf Interkosmo programmiert.

»Die Tambu haben das für uns deponiert«, murmelte Pratton Allgame im Selbstgespräch. »Diese komischen Vögel müssen geahnt haben, was geschehen würde.«

Er begann, gezielt zu suchen. Es war wie eine Sucht, die nach ihm griff, und er wurde fündig.

Nahezu alle Unterkünfte hatten eine Verbindungstür zu einer zweiten. Fran Imith hatte das schon während ihrer kurzen

Überprüfung bemerkt und als positiv vermerkt. Auf diese Weise blieb keiner allein. Ihnen allen steckte der Schock noch in den Knochen – erst die jähe Versetzung, dann der Angriff auf den Ordensturm, das Wissen um den Tod der anderen Passagiere und die Erkenntnis, dass man selbst dem nur durch eine Verkettung von Zufällen entronnen war.

Eine Milliarde Jahre, eine schwer vorstellbare Zahl. Entweder man arrangierte sich damit oder man zerbrach daran. Und arrangieren bedeutete eigentlich nichts anderes, als diesen ungeheuren Wert zu ignorieren, so zu tun, als geschehe alles einfach morgen. Und vor allem irgendwo, nur nicht im heimischen Sonnensystem.

Schriller Lärm brandete Fran entgegen, als sie ihr Zimmer betrat. Das Tosen eines startenden Raumschiffs, vermischt mit dem klagenden Heulen eines Hundes und dem arhythmisch schrillen Klang der Hirtenhörner vom Deneb, unterlegt mit einem ständig wechselnden Takt – so empfand Fran die Musik. Äther-Streams, ein hochtrabender Name für ein nervtötendes Gejaule.

»Shimmi, schalt das ab!«

Eine Barbarenhorde marschierte jetzt unter Schwerterklirren in eine Arena ein. Eisentüren knarrten in ihren Scharnieren, die Meute auf den Rängen tobte.

»Gleich!«, kam Shim Caratechs Antwort.

Fran marschierte, schon halb entkleidet, in den Nebenraum. Shim Caratech war nicht da, Schikago lag träge und lang ausgestreckt neben seinem Körbchen. Die Katze blinzelte und streckte sich, als Fran näherkam.

Shims Haarspange und der dazugehörige Steckspeicher lagen auf dem Bett. Shimmi hatte die Soundanlage des Zimmers angeschlossen. Fran drehte die Lautstärke herunter. Jetzt hörte Fran auch, dass Shim unter der Dusche stand.

»He, was ist los?«, rief das Mädchen. »Wer nimmt den Sound weg?«

»Ich. Bevor das ganze Hotel zusammenläuft.« Fran ging in ihren Raum zurück. Vorsichtig streifte sie die Stiefel ab und schälte sich vollends aus dem Cat-Suit. Gleich darauf stand sie ebenfalls unter der Dusche und genoss die prickelnden, offenbar mit einem belebenden Zusatz angereicherten Wasserstrahlen.

Als sie die die Nasszelle wieder verließ, lag Schikago auf ihrem Bett. »Verschwinde!«, herrschte Fran die Katze an. »Hier hast du nichts verloren.«

Schikagos Fauchen meldete unverkennbar Besitzansprüche an. Aber Fran Imith war nicht Quart Homphé, sie packte zu, hob die Katze vom Bett und schob sie mit Schwung über den Boden. »Du bist zu fett, meine Liebe, und jetzt raus hier!«

Sekunden später dröhnte wieder der apokalyptische Weltuntergang aus dem anderen Zimmer herüber.

»Shim!« Keine Antwort. »Mach wieder leiser, Shimmi!« Nichts geschah. Fran stürmte nach nebenan – und blieb abrupt stehen. Shim Caratech stylte sich wie für eine der Megapartys im Erdorbit. Ihre schwarze Hose saß viel zu eng. Das weiße Hemd hatte sie am Bauch zusammengeknotet. Dazu hatte sie sich die blauen und roten Ketten, die sie schon im Bus getragen hatte, wieder um den Hals geschlungen. Die gut fünf Zentimeter durchmessenden blauen Ohrringe waren neu, vermutlich hatte sie sie in ihrer Tasche herumgetragen.

Mit ihrer winzigen Dose Haarspray und einer unglaublichen Ausdauer malträtierte Shim Caratech ihr Haar. Die ersten Strähnen standen schon verdreht und spitz nach außen gerichtet wie Lanzen. Sie reagierte noch immer nicht auf Frans Proteste. Erst als Fran abermals den Tron abdrehte, wandte sie sich um.

»Warum machst du das?«

»Ich will verhindern, dass sie uns Sicherheitsbeamte auf den Hals hetzen.«

»Das ist Musik«, sagte Shim seufzend.

»Sie ist zu laut, meine Liebe.«

Shim zögerte. »Wie du meinst. Hilfst du mir, die Strähnen zu drehen? Hinten ist mein Haar immer störrisch.«

»Muß das sein? Wir haben wirklich anderes zu tun«, sagte Fran.

Ein amüsiertes Grinsen huschte über Shim Caratechs Gesicht. Auffallend langsam musterte sie Frans nackten, muskulösen Körper. Eine gewisse Bewunderung in ihrem Blick war schwerlich zu übersehen.

»Hat dich Bully schon so gesehen?«

»Wer?« Fran Imith glaubte, nicht richtig gehört zu haben.

»Reginald«, sagte Shimmi betont und grinste noch eine Spur breiter. »Glaubst du, ich hätte nicht gesehen, wie er ...?«

»Halt den Mund!«, fuhr Fran auf.

»Okay. Was ist nun? Hilfst du mir?«

»Damit wir uns klar verstehen: Du bist hier nicht auf der Erde«, brauste Fran Imith auf. Sprach's, drehte sich um und ging. Die Tür glitt hinter ihr zu.

Sekundenlang blickte Fran auf das matte Fenster. Es gab keine manuelle Steuerung, sie würde Perry oder Reginald bitten müssen, die entsprechenden akustischen Befehle auf Vaaligonde zu geben. Falls nicht irgendwo doch ein Bedienungssensor herumlag. Sie hatte sich noch nicht richtig umgesehen.

Der Summer ihres Armbands ertönte. Fran hob es vom Bett auf. »Ja?«

»Komm bitte zu Perry ins Zimmer.« Das war Reginald Bulls Stimme. »Wir warten beide auf dich.«

»Sofort.« Sie wollte abschalten, als ihr auffiel, dass die Bilderfassung aktiv war.

Im selben Moment verdrängte ein Grinsen die Schatten auf Bullys Gesicht. »Aber zieh dir vorher was über«, fügte er hinzu.

Fran schloss das Armband um ihr rechtes Handgelenk. Viel konnte Reginald eigentlich nicht gesehen haben.

Zwischenspiel

»Es muss möglich sein, ein einzelnes Fahrzeug in Mantagir aufzuspüren!« Axx Cokroide tobte. »Dieser seltsame Gleiter kann nicht spurlos verschwunden sein. Ich kann nicht glauben, dass er sich unsichtbar machen kann.«

»Nein, natürlich nicht.«

»Wo ist er dann?« Cokroides Faust donnerte so fest auf die Tischplatte, dass die versammelten Ara'Sam und Are'Nos entsetzt zusammenfuhren. Sie waren seine Führungsmannschaft, aber er sah, dass sie ratlos waren. »Ich will nicht hoffen, dass Unfähigkeit die Ursache für das Versagen ist.«

Der Vorwurf der Unfähigkeit bedeutete das Todesurteil. Axx Cokroide wusste, dass die Männer sich anstrengen würden, endlich ein Ergebnis vorzulegen. Wenn nicht, würde er ein Exempel statuieren; jeder, der ihm gegenübersaß, war ersetzbar.

»Shagta Okko wartet, Herr«, wurde ihm gemeldet.

Ein grimmiger Zug erschien auf seiner wettergegerbten Haut. »Lass sie noch warten!«, herrschte er den Sprecher an.

»Shagta Okko sagt …«

»Es ist mir egal, was sie sagt.« Axx Cokroide wandte sich wieder der Runde zu. »Ich erwarte Vorschläge und Ergebnisse. Vor allem aber will ich dieses Fahrzeug sehen – hier, in meiner Gesandtschaft.«

Die Vorschläge, die ihm nacheinander unterbreitet wurden, klangen gut und waren den besonderen Gegebenheiten angepasst. Cokroide wusste, dass jeder der Männer sein Bestes geben würde.

Er entließ die Männer und empfing Shagta Okko. Die Bürgermeisterin von Mantagir entstammte dem Volk der Jifften. Sie war einen Kopf größer als Axx Cokroide, aber das interessierte ihn nicht, er ließ sie ohnehin vor seinem Schreibtisch stehen, während er sich im Sessel zurücklehnte und sie lange und eindringlich musterte. Es missfiel ihm, dass Shagta keine Regung erkennen ließ. Ihre Schuppenhaut veränderte sich nicht, und der extrem kräftige Stützschwanz würde ihr auch noch in Stunden festen Halt geben. Ein Schlag mit dem Schwanz konnte jeden Nodronen töten. Aber Axx Cokroide wusste, dass er Shagta beinahe nach Belieben demütigen konnte. Jede dieser Echsen hatte einen Schwachpunkt.

»Ich erwarte deine Mithilfe bei der Suche nach einem ungewöhnlichen Flugobjekt«, begann der Nodrone endlich. »Diese Angelegenheit steht in Verbindung mit dem bedauerlichen Unfall am Ordensturm der Wissenschaftler. Ich glaube nicht, dass ein Tambu die selbstverschuldete Katastrophe überlebt hat. Oder ist dir dergleichen bekannt?«

Ihre kalten Echsenaugen blickten ihn an. Er verwünschte diese Blicke, die ihm nichts über die Gemütsverfassung des Betreffenden verrieten.

»Ja oder nein?«, herrschte er Shagta Okko an.

»Mir ist nichts dergleichen bekannt.«

»Es ist von eminenter Wichtigkeit, dass alle verdächtigen Fahrzeuge sofort der Gesandtschaft von Nodro gemeldet werden. Wir wollen helfen, das Geschehen aufzuklären.«

»Natürlich«, sagte sie.

Lag da ein Hauch von Unmut in ihrer Stimme? Unterschwelliger Widerstand? Axx Cokroide zog die Peitsche aus dem Gürtel und spielte scheinbar gedankenverloren mit dem zwei Handspannen messenden Schaft. Die Schnüre waren eingezogen.

»Natürlich liegt es dir fern, Nodro einen Dienst zu verweigern, der allen Völkern nützt«, sagte er mit schneidender Kälte in der Stimme. »Sollte es anders sein, wird es mir ein Vergnügen sein, dir persönlich den Schwanz vom Körper zu schneiden.«

Endlich zeigte die Bürgermeisterin Anzeichen von Angst. Als er sie kurz darauf entließ, war Axx Cokroide überzeugt davon, dass sie alles in ihrer Macht Stehende unternehmen würde, um das fremde Fahrzeug aufzuspüren.

Kapitel 14

Perry Rhodan hatte die Polarisierung der Fensterfront verändert. Was er zu sehen bekam, war nicht der imposante Rundblick über Mantagir, den er sich erhofft hatte, sondern ein begrenzter Ausschnitt, da andere Gebäude die Sicht behinderten. Der Gleiterverkehr war dichter geworden, auch in den verschiedenen Fußgängerbereichen herrschte mittlerweile reges Leben.

Minutenlang stand der Terraner unbewegt vor dem Fenster und ließ den Anblick auf sich wirken. Unter anderen Umständen hätte ihn diese Stadt fasziniert. Aber so spürte er nur die Last der Verantwortung. Zu viele Passagiere des Mars-Liners-01 hatten schon sterben müssen. Für eine Auseinandersetzung, deren Hintergründe immer noch im Dunkeln lagen. Rhodan wartete darauf, dass die Tambu wieder Kontakt mit ihnen aufnehmen würden. Der Prior-Forscher Lisgeth On Paz musste schon auf Balance B gelandet sein.

»Stehen Nachrichtensendungen zur Verfügung?« Die eigenartige Struktur der Wandverkleidung hatte ihm verraten, dass es sich um eine Projektionsfläche handeln musste. Ein mehrere Quadratmeter großer Ausschnitt erwachte zum Leben. Schriftzeichen flammten auf. Er konnte sie nicht lesen und der Translator war nutzlos, was das geschriebene Wort anbetraf. »Die Programme der Reihe nach durchschalten«, bestimmte er.

Da waren Aufnahmen aus dem Weltraum, ein Gebiet dichter Sternpopulation. Raumschiffe unbekannter Typen kreuzten im Bereich einer roten Riesensonne. Dazu schematische Einblendungen, im Zeitraffer verschoben sich die Sterne zueinander. Als eine erklärende Stimme anhob, wechselte das Bild.

Ein Studio, im Hintergrund die Projektion einer Spiralgalaxis. Perry Rhodan ertappte sich dabei, dass er nach bekannten Sternformationen suchte, aber Sekunden später erschienen die Teilnehmer einer Gesprächsrunde im Bild. Da war ein Tambu. Das Gesicht mit dem markanten Schnabel, den ausdrucksstarken Augen und dem fein gezeichneten Gefieder gehörte eindeutig einem der Wissenschaftler von Cor'morian. Neben dem Vogelwesen saß eine insektoide Intelligenz auf einem erhöhten Sitzgestell; das Geschöpf erinnerte auf den ersten Blick an eine Fliege. Die letzte Überspielung von Wilburns Schwebeoptiken hatte mehrere ähnliche Wesen erkennen lassen. Rhodan schätzte die Größe auf wenig mehr als einen Meter.

Auf der anderen Seite des Tambu saß ein Mensch. »Standbild!«, befahl Perry Rhodan. Die Wiedergabe fror ein.

Der Unbekannte wirkte überaus kräftig. Er trug eine beigefarbene, geschnürte Jacke mit schmalem Kragen, an dem eine Vielzahl geschliffener Edelsteine funkelten. Im Gegensatz dazu wirkten sein bärtiges Gesicht und das ungebändigt in die Stirn hängende Haar ungepflegt. Seine Augen waren leicht zusammengekniffen. Als hätte er einen schwachen Sehfehler, den er auf diese Weise ausglich. Die türkisgrüne Augenfarbe und die ins olivgrün gehende Schattierung der Haut verrieten, dass es sich nicht um einen Terraner handelte.

Nach allem, was Perry Rhodan bislang wusste, hatte er einen Nodronen vor sich. Allerdings irritierte ihn das einträchtige Nebeneinander des Nodronen und des Tambu. Zumindest vorerst konnte er sich keinen Reim darauf machen. Zudem stellte sich die Frage, ob die Bilder echt waren; er konnte kein Signet entdecken, das dafür garantiert hätte.

Ein Holo baute sich auf. Es zeigte Pratton Allgame, der sich aufmerksam nach allen Seiten umschaute. Augenblicke später klopfte es an der Tür.

»Öffnen!«, sagte Perry Rhodan.

Allgame wirkte wie frisch aus dem Ei gepellt. Sein Haar war exakt gescheitelt und in Form gebracht, dazu eilte ihm ein herber Duft voraus. »Schließen!«, sagte er. Die Tür reagierte auf sein Kommando.

Perry Rhodan zog interessiert eine Braue hoch.

Allgame lächelte wissend. Er deutete eine Verbeugung an. »Ich denke mir, Perry, das hier dürfte für dich von Interesse sein.« Aus der Innentasche seiner Jacke, aus seiner weit geschnittenen grauen Hose und sogar aus dem Schaft seiner Stulpenstiefel brachte er mehrere Gegenstände zum Vorschein und legte sie nebeneinander auf den kleinen Tisch, der offenbar zur Ausstattung jedes Zimmers gehörte.

Rhodan zog die zweite Braue hoch. »Woher hast du das?«, wollte er wissen.

»Sieh's dir erst an. Dann reden wir weiter.«

Rhodans erster Griff galt dem kleinen, handlichen Strahler. Es war ein Modell, das für eine annähernd menschliche Hand mit mindestens drei bis vier Fingern konstruiert worden war.

»Liegt leicht in der Hand«, bemerkte Pratton. »Die Energieanzeige steht auf voll. Darüber hinaus besteht die Option einer Funktionswahl. Ich kann aber nicht sagen, ob Thermo und Desintegrator oder Thermo und Lähm...«

»Woher hast du das?«, wiederholte Perry Rhodan, drängender als zuvor.

»Es lag in meinem Zimmer rum. Neben dem Strahler ein Mini-Funkgerät, ein Deflektor – ach ja«, er tippte mit der Fingerspitze auf die Wange, »einer dieser Translatoren war auch da. Ich denke, die Wissenschaftler von Cor'morian wollten uns diese Dinge zukommen lassen.«

»Fran hat nichts entdeckt, als sie dein Zimmer absuchte.«

»Sie hat sich auch nur auf ihre Technik verlassen«, antwortete Pratton Allgame. »Dazu gehört ...«

»Ja?«, sagte Rhodan, als Allgame abbrach.

»Man muss sich intensiver damit beschäftigen.«

»Du meinst, Fingerspitzengefühl. Hat das ein Weinbauer?«

»Und ob.« Pratton nickte eifrig. »Das beginnt schon bei der Auswahl der jungen Reben und geht über die Schädlingsbekämpfung ohne Gift oder Gentechnik bis hin zur Lese. Die einzelnen Beeren ...«

Rhodan winkte ab. »Sieh dich um«, bat er.

Minuten später hatte Allgame aus der Nasszelle und unter dem Rundbett identische Ausrüstungsgegenstände hervorgeholt. Auch ein Translatorplättchen war vorhanden. Er schaute Rhodan zufrieden an. »Das ist doch schon was, oder?«

Anstatt eine Antwort zu geben, ließ der Terraner die Verbindungstür aufgleiten. »Bully!«, rief er. »Ich brauche dich.«

Nur eine undeutliche Antwort erklang. Sie schien aus der Nasszelle zu kommen.

»Beeil dich!«, drängte Rhodan.

Augenblicke später tauchte Bully in der Türöffnung auf. Er hatte sich ein Handtuch um die Lenden geschlungen, mit einem anderen rieb er seine Haarstoppel trocken. Überrascht schaute er auf, als er den Weinbauern bemerkte. »Ah, Pratton, fein gemacht? Wo soll's denn hingehen?«

»Sieh dir lieber das hier an«, unterbrach Perry Rhodan ihn ungeduldig.

Bully stieß einen überraschten Pfiff aus. »Wo ist das her?«

»Die Tambu haben unsere Zimmer damit ausstatten lassen«, sagte Rhodan.

Bully warf sich das Handtuch über die Schulter und fuhr sich mit beiden Händen durchs Haar. »Das soll sich Fran auch gleich mit ansehen«, stellte er fest. »Ich rufe sie.«

Fran Imith sah von einem Mann zum anderen, nur auf Reginald Bull blieb ihr Blick ein klein wenig länger hängen. »Warum wollten uns die Wissenschaftler von Cor'morian mit all diesen Utensilien ausrüsten?«, fragte sie.

»Die Tambu hätten uns das alles persönlich aushändigen können«, wandte Pratton ein.

»Das heißt, alles wurde erst hinterlegt, nachdem der Turm schon zerstört war?« Bully schüttelte den Kopf. »Wer wusste von unserer Anwesenheit und von diesem Hotel?«

»Lisgeth On Taz«, sagte Perry Rhodan.

»Warum hat sich der Prior-Forscher dann noch nicht mit uns in Verbindung gesetzt?«

»Es kann viele Gründe geben. Vielleicht sind wir zu ungeduldig.«

»Unsere Ankunft wurde vom Ordensturm aus angekündigt«, erinnerte Bully. »Jemand muss die Daten entsprechend nachbearbeitet haben.«

»Die Eidechse am Empfang«, vermutete Fran Imith.

»Das können wir klären«, stellte Pratton Allgame fest. »Ich übernehme das.«

»Nein!«, wehrte Rhodan entschieden ab. »Wer immer uns wohlgesonnen ist, wird sich über kurz oder lang bei uns melden. Geschieht das nicht, befindet er sich in keiner Position, die es ihm erlauben würde. Oder hat jemand vor, unsere Helfer in Bedrängnis zu bringen?«

»Sie haben an alles gedacht.« Fran drehte eine daumengroße, nur wenige Millimeter dicke Platte zwischen den Fingern. Das aufgeprägte Symbol verriet, dass es sich um ein Zahlungsmittel handelte. Die in das Material eingebettete Schleife aus silbernem Draht diente allem Anschein nach als Datenspeicher.

»Calcul heißt die Währung, soviel haben wir herausgefunden«, sagte Reginald Bull.

Pratton schob sich einen zweiten Creditchip in die Hosentasche. »Ich möchte wissen, welche Summe uns zur Verfügung steht«, bemerkte er wie beiläufig.

»Wir durchsuchen jeden Raum.« Perry Rhodan übersah geflissentlich, dass Allgame zwei Creditchips eingesteckt hatte. Das war im Moment unerheblich. Ohne ihn hätten sie die Ausrüstung wahrscheinlich nie entdeckt.

Sie wurden auch in den anderen Zimmern fündig. Creditchips, Funkgeräte und Translatorplättchen waren identisch, lediglich die Waffen variierten; die beiden zylinderförmigen Nadler waren nicht auf Anhieb zu identifizieren, sondern erst, nachdem sie es geschafft hatten, ein Magazin herauszuklappen und mit giftgrüner Flüssigkeit gefüllte Hohlnadeln fanden. Ihre ungewöhnliche Dicke und die fehlende Spitze ließen vermuten, dass sie beim Aufprall ein betäubendes Gas freisetzten. Bully schob sich einen solchen Nadler zusätzlich unter den Gürtel.

Ronika Smertens weigerte sich, eine Waffe in die Hand zu nehmen. »Noch vor einigen Monaten dachte ich, ich könnte ohne einen Strahler nicht mehr leben. Heute glaube ich nicht mehr, dass der Tod eines intelligenten Wesens ein anderes zufriedenstellen könnte.«

»Nimm die Waffe trotzdem«, drängte Fran Imith. »Vorsorglich.«

»Was soll ich damit? Wir haben es doch erlebt. Glaubst du, ich könnte damit auch nur einen der Raumjäger abschießen?«

»Khirm?«, fragte Fran.

Der Mann nickte. »Ich weiß, der Notfall kann schneller kommen als wir denken. Mir ist jedenfalls wohler, wenn wir nicht wehrlos sind.« Er nahm die für ihn bestimmte Waffe entgegen, sowie den handlichen Strahler, den Ronika abgelehnt hatte.

Die Nächste, die sie aufsuchten, war Shimmi. Sie wirkte gelangweilt – ebenso wie Schikago, die zusammengerollt vor ihrem Korb schlief. Leben kam erst in ihre Augen, als die Verglasung transparent wurde. Und dann kam sie aus dem Staunen nicht mehr heraus. »Mensch, das hätte ich auch finden können!« Mit sichtlichem Eifer klebte sie sich den Translator an die Wange. »Und eine Waffe! Die passt perfekt in meine Tasche.«

»Das ist kein Spielzeug, Shimmi«, ermahnte Rhodan sie.

»Und auch kein Modeschmuck«, fügte Fran Imith hinzu.

»Glaubt ihr, ich kann mit so einem Ding nicht umgehen? Wo lebt ihr eigentlich?« Auffordernd streckte Shim die Hand aus. »Habe ich nicht das Recht, mich zu verteidigen, wenn ich angegriffen werde?«

»Langsam«, sagte Fran. »Noch sind wir nicht so weit.«

»Perry … Sie mag mich einfach nicht.«

Fran schüttelte den Kopf. »Das ist doch Unsinn!«

»Gib ihr den Strahler«, sagte Rhodan.

»Danke.« Shim Caratech schenkte ihm einen betörenden Augenaufschlag. Sie nahm Fran die Waffe aus der Hand. »Ist leicht, das Ding«, stellte sie fest. »Und ein wenig fremd. Aber alles dran: manuelle Auslösesperre, ein kleines Energiemagazin mit Anzeige und Laufkühlung. Reichweite und Streuwinkel ...?«

»Wir haben keine Gebrauchsanweisung dafür.« Fran Imith seufzte. »Gut Shimmi, ich habe mich getäuscht, du hast Ahnung.«

»Das will ich meinen.« Shim holte ihre Umhängetasche und verstaute den Strahler in einem Seitenfach. Augenblicke später war sie wieder allein. Sie ließ sich aufs Bett sinken und blickte nachdenklich über die Stadt. Die Sonne stand nahezu im Zenit.

»Das ist verrrückt, Schikago. Wenn Tiana das wüsste, würde sie aus der Ohnmacht gar nicht mehr aufwachen. Und Jaki erst, dem Schwächling müssen wir das alles haarklein erzählen, bevor wir ihn in den Wind schießen. Was meinst du, Schikago?«

Kein Miauen antwortete ihr. Der Platz vor dem Bett war leer.

»Wo hast du dich verkrochen, Schikago?«

Minuten später wusste Shim Caratech, dass die Katze nicht mehr im Zimmer war. Sie musste Perry Rhodan und den anderen gefolgt sein.

Schweiß stand in dicken Perlen auf Quart Homphés Glatze. Aus weit aufgerissenen Augen verfolgte er vom Durchgang aus, wie Pratton Allgame sein Bad durchsuchte.

Homphé hatte geschlafen und hatte erst Minuten nach dem ersten Klopfen geöffnet. Das Bett war zerwühlt, einer seiner Stiefel lag auf dem Sessel, der andere vor dem Schrank. Den alten, ausgeleierten Pullover hatte sich Quart in aller Eile übergestreift.

»Was soll das?«, brauste er auf. »Ich protestiere gegen diese Verletzung meiner Intimsphäre!« Sein Blick pendelte zwischen Allgame und dem offenen Durchgang zum Nebenraum hin und her. Er hörte Rhodan und Bull mit dem Reporter reden, aber er konnte nicht allen gleichzeitig zuhören.

»Wir suchen nach Waffen, das sagte ich doch eben schon« Fran Imith war mit ihrer Geduld am Ende.

»Nicht bei mir. Ich erlaube nicht, dass ...«

»Hier.« Pratton Allgame reckte zwei Fundstücke in die Höhe, während Homphé, der immer noch nicht begriff oder nicht begreifen wollte, wie ein Walroß schnaubte.

»Das ist der übliche Deflektor«, stellte Allgame fest. »Ideal für unseren dicken Choleriker.«

»Hör mal, du ... du ...« Homphé fand die richtigen Worte nicht, zumal Allgame ihn mit der flachen Hand nachdrücklich zur Seite schob. Im nächsten Moment stolperte er über die eigenen Füße, ruderte mit beiden Armen durch die Luft, ohne jedoch seinen sicheren Stand wiederzufinden, und setzte sich rückwärts auf die Bettkante.

Pratton Allgame tastete inzwischen die andere Bettseite ab.

»Ich will nicht, dass er hier alles durcheinanderbringt!«, schimpfte Homphé. »Perry!«, brüllte er noch, dann verzerrte sich sein Gesicht. Er rang nach Luft, seine Hand zuckte hoch und krallte sich in die linke Brustseite. Ächzend kippte er zur Seite.

»Verdammt!«, entfuhr es Pratton.

Perry Rhodan erschien im Durchgang. »Was ist mit ihm?«

»Quartodezimus simuliert«, stellte Fran Imith fest. »Er weiß sich nicht mehr anders zu helfen.«

»Der Kerl ist sowieso ein lebensuntüchtiger Spinner«, behauptete Allgame. »Marsberge in Gesichter verwandeln, wem würde sonst so etwas einfallen?«

»Keinem. Deshalb bin ich ja ein Genie.« Quart Homphé wälzte sich herum und versuchte, sich auf den Unterarmen hochzustemmen. Er fixierte die Waffe in Prattons Hand. »Gib her!«, keuchte er. »Das gehört mir!«

»Zu gefährlich.«

Endlich kam Homphé wieder auf die Beine. »Das ist Diebstahl! Die Waffe war in meinem Zimmer.«

»Quart!«, rief Perry Rhodan. »Hör auf!«

»Ich will zurück!«

»Das wollen wir alle«, bestätigte Fran Imith. »Was nichts daran ändert, dass du für eine Waffe zu labil bist.«

Homphé suchte fahrig nach seiner Brille. Sie lag auf dem Tisch. Er nahm sie auf und fing an, die Gläser zu polieren.

Mittendrin fuhr er mit einer Hand unter seinen Pullover und rieb sich damit die Augen aus. Dann spuckte er auf die Gläser.

»Warum sagt ihr nicht, was ihr denkt?«, rief er. »Es wäre besser gewesen, wenn die Nodronen mich erwischt hätten. Das ist es doch. Aber das Leben geht nicht immer nur nach Wunsch.«

»So ist es«, pflichtete Pratton bei.

Homphé bedachte ihn mit einem giftigen Blick. »Es kann nicht jeder so blendend aussehen. Wo hast du dich jahrelang gepflegt?«

»Das muss ich mir nicht anhören, nicht von diesem Hypochonder.« Allgame drückte der TLD-Agentin die Ausrüstungsgegenstände in die Hand. »Ich gehe.«

Fran Imith nickte, sagte aber nichts.

»Warum verschwindet ihr nicht alle und lasst mich hier zurück? Geht doch. Ich komme schon allein zurecht. So wie auf Terra. Meine Frau ist auch gegangen, und sie hat Billi und Patia mitgenommen.«

»Quart«, begann Fran. »Das tut mir Leid …«

»Hör auf!« Homphés Stimme überschlug sich. »Geht doch, geht – lasst mich allein!«

Perry Rhodan nickte der Agentin zu.

»Ich habe hier einen Translator und einen Creditchip für dich«, sagte Fran. »Ich lege beides auf den Tisch.«

»Wenn du uns brauchst, Quart, oder fallst du reden willst …« Rhodan versuchte noch einmal, an den Künstler heranzukommen, aber Homphé schüttelte heftig den Kopf.

»Lasst mich in Ruhe, alle!«

Quartodezimus Filidor Edlervon Homphé war erst seit ein paar Minuten wieder allein, als sein gequältes Schnaufen aufhörte. Seine rechte Gesichtshälfte zuckte. Er konnte nichts dagegen tun, die Nervenreizung überfiel ihn in unregelmäßigen Abständen. Manchmal spürte er monatelang gar nichts, jetzt kam es dafür doppelt schmerzhaft. Dann fühlte er sich wie sein voller Name: verlogen, prall und überheblich. Er hatte sich diesen Edlervon nicht ausgesucht.

Unentwegt blickte er auf die Tischplatte. Sie wollten ihn loshaben. Das sagten sie nur nicht, aber hätten sie ihm sonst Creditchip und Translator dagelassen? Deutlicher konnte die Aufforderung gar nicht sein.

Sie akzeptierten ihn nicht. Weil sie seine Kunst nicht verstanden. Dabei hatte er dem Mars so hoffnungsvoll entgegengesehen. Vergessen können, dass seine Familie sich von ihm getrennt hatte – darauf hatte er gehofft. Und dass er mit seiner Kunst endlich berühmt würde.

Warum war er nicht im Turm umgekommen? Das wäre die beste Lösung gewesen, nicht nur für die anderen, auch für ihn selbst. »Ich bin euch nicht mehr länger im Weg.« Er wusste nicht, ob er den Satz wirklich hervorgestoßen oder nur gedacht hatte, aber er kam wieder auf die Beine. Sie akzeptierten nicht einmal seine Krankheit, diese verfluchte Katzenhaarallergie. »Nicht nachweisbar«, hatten die Ärzte behauptet. Was wussten sie denn schon?

»Nicht nachweisbar«, hallte es unter seiner Schädeldecke. Dröhnend. Er riss die Hände hoch und presste sie gegen die Schläfen. Mit aller Kraft. Augenblicke später wurde es wieder besser.

Er hob den Creditchip auf und ließ ihn achtlos in seiner Hosentasche verschwinden. Der Translator erschien ihm weitaus wichtiger. Er streckte die Hand aus und legte das Plättchen vorsichtig auf die Handfläche. Irgendwer hatte einmal behauptet, dass er über eine besonders ausgeprägte Lebenslinie verfügte.

Eine Weile beobachtete er die winzige Scheibe, beobachtete, wie sie auf den Hautfalten balancierte, sobald er die Finger bewegte. Dann klatschte er sich die Hand auf die Wange, auf den erneut zuckenden Trigeminus. Das Ding haftete tatsächlich.

Die Brille … Brauchte er sie wirklich? Er hängte sich das geflochtene Band dann doch um den Hals, zupfte seinen Pullover zurecht und schlüpfte in die Schuhe.

Augenblicke später stand er in der offenen Tür, schaute vorsichtig nach rechts und links und huschte weiter. Alles war ruhig. Der Antigrav-Lift besaß zum Glück eine Kabine.

Sich einfach in einen leeren Schacht zu stürzen, hatte Quart nie behagt, das schaffte er, wenn überhaupt, nur mit geschlossenen Augen.

Als er langsam in die Tiefe sank, glaubte er von irgendwoher das Fauchen einer Katze zu hören. Entsetzt blickte er um sich, doch er war allein. Es gab in der Zukunft keines dieser gräßlichen Biester.

Kapitel 15

Shim Caratech

»Das kannst du nicht tun, Shimmi, du kannst ihn nicht einfach sterben lassen.« Sie reagiert nicht auf den Ruf. Doch im nächsten Moment geht die Nörgelei weiter. »Ich sage dir, Shimmi, das ist falsch. Gib ihm noch eine Chance.«

Die Lippen fest zusammengepresst, wendet sie den Kopf und blickt Jaki durchdringend an. Eigentlich schaut sie sogar durch ihn hindurch. Sie will sich jetzt nicht mit ihm streiten, er hat sowieso Unrecht. Entweder siehst du das ein, oder du lässt es bleiben, *denkt sie wütend.* Aber red' mir nicht ständig drein.

»Zwei Tage«, drängt Jaki weiter. »In zwei Tagen verändert er sich.«

»Du veränderst dich doch auch nicht, oder?« Sie ist wütend. Was sie mit ihrem Y-Bakami macht, geht Jaki nichts an. Er kennt sich damit nicht aus, quatscht nur dumm daher, damit er überhaupt etwas sagt.

»Das ist etwas anderes«, beharrt er.

Wortlos steht Shim auf und wechselt den Platz. Von den beiden Felsen aus hat sie ohnehin die bessere Sicht auf den kleinen Raumhafen. Der Anstieg ist schwierig. Lockeres Geröll bricht unter ihren Schuhen weg, aber dann schwingt sie sich auf die vorstehende Granitnase und lässt die Beine baumeln. Jaki steht fünfzehn Meter unter ihr und stemmt die Hände in die Hüften.

»Komm runter!«, verlangt er.

»Ich denke nicht daran. Erst mache ich die Charakterauswertung für heute.« Zwanzig Personen agieren inzwischen in ihrem Trivispiel. Nach den eingegebenen Parametern entwickeln sie sich auch dann weiter, wenn der kleine Holopro-

jektor abgeschaltet ist. Immer häufiger greift sie in die Entwicklung ein – und Jaki ist sauer, weil sie für ihn entsprechend weniger Zeit hat.

Eine der Spielfiguren, es ist Malcon Jussic, winkt ihr zu. »Hallo, Shim«, hört sie ein leises Stimmchen aus dem Akustikfeld, »ein schöner Tag heute. Ich habe Cherry sterilisieren lassen.« Cherry ist der einzige Tiercharakter im Spiel, eine Katze, was sonst. Shim fragt sich in dem Moment, wie Malcon ausgerechnet auf die Idee verfallen sein kann, Cherry dürfe keinen Nachwuchs bekommen. Weiß er überhaupt, was ein Kater ist? Sie entsinnt sich nicht, das eingegeben zu haben. Entwickeln die Figuren mehr Eigenleben, als sie ihnen zugestanden hat?

Unter ihr poltern Steine. Jaki versucht tatsächlich, ihr zu folgen. Er kann es nicht, ist nicht gelenkig genug.

»Bleib unten!«, herrscht sie ihn an.

»Ich will mit dir reden.«

»Morgen.«

»Heute, Shimmi. Warum weichst du mir aus?«

Sie schweigt. Ihr Blick folgt einer in wenigen Kilometern Entfernung startenden Korvette. Ein Schwarm fetter Elstern stiebt kreischend auf und flattert zu der nahen Siedlung hinüber. Shim mag diese schwarz-weißen Vögel nicht, weil sie es fertig gebracht haben, auf Schikago loszugehen. Seitdem reagiert die Ferrol-Katze aggressiv, sobald Vögel in ihrer Nähe auftauchen.

»Ist es wahr, dass deine Eltern zum Mars auswandern wollen?«

Shims Zeigefinger huscht über das Sensorfeld des Y-Bakami. Sie hat es inzwischen zu einer erstaunlichen Schnelligkeit gebracht.

»Sag schon, Shimmi. Warum ausgerechnet zum Mars?«

»Warum nicht?«

Unter ihr ist sekundenlang Stille. »Du gehst mit ihnen?«, erklingt es dann. »Ich muss das wissen.«

Du gehst mir auf die Nerven!, denkt Shim Caratech. »Das dauert noch«, antwortet sie schließlich. »Einige Monate bestimmt. Und ich freue mich schon.«

Neuerliches Poltern vermischt sich mit einem schmerzvollen Aufschrei. Augenblicke später humpelt Jaki in ihr Blickfeld. Er lässt sich ins Gras sinken. »Komm runter.« Seine Stimme klingt leiser als zuvor. »Ich habe mich verletzt.«

»Blutest du?«

»Nein.«

»Hast du dir was gebrochen?«

»Nein, ich glaube nicht.«

»Dann kann es nicht so schlimm sein. Warte gefälligst, bis ich für heute fertig bin.«

Dass Jaki keine Geduld aufbringt, ist sein Problem. Sie freut sich auf den Mars und das wird sie sich von niemandem vermiesen lassen. Und außerdem: Der rote Planet ist nur einen Katzensprung von der Erde entfernt. Wenn Jaki will, kann er jede Nacht mit dem Teleskop Ausschau halten.

»Wisst ihr, was?«, sagt sie unvermittelt im Selbstgespräch. »Ich habe zwei Tage lang gewartet, dass euer Verhältnis besser wird – jetzt fliegt einer raus.« Sie öffnet die Namensliste der Spielcharaktere, tippt mit dem Finger auf den an letzter Stelle und löscht ihn. »So macht man das.«

Eine halbe Stunde später, sie ist wieder zuhause, streicht Schikago schnurrend um ihre Beine. Shim geht in die Hocke und krault die Katze. »Du wirst dicker«, murmelt sie gedankenverloren.

»Shim«, erklingt es aus dem Garten, »bist du das?«

»Ja, Tiana.«

»Dein Vater war da und hat nach dir gefragt.«

»Bren?«

Eine Tür schlägt zu. Gleich darauf steht Tiana vor ihr, bleich wie immer und überarbeitet. »Weißt du nicht mehr, wer dein Vater ist?«

»Manchmal könnte man das glatt annehmen. Wo ist er jetzt schon wieder hin? Habe ich ihn vier oder fünf Tage lang nicht zu Gesicht bekommen?«

»Gleiterflug, mit einem wichtigen Geschäftspartner.«

»Du meinst, so richtig halsbrecherisch …?«

»Hör auf damit, Shim. Mir wird schon schwindlig, wenn ich nur daran denke.«

»… ohne 5-D-Energiestabilisierung, allein mit Aerodynamik. Wieder ein Transatlantiktrip?« Shim packt die Katze mit beiden Händen und stemmt sie vor sich hoch, vergräbt ihre Nase in das türkisblaue Fell. »Hast du gehört, Schikago? Das ist altmodisch, aber abenteuerlich.«

»Nimm die Katze nicht so vors Gesicht, das ist unhygienisch. Überhaupt, wenn dein Vater nicht so eigensinnig wäre, hätte ich das Tier längst wieder verkauft.«

Shimmi grinst herausfordernd. »Vielleicht sollten wir eine Zucht anfangen. Einfach einen Ferrol-Kater dazu und ich könnte mir gutes Geld für einige Hypnoschulungen verdienen.«

»Schlag dir das aus dem Kopf! Ach ja, bevor ich es vergesse: Das mit dem Mars wird vermutlich doch nichts. Dein Vater hat ein lukratives Angebot für Europa erhalten, das er nicht ausschlagen kann.«

»Das ist …« Shim schluckt krampfhaft und setzt sich die Katze auf die Schulter. »Das kann er nicht machen!«

Tiana Caratech zuckt mit den Achseln. »Ich bin wieder im Garten, ich kann die Sämlinge jetzt nicht vertrocknen lassen.«

»Was ist mit dem Rundflug nächste Woche?«, platzt Shim heraus.

»Was soll schon sein? Wir ziehen morgen unsere Bewerbung zurück.«

»Nein«, sagt Shim entschlossen, »das werdet ihr nicht tun, oder ihr seht mich nie wieder. Ich fliege für euch. Kneifen könnt ihr später immer noch.«

Tiana wird noch eine Nuance blasser. »Du allein«, murmelt sie. »Das ist … ich weiß nicht …«

Das ist schon so gut wie eine Zustimmung. »Ich bin sicher, es werden lauter nette Menschen mitfliegen«, setzt Shim noch eins drauf. »Und außerdem: Was soll auf dem Mars schon passieren?«

»Erwarte nicht von mir, dass ich drei Tage lang mit der Katze allein im Haus bleibe.«

»Schikago, das Prachttier heißt Schikago, nicht einfach nur Katze. Ich werde sie mitnehmen, dann hat jeder was *davon.« Shim beugt sich vor und küsst ihre Mutter auf die Wange, etwas, was sie schon eine Ewigkeit nicht mehr getan hat. »Danke, Tiana.« Auf dem Absatz dreht sie sich einmal um sich selbst. »Mars!«, ruft sie. »Shimmi kommt!«*

»Und was wird Jaki dazu sagen?«

Shim Caratech schnippt mit den Fingern und macht eine wegwerfende Bewegung.

Es gab nur den einen breiten Korridor, von dem zu beiden Seiten die Türen zu den Unterkünften abzweigten. Zur Rechten endete er an einer lichtundurchlässigen Glasfront. Aber vielleicht ging es dahinter weiter, und was Shim Caratech für ein bis zum Boden reichendes Fenster hielt, war in Wirklichkeit der Übergang in einen anderen Gebäudetrakt.

Es war nur Neugierde, die Shimmi die Polarisierung ändern ließ; Schikago musste sich in die andere Richtung gewandt haben. Ihr Blick fiel hinab in eine Art Innenhof, eng, kahl und von der Sonne stiefmütterlich behandelt. Eigentlich war der Zwischenraum zum nächsten Gebäude nur ein düsteres Loch. Links von ihr rückte das andere Bauwerk noch näher heran und vermutlich verschmolzen beide Häuser im rückwärtigen Bereich sogar miteinander.

Shim wandte sich um. Hinter der Tür von Homphés Unterkunft hörte sie laute Stimmen. Einen Moment lang hielt sie an und lauschte angestrengt, konnte aber nichts verstehen.

Sie huschte weiter. Der Korridor knickte ab. Noch einmal dreißig Schritte entfernt führte der Antigrav-Lift nach unten. Bei der Ankunft hatte sie die Distanz mitgezählt – eine dumme Angewohnheit, aber sie konnte nicht einfach nur mit der Meute mitlaufen. Das hatte ihr schon immer Unbehagen bereitet.

Flüchtig dachte sie an das Echsenwesen am Empfang. Sie spannte die Muskeln an … aber der Korridor blieb auch hinter der Biegung leer. Ein Blick in die Liftkabine, Schikago war nicht da. Allerdings konnte sich die Ferrol-Katze nicht in Luft aufgelöst haben. Ein kläglicher Laut ließ Shimmi herumfahren. »Schikago!«, rief sie freudig, aber da war nicht einmal die Spur eines Fellbüschels. Sie verharrte unschlüssig.

Etwas polterte. Von wo das Geräusch kam, blieb Shim verborgen.

»Komm her! Sofort!« Verhaltener Ärger schwang in ihrer Stimme mit. Bren würde ihr den Kopf abreißen, wenn sie ohne die Katze zurückkam. Das würde das erste Mal seit langem sein, dass er von seiner Tochter wieder Notiz nahm. Und Tiana? Nun, sie hatte die Katze sowieso nicht haben wollen.

Shim ärgerte sich über ihre Gedanken. »Wo hast du dich verkrochen?«, rief sie scharf. Diesmal antwortete ein jämmerlicher Laut. Shim hielt den Kopf schräg – unschlüssig, ob dieses Klagen wirklich hinter der nächsten Tür hervordrang.

Alles war wieder ruhig. Bis auf knisternde Laute aus der Decke, die wohl von Versorgungsleitungen verursacht wurden. Argwöhnisch blickte Shim in die Höhe. Sie traute Schikago zu, dass sie einen Einstieg in die Schächte der Klimaanlage gefunden hatte.

Abermals hörte sie das klägliche Winseln. Sehr leise. In dem Zimmer wohnte keiner aus dem Liner. Vielleicht hatte ein Fremder das Zimmer bezogen und nicht bemerkt, dass ihm die Katze gefolgt war. Shim fragte sich, wie ein türkisblauer Blitz mit weißem Schwanz von Facettenaugen wahrgenommen wurde.

Bestimmt gab es einen Türmelder, sie hatte die Vorrichtung nur noch nicht entdeckt. Shim hob die Faust, zögerte, klopfte dann. Ihre Hand durchdrang die Tür wie einen Nebelhauch. Der halbe Unterarm verschwand, bevor Shim begriff. Einen Moment lang stand sie wie versteinert da, dann tastete sie mit der Linken nach vorne.

Es gab keine Tür. Was so aussah, war ein Hologramm, hinter dem sich alles Mögliche verbergen konnte. Shimmi steckte beide Arme bis zu den Ellbogen hinein und zog sie langsam wieder zurück. Nichts war geschehen, sie konnte die Finger wie zuvor bewegen. Entschlossener wagte sie einen zweiten Versuch. Sie stieß auf keinen Widerstand, und diesmal setzte sie auch einen Fuß nach vorne. Der Boden schien sich ohne Unterbrechung fortzusetzen. Shim holte Luft und machte einen, zwei Schritte nach vorn.

Ihre Umgebung veränderte sich jäh. Der schmale Gang vor ihr weitete sich nach wenigen Metern. Düsternis erfüllte den Raum, nur irgendwo im Hintergrund glommen mehrere schwache Lichtquellen. Sie offenbarten ein auf den ersten Blick undefinierbares Durcheinander. Ein Lebenserhaltungssystem, vermutete Shim.

Sie hörte jetzt Schikagos klägliches Jammern deutlicher. Es roch nach Staub und Technik, und da waren Spuren, die Shim erschreckten. Krallenbewehrte Pranken hatten die Abdrücke hinterlassen. Sie lagen weit auseinander, und zwischen ihnen zog sich eine Schleifspur durch den Staub.

Ein blauer Lichtblitz zuckte auf, blendete sie. Sekundenlang sah Shimmi nur noch grell verzerrte Umrisse, dann schossen ihr Tränen in die Augen.

Heftigen Kratzgeräuschen folgte ein zorniges Fauchen. Dann entdeckte Shim die Abdrücke von Katzenpfoten. Schikago war in ihrem Jagdinstinkt der breiten Schleifspur gefolgt. Tiana sagte der Ferrol-Katze ohnehin Verschlagenheit und Gefräßigkeit nach, aber hier kam auch noch Größenwahn hinzu. So recht nach Grinsen war Shim nicht zumute, aber sie konnte nicht anders.

Endlich entdeckte sie Schikago, die in einem Käfig gefangen war. Es handelte sich eindeutig um eine mechanische Falle. Die Ferrol-Katze blickte Shim treuherzig entgegen. Den Kasten anzuheben und Schikago mit der anderen Hand herauszuziehen, war kein Problem. Noch während sie es tat, fragte sie sich, für wen die Falle eigentlich gedacht war. Unerwünschte Nager oder Insekten in Schikagos Größe? Fröstelnd blickte sie um sich. Vielleicht hatte sie ja Glück, und die Falle war nur vorsorglich aufgestellt oder längst vergessen worden.

Shim hielt die Katze im Nacken fest. »Mach das nie wieder!«, schimpfte sie. Schikago gähnte gelangweilt.

Der Raum war größer, als sie vermutet hatte und erstreckte sich annähernd über die halbe Hausbreite. Irgendwo vor ihr erklang ein hohles Gurgeln, als schieße Wasser mit hohem Druck durch Leitungen. Wasser oder eine andere Flüssigkeit. Anlagen wie diese gab es vielleicht auf jeder Etage. Gäste mit unterschiedlichem Metabolismus benötigten voneinander abweichende Bedingungen, um sich wohl zu fühlen. Shimmi hat sich nie mit solchen Dingen befasst. Wozu auch, sie war jetzt erstmals über den Erdorbit hinausgekommen. Aber es erschien ihr logisch, dass viele kleine Dinge anpassungsfähig sein mussten, angefangen von der Raumtemperatur bis hin zur Zusammensetzung des Duschwassers.

Eine der Röhren flackerte plötzlich, als würden Lichtbündel durch eine trübe Masse hindurchgejagt. In unregelmäßigen Abständen weitete sich die Helligkeit aus, hatte Bestand, bis der nächste Impuls eintraf, und jagte dann als sternförmiges Funkeln weiter. In einiger Distanz verschwand die Röhre im Boden.

Shim Caratech konnte nicht widerstehen. Sie folgte dem Leuchten bis zu einem Durchlass im Boden. Von hier aus konnte sie in die darunter liegende Etage blicken. Der Raum war, wenigstens so weit sie es überblicken konnte, angefüllt mit verschieden geformten Tanks. Dort unten arbeiteten größere Maschinen, ihr durchdringendes Summen verursachte körperliches Unbehagen.

Rund um die Röhre verliefen Halterungen, an denen Shim leicht hätte hinabklettern können. Sie beäugte sie unschlüssig, dann entschied sie sich dagegen. Es wurde Zeit, dass sie in ihr Zimmer zurückging. Falls Fran sie vermisste, würde es wieder Ärger geben.

Im Umdrehen bemerkte Shim die monströse düstere Gestalt, die ihr auflauerte. Ihr Aufschrei erstickte aber schon im nächsten Moment. Jemand hatte hier eine Leiche versteckt, vielleicht, um einen Mord zu vertuschen.

Der oder die Tote lehnte aufrecht zwischen mannsdicken Leitungen. Zu sehen war der Leichnam lediglich aus Shims momentanem Blickwinkel oder aus noch größerer Nähe.

Shimmi biss sich auf die Unterlippe. Trotz des flauen Gefühls im Magen ging sie näher heran. Sie sah graue, rissige Schuppenhaut und dachte an das Eidechsenwesen am Empfang. Aber die sterblichen Überreste hier waren kleiner, von flammend roten Hautfetzen ganz zu schweigen.

Der Mörder hatte dem Toten den Schädel abgetrennt. Die ausgefranste Leiche begann erst am vorderen Beinansatz und sogar von den Gliedmaßen waren nur Stümpfe vorhanden.

Im nächsten Moment platzte Shim Caratech prustend heraus. Ihr Schreck löste sich in der Erkenntnis, dass Balance B wohl noch sehr viele Überraschungen bereithielt.

Was vor ihr von der Decke baumelte, war nichts anderes als trockene, abgestoßene Schuppenhaut, in mehreren Lagen gebündelt, sodass sie wie ein kompletter Körper aussah. Shimmi wusste, dass sich irdische Eidechsen mehrfach häuteten, wenn sie auch ihr Schuppenkleid eher in Fetzen abschabten. Hier hatte sich jemand die Mühe gemacht, alle Häute zu sammeln. Vielleicht dokumentierten diese Wesen auf solche Weise ihr Lebensalter. Mantagir faszinierte sie zunehmend, diese Stadt war eben nicht nur Mord und Totschlag, sondern unglaublich vielfältig.

Trotzdem hatte Shimmi es plötzlich eilig, den Versorgungstrakt zu verlassen. Ihre Spuren waren stellenweise gut zu erkennen, aber das ließ sich nicht mehr ändern. Sie dachte an Perry Rhodan und Reginald Bull. Sie hatte einmal Fotos von den Sohlenabdrücken der beiden im Mondstaub gesehen. Sonderlich anders, fand Shim Caratech, sahen die Abdrücke ihrer Ledersandalen im Staub auch nicht aus.

Die vermeintliche Tür war von dieser Seite ein graues, durchsichtiges Flimmern. Shimmi zuckte erschrocken zurück. Quart Homphé stand nur wenige Meter entfernt und wischte sich die schweißnassen Hände an der Hüfte ab. Dann verschwand er im Lift.

»Der haut ab!«, murmelte Shim. »Wer hätte das von dem Dicken gedacht?«

Ihre Umhängetasche hatte sie dabei. Darin waren nicht nur das Y-Bakami, das sie seit der Zeitversetzung nicht mehr angefasst hatte, ihr Haarspray und alle anderen Utensilien, sie hatte auch den Creditchip und die kleine Waffe darin verstaut. In einem Seitenfach lag außerdem zusammengerollt Schikagos Leine.

Shim hakte die Leine in Schikagos Halsband ein. Die Liftkabine war noch nicht wieder oben. Flüchtig spielte sie mit dem Gedanken, das Trivispiel zu aktivieren. Im schlimmsten Fall hatten sich ihre Spielfiguren mittlerweile verselbständigt und die komplette Szenerie geschmissen. Sie würde Mühe haben, alles wieder hinzubiegen. Und sie würde hart durchgreifen müssen. Sie war für die Spielcharaktere … ja, was eigentlich? Programmiererin, Mutter, oder gar ein gottähnliches Wesen, das sie nicht wahrnehmen konnten, dessen Handlungen sie aber sehr deutlich zu spüren bekamen? Wieder einmal fragte Shim sich, ob die Menschen ebenfalls nur solche Spielfiguren waren. Eigentlich eine aberwitzige Vorstellung – die sich aber umso hartnäckiger festsetzte, je länger sie Y-Bakami spielte. Vielleicht war es gut, einige Tage lang alles sich selbst zu überlassen.

Shim Caratech reagierte erleichtert, als der Antigrav-Lift wieder zur Verfügung stand. Gleich darauf erreichte sie die Lobby. Schikago hatte sie vorsichtshalber wieder auf den Arm genommen.

Es herrschte einiger Betrieb in der weitläufigen Halle, deutlich mehr jedenfalls als am Vormittag. Eine Gruppe neuer Gäste war eingetroffen, ameisenartige Intelligenzen, hinter denen sich großes Gepäck stapelte. Shim streifte die schweren, eingeschnürten Leiber mit einem forschenden Blick. Die Kopffühler dieser Wesen befanden sich in pendelnder Bewegung und ihre kräftigen Kieferzangen schlugen immer wieder krachend zusammen. Sie scheuchten die Lastenroboter, die sich des Gepäcks annehmen wollten, mit wütenden Gesten zur Seite.

Von der Bar im Hintergrund erklang glucksendes Gelächter. Shim sah zwei Echsen, die eine grell gefärbte Halskrause aufstellten und deren Schädel dabei ruckartig nach vorne zuckten. Bei ihnen saßen einige der Fliegenwesen, aber nicht ein einziger Humanoide war zu sehen.

Shim Caratech hatte das Gefühl, dass sich die Blicke aller an ihrem Rücken festfraßen, als sie in Richtung Ausgang ging.

Sie wandte sich nicht mehr um. Quart Homphé war nirgends zu sehen; er musste das Hotel zügig verlassen haben.

»Ich wünsche dir einen schönen und ereignisreichen Tag in Mantagir!« Das Zischen erschreckte sie. Unmittelbar neben ihr ruckte ein Eidechsenschädel in die Höhe, die runden Pupillen starrten sie unbewegt an. Die graue Schuppenhaut ließ das Wesen beinahe mit den aufgeschichteten Steinen und den wenigen blühenden Pflanzen verschmelzen, die den Raum in einen Zugangs- und einen Ruhebereich teilten. Das war dieselbe Haut, die Shim oben zwischen den Rohrleitungen gefunden hatte.

»Kann ich dir weiterhelfen? Ich tue es gern.«

»Danke«, wehrte Shim Caratech ab, »das ist nicht nötig. Ich bin nicht zum ersten Mal in Mantagir.«

Warum sie das gesagt hatte, wusste sie selbst nicht. Vielleicht, um ihre Herkunft zu verschleiern. Tief atmete sie ein, als sie dann vor dem Hotel stand. Es war nicht so warm, wie der wolkenlose Himmel erwarten ließ, ein frischer Wind wehte sogar durch die Straßenschluchten und trieb undefinierbares Pflanzenmaterial vor sich her.

In der Luft hingen einige Dutzend Gleiter; zwei offenbar robotische Fahrzeuge krochen aufreizend langsam über den Boden, hinter sich einen glitzernden, rasch trocknenden Film zurücklassend. Reinigungs- und Desinfektionsfahrzeuge, vermutete Shim. Ebenso wie die halb kugeligen Gebilde, die sich mit acht Greifarmen an der Unterseite der Schwebebrücken und Laufbänder festkrallten.

Shim entdeckte Quart Homphé in einiger Entfernung. Seine große, unförmige Gestalt, vor allem aber der gelbgrüne Pullover ließen ihn nicht so leicht in der Menge untergehen. Er stand auf einem Transportband.

Shim interessierte sich brennend dafür, wohin der Dicke wollte. Im Liner hatte er sich als ein Nervenbündel entpuppt, das besser daran getan hätte, Terra nie zu verlassen – und jetzt eilte er zielstrebig durch eine fremde Umgebung, als hätte er nie etwas anderes getan. *Er kann gar nicht anders,* erkannte Shim. *Er kommt niemals gegen das Laufband an, die Anstrengung würde ihn umbringen.*

Am Ende der Straße wechselte Homphé auf eine Querverbindung, und in dem Moment verstand Shim Caratech, wo sein Ziel lag. Während des Anflugs hatte sie die in einem Pulk beieinander hängenden Flugkapseln gesehen.

Sie holte langsam auf. Homphé wandte sich nur einmal flüchtig um, bemerkte sie aber nicht. Das Band mündete in die unterste Etage eines Knotenpunkts. In rascher Folge dockten Kapseln an und lösten sich nacheinander wieder. Homphé wirkte verloren inmitten der quirligen Menge, die an ihm vorüberflutete. Mit einer Ausdauer, die Shim ihm gar nicht zugetraut hätte, widmete er sich den holografischen Plänen. Die Transportkapseln, stellte Shim fest, zeigten veränderliche Farbmarkierungen, in denselben Grundfarben leuchteten auch die Holos auf. Ein geläufiges und einfaches System, fand Shim. Jeder brauchte sich nur nach der Farbkennung seines Zieles zu richten.

Homphé hatte sich zwei Plattformen weiter nach oben tragen lassen. Er wartete. Transportkapseln ohne Farbmarkierung ignorierte er hartnäckig. Das waren die Transportmittel, die auf individuelle Befehle reagierten. Entweder hatte Quart Homphé das übersehen oder, was Shim als wahrscheinlicher ansah, er wusste zwar, wo er hin wollte, aber er konnte dieses Ziel nicht nennen.

Er will zum Mars-Liner!, erkannte Shim. Vorübergehend spielte sie mit dem Gedanken, Quart Homphé heimlich zu folgen. Sie ließ sich in einem Antigrav-Feld ebenfalls weiter nach oben tragen. Wenn sie einer der freien Kapseln befahl, dem anderen Fahrzeug zu folgen … Noch im Aufsteigen sah sie eine Kapsel anlegen und mehrere Personen aussteigen. Im nächsten Moment wuchtete sich Quart Homphé ins Innere. Zwei löwenmähnige Wesen folgten ihm. Im ersten Moment war Shimmi sicher, Gurrads aus der Großen Magellanschen Wolke vor sich zu haben, aber dann bemerkte sie die aufgequollenen Fischgesichter. In Sekundenschnelle warf sie ihr Vorhaben um. Eine andere Kapsel stand nicht bereit. Sie würde Homphé aus den Augen verlieren. Mit schnellen Sätzen eilte sie vom Lift zum Rand der Plattform. Der Einstieg der Kapsel schloss sich unmittelbar hinter ihr.

Mit geschlossenen Augen kauerte Homphé in seinem Sitz. Die Arme hatte er auf dem Bauch abgestützt, und sein Brustkorb hob und senkte sich unter hastigen Atemzügen. Er hatte Shim noch nicht bemerkt.

Schikago fletschte die Zähne. Sie starrte den Dicken angriffslustig an, ihr Nackenfell sträubte sich, während sie sich zugleich fester auf Shims Schoß stemmte. Gerade noch rechtzeitig hielt Shimmi der Katze das Maul zu; Schikago schüttelte sich, kam aber nicht dagegen an. »Ruhig!«, flüsterte Shim ihr ins Ohr. »Benimm dich!«

Sie beobachtete Homphé. Er schwitzte, und eigentlich tat er ihr Leid. Irgendetwas in seinem Leben musste schief gelaufen sein. Schon, wie er sich kleidete – das war weder exzentrisch, noch konnte es als Individualismus oder Gleichgültigkeit durchgehen. Die Kleidung hatte er bestimmt schon vor einem Jahrzehnt getragen, so wirkte sie jedenfalls. Möglich, dass sie für Homphé mit Erinnerungen verbunden war. Shimmi überlegte, ob sie einen solchen Charakter in ihr Y-Bakami einbauen sollte und dann eine Woche oder zwei warten, ob er sich behauptete.

Die beiden Fischwesen waren bis an den Rand ihrer Sitze gerutscht. Ihre dicklippigen Münder bewegten sich zwar ununterbrochen, aber sie redeten nicht.

Homphé atmete jetzt ruhiger, um seine Mundwinkel zuckte es verhalten. Mit seiner Katzenhaarallergie schien es jedenfalls nicht weither zu sein. Wenn Shim nur an seine Niesanfälle im Liner dachte ... In dem Moment fiel ihr auf, dass er die Augen offen hatte. Er starrte sie an, wie man einen Geist anstarrt. Dann platzte er dröhnend heraus. Und noch einmal. Tränen schossen in seine Augenwinkel. Er nieste, heftiger als zuvor, versuchte, sich die Nase zuzuhalten und schnarchte dabei entsetzlich laut. Die beiden Fischwesen quetschten sich vor Entsetzen in die Polster.

Shim hatte Mühe, ihre Katze festzuhalten. »Hör auf!«, herrschte sie Schikago an. »Lass ihn in Ruhe!«

»Was willst du hier?« Quarts Frage war kaum verständlich.

»Nichts. Reiner Zufall.« Dass sie die Stimme hob, ließ es eher wie eine Frage klingen.

Homphé schüttelte auch prompt den Kopf. »Geh wieder! Ich will allein sein.«

»Vielleicht …« Shim Caratech schluckte, ihre Kehle war plötzlich wie zugeschnürt. »… will ich dir helfen.« Sie war selbst überrascht von dem, was sie da sagte. »Wir stecken alle gemeinsam im Sumpf.«

Homphé starrte die Katze an. Er hatte rot geäderte Augen. Aber das lag weniger an seiner Allergie als vielmehr daran, dass er sie heftig mit beiden Händen rieb. »Ich brauche niemanden. Ich komme allein zurecht. Sag den anderen … ach was, sag ihnen, sie müssen mich nicht mitnehmen, wenn diese Cor'morian sie …«

»Still!«, platzte Shimmi heraus.

Quart Homphé verzog nur das Gesicht. »Die Cor'morian werden sie in die Vergangen …«

»Halt den Mund!«, schrie Shim außer sich. Mit der flachen Hand schlug sie gegen den Translator an ihrer Wange.

Homphé schwieg von da an betroffen. Er hatte begriffen, dass das Translatorplättchen alles übersetzte, was sie sagten. Tatsächlich hatten die beiden anderen Passagiere vorübergehend so etwas wie Aufmerksamkeit erkennen lassen. Aber nun richteten sie ihre Glubschaugen wieder zur Seite.

Sie kannten den Weg. Vor ihnen erhob sich der monströse Hügel, der auch im Licht der noch hoch stehenden Sonne zu leben und an immer neuen Stellen aufzuwallen schien. Momentan war dieser Eindruck sogar intensiver als während der Nacht. Aber sollte es wirklich Lebewesen von diesen Ausmaßen geben? Shim zweifelte daran. Die Schwerkraft hätte einen solchen Organismus zerquetschen müssen.

Ein beachtliches Stück näher ragten die fünf Türme auf. Ihre umlaufenden Plattformen warfen deutliche Schlagschatten.

Quart Homphé schwieg beharrlich seit mindestens zehn Minuten. Geradezu fluchtartig hatte er die Kapsel nach der Landung verlassen und war davongestürmt. *Mit der Eleganz eines Sauriers,* fand Shim.

Endlich wandte er sich um. »Warum läufst du mir nach?«, herrschte er sie an.

»Tue ich das?«

Er stampfte weiter. »Lass mich in Frieden!«

»Ich will dir helfen, Quart. Du gehst zum Mars-Liner?«

»Nein.«

Er beschleunigte seine Schritte und suchte plötzlich sogar das dichteste Gewühl. Shimmi ließ sich zurückfallen. Mehrmals wandte Quart Homphé sich noch suchend um, dann schien er zu glauben, dass er sie losgeworden war.

Sie näherten sich dem mittleren der fünf Trichtertürme. *Wie ein Bienenstock,* dachte Shimmi angesichts hunderter Gleiter am Himmel. Weit im Norden der Stadt startete ein Raumschiff. Eher zufällig sah sie die grellen Flammenspeere in den Himmel steigen; Sekunden später rollte das dumpfe Donnern der Triebwerke heran.

Fast hätte sie sich zu lange ablenken lassen. Sie bemerkte gerade noch, dass Quart Homphé in einem der äußeren Lifte nach oben schwebte und folgte ihm.

Quart ging tatsächlich zum Mars-Liner. Shim huschte an einer Reihe abgestellter Maschinen vorbei und beobachtete. Der Dicke versuchte, durch die Sichtscheiben ins Innere des Busses zu blicken. Sonderlich zufrieden wirkte er danach nicht. Er rüttelte an der hinteren Rundschleuse, drosch mehrmals mit der Faust auf den Umfassungswulst – und verschwand urplötzlich hinter dem Fahrzeug. Minutenlang wartete Shim darauf, dass Homphé wieder auftauchte. Sie wollte ihm gerade hinterher eilen, als er um den vorderen linken Bugausleger bog. Immer wieder schaute er sich um, als fürchte er, beobachtet zu werden. Eine Zeit lang betrachtete er die Pilotenkanzel, eilte zwei Meter vor, dann wieder zurück, stützte sich auf der Bugschürze ab, und Shimmi glaubte schon, er wolle tatsächlich nach oben klettern, aber dann sah er wohl ein, dass er das nicht schaffen würde.

Stimmen wurden laut. Erstaunlich behände eilte Homphé auf die rechte Busseite und verharrte angespannt, bis zwei Gleiter abhoben und im Verkehrs Mantagirs verschwanden. Ausführlich befasste er sich dann mit dem Mechanismus der vorderen Schleuse. Er klatschte die Hand auf die Sensoren, aber nichts geschah. Der Mechanismus reagierte nicht auf seinen Handabdruck.

Für Shim Caratech war klar, dass der Künstler entweder etwas aus dem Bus holen oder sich in den Mars-Liner zurückziehen wollte. Nach der Schleuse hantierte er an den unten liegenden Gepäckfächern. Sogar an der Kühlbox, in der die Leiche der Psychologin lag, versuchte er sich. Die positronische Verriegelung konnte er ohne den zugehörigen Code aber nicht überlisten.

Mitten in der Bewegung hob Quart Homphé den Kopf. Für einen Sekundenbruchteil glaubte Shim, dass er sie anschaute, und zuckte zurück. Erst Augenblicke später wagte sie sich hinter dem Gleiter, den sie als Deckung gewählt hatte, wieder hervor.

Homphé war verschwunden.

Schikago auf den Armen, lief Shim zum Mars-Liner hinüber, umrundete das Heck, hastete auf der anderen Seite nach vorne. Quart Homphé schien sich in Luft aufgelöst zu haben.

Shim Caratech rannte zwischen den Reihen der Gleiter hindurch. Nichts. Irgendwann gab sie auf, sie war schließlich nicht Homphés Kindermädchen. Mit bebenden Fingern fischte sie das Mini-Funkgerät aus der Tasche und schaltete es ein, um Perry Rhodan oder Reginald Bull zu informieren. Letztlich überlegte sie es sich doch anders und ließ das Funkgerät wieder in die Tasche fallen. Unschlüssig stand sie da. Sollte sie ins Hotel zurückkehren oder dem Reiz von Mantagir nachgeben?

Kapitel 16

Bully lehnte im Durchgang zwischen den beiden Zimmern. In der Hand hielt er ein Getränk aus dem Kühlfach. Er nahm einen kräftigen Schluck und wischte sich mit dem Handrücken über die Lippen. »Schmeckt fruchtig und erfrischt. Ich denke, dass das jeder von uns trinken kann.«

Ihnen fehlte die Möglichkeit, fremde Nahrungsmittel zu analysieren. Andererseits stand nicht zu erwarten, dass etwas davon unbekömmlich sein würde.

»Was unternehmen wir, falls sich dieser ominöse Forscher nicht meldet?«, fuhr Bully fort. »Wir wissen nicht einmal, ob Taz schon gelandet ist. Vielleicht hat er nach dem Angriff auf den Turm kalte Füße bekommen.«

»Ich hoffe es nicht«, sagte Rhodan.

Eine zischende, schlecht akzentuierte Stimme erklang. Bully legte den Kopf schräg und lauschte auf den Kommentar, dann nahm er den nächsten Schluck. »Das hört sich nicht so an, als wäre es für uns interessant«, stellte er fest.

»Wen interessieren schon die Nachrichten von gestern?«, fragte Perry Rhodan.

»Uns.« Bully verließ seinen Platz unter dem Türrahmen und setzte sich auf Rhodans Bett. Den inzwischen leeren Getränkebehälter warf er zielsicher in den Müllschlucker.

Auf der Bildwand liefen nacheinander die Nachrichtensender ab. Da waren Szenen einer großen Stadt, zweifellos Mantagir, aber nicht einmal ein Hinweis auf den zerstörten Ordensturm wurde gegeben. Ein anderer Sender zeigte Aufnahmen aus einer riesigen Raumschiffswerft. Wie es den Anschein hatte, war ein ganzer Planet nur für die Produktion ausgebaut. »Kugelraumer«, brachte Reginald Bull beinahe ehrfürchtig hervor. Aber gleich darauf stellte sich heraus, dass die massige Kugel nur Teil eines Raumschiffs war. Ein Schwerer Sternenkreuzer des Empires von Nodro, ausgestattet mit den besten Entwicklungen eines Lineartriebwerks und einer maximalen Überlichtgeschwindigkeit von einer Million.

Bully klopfte auf den Translator, dann bohrte er kurz mit dem kleinen Finger im Ohr. »Entweder mein Gehör lässt nach, oder das Gerät übersetzt falsch«, stellte er mürrisch fest.

»Eine Million Licht«, sagte Perry Rhodan. »Das habe ich auch gehört.«

»Na dann viel Vergnügen.« Bully nickte verbissen vor sich hin. »In was für einer Zeit sind wir gelandet? Was die hier fliegen, ist Schneckentempo.«

»Du willst eine ausführliche technische Funktionsbeschreibung?«

Abwehrend streckte Reginald Bull die Hand aus. »Verschone mich momentan damit. Ich denke nur nicht daran, mit so einer lahmen Ente durch den Weltraum zu gurken.«

Perry Rhodans Antwort blieb unausgesprochen. Ein Nachrichtenüberblick folgte. Die Bildsequenz zeigte den Ordensturm der Wissenschaftler von Cor'morian zu einem Zeitpunkt, als die Hälfte des Gebäudes schon in Schutt und Asche lag.

»Ein tragischer Unfall ereignete sich gestern am frühen Abend. Aus bislang ungeklärter Ursache stürzte der bedeutende Ordensturm am Rand von Mantagir bis auf die Grundmauern ein. Erste Verlautbarungen scheinen darauf hinzudeuten, dass fünfdimensionale Experimente der Wissenschaftler von Cor'morian die Katastrophe verschuldet haben. Das sofortige Eingreifen Schwerer Kampfjäger des Empires von Nodro blieb vergeblich.«

»He«, entfuhr es Bully. »Die haben nicht eingegriffen, die haben angegriffen.«

»Siehst du was davon?«

Die Bilder zeigten Dutzende der rochenförmigen Jäger, die das hohe Bauwerk umflogen. Einige Maschinen versuchten, mit Traktorstrahlen wankende Mauersegmente abzustützen.

Es gelang ihnen nur mehr schlecht als recht. Von Energieschüssen war nichts zu sehen.

Augenblicke später sackte der Rest des Turms in sich zusammen. Eine gigantische Wand aus Dreck und Schutt wirbelte auf und wälzte sich wie eine alles verschlingende Lawine den dichter besiedelten Stadtbereichen entgegen.

»Irgendwo da drin stecken wir mit dem Mars-Liner.« Sekundenlang befürchtete Bully, den Schwebebus zu sehen, doch dann wechselte das Bild erneut.

»Perfekter Schnitt«, sagte Perry Rhodan. »Die das produziert haben, wussten von Anfang an, was geschehen würde.«

»Und die Bevölkerung glaubt die Lügen oder will sie zumindest glauben.«

»... ohne das Eingreifen der Kampfjäger wären die Folgen für Mantagir unabsehbar gewesen. Wir sind der Kampfbasis des Empires zu Dank verpflichtet. Es gab Stimmen, die sich anfangs dagegen ausgesprochen haben, dass das Empire von Nodro als einziger Staat eine Basis auf Balance B unterhält, Stimmen, die ihren Zweck, den Schutz des Gesandtschaftspersonals, als Farce bezeichneten – diese Stimmen werden nun verstummt sein.«

»Wahrscheinlich haben die Tambu protestiert«, sagte Bully schwer. »Das ist auch eine Art, Widersacher mundtot zu machen. Wenn ich das richtig interpretiere, sind die Nodronen so etwas wie eine galaktische Großmacht, die tun und lassen kann, was sie will. Sie biegen sich ihre eigene Wahrheit zurecht und akzeptieren zum Schein ein gewisses Miteinander.«

Die schnellen Schnitte hielten an. Die Optik war allem Anschein nach im Innern eines Jäger positioniert. Markante Punkte von Mantagir glitten vorbei, gleich darauf kam die Kampfbasis der Nodronen in Sicht. Etliche Jäger landeten. Die Szene wurde aufgebauscht.

»Axx Cokroide, der offizielle Botschafter des Zwillingsgötzen, der seit Tagen auf Balance B weilt, gab seiner Erschütterung über das Geschehen Ausdruck. Axx Cokroide spricht von einem Tag der Trauer, an dem viele Wissenschaftler als höchste moralische Instanz des Großen Vorhabens abberufen wurden. Er drückt dem Volk der Cor'morian sein Mitgefühl und sein Bedauern aus.«

»Das ist also der Oberlügner«, zischte Reginald Bull. Er wartete jedoch vergeblich darauf, dass der Nodrone ins Bild kam.

Stattdessen wurde zu einem neuen Thema übergeleitet. Bilder des Planeten wechselten einander ab, Impressionen aus Städten, von denen aber keine Mantagir auch nur annähernd nahe kam, daneben weitläufige Felder, Ernteroboter und abgeschliffene Ringgebirge. Die gesamte Nordhalbkugel dieser Welt war zivilen Zwecken vorbehalten.

»Ich sehe keinen eindeutigen Beweis, dass es sich wirklich um unseren Mars handelt«, stellte Perry Rhodan fest.

Erneut kamen Nodronenjäger in Sicht.

»... stehen sie auch bereit, Balance B Schutz zu gewähren. Ihre Kräfte werden in absehbarer Zeit noch aufgestockt, um zu gewährleisten, dass Balance B als eine von zwei Steuerzentralen seine Funktion minutiös übernehmen kann. Die letzten Feinarbeiten auf der Südhalbkugel sowie im Planeteninnern werden in diesen Monaten ausgeführt. Eine große und bedeutende Leistung steht damit vor der Vollendung. Der Beginn der ewigen Reise ist in greifbare Nähe gerückt!«

Belanglose Texte folgten. Auch die gezeigten Bilder waren eher langweilig.

Reginald Bull stand inzwischen vor dem Fenster. Gedankenverloren blickte er über die Stadt hinweg. »Neue Fragen, aber keine Antworten«, sagte er seufzend. »Balance B als Steuerzentrale. Von was?«

»Ich bin sicher, wir erfahren das«, antwortete Perry Rhodan.

»Und eine ewige Reise?«

»Vielleicht soll der Planet aus dem Sonnensystem herausgelöst werden.«

Bullys Armband meldete sich mit leisem Signalton. »Das ist Fran«, vermutete er, während er die Wiedergabe aktivierte. Sekundenbruchteile später stand die TLD-Agentin als wenige Zentimeter großes Hologramm auf seinem Handrücken.

»Shimmi ist verschwunden«, eröffnete sie. Reginald Bull machte offenbar ein wenig geistreiches Gesicht, denn sofort fügte Fran Imith hinzu: »Sie hat ihre Katze dabei und das Hotel verlassen. Das habe ich eben vom Portier erfahren.«

»Wie kommt sie dazu, allein ...«

»Keine Ahnung. Aber sie scheint es ziemlich eilig gehabt zu haben. Jedenfalls liegt ihre Haarspange noch auf dem Bett, und bislang habe ich sie nie ohne das Ding gesehen.«

»Hast du versucht, sie über Funk zu erreichen?«

»Ich bekomme keine Verbindung. Entweder hat sie das Funkgerät nicht aktiviert oder es gibt eine Reichweitenbegrenzung.«

»Was sonst noch?«, wollte Bully wissen. »Ich hasse solche Tage, an denen junge Frauen und Katzen verschwinden.«

»Und Künstler«, fügte Fran Imith lapidar hinzu.

»Willst du behaupten, dass Quart Homphé ebenfalls in diesem Moloch unterwegs ist?« Reginald Bull lachte hell. »Tut mir Leid, Fran, aber das nehme ich nicht einmal einer TLD-Agentin ab. Quartodezimus wird vor Angst schlotternd unter seinem Bett liegen. Hast du da schon nachgeschaut?«

»Quartodezimus, mein Lieber, hat vor Shimmi das Gebäude verlassen. Das steht fest. Sie muss ihm gefolgt sein.«

Perry Rhodan war es, der fragte: »Was kann ein Künstler in einer Stadt wie dieser suchen?

Sie war noch da und beobachtete ihn. Shim Caratech war nicht weniger aufdringlich als ihre gräßliche Katze.

Quart Homphés Herz hämmerte bis zum Hals. Zeitweise hatte er das entsetzliche Gefühl, keine Luft mehr zu bekommen, aber irgendwie schaffte er es doch, sich auf den Beinen zu halten. Er quälte sich mit der Suche nach Gründen. Vielleicht war die gescheiterte Beziehung an allem schuld. Auf dem Mars hatte er Abstand gewinnen und zu sich selbst finden wollen. Einfach nur da sitzen und die Stille und endlose Leere genießen. Und er hatte gehofft, endlich unsterblich zu werden. Mit einem monumentalen Kunstwerk, wie es keiner vor ihm in Angriff genommen hatte. Vor Jahren hatte er sogar schon in Erwägung gezogen, die schwebende Solare

Residenz mit Glitzerfolie zu verpacken. Ein verlockender Gedanke war das. Aber den Mount Olympus in ein Gesicht zu verwandeln …

Schnaufend rang er nach Luft. Vor seinen Augen tobten grellbunte Reflexe, er spürte die Halsschlagadern hüpfen. Wenn er jetzt zusammenbrach, war es aus, zu spät für jede medizinische Hilfe. Woher hätte sie auch kommen sollen? *Vielleicht gar kein schlechtes Ende,* dachte er. Umfallen und weg, einfach entschweben, das wünschte er sich. Er schwitzte und spürte, wie ihm die Nässe den Rücken hinab rann. Sein Blutdruck spielte wieder verrückt, jagte von einem exorbitanten Wert zum nächsten. Und die Tabletten lagen im Bus, weil er sie in der Hektik vergessen hatte. Außerdem hatte er gehofft, sich innen ausruhen und Abstand gewinnen zu können. Allein im Bus … ein sonderbares Gefühl, die quälende Furcht vor dieser Welt hier draußen zu besiegen, nicht im Hotel und in der Nähe der anderen. Er hatte es versucht, hatte den Mut aufgebracht, es den anderen zu zeigen. Auch ohne die Waffe, die sie ihm verweigert hatten.

Ich brauche euch nicht, keinen von euch. Und ich kann doch nichts dafür, dass ich noch am Leben bin und die anderen sterben mussten. Ich habe das nicht gewollt, das alles nicht … Mit der Faust schlug Quart Homphé auf die Gepäckfächer, die sich ebenso wenig öffnen ließen wie alle anderen Verriegelungen. In dem Moment sah er Shim Caratech wieder. Sie glaubte wohl, dass er sie nicht bemerkt hatte.

Quart Homphé entwickelte eine Geschmeidigkeit, die er sich selbst nicht zugetraut hätte. Hinter dem Bus rannte er los. Er stieß gegen abgestellte Gleiter, taumelte weiter. Bunte Zackenmuster tanzten vor seinen Augen. Vergeblich versuchte er, die Brille auf die Nase zu bekommen. Er stolperte, stürzte und schürfte sich den Arm auf. Klebrig warm tropfte Blut über seine Finger. Der Anblick tat ihm nicht gut, er spürte die Übelkeit aufwogen. Wimmernd krümmte er sich zusammen, und dann war da nur noch ein Summen in seinem Schädel.

Das Zirpen machte ihn verrückt. Er konnte es nicht ignorieren, es fraß sich in seine Gedanken. Da war jemand dicht vor ihm. Ein beißender Geruch stach ihm unangenehm in die Nase. Röchelnd atmete er durch den Mund.

Er lag auf der Seite, auf einer viel zu harten Unterlage, und seine Lider waren hoffnungslos verklebt. Er schaffte es nicht, die Augen zu öffnen. Erst als ihm jemand mit einem kühlen Tuch die Stirn und die Augenwinkel abwischte …

Jemand? Der Gedanke entsetzte ihn.

… schaffte er es wenigstens, einen Teil seiner Umgebung wie durch dichten Nebel hindurch wahrzunehmen.

Da war nichts, was ihm bekannt vorgekommen wäre. Sonderbar geformte Möbel oder Maschinen im Hintergrund, dazu ein flackernder Holoschirm. Und unmittelbar vor ihm dürre Beine, eine Vielzahl von Beinen sogar.

Quart Homphé fuhr abrupt in die Höhe. Das Zirpen hörte auf, dafür redete eine heisere Stimme auf ihn ein. Aus dem Nebel schälten sich die Konturen einer seltsamen Gestalt heraus. Sie war kugelförmig und hatte rissige braune Borkenhaut, allerdings keinen Kopf, sondern einen umlaufenden Haarkranz, aus dem langstielige Augen hervorpendelten. Alle dürren Beine gehörten zu diesem einen Geschöpf. Es trug einen knallgelben, löchrigen Überwurf.

Homphé lachte schrill. Er weigerte sich, aus diesem Albtraum aufzuwachen.

Das Zirpen begann erneut. Das Kugelgeschöpf führte ein blinkendes spindelförmiges Ding über seinen Körper hinweg. Jetzt verharrte es über seinem Brustkorb und berührte die Haut.

Solche Träume behagten Homphé überhaupt nicht. Mit einem Aufschrei schlug er die Tentakelarme beiseite. Sein Oberkörper war nackt, das bemerkte er erst jetzt; er lag da wie ein Anschauungsobjekt auf dem Seziertisch. »Nein, das nicht!« Er schwang sich von der niedrigen Liege.

Das Kugelwesen war nur halb so groß wie er. Hastig redete es auf ihn ein, aber Quart Homphé achtete nicht darauf.

»Wo ist mein Pullover?« Der Kleine hatte Angst vor ihm; das spürte er, und das tat gut. Jäh breitete er die Arme aus und hinderte sein Gegenüber daran, an ihm vorbeizulaufen. »Ich bin Homphé, hörst du – Quart Homphé. Glaube ja nicht, dass ich mir das gefallen lasse, ich …« Das Kugelwesen redete ununterbrochen, viel zu schnell, als dass Quart es verstanden hätte. »Ruhe!«, brüllte er. »Hör auf!«

Breitbeinig stand er da, schnaufend, und versuchte, sich zu erinnern. Sein aufgeschürfter Arm, das Blut … jetzt deckte ein Sprühverband die Wunde ab. »Was ist das hier?«, fragte er, immer noch schwer atmend und massierte seine Nasenwurzel. »Eine Klinik?«

»Eine einfache Krankenstation.« Endlich verstand er die Kugel, nur verzog er unwillig das Gesicht, als sich ihm gleich drei Augen entgegenreckten. »Wir sind nicht auf die Behandlung von Nodronen vorbereitet.«

»Nodronen?«, ächzte Quart. »Bleib mir mit denen vom Leib!« Im nächsten Moment wurde er schon wieder lauter: »Ich will meinen Pullover zurück. Wenn nicht … ich zeige dir, was es heißt, sich mit mir anzulegen.«

Es tat gut, selbst einmal stark zu sein. Solche Empfindungen lagen lange zurück, in der Zeit vor seinem Ehevertrag mit Sarra. Aber später war seine Krankheit ausgebrochen und Sarra hatte ihn verlassen.

»Wir informieren die nodronische Botschaft …«

»Was soll der Unsinn?«, begehrte Homphé auf. »Keine Nodronen!« Mit der flachen Hand schlug er zu. Viel zu zittrig, und irgendwie erwischte er nicht das Kugelgeschöpf, sondern eine Reihe von Instrumenten, die klirrend durcheinanderwirbelten. Einiges zerbrach am Boden. Das hätte er schon längst tun sollen. Er blähte die Wangen auf und stieß die Luft schnaubend wieder aus. Es war schwer, die eigenen Gefühle zu kontrollieren, wahrscheinlich sogar unmöglich. Sie quälten ihn, fraßen ihn auf, und nur wenn er an einem seiner Kunstwerke arbeitete, ließen sie ihn in Ruhe. Das fehlte ihm und machte ihn zum Nervenbündel. Er wusste es, aber er konnte nichts dagegen tun.

»Ich bin Künstler«, sagte er versöhnlich. »Verstehst du?« Ein zweites Kugelgeschöpf brachte seinen Pullover. »Das ist eine verrückte Welt, in der ihr lebt, oder?« Quart Homphé verhedderte sich in den weiten Ärmeln. »Kunst«, begann er von neuem. »Kennt ihr Kunstwerke? Wunderbare Skulpturen, die jeden Körper zum Sinnbild erheben; Gemälde, die den Sonnenschein ausatmen und den Duft von Blumen verströmen ...« Ihre Stielaugen glotzten ihn an, Quart verstummte mit einem ärgerlichen Laut. »Ihr kennt das nicht. Ohne Kunst seid ihr arm dran – kapiert ihr das wenigstens?« Ihr Schweigen hatte etwas Endgültiges, und schon wuchs seine Unsicherheit von neuem. Mit bebenden Fingern stopfte Quart den Pullover in den Hosenbund.

»Bist du wirklich gesund?«

Zum ersten Mal verstand er die Worte der fremden Sprache klar und deutlich. Die Frage ging wie ein Stich durch seine Rippen. Schweigend hängte er sich die Brille um den Hals. Ein suchender Blick, auf der Liege war nichts zurückgeblieben. Er wühlte in den Hosentaschen, alles war noch da, sogar der Creditchip.

»Meine Krankheiten gehen euch nichts an!«, brauste er auf. »Bringt mich ...« Er biss sich auf die Zunge, weil ihn die Erinnerung mit sich riss. Er war zusammengebrochen, wusste nicht einmal, wie er hierher gekommen war, geschweige denn, wo er sich befand. »Ich will zum Gleiterdeck zurück.«

»Das ist nicht weit.«

»Dann bringt mich hin.«

»Du bist noch nicht lange in Mantagir?«

»Ja, ja, was soll das ...? Ich ...«

»Axx Cokroide hat die Anweisung erteilt, alle Nodronen ...«

»Das interessiert mich nicht.«

»Axx Cokroide ...«

»Wer zum Teufel ist dieser Kerl?« Mit beiden Händen fuhr sich Homphé unter den Kragen. Er schwitzte schon wieder.

Die Stielaugen der Kugelgeschöpfe erstarrten in der Bewegung. Ihr Blick wurde ihm unheimlich. Wenn er jetzt nicht verschwand, würde ihn die Unsicherheit auffressen; er spürte schon, dass seine Beine schwer wurden. Bald würden sie wie

Blei sein, und dann hatte er sich nicht mehr unter Kontrolle. Er stapfte auf die einzige Tür zu, die er in seiner Nähe entdecken konnte.

»Du bist kein Nodrone?« Die Frage verfolgte ihn, als er den Untersuchungsraum verließ. Er stürmte weiter, kümmerte sich nicht darum, wohin. Einfach nur weg. Fort von hier. Das Gefühl, einen unverzeihlichen Fehler begangen zu haben, saß ihm im Nacken und wurde immer schwerer. Fremde Gesichter begegneten ihm. Er achtete nicht darauf, nahm sie alle nur wie wächserne Masken wahr.

Ein Fehler ... Er machte nur noch Fehler, seit Jahren schon. Der Erfolg verbrannte jedes Mal wie ein Strohfeuer, und danach stürzte er wieder in die bodenlose Leere, die er so sehr hasste. Weil sie ihn zwang, besser zu werden, noch mehr aus sich herauszuholen, bis die Erschöpfung ihn wieder einholte. Ein entsetzlicher Kreislauf war das, und jeder Versuch auszubrechen, machte alles nur noch schlimmer.

Fremde Hände griffen nach ihm ... Klauen ... Tentakel ... Er stieß sie alle zur Seite. Spätestens jetzt würden die Nodronen erfahren, dass Menschen auf ihrer Welt angekommen waren. Er hatte sie verraten.

Entsetzt hielt er inne. Er befand sich in einer kuppelförmigen runden Halle und hatte keine Ahnung, von wo er gekommen war. Es gab viele Ausgänge und in den Wänden ovale Öffnungen. Ein babylonisches Stimmengewirr prasselte auf ihn herab. Die Übersetzungen, die der Translator lieferte, überschlugen sich. Er drehte sich einmal um sich selbst, wurde von der vorbeiströmenden Meute mitgerissen. Schnäbel, Echsengesichter, Spinnenvisagen – das alles vermischte sich für ihn zu einem nicht mehr zu entwirrenden Knäuel. Vor ihm wuchs eine der ovalen Öffnungen auf, er wurde hindurchgestoßen, kam nicht gegen den Sog an, der ihn mitriss.

Ein runder, nicht allzu hoher Raum nahm ihn auf. Er war eingekeilt zwischen anderen und schloss ergeben die Augen. Selbst durch die Lider hindurch nahm er den flackernden Wechsel zwischen Licht und Schatten wahr.

Das Gefühl zu schweben wurde übermächtig. Er blinzelte,

sah hohe Bauten vorbeiziehen. Er flog über Mantagir, aber schon Augenblicke später sank die Scheibe wieder. Er wurde abermals mitgerissen, bis sich die Menge verlor.

Zwei seltsame Wesen blickte ihn aus funkelnden Augen an. Raubsaurier. Ihre langen, spitz zulaufenden Schädel saßen auf biegsamen und noch längeren Hälsen. Kräftige Hinterbeine, dazu kurze Arme – Quart machte kehrt und hetzte davon.

Die beiden folgten ihm, er sah ihre Schatten aus den Augenwinkeln. Er stieß gegen einen Gleiter, taumelte in eine andere Richtung, bis er sich endlich erschöpft zwischen zwei Fahrzeugen zu Boden sinken ließ.

Wie lange er da gekauert hatte, vermochte er später nicht zu sagen, als ihm endlich auffiel, dass er unbehelligt geblieben war. Zögernd blickte er um sich. Fünf Türme standen nahe beieinander, von seiner Position aus konnte er nur zwei sehen. Er ging weiter und entdeckte schließlich noch zwei gleiche Bauwerke. Sie waren unterschiedlich hoch, aber der Blickwinkel und die Gebäude, die er dahinter aufragen sah, irritierten ihn. Da war der seltsame Hügelkomplex, aber die Ausdehnung der Anlage macht ihm plötzlich Angst. Vielleicht befand er sich auf der entgegengesetzten Seite.

Ihm blieb keine andere Wahl, er musste selbst herausfinden, ob er sich verlaufen hatte. Sein Ärger auf Rhodan, Fran Imith und die anderen war verflogen und neuen Ängsten gewichen. Er hätte sich nie verleiten lassen dürfen, das Hotel zu verlassen.

Irgendwie schaffte es es, mit einem Antigrav-Lift das Bauwerk zu verlassen. Fünf Landetürme erhoben sich vor ihm auf einem großen Areal. Wenn er an ihnen aufschaute, fürchtete er, dass sie ihn im nächsten Moment erschlagen würden. Immerhin kam ihm die Anordnung der Türme bekannt vor und er war sich ziemlich sicher, in welchem davon der Mars-Liner stand. Auch wenn es ihm wieder nicht gelingen würde, das Fahrzeug zu betreten, er brauchte jetzt etwas Vertrautes, an dem er sich aufrichten konnte.

Irgendwann stand Quart Homphé auf der richtigen Plattform, und es war ein schönes Gefühl, das Ziel erreicht zu haben. Bis zu dem Moment, in dem er vor dem Mars-Liner hätte stehen müssen.

Der Bus war verschwunden!

Er hatte sich in der Richtung geirrt. Homphé ging weiter. Vieles auf der Plattform erschien ihm bekannt, anderes wirkte bedrückend fremd. An den Fahrzeugen konnte er sich nicht orientieren, ebenso wenig am Stand der Sonne.

Übelkeit stieg in ihm auf.

Zurück. Der Platz, an dem der Mars-Liner-01 hätte stehen sollen, war immer noch leer. Quart schritt ihn ab. Das war der Platz. Von hier aus hatte er Shim gesehen, dort drüben neben dem Stützpfeiler hatte sie gestanden ... Das änderte nichts daran, dass der Bus fort war.

Quart Homphé taumelte. Ein schrecklicher Verdacht quälte ihn. Die anderen hatten den Weg zurück in ihre Zeit gefunden und waren abgeflogen – ihn hatten sie seinem Schicksal überlassen.

»Warum?«, keuchte er. »Warum lasst ihr mich in dieser Zeit verrecken?«

Sein Herzschlag setzte aus, begann von neuem, stolperte wieder. Er musste Gewissheit haben, so schrecklich sie sein mochte. Seine Hand glitt in die Hosentasche, fand das Funkgerät. Mit zitternden Fingern schaltete er es ein.

»Hilfe!«, stieß er hervor. »Hört mich wer? Dann holt mich hier ab! Ich sterbe ...«

Mantagir war in der Tat eine faszinierende neue Erfahrung, eine Metropole, die Shim Caratech zunehmend tiefer in ihren Bann zog. Sie spürte das pulsierende Leben, diese unglaubliche Vielfalt, die mit ihrer eigenen Welt so wenig gemeinsam hatte.

Seit sie die Plattform verlassen hatte, dachte sie nur noch hin und wieder an den dicken Künstler. Er war so schnell verschwunden, dass sie annahm, er hätte sich versteckt, um sie endlich loszuwerden. Aber das war dann sein Problem; sie hatte jedenfalls versuchen wollen, ihm die Hand zu reichen. »Wir müssen zusammenhalten«, klang Perry Rhodans Aufforderung in ihr nach. »Sonst sind wir in dieser Zeit verloren.«

Shim hatte sich zu einer der kühn geschwungenen Fußgängerbrücken hinauftragen lassen und die Aussicht dort oben genossen. Sie bereute, dass sie mit ihrer Haarspange nicht auch Filmsequenzen festhalten konnte. Diese Stadt hätte sie nach ihrer Heimkehr gern allen gezeigt, denn Worte allein reichten niemals aus, alles das zu beschreiben, was sie erblickte und fühlte. Mit jedem Atemzug sog sie ein Stück von Mantagir in sich auf.

Vorbeihuschende Gleiter funkelten wie Juwelen im schräg einfallenden Sonnenlicht. Und zum ersten Mal sah Shim auch geflügelte Geschöpfe, die wie Schmetterlinge flatternd zwischen den oberen Etagen umhertollten. *Sie spielen,* erkannte Shim. Mantagir hätte friedlich und schön sein können, wäre da nicht die erschreckende Erinnerung an den Ordensturm der Wissenschaftler von Cor'morian gewesen.

Sie ließ sich von einem schnell laufenden Band entlang des gewaltigen Hügelbauwerks tragen. Unterhalb lagen die Katakomben, von denen Bully und Wilburn erzählt hatten. Shim interessierte dieser Bereich nicht, er erschien ihr laut und beklemmend. Auf der Oberfläche fühlte sie sich freier.

Ein Schwebelift brachte sie wieder nach unten. Nicht mehr weit vor ihr erhoben sich die Ausläufer des Hügels. Hier unten, auf Straßenniveau, war alles wieder aufdringlicher, greller, lauter. Tausende strömten auf den Hügelbau zu, folgten den unvermittelt aufflammenden Holos, die Attraktionen anpriesen. Vor allem Wettkämpfe beherrschten das Bild. Gerüstete Gladiatoren, bei deren bizarrem Anblick Shim den Kopf schüttelte, daneben langbeinige Arachnoiden, im Ringkampf ein unglaubliches Durcheinander ineinander verflochtener Gliedmaßen.

Eine Darstellung zeigte Menschen. Bärtige Gesichter, zermürbte Harnische aus dunklem Material, vielleicht Leder. Als sie aufeinander einschlugen, floss erstmals Blut. Shim wandte sich ab. Die Nodronen waren der Schatten, der auf dem Paradies Mantagir lastete.

Vor ihr wuchs der Hügelbau auf. Weit musste sie den Kopf in den Nacken legen, um die obere Begrenzung zu überblicken.

Shim folgte einer Gruppe kleiner Humanoider, bis diese sich um einen Roboter scharten. Es war eine Art mobiler Verkaufsstand, eine Schwebeplattform mit geschwungenen Aufbauten. Der metallische Leib teilte sich in zwei schlanke Rümpfe. Auf jedem saß ein ovaler Kopf mit einem einzigen großen Auge in der Mitte und einer darunter liegenden Sprechmembran. Jeder Rumpf verfügte über zwei Arme mit jeweils vier langen Tentakelfingern, die flink und geschickt hantierten. Der oder die Roboter, Shim wollte sich da nicht mehr festlegen, verteilte gezackte grüne Blätter. Erst als sie noch näher kam, erkannte Shim, dass in die Blätter eine weiße Masse eingeschlagen war. Die kleinen Humanoiden schaufelten das Zeug begierig in sich hinein.

»Eine Portion oder zwei?«

Im erstem Moment registrierte Shim Caratech gar nicht, dass der rechte Roboter sie angesprochen hatte. »Wieso?«, erwiderte sie irritiert.

»Für dich und deinen Begleiter.« Er sah offenbar Schikago als intelligentes Wesen an. »Das Gschnitz ist heute außerordentlich gelungen«, fügte der Roboter hinzu. »Du wirst begeistert sein.«

»Eine Portion«, sagte Shim. Einen Augenblick später hielt sie ihr Blatt in Händen. Das Ganze roch eigentlich nach gar nichts.

»Sieben Calculs.«

»Wie? Ach ja.« Shim suchte in ihrer Tasche nach dem Creditchip. Gleich darauf wusste sie, dass die Tambu wirklich alles bedacht hatten – nur nicht, dass die Nodronen mit Kampfjägern angreifen würden.

Mit zwei Fingern strich sie durch die Masse und kostete. Der Roboter hatte nicht übertrieben. Was immer das war, es hatte einen angenehm würzigen Geschmack. In dem Moment fiel ihr auf, dass Schikago nicht mehr neben ihr war. Die Leine war ihr, als sie nach dem Chip gesucht hatte, offenbar vom Handgelenk gerutscht.

»Dein Begleiter ist zur Arena gelaufen«, sagte der linke Roboter, der ihren Blick richtig deutete.

Weit vor ihr fegte ein türbisblaues Knäuel über den Platz. Shim hastete hinterher. »Schikago!«, brüllte sie. »Komm zurück!« Schikago dachte nicht daran. Dafür wurde sie selbst plötzlich von allen Seiten angestarrt. Shim war wütend, in erster Linie auf sich selbst. »Was glotzt ihr mich so an?«, schleuderte sie einer Gruppe Spinnenbeiniger entgegen. »Ich komme nicht vom Mond!«

»Du brauchst Hilfe, Nodronin?«

»Ja«, wollte sie sagen, »nein!«, stieß sie hervor.

Sie folgte der Richtung, die der Roboter angegeben hatte. Schikago blieb verschwunden.

Der Appetit war ihr gründlich vergangen. Shim warf das Blatt in den nächsten Abfallschlucker. Sie ging weiter. Es war unmöglich, in dem dichter werdenden Gedränge den Überblick zu behalten.

»Du willst kämpfen, Nodronin?«

Sie zuckte zusammen. Ein schrecklich entstelltes Gesicht kam ihr fast auf Tuchfühlung nahe. Drei verflochtene Halsstränge hielten den Kopf auf einem muskulösen Körper fest.

»Nein«, sagte Shim.

»Alle Nodronen lieben den Kampf.« Das Gesicht entblößte zwei Reihen metallischer Zähne. Die Narben waren zweifellos Andenken an schwere Kämpfe. Shim vermutete, dass es eine Desintegratorwaffe gewesen sein musste, die den rechten Brauenwulst, ein Stück der gespaltenen Nase und den Großteil der rechten Wange abgetrennt hatte. »Obwohl«, dröhnte es ihr entgegen, »du bist sehr schwach für eine Nodronenfrau. Bist du krank?«

»Lass mich in Ruhe!«

Eine halbe Hand fasste nach ihr und hielt sie unnachgiebig fest. »Du bist seltsam. Aber glaube nicht, dass ich vor einer Nodronin Angst habe.« Das Geschöpf – Shim bebte schon innerlich – schnaubte entrüstet. »Das hier, was noch von mir übrig ist, haben mir Nodronen angetan. Nur ein Streifschlag, aber ich will gar nicht daran denken, was geschehen wäre, wenn …«

Vergeblich versuchte Shim, sich loszureißen. Die Hand umklammerte sie wie ein Schraubstock. »Was willst du von mir?« Sie ahnte es: Rache nehmen für etwas, von dem sie keine Ahnung hatte. Sie erschien ihm als schwaches Opfer.

Ganz nahe war ihr das verstümmelte Gesicht. »Ich töte dich nicht – nein, heute noch nicht. Aber du wirst leiden, wie dein Volk uns leiden lässt.«

Hunderte strömten vorbei, ohne sie zu beachten, und der Kerl zerrte sie jetzt mit sich. Er hielt ihren rechten Arm umklammert. Verzweifelt versuchte sie mit der Linken, ihre Umhängetasche zu öffnen. Es dauerte endlos lange, bis sie hineingreifen konnte. Da war das Haarspray, der Spiegel, das kleine Funkgerät und endlich die Waffe. Fast hätte sie aufgeschrien, als sich ihre Finger um den Griff verkrampften und sie blind die Sicherung löste. Sie wusste nicht, ob sie es fertigbringen würde zu schießen. Mit einer letzten verkanteten Bewegung zerrte sie den Strahler aus der Tasche. Was immer gleich geschehen würde, sie hatte es nicht gewollt. »Du«, brüllte sie mit sich überschlagender Stimme, »schau her!«

Seine Augen weiteten sich jäh. Gleichzeitig fiel sein harter Griff von ihr ab.

»Ich gehe nicht mit dir!«, herrschte Shim ihn an. »Hast du wirklich geglaubt, ich wäre hilflos?« Sie war fest entschlossen, die Rolle zu spielen, in der er sie ohnehin schon sah. »Auf deine Unverschämtheit gibt es nur eine Antwort. Lauf, oder ich vergesse mich. Lauf schon!«

Der Kerl taumelte zurück. Es war der Strahler, der ihm Respekt einflößte.

Sie hob die Waffe, legte auf ihn an. »Schneller … noch schneller!« Am liebsten wäre sie ebenfalls davongerannt, doch genau das durfte sie nicht tun. Sie musste durchhalten, und wenn ihr die Knie noch so weich wurden. Alles in ihr drängte danach zu verschwinden, bevor andere auf die Idee kamen, sich mit ihr messen zu müssen. Um sie herum war plötzlich viel freier Raum.

Nicht losrennen!, redete sie sich ein. *Geh langsam! Als wäre das alles völlig normal für dich.*

Völlig unerwartet entdeckte sie Schikago nicht einmal zwanzig Meter entfernt im Schatten eines Baumes. Die Ferrol-Katze spielte mit einer Beute, die Shim nicht erkennen konnte. Immer wilder stieß sie mit dem Kopf zu, und dann fuhr auch ihre Pfote nach vorne. Als Shim rief, zuckten ihre Ohren und sie krümmte den Rücken.

»Komm schon, verdammt, komm her!« Ihre eigene Bedrängnis erschreckte Shim Caratech. Sie stand am Rand eines stark frequentierten Platzes und hielt immer noch den Strahler in der Hand, wenngleich sie bemüht war, die Waffe vor allzu neugierigen Blicken zu verbergen. Aber sie wollte den Strahler noch nicht aus der Hand legen. Außerdem wusste sie nicht, wer vielleicht auf sie aufmerksam geworden war und sie beobachtete. Wahrscheinlich hatte auch der Kerl mit dem zerschnittenen Gesicht noch nicht aufgegeben. Und falls Polizei oder andere Ordnungstruppen erschienen, hatte sie denkbar schlechte Karten, dann würden auch Rhodan und die anderen auffliegen. Die Katze durfte sie ohnehin nicht zurücklassen.

Die Situation wuchs ihr über den Kopf.

Schikago trottete endlich heran. Mit der unschuldigsten Miene, die eine Ferrol-Katze machen konnte. Sie hatte etwas im Maul, das entfernt an ein Wollknäuel erinnerte. Verhalten maunzend drängte sie sich an Shims Beine, dann legte sie ihr die Beute vor die Füße.

»Du brauchst dich gar nicht wieder einschmeicheln«, schimpfte Shim.

Das Knäuel bewegte sich, es rollte sich auf, stand plötzlich auf zwei Beinen und schüttelte sich heftig. Shim glaubte erst, ihren Augen nicht mehr trauen zu dürfen, dann bückte sie sich. Ein verknittertes Gesicht mit Stupsnase und schwarzen Knopfaugen blickte ihr furchtlos entgegen. Und dann begann ein dünnes, nur aus der Nähe verständliches Stimmchen mit einer Schimpftirade, die sich gewaschen hatte.

Schikago sträubte sich das Fell. Sie zeigte die Fangzähne, schielte aber auf Shim, als warte sie auf einen Befehl, der ihr erlaubte, endlich zuzubeißen.

»Untersteh dich!«, warnte Shim.

»Wer hat dir das Hirn amputiert? Was bildest du dir eigentlich ein, dieses Ungeheuer auf friedliebende Bürger loszulassen?« Das dicht behaarte Geschöpf war durchaus humanoid. Es hatte zwei dünne Beine und zwei Ärmchen und war aufgerichtet nicht mehr als vierzig Zentimeter groß, besaß aber einem Wortschatz, wie man ihn im Allgemeinen nur Raumtramps oder Prospektoren nachsagte.

»Ich verlange Schmerzensgeld! Bluten wirst du, das verspreche ich dir! Und was ist, du Weltraumhexe, wo bleibt die Entschuldigung? Das ist doch wohl das Mindeste, was ich erwarten darf. Sag, dass es dir leidtut, dass du dieses Ungeheuer …«

»Entschuldige bitte, es tut mir Leid, dass Schikago dir Angst …«

»Unterbrich mich nicht! Und Angst? Ich habe keine Angst, wenn ich gewollt hätte, wäre dieses Ungeheuer jetzt tot, gehäutet, gevierteilt und gebraten. Einen schönen Braten gäbe das.« Offenbar fühlte das Wesen sich jetzt stark, oder es reagierte seinen Schock ab, jedenfalls machte es einen blitzschnellen Ausfallschritt auf Schikago zu und ließ seine Arme vorschnellen. Die Katze fauchte zwar, wich aber prompt zurück.

»Es tut mir Leid«, wiederholte Shim. »Wie kann ich das wiedergutmachen?« Schikago drängte sich winselnd an ihre Beine.

»Gar nicht.« Das Kleine schüttelte sich wieder. Seine Knopfaugen schienen sie zu durchbohren. »Du bist nicht aus Mantagir«, brachte er in dem Moment hervor. »Du bist überhaupt nicht aus Vaaligo? So eine Kreatur wie dich habe ich überhaupt nie gesehen.«

Verwundert registrierte Shim, dass Schikago zitterte. Und da sah sie die Fellbüschel, die der Wind vor ihr davonwehte.

»Lass das!«, herrschte sie das Männchen an.

»Was?« Es fuchtelte wild mit den Ärmchen. »Du beschuldigst mich, du … ausgerechnet du? Ich habe nichts getan, ich.« Mit jeder Handbewegung, die er machte, zerrte eine unsichtbare Kraft an Schikagos Fell. Jetzt, da Shim wusste, worauf sie achten musste, sah sie es deutlich.

»Ich wollte mich bei dir entschuldigen«, sagte sie. »Aber jetzt? Sei froh, wenn ich dich ungeschoren lasse.« Sie bückte sich und nahm Schikago auf den linken Arm, während sie dem Männchen gleichzeitig die Waffenmündung an den Bauch hielt.

»Das tust du nicht. Du wirst keinen Cepraun erschießen. Siehst du, wie ich zittere, du hirnlose Mutation …«

»Großmaul«, sagte Shim und ging. Als sie sich noch einmal umwandte, sah sie nur eine haarige Kugel liegen. Das Geschöpf hatte sich wieder zusammengerollt.

Wurde sie verfolgt? Sie wusste es nicht, erkennen konnte sie auch nichts. Ihre Unruhe wuchs aber eher noch. Sie erschrak, als jäh ein durchdringender Ton erklang. Er wiederholte sich, bevor ihr das Funkgerät in der Tasche einfiel.

Da war eine kaum verständliche, aufgeregte Stimme. Quart Homphé flehte sie an, ihm beizustehen.

Kapitel 17

Wieso hatte Quart Homphé das Hotel verlassen? Rhodan, Bull und Fran Imith waren sich schnell einig: natürlich der Kunst wegen. Eine Recherche im Datennetz der Stadt ergab rasch das größte Kunstwerk der Stadt, den Platz der Ewigen Wissenschaft. Dort musste Homphé stecken.

Es war ein Kinderspiel gewesen, Informationen über den Platz aus den Hotelzimmern abzurufen. Unter dem Stichwort Kunst waren die tausende von steinernen Büsten und Plastiken, die den Platz prägten, ausführlich beschrieben. Auch unter Wissenschaft und Bildung fanden sich unzählige Querverweise. Allein das Sichten hätte Stunden in Anspruch genommen – Zeit, die sie nicht hatten, wollten sie verhindern, dass Quart Homphé zum Sicherheitsrisiko wurde.

Sie mussten den Künstler finden, und zwar schnell.

Rhodan, Bull und die TLD-Agentin brachen auf. Es gab eine öffentliche Zubringerlinie, die aus allen Teilen der Stadt den Platz der Ewigen Wissenschaft anflog. Seine exakt kreisrunde Form, eingesäumt von Parkanlagen, war aus der Luft gut zu erkennen. Dazu die vielen Lehrplätze und die unzähligen Besucher, die sich vor allem über die Peripherie der Anlage ergossen.

»Drei Kilometer Durchmesser«, sinnierte Reginald Bull, während sich der bis auf den letzten Platz besetzte Gleiter den Landeplätzen näherte. »Dazu eine kleine Völkerwanderung. Selbst wenn sich Quart wirklich hierher abgesetzt hat, wie sollen wir ihn aufspüren?«

»Wir trennen uns«, schlug Perry Rhodan vor.

Fran Imith schüttelte den Kopf. »Zu gefährlich«, wehrte sie ab. »Ich bin für eure Sicherheit verantwortlich, und ich habe schon einmal nur zugeschaut, als Reginald und Wilburn …«

»Wir brauchen keine Gouvernante«, stellte Perry Rhodan fest.

»Nun weiß ich wenigstens, als was ich angesehen werde.« Fran Imith kontrollierte ihre Fingerringe. Darin war soviel an Nanotechnik verborgen, dass sie die Geräte der Wissenschaftler von Cor'morian nicht benötigt hätte. Desintegrator und Thermostrahler, vermutete Reginald Bull, darüber hinaus im Zusammenwirken sicher auch ein Schutzschirmprojektor, ausreichend für kurzzeitige Belastung.

Der Gleiter war gelandet. Mehr als hundert Individuen ergossen sich über die Piste und strebten unterschiedlichen Zielen zu. Die Terraner blieben an Ort und Stelle, um sich einen Überblick zu verschaffen.

»Das ist also der Ort, der in Mantagir als Kunststätte gilt«, bemerkte Bully. »Ein ausgedehnter Park mit den unterschiedlichsten Skulpturen. Wirkt wie ein riesiger Museumsplatz.«

»Bildende Kunst«, ergänzte Fran Imith mit amüsiertem Unterton. »Wenn wir hier Antworten auf alle unsere Fragen bekommen …«

»Bestimmt nicht nach den Cor'morian.«

Ein Aufleuchten huschte über Frans Miene. »Habe ich vergessen zu sagen, wer diesen Platz vor Jahrtausenden erbauen ließ? Das tut mir Leid.«

»Die Wissenschaftler von Cor'morian«, sagte Perry Rhodan. »Daran habe ich nicht einen Augenblick lang gezweifelt.«

Bully ließ seinen Blick über die Anlage schweifen. Es war schlicht unmöglich, eine einzelne Person aus der Distanz aufzuspüren, zumal an manchen Skulpturen reger Andrang herrschte. »Was machen wir, wenn Quartodezimus nicht hier ist? Und Shimmi, ist sie ihm gefolgt oder nicht? Ausgerechnet die beiden.« Er schüttelte den Kopf, als könne er es nicht glauben. »Shim hat ihre Katze dabei, und was Quart von Katzen hält, brauche ich wohl nicht zu wiederholen.«

»Ich bin nicht ihr Kindermädchen«, sagte Fran ziemlich schroff. »Das gilt für beide.«

»Ihres nicht, aber unseres. Oder wie sehe ich das?« Reginald Bull erntete einen giftigen Seitenblick.

Rhodan hielt das Funkgerät der Tambu in der Hand. Er hatte es, wie Bully und Fran ebenfalls, nach den ersten vergeblichen Versuchen, Quart Homphé oder Shim Caratech zu erreichen, wieder abgeschaltet. Die Gefahr einer Ortung durch die Nodronen war nicht von der Hand zu weisen, solange sie nicht wussten, ob es sich um Standardware oder spezielle Funkgeräte handelte.

Trotzdem versuchte Rhodan, die Vermissten auf diese Weise zu erreichen. Er bekam keinen Kontakt. Gerade als er abschalten wollte, erklang eine leise Stimme. »Was ist schon wieder?« Sie gehörte einem Mädchen

»Shimmi?«

»Wer spricht da? Du bist doch nicht Quart!«

»Rhodan. Hör mir gut zu, Shim.«

»Perry! Meine Güte, Perry.« Das klang schon ein wenig lauter und grenzenlos erleichtert. »Ich könnte dir um den Hals fallen.«

Reginald Bull grinste. Er stand jetzt auf Tuchfühlung neben Rhodan, um die leise Stimme ebenfalls zu verstehen.

»Wo bist du, Shim, und was ist mit Quart?«

»In der Nähe des Mars-Liners.« Shim fasste sich so knapp wie möglich. Aber wohl eher vor Aufregung und nicht, weil sie die Gefahr erahnte. »Quart hat mich vor ein paar Minuten über Funk angerufen. Er scheint ziemlich am Ende zu sein. Kommt ihr hierher?«

Rhodan blickte kurz zu der Gleiterstation hinüber. »Das dauert wahrscheinlich zu lange. Melde dich, sobald du Näheres weißt, Shim. Aber sei vorsichtig. Und schalte das Funkgerät ab, wenn du es nicht benützt.«

»Oh«, hörten sie Shim noch sagen, dann war die Verbindung unterbrochen.

»Vielleicht sollten wir uns doch in Richtung der Katakomben aufmachen«, wandte Bull ein. »Ich weiß, ich weiß«, sagte er schnell, als Fran zu einer Erwiderung ansetzte, »egal, was geschehen ist, wir kommen auf jeden Fall zu spät.«

»Homphé hat wohl kaum gezielt nach Shim gerufen«, stellte die Agentin fest. »Die Funkgeräte sind aufeinander justiert. Welches gerade aktiv ist, wird angesprochen.«

»Das heißt, Shim hat ihres eingeschaltet quer durch die Stadt geschleppt.« Bullys Blick schweifte prompt in die Höhe. Es waren keine Raumjäger zu sehen. Noch nicht.

Das Gefühl, von den Türmen und Plattformen der Gleiterlandeplätze erschlagen zu werden, wurde unerträglich. Shim Caratech hatte die Ferrol-Katze auf den Arm genommen, um schneller vorwärts zu kommen, und dann den dummen Fehler begangen, steil in die Höhe zu blicken. Jetzt schien alles in schwankende Bewegung geraten zu sein.

Perrys Anruf erreichte sie vor einer der Liftkabinen. Auch wenn sie es niemals zugegeben hätte, seine Stimme zu hören, tat gut. Siedendheiß überlief es sie, als sie verstand, was er mit dem Abschalten meinte. Hatte sie die Nodronen schon auf ihre Spur gelockt? Sie taumelte, als sie wieder in die Höhe schaute, und wäre beinahe gestürzt. Im letzten Moment besann sie sich und quetschte sich noch mit in die nächsten Liftkabine hinein.

Schikago fauchte aggressiv. Die Katze spürte also auch, dass die Umstehenden sie durchdringend musterten. Das alles wurde allmählich zum Spießrutenlauf; aber wahrscheinlich sah sie schon Geister, wo keine waren. Trotzdem war sie erleichtert, als sie gleich darauf aussteigen konnte.

Dann war sie allein. Ihre Schritte hallten dumpf zwischen den abgestellten Gleitern zurück. Niemand war hier.

»Quart?«

Sie erhielt keine Antwort.

»Quart, wo hast du dich verkrochen?« Sie stand auf dem leeren Landefeld und drehte sich einmal um sich selbst. Homphé war verschwunden. In seiner Panik schien er nicht mehr ein noch aus gewusst zu haben. »Dieser Idiot«, zischte Shim, »bringt uns wahrscheinlich alle in Gefahr!«

Schikago ließ ein zorniges Knurren hören. Unbewegt blickte

sie in eine Richtung und streckte den Kopf. Ihre Ohren richteten sich nach vorn.

»Witterst du etwas? Wo ist der Dicke?« Shim lief los, sie spürte Schikagos Unruhe deutlicher.

Nicht einmal zwanzig Schritt entfernt kauerte Homphé in sich zusammengesunken hinter einem Gleiter. Er zitterte.

»Quart!«

Nur langsam wandte er den Kopf. Er sah Shim, aber er blickte zugleich durch sie hindurch. »Sie sind fort«, stammelte er tonlos. »Sie haben mich hier zurückgelassen.«

»Wer ... wer ist weg?«

»Alle.«

»Unsinn.«

Homphé schien zu frieren. Er presste seine Arme an den Oberkörper. »Sie sind mit dem Mars-Liner weggeflogen, zurück in unsere Zeit.«

»Ich habe eben noch mit Perry gesprochen.«

»Du?« Allmählich kehrte Leben in seine Augen zurück. Vor allem schien ihm bewusst zu werden, wer vor ihm stand. Röchelnd rieb er sich die Nase. »Aber der Bus? Wir haben uns ...« Er nieste gequält. »... verlaufen.«

»Unsinn.« Shim Caratech holte ihr Funkgerät hervor. Augenblicke später stand die Verbindung zu Perry Rhodan. »Ich habe ihn«, sagte sie. »Er ist soweit in Ordnung. Aber er glaubt, dass alle mit dem Liner zum Mars zurück sind.«

»Kannst du mit ihm ...?«

»Perry, der Bus ist wirklich weg!«

»Ihr seid am richtigen Platz?«

»Wir werden uns kaum beide verlaufen haben!«, protestierte Shim.

»Gibt es Spuren?«

»Nichts, was mir aufgefallen wäre.«

»Ihr müsst dort weg. Schnell. Kommst du mit Homphé klar?«

Forschend blickte Shim den Künstler an. Auf gewisse Weise tat er ihr sogar Leid. Was geschehen war, hatte ihn überfordert. Schwankend versuchte er, auf die Beine zu kommen.

»Ich habe Schikago bei mir«, sagte Shim. »Ich glaube nicht …«

»Wenn er nicht wirklich allein zurückbleiben will, muss er mit dir gehen. Sag ihm das.« Knapp beschrieb Perry Rhodan den Platz der Ewigen Wissenschaft. »Das kriegen wir hin«, versprach Shim Caratech. »Ich schalte jetzt ab. Ende.«

Mit beiden Händen hielt sie die widerstrebende Katze fest, als sie zu Homphé aufsah. »Du hast die Wahl«, sagte sie. »Entweder kommst du mit mir und Schikago oder du verschimmelst hier.«

»Sie meldet sich nicht.« Reginald Bull starrte das Funkgerät in seiner Hand an, als könne er es auf diese Weise beeinflussen. Fast eineinhalb Stunden waren vergangen, ohne dass Shim und Quart Homphé eingetroffen wären. Dabei hatte er trotz aller Befürchtungen sein Funkgerät extra während dieser Zeit aktiviert. Aber Shim hatte nicht versucht, erneut Kontakt herzustellen.

»Sie schafft das«, behauptete Rhodan.

»Shim ist unreif«, widersprach Fran Imith. »Sie hantiert mehr mit Haarspray und Spiegel und ihren Ätherstreams …«

»Was hast du getan, als du jung warst?«, wollte Bully wissen. Rhodans warnenden Blick übersah er.

Fran reagierte auch prompt empfindlich. Mit 29 Jahren fühlte sie sich gewiss noch nicht alt, angesichts einer Lebensspanne, die in Richtung der magischen zweihundert ging. »Ich habe trainiert«, sagte sie. »Sehr hart sogar.«

»Das habe ich auch nicht …« Sein Art war mitunter etwas unbeholfen, das wusste Bull selbst. *Das habe ich auch nicht angezweifelt,* hatte er sagen wollen. »Ich bin wegen des Mars-Liners beunruhigt«, schwenkte er um. »Wer klaut schon ein Museumsfahrzeug?«

»So antik schaut unser Bus im Vergleich zu den hiesigen Fahrzeugen auch wieder nicht aus«, gab Rhodan zurück. »Vielleicht haben wir nur ein Zeitlimit überschritten.«

»Und der Bus wurde abgeschleppt?« Reginald Bull stieß ein kurzes Lachen aus. »Entschuldige, aber terranische Verhältnisse hätte ich hier nicht erwartet.«

»Im schlimmsten Fall haben die Nodronen den Mars-Liner«, sagte Fran Imith.

Bully schnaufte tief durch. »Das wäre aber wirklich der schlimmste Fall.« Mit einer Kopfbewegung deutete er über den Platz der Ewigen Wissenschaft. »Eigentlich reicht es, wenn einer hier wartet.«

Sie hatten sich die ersten steinernen Büsten schon angeschaut, waren dann aber zu dem Landeplatz zurückgegangen. Die Skulpturen stellten eindeutig Wissenschaftler von Cor'morian dar, Persönlichkeiten, die vor langer Zeit Bedeutendes geschaffen oder erforscht hatten. Nur wenige Vertreter anderer Völker schienen Eingang auf den Platz gefunden zu haben.

Stellte man sich vor einer dieser Statuen auf, erwachte sie zu holografischem Leben. Dann war es, als trete der Betroffene persönlich aus dem Stein hervor, um seine Lehrsätze zu verkünden.

»Ich bleibe hier«, sagte Perry Rhodan. »Schaut ihr beide euch weiter um.« Fran Imiths Blick ging plötzlich an ihm vorbei; er wandte sich um.

Shim Caratech und Quart Homphé kamen auf sie zu. Die beiden waren offenbar eben erst angekommen.

»Wo wart ihr so lange?«, wollte Reginald Bull wissen. »Wir haben uns schon Sorgen gemacht.«

»Bei der Station waren Nodronen«, sagte Shim.

»Wir glauben jedenfalls, dass es Nodronen waren«, schwächte Homphé ab.

»Trotzdem haben wir lieber gewartet, bis sie verschwanden«, führte Shim Caratech ihren Satz zu Ende, und als sie Bullys Blick bemerkte, der zwischen ihr und Quart Homphé schwankte, fügte sie hinzu: »Wir haben so etwas wie ein Zweckbündnis. Aber die beiden«, sie meinte Quart und ihre Katze, »werden sich wohl nie verstehen.«

»Das ist meine Allergie«, protestierte der Künstler.

Shim sagte spöttisch: »Quatsch. Du reagierst doch nur, sobald du weißt, dass Schikago in deiner Nähe ist.«

»Das ist mir eigentlich egal«, sagte Perry Rhodan ärgerlich. »Ich will keine solchen Extratouren mehr sehen. Solange wir nicht wissen, was in Mantagir wirklich gespielt wird …«

Quart Homphé schien ihm überhaupt nicht mehr zuzuhören. Er hatte die Skulpturen auf dem großen Platz entdeckt. »Realistische Skulpturen«, murmelte er. »Bildliche Darstellung in einen räumlichen Zusammenhang gebracht. Wie groß ist dieser Platz?« Fragend schaute er Rhodan an. »Ich sehe das als Metapher für die Ausbreitung des Menschen über den Weltraum.«

»Das sind Tambu-Statuen«, berichtigte Bull.

Homphé zuckte mit den Achseln. »Dann eben die Ausbreitung des wissenden Intellekts, der Triumph des Individuums über die großen Distanzen des Kosmos.«

»Und die Zeit«, bemerkte Fran Imith.

»Wie? Ja, ja, natürlich.« Quart Homphé war einige Meter weitergegangen, plötzlich wandte er sich um. »Das sehen wir uns doch an, oder?« Lethargie und Selbstmitleid schienen von ihm abzufallen wie eine vertrocknete Haut. »Hier können wir sehr viel über den Planeten lernen.«

»Da hat er allerdings Recht.« Die Bemerkung rutschte Bully heraus. »Wir wollten uns ohnehin näher damit befassen. Und das möglichst, bevor es dunkel wird.« Er sah zur Sonne. Es war bereits später Nachmittag.

Die Statue war detailliert gearbeitet. Schon aus der Entfernung zeigten sich die im Kopfbereich abgespreizten Federn. Dazu die kantigen spitzen Schnäbel und die weit vorn angesetzten hochgestellten Augen. Fast schien es, als lebten sie.

Quart Homphé nahm von den anderen kaum noch Notiz. Mit ärgerlichen Handbewegungen schien er allerdings die beiden Echsenwesen vertreiben zu wollen, die einige Meter vor der Statue standen. Es mochte Zufall sein, dass sie sich abwandten, jedenfalls wurde Homphé sofort schneller, als fürchte er, man könnte ihm zuvorkommen.

»Ich hoffe, das ist handgearbeitet. Sieht aber auch aus wie gegossen. Aber solche Banausen – nein, das darf nicht sein, das würde alle Anstrengungen nur verhöhnen.«

Er stürmte auf die Statue zu. Im nächsten Moment prallte

er zurück, kämpfte sekundenlang um sein Gleichgewicht und konnte doch den Blick nicht von dem Geschöpf abwenden, das vor ihm aus dem Nichts heraus entstanden war. Er hätte den Arm nur auszustrecken brauchen, um den Tambu zu berühren.

Die Statue lebte. So sah es aus. Tatsächlich war jedoch vor ihr dieses Wesen materialisiert, das ihr auf die Feder glich.

»Es ist gut, Fremder, dass du dich für mein Leben und meine Forschung interessierst«, sagte der Tambu. »Ich bin einer der Wissenschaftler von Cor'morian, mein Name ist Torrak Sil Morn.«

»Homphé«, murmelte der Dicke. »Quartodezimus Filidor Edlervon Homphé.«

»Die Nachwelt wird stolz von mir behaupten, dass ich Entscheidendes zur Entwicklung und Erforschung des Halbraumtriebwerks beigetragen habe. Die schnelle Fortbewegung durch jenes Medium, dessen energetische Konstante niedriger liegt als die des fünfdimensionalen Hyperraums eröffnet der Raumfahrt gänzlich neue Perspektiven. Das von mir konstruierte Hauptaggregat des Halbraumtriebwerks wird als Mantelkonverter bezeichnet. Dieses Aggregat erzeugt ein kugelförmiges Kompensationsfeld zur Ausschaltung der vier- und fünfdimensionalen Konstanten. Damit wird ein Raumschiff gleichermaßen den Einflüssen unseres Standardraums, also der Grunddimension entzogen und ebenso gegen das übergeordnete Kontinuum abgeschirmt. Das Eindringen in den Hyperraum wie bei einer Transition wird vermieden. Damit wird die extreme körperliche Belastung von Raumschiffsbesatzungen vermieden, die mitunter zu langen Ausfallzeiten führte. Ich erkläre jetzt die exakte physikalische Wirkungsweise einschließlich der zwischendimensionalen Effekte. Als Grundlage für diesen ersten Abschnitt, der eineinhalb Stunden in Anspruch nehmen wird, sollten die Arbeiten des Theorie-Physikers Cas Anirre sowie des Werkstoffdesigners Ver Horben bekannt …«

Quart Homphé hatte reglos zugehört, aber nun verdrehte er seufzend die Augen. Als er die Hand ausstreckte, um den Tambu zu berühren, verschwand dieser im selben Sekundenbruchteil. Homphés Doppelkinn klappte nach unten. »Das war nur eine Projektion?«, ächzte er. »Aber diese Statue … sie ist echt.« Er stürmte die letzten Meter vorwärts, dann tasteten seine Finger über die Statue. Jede Federrippe schien er abtasten zu wollen. »Rau. Das ist echt, aus Stein gemeißelt. Das ist funktionale Kunst in Vollendung.« Er wich zurück, machte einige Schritte weiter auf den Platz hinaus und wandte sich schließlich zögernd um. »Das ist schön«, sagte er stockend. »Dafür hat es sich gelohnt, zu diesem Platz zu kommen. Ich werde auf dem Mars etwas Ähnliches …« Er stockte, ein Zittern durchlief seinen Körper. Sein Gesicht, eben noch freudestrahlend, wirkte plötzlich wieder eingefallen und matt. »Wir werden es nicht schaffen, diese Welt lässt uns nicht mehr los. Das fühle ich. Wir sind zu schwach.«

»Du willst ins Hotel zurück?«

»Nein, nein, ich …« Quart Homphé wischte sich den Schweiß von der Stirn. »Es ist nur zu viel auf einmal.« Er nieste und wischte sich mit dem Ärmel über die Nase.

»Wir bleiben hier, bis es dunkel wird«, entschied Perry Rhodan. »Es muss doch irgendeine Möglichkeit geben, sich auf diesem Platz zurechzufinden.«

Achtzehn Statuen, eine kunstvoller gearbeitet als die andere und jede in veränderter Körperhaltung dargestellt, hatten sie hinter sich. Der Zeitaufwand würde enorm sein, selbst wenn sie jeweils nur herauszufinden versuchten, welches Wissen jeweils vermittelt wurde.

Alle Tambu-Hologramme hatten sich bislang als Lehrer für Naturwissenschaften erwiesen. In erster Linie hatten sie Lehrsätze der Physik und Chemie dargelegt. Was an hyperphysikalischem Wissen erläutert worden war, hatte an die Anfänge terranischer Raumfahrt erinnert. Einfach gestrickte Formeln, die erst den Einstieg zum Verständnis der übergeordneten Dimensionen bedeuteten.

Lediglich die Skulptur einer insektoiden Lebensform, die Reginald Bull als Rmedi identifizierte, entpuppte sich als Nachlass eines Geistesgelehrten. »… wir wissen nicht, wie unser Universum enden wird, hier steht heute noch Aussage gegen Aussage. Die Theorie der Rückführung in das Anfangsstadium, des Kollaps durch zunehmende Gravitation und Kontraktion, steht der Behauptung eines sich über alle Zeit hinweg ausdehnenden Raum-Zeit-Gefüges gegenüber. Die einzige natürliche Begrenzung wird das Ausbrennen aller Sonnen sein, zu einem Zeitpunkt, an dem längst keine neuen Sterne mehr geboren werden. Aber auch diese These erscheint zweifelhaft, zumal sie einen unvorstellbar langen Zeitraum abdecken würde. Dessen ungeachtet können wir schon heute feststellen, dass das Leben und die Intelligenz in unserem Universum im Schwinden begriffen sind. Das ist ein extrem langsam ablaufender Prozess, doch erscheint er für gute Statistiker über Jahrtausende hinweg bereits nachweisbar. Ich muss nicht darauf hinweisen, dass für die Gemeinschaft aller Intelligenzen von Vaaligo das Leben das höchste Gut ist, das es zu bewahren gilt. Das Große Vorhaben wird in wenigen Jahrzehnten dem Planungsstadium entwachsen sein und in die Phase der Verwirklichung eintreten. Eines fernen Tages, in Äonen, wird sich alles Leben dieses Universums vereinen und unser Geist wird in der Lage sein, das Ende des Universums zu überdauern, wie immer es auch geartet sein mag …«

»Das Leben als das höchste Gut«, sinnierte Perry Rhodan. »Die Nodronen scheinen davon noch nichts gehört zu haben.«

»Ich weiß nicht«, sagte Reginald Bull, ohne darauf einzugehen, »aber möglicherweise steckt ein System in der Anordnung der Skulpturen. Was meinst du, Quart?«

»Jedes künstliche System ist chaotisch.« Der Dicke wedelte mit den Armen. Er schien überrascht, dass Bull ausgerechnet ihn fragte. »Einzig und allein natürliche Formen bestechen durch ihre Symmetrie. Im makroskopischen Bereich gibt es sehr viele gute Beispiele für eine sinnvolle Anordnung. Nimm eine kristalline Struktur, die sich entlang vieler Symmetrieachsen spiegelt …«

»Sag das noch einmal«, unterbrach Bully.

Homphé wirkte sofort verunsichert. »Was?«, brachte er hervor. »Ich weiß nicht, was du hören willst.«

»Schon gut.« Reginald Bull winkte ab. »Das mit der Symmetrie. Wenn ich das richtig sehe, sind auf dem Platz der Ewigen Wissenschaft die Fachgebiete gespiegelt angeordnet. Über mindestens eine Achse hinweg, die genau vor uns verläuft. Aber ich glaube eher, dass noch eine zweite, kreuzende Achse hinzukommt.«

»Woher willt du das wissen?«, fragte Perry Rhodan.

»Ich weiß es nicht – ausnahmsweise glaube ich das nur.« Bully deutete auf die verschiedenen Statuen, die sie bereits aufgesucht hatten. Es war in der Tat so, dass die Physiker nebeneinander lagen. »Zwischen ihnen eine gedachte Linie eingefügt, dann folgen nach außen die chemischen Erkenntnisse, danach die geometrischen Lehrsätze. Hier hatten wir gerade die Kosmologie.«

»Und wieso ausgerechnet eine Vierteilung?«, fragte Fran Imith. »Weshalb nicht nur zwei oder acht?«

»Weil die Anzahl der Wissenschaftler geringer wird, je weiter von der Linie sie entfernt aufgestellt wurden«, antwortete Rhodan an Stelle seines Freundes. »Bei einer Zweiteilung wären alle Disziplinen gleich stark berücksichtigt, während eine Achtelteilung die entlang der Linien liegenden Fächer zugunsten der Gesamtzahl bevorzugen würde.«

»Vorausgesetzt, an diesen Trennlinien sind nur die Physiker angeordnet«, wandte Fran Imith ein.

»Was sollte es sonst sein?« Nachdenklich kratzte sich Bully hinter dem Ohr. »Die Statuen bisher sprechen für eine Spiegelung nach Fachgebieten. Demnnach brauchen wir nur ein Viertel des Platzes abzusuchen, um eine Art Gesamtplan zu erhalten.«

»Ich schlage vor, dass Perry und ich jeweils allein gehen und du mit Quart und Shimmi.«

»Ich mache das ebenfalls allein«, sagte Homphé.

»Tut mir Leid, Quart«, wehrte Rhodan ab, »aber ich halte deinen Zustand immer noch für zu labil.«

Homphé nickte nur verbissen. »Ich bin es gewohnt, dass man mich nicht braucht. Ein blindes Huhn findet zwar auch einmal ein Korn, so wie eben, aber ansonsten … Ich verstehe es ja sogar, das ist das Dumme. Nur nicht, weshalb ausgerechnet ich noch lebe, obwohl so viele andere umgekommen …«

»Hör auf, Quart!«, sagte Fran scharf. »Wenn du akzeptiert werden willst, gewöhn dir dieses falsche Selbstmitleid ab.«

Homphé schüttelte sich ab, fuhr sich mit den Händen übers Gesicht und nickte dann stumm. Es sah jedoch nicht so aus, als hätte er wirklich verstanden. Dass ausgerechnet er die Statue eines Künstlers als eine der nächsten auswählte, mochte Zufall sein, vielleicht, weil sich niemand davor aufhielt. Oder weil es sich um einen der wenigen Nicht-Tambu handelte.

Der Künstler war zugleich Architekt. Oder umgekehrt. Er redete von wachsenden, bedarfsangepassten Gebäuden, von sich selbst kopierenden molekularen Strukturen, die unter steter Energiezufuhr ein nahezu unbegrenztes Wachstum erreichten. Gedacht, um ganze Städte auf Ödwelten wachsen zu lassen, dazu gleichzeitige Urbanisierung für die spätere Besiedlung.

»Jedes Haus ein Kunstwerk.« Quart Homphés plötzlicher Eifer war geradezu unheimlich. »Ich habe es nicht bemerkt.« Er schlug sich mit der flachen Hand an die Stirn. »Hier wächst ein solches Kunstwerk, im Zentrum der Stadt, der Hügel, unter dem die Katakomben liegen. Unsere Zukunft ist also nicht ohne Kunst. Sie hat überdauert, und sie hat seltsame Formen angenommen – aber es gibt sie!«

Bullys angedachte Systematik schien sich tatsächlich zu bestätigen. Im Winkel von ungefähr 45 Grad zur Trennlinie stießen sie auf die Statue einer plump wirkenden vierbeinigen Echse. Ihre Sprache war schwer verständlich, aber was sie erklärte, wurde durch astronomische und astrophysikalische Aufnahmen ergänzt.

Das Abbild einer Spiralgalaxis erschien. Der Sprecher nannte sie Vaaligo. Deutlich erkennbar stand ein Black Hole im galaktischen Zentrum, das Halo wurde von ungewöhnlich vielen Kugelsternhaufen bevölkert, und die langgestreckten Spiralarme zeigten eine Tendenz aufzufasern.

»Das soll Vaaligo sein?«, fragte Shim Caratech verwirrt. »Dann ist Vaaligo nicht unsere Milchstraße.«

»Die Kollision mit dem Nachbarsystem Toolamus ist unvermeidbar«, sagte das Holo des Astronomen. »Beide Sternsysteme werden sich eines Tages durchdringen. Die Simulationen sind eindeutig und lassen über einen langen Zeitraum hinweg erkennen, wie die Spiralstruktur dadurch beeinflusst wird. Diese Simulation unterliegt der akustischen Befehlseingabe und kann beliebig abgerufen werden.«

»Ist eine Rückprojektion in die Vergangenheit möglich?«, fragte Perry Rhodan.

Das Echsenwesen schien ihn anzuschauen. »Selbstverständlich. Nenne deinen Wunsch.«

»Rückprojektion der Bewegung Vaaligos um eine Milliarde Jahre.«

Um Reginald Bulls Mundwinkel zuckte es. Fran Imith kniff die Brauen zusammen und schien schien etwas sagen zu wollen, brachte aber keinen Ton hervor. Quart Homphé reagierte nicht, er schaute sich schon die ganze Zeit über suchend nach den anderen Statuen um.

Die Konstellationen veränderten sich. Es war eine schnelle rückläufige Drehbewegung, an deren Ende ein Bild stand, das jeder kannte.

»Die Milchstraße!«, platzte Shim Caratech heraus. »Hier, der Orion-Arm und dort M 13 und Arkon.«

Minuten später sahen sie das System der gelben Sonne Tazmai, eingeblendet aus dem Spiralarm, der in der Galaxis Vaaligo dem einstigen Orion-Arm entsprach. Tazmai schien in der Tat identisch mit Sol zu sein, und Balance B war der dritte Planet des Systems. Oder eigentlich der vierte – der Abstand zwischen Balance B und seinem sonnennäheren Nachbarn war ungewöhnlich groß.

»Nein«, brachte Shim erschrocken hervor. »Das ist nicht wahr, oder?«

»Ich fürchte, es stimmt, Shim«, sagte Perry Rhodan. Seine Stimme war belegt. »In dieser Lücke hat früher einmal die Erde ihre Bahn gezogen. Jetzt scheint Terra verschwunden.«

»Vernichtet? Wurde die Erde zerstört?«

»Wir wissen es nicht.«

Kapitel 18

Sie kehrten erst nach Einbruch der Dunkelheit in ihre Unterkunft zurück. Das Wissen um das Verschwinden Terras bedrückte sie. So sehr sie sich sagten, dass diese Tatsache nach einer Milliarde Jahre irrelevant war, die Erde blieb ihre Heimat und ihre Gedanken hingen ihr nach.

Trotz ihrer Müdigkeit konnte Fran Imith nicht schlafen. Unruhig wälzte sie sich von einer Seite auf die andere. Ihr Mehrzweckarmband, das sie am Nachmittag auf Ortszeit geeicht hatte, zeigte beinahe schon Mitternacht an, als sie aufgab. Eine Zeitlang schaute sie aus dem Fenster. Die Nacht über diesem Stadtteil war düster, erst in einiger Entfernung geisterten Scheinwerfer über den Himmel und hüllten die höchsten Bauten in eine flirrende Aura.

Fran ließ die Nachrichtensender auf der Bildwand durchlaufen. Es gab wenig Interessantes, einzig einem Kurzbericht über den Tazmai-Sektor als größtem militärischem Aufmarschgebiet der Nodronen widmete sie ihre Aufmerksamkeit. Minuten später glaubte sie, mehrere rochenförmige Raumjäger in großer Höhe über der Stadt zu sehen. Die Jäger verschwanden in südliche Richtung.

Ihre Unruhe blieb und wurde eher noch größer. Fran ertappte sich dabei, dass sie immer öfter aus dem Fenster schaute und den Himmel absuchte. Die Jäger gingen ihr nicht aus dem Sinn.

Es war eine Stunde nach Mitternacht, als sie aus ihrem Cat-Suit die dünne Folie des Restlichtverstärkers hervorholte. Nanotechnik machte es möglich, dass die Folie in mehreren Schichten jedes noch so schwach einfallende Lichtquant verstärkte.

Über Mantagir lauerten keine Jäger. Ihre Triebwerksemissionen hätten Fran wie ein Wetterleuchten erscheinen müssen.

Ihr Blick schweifte tiefer, über dunkle Fassaden hinweg zur Straße hinunter. Nur wenige Passanten waren zu Fuß unterwegs. Zwei standen auf der anderen Straßenseite und unterhielten sich.

Fran Imith schaute genauer hin. Schlagartig wurde ihr bewusst, dass ihre Unruhe gewichtige Gründe hatte. Antrainiertes Misstrauen hatte sie wach gehalten.

Auf der gegenüberliegenden Seite standen zwei Nodronen. Und das keineswegs zufällig. Anhand eines holografischen Plans, dessen Helligkeit für den Restlichtverstärker wie ein Leuchtfeuer war, suchten sie nach etwas. Als sie Sekunden später genau zu ihr aufblickten, zuckte Fran heftig zusammen. Nicht einen Augenblick lang bezweifelte sie, dass die Nodronen die Terraner gesucht und endlich gefunden hatten.

Über die Armbandfrequenz, auf engsten Radius justiert, rief sie nach Rhodan und Bull. Sie erhielt keine Antwort. So fest konnten beide gar nicht schlafen, dass sie den Ruf nicht registrierten. Die Zeit lief ihr davon.

Ein flüchtiger Blick nach draußen. Die Nodronen waren noch da, aber sie hatten sich ein Stück weit entfernt. Ihr holografischer Plan war erloschen. Natürlich, sie brauchten ihn nicht mehr.

Am Himmel noch keine Jäger. Aber sie würden kommen, davon war Fran überzeugt.

Sie riss die Verbindungstür zum Nebenraum auf. Shim fuhr erschreckt hoch.

»Raus aus dem Bett! Du hast zwei Minuten, alles mitzunehmen, was dir wichtig ist. Dann müssen wir hier verschwunden sein!«

»Was ist los?«, fragte Shim schlaftrunken. Immerhin schwang sie sich schon aus dem Bett.

»Mach schon! Wir müssen unsere Leute wecken! Die Nodronen haben uns gefunden.«

Sie verließ den Raum, weckte die Smertens, Dyke und Allgame. Sie begriffen sofort, holten ihrerseits die anderen. Nur von Rhodan und Bull noch kein Lebenszeichen. Es war Fran egal, ob sie das ganze Hotel aufschreckte, als sie gegen die Tür Rhodans hämmerte. Schließlich nahm sie die Ringe an ihrer rechten Hand zu Hilfe. Ein eng gebündelter Desintegratorstrahl fraß sich in den Öffnungsmechanismus. Fran stieß die Tür zur Seite und stürmte weiter. Beide Räume waren leer, die Betten offensichtlich unberührt. Sie fluchte und rannte zurück. Die zwei Minuten, die sie sich als Frist gesetzt hatte, waren fast verstrichen.

Die anderen warteten auf dem Korridor. »Draußen ist alles ruhig«, empfing sie Trebb Wilburn.

»Glaub das nicht. Die Nodronen haben uns entdeckt – ich weiß nicht wie, aber sie haben es geschafft. Die Frage ist nur, ob die Gesandtschaft Kampfjäger schickt oder ob sie versuchen werden, die Angelegenheit diskreter zu regeln.«

»Wo sind Rhodan und Bull?«, fragte Wilburn.

»Ich weiß es nicht. Aber wenn wir uns darüber noch lange den Kopf zerbrechen, kommen wir nicht mehr raus.«

»Wir brauchen die Deflektoren«, sagte Pratton Allgame. »Die Nodronen werden den Eingang überwachen.«

»Dann haben wir auch im Schutz der Unsichtbarkeit keine Chance. Wenn die Nodronen gut sind, rechnen sie mit solchen Spielerein. Wir müssen versuchen, auf andere Weise hier rauszukommen.«

»Ich weiß was!« Shimmi rannte weiter und am Lift vorbei. »Kommt schon, es gibt einen Weg.«

»Bleib hier!«, befahl Fran. Im nächsten Moment glaubte sie, ihren Augen nicht mehr trauen zu dürfen. Shim Caratech war durch eine geschlossene Tür gerannt und verschwunden.

»Was ist?«, erklang Shims Stimme. »Wollt ihr hier raus oder nicht?«

»Gar nicht übel, die Kleine«, bemerkte Allgame. »Aus der wird mal was.«

Nacheinander durchdrangen sie das Holo. Shim zeigte in die Runde. »Versorgungsleitungen. Einige groß genug, dass wir in ihnen weiterkommen.«

»Nein, sie sind eine Falle«, wehrte Fran ab. »Was glaubst du, wie schnell uns die Nodronen da drin aufspüren. Die würden uns über mehrere Etagen hinweg hören.« Trotzdem ging sie weiter. »Wohin geht es da?« Sie zeigte auf den Bodendurchbruch.

»Keine Ahnung«, gestand Shim.

Niemand fragte, weshalb Shimmi überhaupt von dem Versorgungsraum wusste. Das Dröhnen einer fernen Explosion ließ sie erstarren. Homphé wimmerte. »Wenn wir alle sterben, bin ich schuld.« Keiner achtete auf ihn.

»Ich habe die Optik!«, rief Wilburn. »Wenn ich die nach unten schicke ...«

»Mach schon!«, drängte Fran. »Her mit den Bildern!«

Eine zweite Explosion. Staub rieselte von den Rohrleitungen herab. Dumpfe, undefinierbare Geräusche drangen von irgendwoher heran.

In der Übertragung wurden Flüssigkeitstanks sichtbar. Die Optik schwebte zwischen ihnen hindurch. »Nichts«, stellte Fran fest. »Da kommen wir nicht weiter.«

Weitere Explosionen. Dann Schüsse. Schwere, polternde Schritte näherten sich. Befehle hallten heran, von den Schächten bis zur Unkenntlichkeit verzerrt.

»Wenigstens kommen keine Raumjäger«, bemerkte Fran. »Sie schicken nur Truppen.« Das klang sarkastisch.

»Ein paar von denen nehme ich jedenfalls mit.« Allgame hielt plötzlich seinen Strahler in der Hand. Ron Dyke und Khirm Smertens zogen ebenfalls ihre Waffen. »Ich töte niemanden«, widersprach Ronika schroff.

»Da ist etwas!« Wilburns Ausruf elektrisierte sie alle. Tatsächlich zeigte die Übertragung eine schwere Tür, sie befand sich eindeutig in der Außenwand des Hotels. Wahrscheinlich führte sie ins Nachbargebäude hinüber.

»Wir müssen runter!«, bestimmte Fran. »Los, Shimmi, du zuerst. Dann Quart.«

»Ich bleibe hier«, wimmerte der Dicke. »Mich vermisst sowieso niemand.«

»Tu gefälligst, was ich sage!«, herrschte ihn die Agentin an. »Und beweg deinen Hintern!«

Shim hatte sich bereits an den Verstrebungen nach unten gehangelt. Homphé hatte es nicht so leicht, für ihn war die

Öffnung beinahe zu eng. Erst als die anderen schoben, klappte es. Homphé klatschte zu Boden und rollte wimmernd zur Seite.

Dyke war der Nächste. Hinter ihm stand Ronika Smertens zwischen den Rohren. Sie griff nach denVerstrebungen, als Schritte heranpolterten. Ein einzelner Nodrone kam. Im Bruchteil einer Sekunde überschaute er die Situation und riss den Strahler hoch.

Ein grünes Flirren zuckte vor. Der Desintegratorschuss traf Ronika in die Brust, wanderte weiter und schnitt einige Leitungen auf. In selben Moment feuerten Pratton Allgame und Khirm Smertens. Die Glutbahnen ihrer Thermostrahler töteten den Angreifer, als Ronika leblos auf dem Boden aufschlug. Khirm warf sich über sie, zerrte sie zur Seite.

»Sie ist tot, Khirm. Du kannst für sie nichts mehr tun!«

Er starrte Fran Imith an. Seine Lippen bebten, für einen Moment schien er sie anschreien zu wollen, dann wischte er sich mit der Hand übers Gesicht. »Ronika ... war alles ... was ich noch hatte«, brachte er hervor. Er hob die Waffe auf, die ihm entglitten war.

»Runter mit dir!«, befahl Fran.

Khirm schüttelte den Kopf. »Nein. Erst die anderen.«

»Ich befehle ...«

»Das kannst du nicht, Fran.« Er strich seiner Frau übers Haar und küsste die Tote sanft auf die Stirn. »Du müsstest mich schon erschießen ...«

Wilburn schwang sich nach unten. Allgame folgte ihm dichtauf.

»Jetzt du!«, sagte Fran.

Khirm schüttelte den Kopf. »Ohne Ronika gehe ich nirgendwo mehr hin. Mein Weg ist hier zu Ende. Bring die anderen in Sicherheit, Fran – ich hoffe, ihr seht die Erde wieder!«

»Du weisst wirklich, was du tust, Khirm?«

Er nickte nur, dann ließ die Agentin sich von der Seite in den Durchbruch fallen. Die anderen hatten inzwischen die Tür erreicht und feuerten auf die Verriegelung. Rotglühend tropfte das Material ab, die Halterungen gaben nach. Sengende Hitze breitete sich aus.

»Wir brauchen etwas, um die Tür aufzuwuchten. Anders kommen wir hier nicht raus.«

Wasser sprühte aus automatischen Löschvorrichtungen. Sie durchtrennten mehrere armdicke Leitungen, um mit ihnen die Tüf aufzustemmen. Das Wasser schoss ihnen unter hohem Druck entgegen und verteilte sich auf dem Boden.

Von der oberen Etage drang Kampflärm. Endlich gab die Tür nach. Ein schmaler, dunkler Korridor wurde sichtbar, der eindeutig zum benachbarten Gebäude gehörte.

»Deflektoren einschalten!«, kommandierte Fran Imith. Nacheinander wurden sie für Dritte unsichtbar, konnten sich selbst aber immer noch gegenseitig sehen, was bei terranischen Modellen unmöglich gewesen wäre. Quart Homphé wälzte bereits durch den Korridor, Shim folgte ihm. Dann Dyke.

Fran Imith war schon mehrere Meter weit in den Korridor vorgedrungen, als sie feststellte, dass Wilburn ihr nicht folgte. Sie wandte sich um, sah, dass er seine Ausrüstung zusammenraffte. Im selben Moment zuckte ein Blitz aus der Höhe herab und weitete sich zur brodelnden Explosion. Eine heftige Druckwelle riss Fran von den Füßen.

Nur Sekunden waren vergangen, aber Fran glaubte, sich alle Knochen gebrochen zu haben. Hinter ihr glühte der Korridor, die Hitze war unerträglich. Trebb Wilburn konnte nicht überlebt haben. Doch den Nodronen war der Weg versperrt.

Das Hotel brannte. In den oberen Stockwerken hatten heftige Explosionen die Wände weggesprengt. In den unteren Etagen leckten die Flammen aus den leeren Fensterhöhlen und loderten gierig an der Fassade empor. Rauch wälzte sich träge die Straße entlang.

Niemand redete. Sie waren nur noch fünf und eine Katze und sie wussten, dass sie dem Tod nur um Haaresbreite entronnen waren. Durch den Korridor hatten sie ein enges Treppenhaus erreicht, waren von dort in den Keller des Nachbarhauses vorgestoßen und hatten tief unter dem Straßenniveau eine Verbindung auf die andere Straßenseite gefunden.

Von einem Seitengebäude aus hatten sie noch gesehen, wie weitere Nodronen in das schon brennende Hotel eingedrungen waren. Danach hatten neue Explosionen das Gebäude erschüttert.

»Da drüben hat niemand überlebt«, sagte Pratton Allgame erschüttert. Er hatte den Strahler in den Hosenbund geschoben und starrte wie gebannt in die Flammen. Shim streichelte die Ferrol-Katze und redete beruhigend auf sie ein, mehr um die eigene Erschütterung zu verbergen als das Tier zu beruhigen.

»Wie viele Gäste waren in dem Hotel?«, fragte Ron Dyke. »Nein, ich will es gar nicht wissen.«

»Wir müssen weiter, bevor sie auch hier nach uns suchen!«, sagte Quart Homphé.

Fran Imith schüttelte den Kopf. »Wir haben nur eine Chance, wenn wir hier bleiben. Auf der Straße würden sie uns sehr schnell aufspüren.«

»Und Rhodan und Bully?«

»Falls sie hier irgendwo in der Nähe sind, werden sie sich zurückhalten. Im Augenblick ist es zu riskant, die Funkgeräte zu benutzen. Wir warten!«

Stundenlang brannte das Hotel. Dann sanken die Flammen allmählich in sich zusammen. Irgendwann erschienen Robotgleiter, die mit Löscharbeiten begannen. Vermutlich hatten die Nodronen den Einsatz verzögert.

Es dämmerte bereits, als die ersten Mitglieder des Sturmkommandos abzogen. Sie wirkten martialisch, aufs Töten gedrillt. Shim Caratech und Quart Homphé schliefen zu der Zeit tief, Pratton Allgame stand unverändert steif am Fenster. Er schien nicht müde zu werden. Dyke und Fran Imith hatten sich inzwischen schon einmal abgewechselt.

Erst das Morgenlicht ließ das ganze Ausmaß der Zerstörungen deutlich werden. Bergungstrupps begannen damit, die ersten verstümmelten Leichen aus der Ruine zu holen.

Es war nach neun Uhr, als die letzten Nodronen verschwanden. Eine halbe Stunde später wagte Fran endlich, den

Armbandfunk zu aktivieren. Sie benutzte die terranische Standardfrequenz und Interkosmo, als sie nach Rhodan und Bull rief.

»Fran«, das war Reginald Bulls Stimme. »Gott sei Dank, du lebst. Was ist mit den anderen?«

»Drei Tote«, antwortete die Agentin knapp. »Wo, zum Teufel, habt ihr gesteckt?«

Bull schwieg einen Moment lang. »Wir haben uns umgesehen. Als Aktivatorträger brauchen wir nur wenig Schlaf. Wir kamen erst zurück, als die Löscharbeiten schon im Gang waren. Außerdem haben wir gesehen, wie die Nodronen verkohlte Leichen abtransportiert haben. Wir konnten nur hoffen, dass ihr überlebt hat.« Sein Aufatmen war deutlich zu hören.

»Und jetzt?«

»Wir treffen uns so schnell wie möglich. Shim und Quart werden wissen, wo. Oder sind die beiden …?«

»Sie haben es geschafft«, sagte Fran, »Sie und Pratton und Ron.«

Zwischenspiel

Angewidert schaute Axx Cokroide auf die Leichen der drei Verantwortlichen. Die Peitsche des Henkers hatte sie in Streifen geschnitten, ein Tod, der ihnen für einen flüchtigen Moment die Illusion gelassen hatte, überlebt zu haben. Seine Leute sterben zu sehen gefiel ihm nicht, vor allem, wenn es sich um fähige Männer handelte. Aber sie hatten versagt, die Rebellen waren entkommen. Das musste gesühnt werden.

Die Auswertung zeigte, dass es den Unbekannten gelungen sein musste, über ein Nebengebäude die Flucht zu ergreifen. Inzwischen war es zu spät, ihre Spur neu aufzunehmen.

Axx Cokroide kochte. Er wollte diese Flüchtlinge, er musste sie haben, um sie zu befragen. Ihr Fahrzeug war inzwischen gefunden und auf das Gelände der Gesandtschaft transportiert worden. Die in der Kühlzelle entdeckte Leiche einer Frau bewies ebenso wie die Aufnahmen eines Fremden aus dem Stadtzentrum, dass es sich bei den bislang Unbekannten um nodronische Rebellen handelte. Woher jedoch die unbekannte Technik ihres Fahrzeugs stammte, war noch ungeklärt.

Was konnte eine größere Tragweite entwickeln als Rebellen auf Balance B?

Der Fehlschlag im *Ewigen Ei der Irchy-Ba* hatte ihnen einen Vorsprung verschafft. Axx Cokroide zweifelte nicht daran, dass die Rebellen versuchen würden, den Planeten zu verlassen.

Die geforderte Verbindung zum kommandierenden General der 8000 nodronischen Sternenkreuzer im Tazmai-System baute sich auf. »Son'Varish«, begann Cokroide ohne Vorrede, »ab sofort darf kein Raumschiff das System verlassen, das nicht überprüft und freigegeben wurde. Du haftest mir für die Durchführung. Ich erwarte, dass alle nicht-nodronischen Einheiten mit Individual-Tastern nach blinden Passagieren durchsucht werden. Es besteht der Verdacht, dass Rebellen nach Balance B gelangt sind und wieder von dem Planeten zu fliehen versuchen.«

Eine entsprechende Anweisung hatte er schon den Truppen in Mantagir erteilt. Alle Schiffe wurden vor dem Start von den Raumhäfen ebenfalls durchsucht. Darüber hinaus waren sämtliche Zugänge zu den Schaltzentralen der Südhalbkugel des Planeten seit kurzem gesperrt.

Es war nur noch eine Frage der Zeit, bis seine Anordnungen Wirkung zeigen mussten. Die Rebellen konnten nicht mehr entkommen.

Ihnen standen höchst unangenehme Stunden bevor. Im Selbstgespräch stellte sich Axx Cokroide immer wieder seine brennendste Frage: »Was haben Nodronen im Ordensturm der Wissenschaftler von Cor'morian zu suchen?«

Kapitel 19

Ron Dyke

»So können wir nicht zusammenarbeiten!« Ungläubig verfolgte ich, wie Fran Imith Perry Rhodan gegenüber aufbrauste. »Ich habe einen Auftrag zu erfüllen, und ich gedenke, ihn auch auszuführen. Wer mich allerdings behindert, das seid ausgerechnet ihr beide. So geht das nicht …«

»Es scheint beim TLD unbekannt zu sein, dass wir uns selbst ganz gut beschützen können«, antwortete Rhodan leichthin.

Fran Imith blickte ihn entgeistert an. Ich konnte ihren Blick nicht anders bezeichnen.

Bully zuckte mit den Achseln. »Wir sind eben keine gewöhnlichen Leute…«

Fran bedachte ihn mit einem vernichtenden Blick. »Das fürchte ich allmählich auch«, sagte sie. »Einige im TLD haben mich vor euch gewarnt. Dummerweise wollte ich ihnen nicht glauben.«

»Wir hatten eine Nachricht hinterlegt«, sagte Rhodan. »Als Aktivatorträger kommen wir mit sehr wenig Schlaf aus.«

»Der Platz der Ewigen Wissenschaft erschien uns so interessant, dass wir nach weiteren Informationen suchten«, ergänzte Bull.

»Und? Hat es sich wenigstens gelohnt?«, fragte Fran.

Wir standen am Rand eines großen Gleiterlandeplatzes, rings um uns herrschte ein stetes Kommen und Gehen. Rhodan und Bull hatten uns hier erwartet.

»Es ist unglaublich«, sagte Bully. Seine Stimme vibrierte, und das hatte ich an ihm bislang noch gar nicht bemerkt. *Er ist erschüttert,* stellte ich fest. *Oder ergriffen. Auf jeden Fall müssen sie Dinge erfahren haben, die selbst einem Unsterblichen an die Nieren gehen.* Dabei konnten Rhodan und Bull weiß Gott auf ein bewegtes Leben zurückblicken; sie hatten Geschichte nicht nur erlebt, sondern gemacht.

»Wir reden später darüber«, sagte Perry Rhodan ausweichend. »Wir haben die Zeit genutzt und ein neues Quartier gemietet.« Er lachte, als er unsere ungläubigen Blicke bemerkte. »Scheint nicht billig gewesen zu sein, aber das Guthaben auf den Creditchips hat ausgereicht. Die Wissenschaftler von Cor'morian zahlen.«

Bully nickte. »Gehen wir?«

»Zu Fuß?«

»Was sonst? Das Haus liegt quasi um die Ecke.«

Es dauerte einige Minuten, bis wir den Grünstreifen rings um den Platz durchquert hatten. Eine feudale Gegend empfing uns. Exklusive Glaspaläste hätte man auf der Erde zu den Bauten gesagt, die sich hier, von Parks und sogar Wasserflächen aufgelockert, in den Himmel schraubten.

Ich hörte Rhodan, Fran und Bull über die Schrecken der vergangenen Nacht reden. Sie wollten wissen, wie Khirm, Ronika und Wilburn ums Leben gekommen waren.

»Die Nodronen sind eiskalt«, zischte Fran Imith. »Ihnen scheint völlig egal zu sein, wie viele Unschuldige sterben müssen, damit sie ihre Ziele erreichen.«

»Welche Ziele sind das?«, wandte ich ein. »Herrschaft? Macht?«

»Macht besitzen sie schon«, antwortete Rhodan. »Sie sind die geheimen Herrscher von Mantagir, zweifellos von ganz Balance B. Sonst könnten sie es sich nicht erlauben, ein Bauwerk wie den Ordensturm der Wissenschaftler einzuäschern und das Ganze auch noch als tragischen Unfall hinzustellen.«

»Sie werden uns jagen, bis sie uns haben«, sagte Fran.

Ich spürte, dass ich blass wurde. Sie hatte recht. Wenn es nicht bald gelang, von neuem Kontakt zu den Cor'morian aufzunehmen, würde uns keine ruhige Minute mehr bleiben. »Was können die Nodronen über uns wissen?«, fragte ich.

»Das Haus vor uns, das aussieht wie aus gedrehten Röhren

zusammengesteckt, ist unser Hotel«, machte Bully uns aufmerksam.

Ich nickte nur und konzentrierte mich auf Rhodan.

»Zu Anfang haben die Nodronen wohl nur herausgefunden, dass ein unbekanntes Fahrzeug dem zusammenstürzenden Ordensturm entkam. Danach werden sie weiter ermittelt haben. Wir hätten es jedenfalls so gehandhabt. Welche Hinweise sie aber zu unserem Hotel geführt haben – wir wissen es nicht. Vielleicht haben die Tambu mit unserer Anmeldung Spuren hinterlassen.«

»Auf jeden Fall«, sagte Reginald Bull, »können wir davon ausgehen, dass der Mars-Liner nicht von ungefähr verschwunden ist. Die Nodronen haben ihn, das lasse ich mir nicht ausreden. Und falls sie ihn schon untersucht haben, wissen sie, dass er einer ihnen völlig unbekannten Technik entstammt. Das ist Grund genug, alles in Bewegung zu setzen, was sie haben ...«

»Wie geht es jetzt weiter?«, wollte Pratton Allgame wissen.

Wir hatten unser Ziel erreicht. Atemberaubend schraubte sich das Bauwerk in die Höhe. Ich glaubte, Knoten und Verschlingungen in der Struktur zu erkennen, doch sobald ich mich auf einzelne Elemente konzentrierte, verschwammen sie vor meinen Augen. Zwischen ihnen hingen kantige Gebilde. Sehr viele sogar, und es schienen bei jedem Hinschauen mehr zu werden.

»Chamäleonmaterial«, jubelte Quart Homphé. »Das ist nicht einfach nur ein Gebäude, das ist Kunst. Vollendete Kunst. Von einer Schönheit, die nur ein wahrer Künstler erfassen kann.«

»Wie es weitergeht?«, wiederholte Rhodan. »Ohne die Wissenschaftler können wir nicht in unsere Zeit zurück. Wenn es sie hier nicht mehr gibt, müssen wir nach ihnen suchen. Die Galaxis ist groß; wir werden einen Weg finden, Balance B zu verlassen und die Wissenschaftler zu finden.«

Im ersten Moment glaubte ich, mich verhört zu haben? Weg vom Mars und alles aufgeben, was uns noch mit der Vergangenheit verband? Da draußen würden wir endgültig Entwurzelte sein.

Welke Blätter im Herbststurm. Der Vergleich setzte sich hartnäckig fest und ließ sich nicht mehr verdrängen. Ich hatte Angst. Und sie wurde von Stunde zu Stunde größer.

»Surrealismus pur.« Das war Quart Homphés Kommentar beim Betreten des Hauses gewesen und seitdem hatten seine Augen einen eigentümlichen Glanz. Als lebte er endgültig in einer anderen Welt, in der Realität und Fantasie ineinander flossen.

Alles befand sich im Fluss, es gab keine geraden Wände, keine Kanten, selbst der Boden schien sich uns immer wieder von neuem entgegenzuwölben. Dazu eine lichtdurchflutete Offenheit, die die Sinne verwirrte. Für wen auch immer dieses Haus errichtet worden war, Menschen gehörten nicht dazu. Nodronen wohl ebenso wenig. Ich nahm an, dass Rhodan und Bull uns allein schon aus diesem Grund hier eingemietet hatten.

Wir hatten Gelegenheit, uns frisch zu machen. Ein grelles, zweifellos keimtötendes Licht und Warmluft ersetzten die Wasserdusche. Lange stand ich in der Hygienezelle und hoffte, dass die Spuren der Nacht von mir abfielen. Vergessen würde ich nie können, aber ich fühlte mich danach einigermaßen ausgeglichen und regeniert.

Den anderen erging es ähnlich, als wir uns zur Lagebesprechung trafen. Unsere Gemeinschaft war erneut zusammengeschmolzen, und ich fragte mich, wer von uns der nächste sein würde – ein Gedanke, für den ich mich am liebsten getreten hätte.

Die anderen warteten schon in Rhodans Zimmer, als ich eintraf. Im Hintergrund war eine Bildwand aktiv. Natürlich mussten wir über die aktuelle Entwicklung in Mantagir auf dem Laufenden bleiben, auch wenn sich die Nodronen bestimmt nicht von der Öffentlichkeit in die Karten sehen lassen würden.

»Wir sind vollzählig«, bemerkte Fran Imith überflüssigerweise. Im Grunde war das nur die Aufforderung an Rhodan und Bull, uns zu berichten, was sie auf dem Platz herausgefunden hatten.

»Auch wenn es in Mantagir nicht so aussieht, wir haben auf dem Platz der Ewigen Wissenschaft die Information erhalten, dass das Leben und die Intelligenz im Universum langsam und scheinbar unaufhaltsam zurückgehen«, begann Perry Rhodan. »Das ist an sich keine neue oder erschütternde Erkenntnis, schließlich wissen wir, dass die Hohen Mächte des Kosmos im Begriff sind, das Leben einzudämmen, indem sie jede Förderung eingestellt haben. Das betrifft gleichermaßen den Bau von Sporenschiffen, die Lebenskeime ausstreuen, wie die gewaltigen Sternenschwärme, mit deren Hilfe einst die Entwicklung der Intelligenz gefördert wurde. Seitdem ist eine Milliarde Jahre vergangen und was wir heute Nacht erfahren haben, scheint zu beweisen, dass die langfristigen Maßnahmen der Kosmokraten greifen.«

»Wie viel habt ihr erfahren?«, fragte Allgame.

»Für einen Überblick ausreichend«, antwortete Rhodan. »Was aber auf dem Platz noch auf uns wartet ...« Er zuckte mit den Achseln. »Was dort im Lauf der Jahrhunderte oder Jahrtausende zusammengetragen wurde, ist enorm.«

»Deshalb diese nahe gelegene Unterkunft«, vermutete ich.

»Ja. Wir wollen jede freie Minute nutzen, um die Statuen zu befragen«, sagte Bull. »Je mehr wir wissen, desto größer sind unsere Chancen.«

»Die Völker in Vaaligo wissen demnach von den Maßnahmen der Kosmokraten«, stellte Fran Imith fest. »Und sie gehen gegen sie vor. Sie machen denselben Fehler wie andere vor ihnen.«

»Ja und nein«, sagte Bull.

»Was soll das heißen?«

»Was Bully damit ausdrücken will«, fuhr Perry Rhodan fort, »ist die Tatsache, dass niemand in Vaaligo von den Maßnahmen der Kosmokraten zu wissen scheint, die in unserer Zeit getroffen worden sind. Obwohl der Kosmos immer noch vor Vielfalt zu bersten scheint, sind ihre Auswirkungen ersichtlich. Dagegen gehen die Völker von Vaaligo gemeinsam vor.«

»Offenbar aber doch nicht so gemeinsam wie es klingt.« Fran Imiths Feststellung hatte einiges für sich. Die Nodronen waren der Schwachpunkt in dieser vermeintlichen Zusammenarbeit, ganz gleich, um was es dabei ging.

»Ehrlich gesagt«, wandte ich mich an Rhodan, »ich verstehe immer noch nicht, um was es eigentlich geht. Besiedeln sie neue Welten? Oder züchten sie vielleicht neues Leben?«

»Keines von beidem. Es gibt ein Großes Vorhaben aller Völker. Noch konnten wir nicht in Erfahrung bringen, seit wann dieses Projekt betrieben wird, ob es sich nur um einige Zehntausend Jahre handelt oder gar mehrere hunderttausend.«

Ein Laut grenzenloser Überraschung war das Erste, was wir von Shim Caratech zu hören bekamen. Allerdings hatte sie wie gebannt zugehört, mit offenem Mund und zusehends größer werdenden Augen.

»Im Rahmen dieses Projekts wurde der dritte Planet des Tazmai-Systems vor ungefähr tausend Jahren aus dem Sonnensystem entfernt. Und einige zehntausend andere wichtige Welten und Sonnen ebenfalls.«

»Der dritte Planet – Terra?« Die Agentin blickte von einem zum anderen. Nebenher behielt sie aber auch die Holoprojektion im Auge. Ich hatte gesehen, dass sie mehrfach bei einem abrupten Bildwechsel zusammengezuckt war. Sie traute dem Frieden nicht.

»Wenn es sich wirklich um die Erde handelt, und es gibt momentan keinen Grund, das anzuzweifeln«, fuhr Perry Rhodan fort, »dann ist sie heute eine hochtechnisierte Welt namens Balance A. Sie wurde in den Orbit einer blauen Riesensonne versetzt, ungefähr 55 Lichtjahre von hier entfernt.«

Ich war erstaunt, wie offen Rhodan mit uns redete. Schließlich waren das Fakten, die uns nicht gerade anspornten. Die Erde umstrukturiert und in die Umlaufbahn um eine fremde Sonne versetzt. Wer auf dieser Welt geboren worden war, hing an ihr, sie war etwas Besonderes, ein blaues Juwel, und wenn ich mich nicht irrte, waren wir alle hier Kinder der Erde.

Ein erstickter Laut kam von Quart Homphé. Fast gleichzeitig schrie Fran Imith auf.

Ich reagierte gerade noch schnell genug, um erkennen zu können, dass die Bildwand unseren Mars-Liner zeigte.

»... es zeigt sich, dass die seitens des Empires von Nodro getroffenen und von den Wissenschaftlern von Cor'morian stets kritisierten Maßnahmen gerechtfertigt waren«, sagte die Stimme eines Sprechers. »Die vorausgesagte Bedrohung hat sich als real erwiesen. Doch obwohl achttausend Einheiten von Nodro das Tazmai-System und den Orbit von Balance B abriegeln, ist es fremden Kräften gelungen, in Mantagir einzudringen. Dieses Fahrzeug einer uns unbekannten Technik, das zunächst in der Botschaft von Nodro überprüft wird, ist der unwiderlegbare Beweis. Es wird in Kürze zu einer eingehenden Untersuchung nach Nodro verschifft.«

Das Bild wechselte. Mein Entsetzen steigerte sich noch.

»Die Fremden agieren in der Maske von Nodronen. Aber ihre Tarnung ist nicht perfekt. Sie sind körperlich schwächer, ihre Augen verraten sich durch eine andere Färbung. Auch ihre Kleidung entspricht nicht nodronischen Gewohnheiten.«

In einer unglaublich langen Sequenz war das Gesicht der Kosmopsychologin zu sehen. Natürlich hatten die Nodronen ihre Leiche im Kühlfach entdeckt. Sie hatten sogar Imaras Lider wieder geöffnet. Meine Kiefergelenke schmerzten, so heftig biss ich die Zähne aufeinander. Was die Nodronen taten, war unwürdig.

Augenblicke später war Quart Homphés Konterfei zu sehen. Der Dicke streifte sich gerade umständlich den Pullover über.

»Ich wusste es«, jammerte Homphé von neuem. »Ich bin Schuld, ich allein ...«

»Halt den Mund!«, herrschte Rhodan ihn an. »Sie haben uns auch ohne dich gefunden. So schnell würden wohl nicht einmal die Nodronen reagieren.«

Wir hörten den Fahndungsaufruf. Die Bevölkerung von Mantagir wurde aufgefordert, sofort Meldung an die nodronische Botschaft zu erstatten, sobald wir gesehen wurden. Unsere Gegner schienen nicht zu wissen, wie viele wir wirklich waren, aber sie wussten, dass wir den Anschlag auf das Hotel überlebt hatten.

»Wenn wir Pech haben«, hörte ich mich sagen, »werden wir in diesem Moment verraten.«

Perry Rhodan nickte. »Wir müssen sofort verschwinden. Noch können wir es im Schutz der Deflektoren schaffen ...«

Es war ein eigenartiges Gefühl, im Schutz der Unsichtbarkeit durch die Stadt zu fliehen. Die am dichtesten belebten Straßen und Plätze mieden wir ohnehin, weil wohl jeder Bewohner Mantagirs sofort auf den Zusammenprall mit etwas Unsichtbarem reagiert hätte. Öffentliche Verkehrsmittel verboten sich aus demselben Grund. Mit unserer endgültig planlos gewordenen Flucht verloren wir zugleich jede Hoffnung, dass die Tambu uns doch noch aufspürten. Ich fragte mich, wie lange wir ohne Verbündete durchhalten konnten.

Wir hatten erst zwei oder drei Kilometer zurückgelegt, als Quart Homphé schlapp machte. Er ließ sich zu Boden sinken und war nicht mehr zum Weitergehen zu bewegen.

Hoch über uns patrouillierten Raumjäger der Nodronen. Natürlich waren ihre Optiken in die Straßenschluchten gerichtet, und die Aufnahmen wurden in ihrer Gesandtschaft sofort ausgewertet. Wir durften also nicht riskieren, selbst für kurze Zeit unsere Deflektoren abzuschalten.

Wann würden die Nodronen auf den Gedanken kommen, per Energieortung nach uns zu suchen?

»Wir müssen Mantagir verlassen«, sagte Fran Imith eindringlich. »Hier sind wir nicht mehr sicher.«

Pratton Allgame verzog das Gesicht zu einer säuerlichen Grimasse. »In einer solchen Situation werden die Raumhäfen abgeriegelt«, argumentierte er. »Das weiß der TLD ebenso gut wie ich. Wir kommen da mit unseren Deflektoren nicht rein. Es sei denn, deine Agentenausrüstung ist umfangreicher als gedacht.«

Fran schaute den Weinbauern nachdenklich an, sagte aber nichts.

Inzwischen war Homphé wieder einigermaßen fit. Er kam von selbst auf die Beine und stolperte vor uns her. Wie immer man zu ihm stehen mochte, er schien seine letzten Reserven zu mobilisieren. Dass die Nachrichten ausgerechnet sein Konterfei gezeigt hatten, musste ihn schwer getroffen haben.

Irgendwann fiel mir auf, dass wir nach Norden gingen. Ich bemerkte es nur, weil uns die unentwegt patrouillierenden Raumjäger nun entgegen kamen. »Wenn ich mich recht entsinne, liegt am nördlichen Stadtrand die Gesandtschaft von Nodro«, sagte ich schließlich.

Pratton warf mir einen bedeutungsvollen Blick zu. »Das ist so, mein Freund. In ihrer unmittelbaren Nähe werden sie am wenigsten mit uns rechnen.«

Im Schatten haushoher Farnwedel legten wir eine längere Rast ein. Ein geradezu urweltlich anmutender Wald war das, schwül-dampfend und voll ungewohnter Gerüche. Eine ähnliche Region hatten wir kurz nach unserer Ankunft über Mantagir entdeckt. Oder handelte es sich vielleicht um denselben Bereich? Ich konnte die Umgebung nicht zuordnen.

Tiere lärmten hoch über uns in den Wedeln. Ich hoffte jedenfalls, dass es Tiere waren und nicht Intelligenzen; Shimmi hatte mir den Zwischenfall mit ihrer Katze und dem haarigen kleinen Humanoiden berichtet. Sie saß mit übereinandergeschlagenen Beinen neben mir, hatte den Korb mit Schikago auf ihren Oberschenkeln stehen und machte irgendwelche Notizen. Als ich versuchte, mehr zu erkennen, zog sie die Schreibfolie zur Seite und schüttelte verbissen den Kopf. Die Ähnlichkeit, die sie in dem Moment mit ihrer Ferrol-Katze hatte, war verblüffend. Schikagos Mimik wirkte ebenso zornig. Immer wieder schlug sie nach der Folienkuppel, die ihr den Weg nach draußen verwehrte.

»Wir sind ebenfalls eingesperrt«, raunte ich. »Also mach dir nichts draus. Nach dieser Zeit kommt eine andere.« Shim bedachte mich mit einem überraschten Blick von der Seite, schwieg aber.

Im Sichtschutz der Farne hatten wir die Deflektoren abgeschaltet. Wir mussten sparsam mit der Energie umgehen. Keiner wusste zu sagen, wie lange die Energieversorgung funktionieren würde.

Reginald Bull hantierte mit einem faustgroßen Gerät. Gleich darauf leuchtete vor ihm ein Holowürfel auf. Wenn ich es richtig sah, projizierte er eine der örtlichen Nachrichtensendungen. Er grinste breit, als Fran Imith sich vor ihm aufbaute und ihn musterte.

»Selbst gekauft, meine Liebe«, sagte er. »Heute Morgen. Die Creditchips sind wirklich Gold wert. Ist übrigens interessant, was da abläuft. Unsere lieben Nodronen ziehen eine flächendeckende Fahndung auf, die für eine Handvoll Flüchtlinge viel zu viel der Ehre ist. Ich habe gerade mitbekommen, dass alle startenden Raumschiffe durchsucht und die Passagiere überprüft werden. Diesen Planeten verlässt keine Maus mehr unkontrolliert.«

»Haben die hier Mäuse?«

»Ja, ich denke schon. Warum eigentlich nicht?«

Zwischen den beiden knisterte es auf eine eigentümliche Weise. Ich glaubte, dass Bully die Agentin bewunderte, zugleich aber vor seinen eigenen Empfindungen zurückschreckte. Und er wollte diese Gefühle verbergen. Am meisten wahrscheinlich vor sich selbst.

»Über welchen Zeitraum werden sie die Fahndung aufrecht erhalten?«, wollte Pratton wissen. »Ein solcher Aufwand ist normalerweise nur für wenige Tage gerechtfertigt. Danach werden wir uns wieder ungezwungener bewegen können.«

Rhodan schüttelte den Kopf. »Nicht einmal der erwartete Prior-Forscher scheint auf dem Planeten gelandet zu sein. Worauf sollen wir warten, Pratton? Selbst wenn es aberwitzig klingt: Wir müssen hier weg, weil wir die Wissenschaftler von Cor'morian brauchen.«

»Und sie uns«, fügte Fran Imith hinzu.

»Marschieren wir deshalb nach Norden?«

»Ja. Wenn alle Raumschiffe kontrolliert werden, müssen wir uns eines suchen, für das eigene Regeln gelten: eine nodronische Einheit.« Seine Kompromisslosigkeit erschreckte mich. Aber dann verstand ich. Unsere beste Chance war, Balance B als blinde Passagiere zu verlassen – an Bord eines nodronischen Raumers.

Schon der Gedanke daran trieb mir den Schweiß auf die Stirn. Aber Rhodan meinte es ernst.

Wir marschierten los. Irgendwann lagen Dutzende Kilometer hinter uns, mehr als ich uns zugetraut hatte. Gewohnt, solche Strecken zu gehen, war keiner von uns. Mir brannten die Füße, der Rücken schmerzte und wenn ich mich zu dehnen versuchte, hatte ich das Gefühl, in einer eisernen Zwinge zu stecken. Shim hatte bis jetzt ohne zu klagen durchgehalten, und nur Quart Homphés Unleidlichkeit feierte neue Triumphe. Als Pratton ihm Schläge androhte, verlegte er sich auf bitterböse Blicke.

Es ging auf Mitternacht zu. Vor uns erstreckte sich die Gesandtschaft des Empires Nodro, ein unüberschaubarer monströser Komplex, der weiträumig in gleißende Lichtflut getaucht wurde. Einiges relativierte sich jedoch bei weiterer Annäherung. Der taghell erleuchtete Bereich war der botschaftseigene Raumhafen. Mindestens ein Dutzend großer Raumer stand dort. Die gewaltigen Zylinderkonstruktionen mussten Frachter sein, während es sich bei den schlanken, raketenförmigen Schiffen mit dem trichterförmig erweiterten Heck eher um Kriegsschiffe handelte. In dem separaten Bereich des Hafengeländes, in dem die Kreuzer auf ihren Landestützen ruhten, starteten und landeten in unregelmäßigen Abständen die rochenförmigen Angriffsjäger. Mit donnernden Triebwerken rasten sie über uns hinweg.

Ich spürte, wie sich mir die Nackenhaare aufstellten. Die Gesandschaft, die skrupellose Macht, für die sie stand, machten mir Angst. Ich wollte wieder zurück in die Straßen Mantagirs. Dort, in dem Völkergewirr, fühlte ich mich wohler. Ein Gedanke kam mir. Unerhört und … ich drückte ihn schnell weg.

»Das Gelände ist von energetischen Zäunen umgeben«, stellte Bully fest, nachdem er eine Zeitlang mit den Ortungen seines Kombiarmbands hantierte hatte. Aus unerfindlichen Gründen versagten die Pikosyns nach wie vor den Dienst.

»Energiezäune kann man überwinden«, sagte Pratton.

»Die Geschütztürme auch?«, fragte ich und deutete auf die massiven Kuppeln, die sich in regelmäßigen Abständen im Innenbereich erhoben.

»Gegen Bodenziele sind solche Waffen nicht zu gebrauchen«, antwortete Rhodan.

Werkstätten und Hangars lagen zur Linken, rechterhand erhob sich in einiger Distanz ein hufeisenfömiges Gebäude. Das musste die eigentliche Gesandtschaft sein.

»Irgendwo auf dem Gelände ist unser Mars-Liner abgestellt.« Das klang, als überlege Perry Rhodan nur laut. Für mich stand fest, dass er genau wusste, was er wollte. »Der Bus wurde hier überprüft«, fuhr er fort. »In den Speziallabors auf Nodro wird darüber hinaus jedes einzelne Aggregat auseinandergenommen und seine Funktionsweise analysiert werden. Ich vermute, dass der Transport nach Nodro bald erfolgen wird.«

Darauf wollte er also hinaus. Wir sollten an Bord unseres Busses den Planeten verlassen! So aberwitzig konnte selbst ein Perry Rhodan nicht agieren. Ich starrte wie gebannt auf die Gesandtschaft. Alles in mir wehrte sich dagegen, mich weiter der Anlage zu nähern. Und jetzt wollte Rhodan uns nicht nur dorthin führen, sondern direkt nach Nodro? Auf eine ganze Welt voller Nodronen?

Er schien bemerkt zu haben, dass ich ihn entgeistert anstarrte. »Keine Angst, Ron«, sagte er zu mir. »Ich bin nicht lebensmüde. Aber besteht nicht immer die Möglichkeit, dass ein Frachter von Piraten gekapert wird?«

»Vielleicht stellst du dir Piraten anders vor.« Reginald Bull zwinkerte mir aufmunternd zu. »Doch so ist das nun einmal. Jeder muss sehen, wo er bleibt.«

Nur noch hin und wieder fauchten Kämpfjäger über uns hinweg. Ansonsten war es auf dem Botschaftsgelände ruhig geworden.

Rhodan, Bull und Fran Imith hatten eine Zeit lang lebhaft debattiert. Ich hatte ihnen nur mit Mühe folgen können, zu sehr war ich in meinen eigenen Gedanken gefangen.

Pratton hatte sich mehrfach eingemischt. Fran hatte, wie sie sagte, auf Nummer Sicher gehen und vorab das Gelände erkunden wollen. Ihr Vorschlag, allein aufzubrechen, war jedoch erst von Bull vehement abgelehnt worden, und dann hatte sich auch Rhodan dagegen entschieden.

»Im Notfall müssten wir Funkkontakt aufnehmen und ein unnötiges Ortungsrisiko eingehen. Aber selbst wenn das nicht der Fall wäre und sie dich bemerken, hätten wir keine zweite Chance mehr«, war sein Argument gewesen. »Uns bleibt ein einziger Versuch, nicht mehr.«

Im Schutz der Dunkelheit und mit aktivierten Deflektorfeldern näherten wir uns dem Zaun. Ich war der Letzte der Gruppe, noch hinter Homphé. »Haltet Abstand!«, sagte Fran Imith warnend. »Das sind hochgespannte intermittierende Felder. Sollte es zu Überschlägen kommen, wird der, den es erwischt, nicht einmal mehr Zeit haben, das zu bedauern.«

Quart Homphé jammerte verhalten.

»Du hältst den Mund, Dickwanst!«, herrschte Fran ihn an. »Der Deflektor schützt vor optischer Wahrnehmung, aber nicht vor deinem Gegrunze.« Sie blickte in die Runde. »Wir sind drei Personen mit Erfahrung und vier, die keine Ahnung haben, was auf sie zukommt.«

»Vier«, sagte Pratton Allgame. »Vier mit Erfahrung.«

Fran musterte ihn durchdringend. »Wieso höre ich das erst jetzt?«

»Es war noch nicht wichtig. Ich kenne mich mit Hochenergiesperren leidlich gut aus.«

»Leidlich gut ist zu wenig.«

»Dann eben bestens.«

»Braucht man das im Weinbau?«

Pratton zuckte mit den Achseln. »Nicht unbedingt.« Es war offensichtlich, dass er sich nicht weiter dazu äußern wollte. »Was ist jetzt?«, drängte er. »Gehen wir oder nicht? Wir müssen zu zweit sein, wenn wir einen feldleeren Raum von ausreichender Größe schalten wollen.«

»Das weiß ich selbst.« Fran wandte sich Rhodan und Bull zu. Rhodan nickte knapp, Bull schaute den Weinbauern nachdenklich an. »Gib ihm dein Armband, Reginald«, bat die Agentin.

»Das ist nicht nötig«, wehrte Pratton ab. »Wenn ich mich auf etwas verlasse, dann auf mein eigenes Werkzeug. Eine gewisse Standardausrüstung gehört heutzutage zu jedem Planetenausflug.«

Ich hatte das Gefühl, dass er sich amüsierte. Für einen Moment war ich sogar versucht anzunehmen, dass er ebenfalls einem Geheimdienst angehörte. Zur größeren United Stars Organisation vielleicht, die gelegentlich mit dem TLD kooperierte?

Einige Meter vom Zaun entfernt versuchten die beiden, Frequenzbereiche zu ermitteln. Sie wollten eine Interferenz herstellen, die in einem eng begrenzten Bereich die tödliche Wirkung aufhob, ohne dabei eine Rückkoppelung zu provozieren, die Alarm ausgelöst hätte. Ich ertappte mich dabei, wie ich mir wünschte, dass sie es nicht schafften. Dass sie ihre Anstrengungen aufgaben und wir alle wieder in Mantagir untertauchten.

Ein leichtes Flirren entstand zwischen ihnen, eine Art Wellenbewegung, die sich nach beiden Seiten ausbreitete. Dabei hörte ich Pratton Allgame zum ersten Mal eine Verwünschung ausstoßen. Fran und er erstarrten.

Kurz darauf entstand erneut dieses Flirren. Diesmal hatte es Bestand, ein eng pulsierender Bereich, der blasser wurde, und plötzlich erschien es mir, als weite sich dieses Flirren über zwei, drei Meter hinweg aus.

»Jetzt!«, zischte Fran. »Beeilt euch!«

Reginald Bull ging dicht vor mir auf den entstandenen Durchlass zu. Er zog Homphé mit sich. Shimmi hetzte mit ihrem Korb heran, ich ließ sie vor mir passieren. Ich zögerte.

»Worauf wartest du noch, Ron?«, sagte Rhodan. »Jetzt oder nie!« Als ich nicht reagierte, zog er mich kurzerhand mit sich. Ich ließ es geschehen, unfähig, mich zu wehren, aber auch, aus eigener Kraft den Schritt zu machen. Allgame und Fran Imith bildeten den Abschluss. Unmittelbar nach ihnen schien die Öffnung aufzuwallen, der Energiezaun schloss sich wieder.

Wir waren drin.

Und ich starrte sehnsüchtig nach draußen.

Das Gelände war riesig. Mehrmals zogen Bodengleiter nahe an uns vorbei. Offensichtlich patrouillierten Nodronen rings um die Anlage. Besonders effektiv gingen sie dabei nicht vor, sonst hätten sie uns bemerkt.

Zügig näherten wir uns den Werkhallen. Kurz bevor wir die erste erreichten, öffnete sich ein Segment der Außenwand. Zwei Raumjäger schwebten heraus. Dahinter konnte ich gerade noch weitere Maschinen erkennen, an denen Nodronen arbeiteten, dann riss mich eine kräftige Hand zu Boden. Keine Sekunde zu früh. Die Jäger starteten, und das keineswegs nur mit ihrem Antigrav-Triebwerk. Eine heiße Woge peitschte über uns hinweg, dann folgte erst die eigentliche Druckwelle. In dem Moment hätte ich mir die Seele aus dem Leib schreien können und niemand hätte es gehört. Obwohl ich mühsam um einen festen Halt kämpfte, wurde ich meterweit davongeschleudert.

»Weg hier!«, raunte mir Bully zu. »Lauf!«

Wir schafften es gerade noch vor einer eintreffenden Fahrzeugkolonne in den Schutz des nächsten Gebäudes. Hinter der Kolonne schloss sich die Werkhalle wieder. Dass keiner von uns zu Schaden gekommen war, erschien wie ein Wunder. Shim hatte während des Starts der Jäger krampfhaft den Korb festgehalten und einige Schürfwunden abbekommen, aber nicht mehr. Quart Homphé war jedoch am Ende seiner Kräfte. Er würde nicht mehr lange durchhalten. *Und du*, fragte ich mich unvermittelt. *Was ist mit dir? Wie lange hältst du das hier noch durch?*

»Es ist besser, wenn wir zwei Gruppen bilden«, sagte Perry Rhodan. »Fran und ich suchen nach dem Mars-Liner, ihr anderen bleibt hier zurück. Wir kommen allein schneller vorwärts.«

»Fran und ich gehen«, widersprach Bully. »Alles andere ist indiskutabel.«

Rhodan nickte nur.

Seit eineinhalb Stunden waren wir schon auf dem Gelände. Die Nacht verstrich mit Riesenschritten. Alles blieb ruhig, doch meine Nervosität wuchs. Ich spürte, dass eine Entscheidung bevorstand. Quart Homphé schlief, das war das Beste, was er tun konnte. Irgendwann brachte Shimmi ein handflächengroßes Gerät aus ihrer Tasche hervor, aber sie ließ es ebenso schnell wieder verschwinden. Sie hatte selbst erkannt, dass sie uns damit möglicherweise verraten hätte.

Eine Zeitlang später fielen mir die Augen zu. Ich schreckte dennoch regelmäßig wieder auf. Und endlich waren Reginald Bull und Fran Imith wieder da.

»Wir haben den Mars-Liner gefunden. Er wird nicht bewacht. Wie es aussieht, bereiten die Nodronen seinen Abtransport vor.«

Schweres Transportgerät stand vor dem Liner. Die Nodronen brauchten ihn nur noch auf die Lastenplattform zu verladen und aus dem Hangar zu fahren. Zwei Frachtraumer warteten in Sichtweite; vielleicht würden wir mit einem davon diesen Planeten verlassen.

»Versiegelt«, sagte Reginald Bull in dem Moment, und seiner Stimme war der mühsam verhaltene Zorn anzuhören. »Wir können nicht eindringen, ohne dass die Nodronen davon Wind bekommen.«

»Gibt es eine andere Möglichkeit, nach innen zu gelangen?«, wollte ich wissen.

»Zur Not über den Frachtbereich. Aber die Verschlussklappen wurden ebenfalls präpariert.«

»Jedes Siegel lässt sich irgendwie öffnen«, wandte Pratton Allgame ein. Er sagte es so betont, dass ich mich fragte, ob er auch davon Ahnung hatte.

»Natürlich«, bestätigte Bully. »Alles ist nur eine Frage der Ausrüstung. Unsere Technik wäre allem, was wir bislang auf Balance B gesehen haben, hoch überlegen. Leider steht uns nicht das Richtige zur Verfügung. Wir bräuchten mindestens eine Werkstoff-Analysesonde, um einigermaßen sicher an die Siegel herangehen zu können. Ich nehme an, dass keiner zufällig eine solche Sonde einstecken hat.«

»Wir können zumindest die Siegel lösen?«, hörte ich mich fragen.

Reginald Bull nickte. »Das schon. Nur bringt es uns nicht weiter. Ein offenes Siegel fällt ebenso schnell auf wie ein zerstörtes.«

»Ich werde es wieder schließen«, sagte ich.

Die Köpfe der anderen ruckten herum. Bull blickte mich entgeistert an. »Das soll wohl ein Witz sein! Du weißt, was das bedeutet, Ron?«

»Natürlich. Einer von uns bleibt auf Balance B zurück – in dem Fall ich.« Im Moment, in dem ich die Worte aussprach, löste sich etwas in mir. Als fiele eine große Anspannung von mir ab, ein Gewicht, dass mir die Luft abgedrückt hatte.

»Das kommt nicht in Frage«, wehrte Perry Rhodan ab. »Wir finden einen anderen Weg.«

»Es gibt keinen«, behauptete Fran.

»Es muss einen geben!«

»Das ist egal«, schaltete ich mich ein. »Ich habe mich entschieden. Ich bleibe.«

»Du meinst es ernst, Ron?«

»Hätte ich das sonst vorgeschlagen?«

»Was willst du hier tun?«, fragte Fran Imith. »Hier ist niemand, der auf dich wartet.«

Ich zuckte die Achseln. »Niemand wartet auf mich. Weder hier, noch auf Terra, noch anderswo. Deshalb bin ich auf den Mars gekommen: Um ein neues Leben zu beginnen. Und das werde ich tun.« Ich blickte zurück, zur Skyline Mantagirs. Zigmillionen lebten dort, die Anhörigen hunderter, vielleicht tausender Völker. Es musste dort einen Platz für mich geben.

»Und die Nodronen?«

»Werden sich den Teufel um mich scheren. Nicht lange, und sie werden merken, dass ihr ihnen entkommen seid. Sie werden nie auf den Gedanken kommen, dass einer von uns hiergeblieben ist.«

Schweigen setzte ein, dann spürte ich eine Hand auf meiner Schulter. Sie gehörte Pratton Allgame. »Komm, ich zeige dir, wie du durch den Zaun kommst. Allein kannst du nur ein kleines und instabiles Feld erzeugen, aber das sollte genügen.«

Niemand erhob Einspruch. Die Entscheidung war gefallen. Ich zitterte – vor Aufregung. Ich fragte mich, welche Überraschungen mein neues Leben für mich bereithielt.

Fran Imith benötigte zehn Minuten, um das Siegel an der vorderen Rundschleuse zu lösen. Sie zeigte mir, was ich tun musste, damit keine Spuren zurückblieben. »Ron«, sagte sie dann, »mögen alle deine Wünsche in Erfüllung gehen.«

Shimmi fiel mir um den Hals, dann verschwand sie wortlos in der Schleuse.

»Mach's gut, Ron, wird schon schiefgehen.« Pratton legte mir noch einmal die Hand freundschaftlich auf die Schulter. Sogar Quart Homphé zeigte sich gerührt, sein Händedruck war gar nicht schwammig, sondern überraschend fest.

Perry Rhodan und Reginald Bull waren die Letzten, die sich von mir verabschiedeten. Ich spürte, dass es insbesondere Perry schwer fiel. Wenn es ihm möglich gewesen wäre, hätte er wohl mit mir getauscht. Aber ein Mann wie er wurde in der Milchstraße gebraucht – in seiner eigenen Zeit, seiner eigenen Welt. Ich … ich hatte meine verloren. Aber ich würde sie wiedergewinnen.

»Mach dir keine Sorgen, Perry. Wir sehen uns bestimmt wieder«, sagte ich. Perry blickte mich nur fragend an. »Bist du unsterblich oder nicht?«, fuhr ich fort. »Was sind schon eine Milliarde Jahre für einen Aktivatorträger? Vielleicht …«

Er zog mich an sich und für einen kurzen Moment bestand zwischen uns eine innige Vertrautheit.

»Ich glaube es nicht«, sagte er. Dann war ich allein.

Das Schott wurde von innen geschlossen. Mit aller Sorgfalt drückte ich das Siegel wieder an. Ohne mich noch einmal umzuwenden, verließ ich die Halle im Schutz meines Deflektors.

Mantagir wartete.

Kapitel 20

Vergeblich reckte Fran Imith den Hals, um Ron Dyke noch einmal zu sehen. Er war von einem Moment zum anderen verschwunden.

Bedrücktes Schweigen herrschte im Bus. Sie alle fragten sich, ob Rons Plan gelingen würde. Sollte er den Nodronen in die Hände fallen, war ihm ein grausames Ende sicher. Shim Caratech öffnete ihre Tasche und spielte nervös mit ihrem Inhalt. Das Haarspray rollte zur Seite.

»Bitte nichts herumliegen lassen, was vom Deflektorfeld nicht erfasst wird«, mahnte Fran. »Ich frage mich ohnehin, ob es besser wäre, uns zu verstecken.«

»Hier kommt niemand herein«, sagte Allgame. »Die Siegel werden erst auf Nodro gelöst.«

»Ein Blick durch die Fenster kann uns verraten.«

»Wir haben die Deflektoren.«

»Deren Energievorrat eventuell begrenzt ist. Wir brauchen den Schutz der Unsichtbarkeit später noch dringend.«

»Fran hat Recht«, bestätigte Perry Rhodan. »Wir müssen uns rechtzeitig ein geeignetes Versteck suchen.«

»Für Quart haben wir das große Gepäckfach neben dem hinteren Schott«, sagte Reginald Bull. »Die Hygienezellen sind ebenfalls nicht von außen einsehbar. »Zwei oder drei Personen passen in jede. Es wird dann zwar etwas eng …«

»Das wäre also geklärt«, sagte Perry Rhodan. »Sobald sich außerhalb des Busses nur das Geringste bewegt, ist absolute Ruhe zu halten. Sonderlich lange werden wir es hier ohnehin nicht aushalten müssen.«

»Und jetzt ab nach hinten!«, verlangte Bully.

»Stellprobe?«, argwöhnte Shim.

Es funktionierte auf Anhieb. Wenn auch Quart Homphé keuchte und ihm der Schweiß in Strömen ausbrach.

»Wir wissen immer noch nicht, was wirklich gespielt wird«, erinnerte Allgame, als sie wieder auf die Sitzbänke zurückgekehrt waren. »Nachdem wir noch Zeit haben, wie wäre es mit weiteren Erklärungen? Was ist das für ein Großes Vorhaben, von dem gesprochen wurde? Vor allem, was hat die Erde damit zu tun?«

Perry Rhodan schaute ihn nachdenklich an. »Ein Schwarm«, sagte er. Nur diese beiden Worte, doch sie schlugen ein wie eine Bombe.

Fran Imith ruckte herum und blickte den Terraner ungläubig an. Allgame keuchte. »Das ist unmöglich. Die letzten Schwärme wurden stillgelegt …«

»Vor einer Milliarde Jahren«, stellte Fran fest. »Es gibt sie nicht mehr, weil das Leben als solches überhand nahm.«

»Aber … wenn hier ein Schwarm neu entsteht …«

»Keineswegs auf Geheiß der Hohen Mächte«, sagte Perry Rhodan.

»Wer steckt dann dahinter?«

»Nach Aussage einer Tambu-Statue die Wissenschaftler von Cor'morian«, sagte Reginald Bull. »Sie wurden als Erstes Schwarmvolk bezeichnet. Von ihrer Heimatwelt ging die erste Phase der Erbauung des Vaaligischen Schwarms aus – sie selbst nennen es jedoch das Große Vaaligische Vorhaben. Dass der Planet Cor'morian seit geraumer Zeit als verschwunden gilt und die Wissenschaftler sehr zurückgezogen leben, ändert nichts daran, dass sie nach wie vor als höchste moralische Instanz in Vaaligo gelten. Ihre Weisungsbefugnis üben sie aber nur noch selten aus.«

»Ich verstehe das nicht.« Shim war hörbar irritiert. »Was ist das, ein Schwarm? Was soll damit bezweckt werden?«

»Du hast noch nichts davon gehört?«

»Naja, etwas schon, aber es hat mich nie wirklich interessiert.«

»Am Besten stellst du dir einen Schwarm wie eine wandernde Kleingalaxis vor«, sagte Bully. »Eine Zusammenballung von Sonnen und Planeten auf engstem Raum, dazu gedacht, auf endloser Bahn durch das Universum zu ziehen und die Intelligenz zu fördern. So ein Schwarm, wenn er richtig eingesetzt wird, ist das moralisch höchst stehende Unternehmen, das ich mir vorstellen kann. Das gilt auch für den im Entstehen begriffenen Vaaligischen Schwarm. Er wurde gebaut, um den Galaxien der Lokalen Gruppe das Leben zurückzubringen, ein kosmischer Entwicklungshelfer, wenn du so willst.«

»Ich habe nicht den Eindruck, dass das Leben schwindet.«

»Weil Mantagir einer der wenigen Orte ist, an denen Vertreter aller Intelligenzen leben. Ansonsten sieht es so aus, als hätte sich die Zahl der raumfahrenden Zivilisationen gegenüber einst bald halbiert.«

»Wie passen die Nodronen ins Bild?« Quart Homphé schien doch nicht so unbeteiligt zugehört zu haben, wie es den Anschein hatte.

»Wir wissen es noch nicht«, gestand Rhodan ein. »Nicht einmal, ob das eine mit dem anderen etwas zu tun hat.«

Shim Caratech hatte sich auf ihren Sitz gekniet, die Arme auf der Lehne verschränkt und das Kinn aufgestützt. Sie schaute Perry Rhodan fragend an. »Wie groß ist so ein Schwarm?«

»Die größte Breite beträgt knapp tausend Lichtjahre, in der Länge sind es beinahe sechseinhalbtausend. Die Zahl aller schwarminternen Sonnen und Planeten liegt bei rund 300000, wird aber im Lauf seiner Reise erfahrungsgemäß anwachsen. Und der Vaaligische Schwarm wird in Kürze seine Ewige Reise antreten.«

Shims Staunen war offensichtlich. Einen Schwarm zu bauen war schon vor Äonen eine Meisterleistung von Technik und Logistik gewesen, die ganze Galaxien über lange Zeit hinweg beschäftigt hatte.

Ein dumpfes Rumoren erklang. Minuten später waren leichte Vibrationen wahrzunehmen. Doch zu dem Zeitpunkt war im Innern des Mars-Liners-01 schon niemand mehr zu sehen. Seine Passagiere hatten ihre Verstecke aufgesucht.

Die Erschütterungen nahmen zu, der Schwebebus wurde angehoben …

.... und geraume Zeit später wieder abgesetzt.

Die Stille, die folgte, sollte nur von kurzer Dauer bleiben.

Nach einer halben Stunde setzte ein durchdringendes Vibrieren ein. Perry Rhodan kannte diese Art der Erschütterung. Es entstand, wenn ein kleineres Raumschiff mit Impulstriebwerken startete.

Das Vibrieren hielt minutenlang an. Dann, für einen ganz kurzen Moment, setzte die Schwerkraft aus.

Rhodans Folgerung war eindeutig. Mars-Liner-01 befand sich an Bord eines nodronischen Raumschiffs, wahrscheinlich ein Frachter, der soeben mit Kurs Nodro gestartet war und die planetare Atmosphäre hinter sich gelassen hatte. In Betracht kam auch noch eine sehr kleine militärische Einheit, auf jeden Fall keiner der großen Sternenkreuzer vom Raumhafen der Gesandtschaft. Die kurzzeitige Veränderung der Schwerkraft war durch die Regelung der Schiffsaggregate auf Standardwerte entstanden.

Rhodan wies Quart Homphé und Shim Caratech an, in ihren Verstecken zu bleiben, und kurz darauf traten er, Bull, Fran und Pratton im Schutz ihrer Deflektorschirme in den Lagerraum, in dem die Nodronen den Mars-Liner abgesetzt hatten. Nur wenige Meter vor ihnen zeichneten sich die Umrisse eines Mannschotts im nackten Stahl ab.

»Was glaubt ihr«, fragte Pratton Allgame, »wie groß ist die Besatzung?«

»Fünfzehn, vielleicht zwanzig Nodronen«, erwiderte Bully. »Mehr bestimmt nicht.«

Der Öffnungsmechanismus des Schotts war einfach zu bedienen, es genügte, ihn mit drei Fingerkuppen gleichzeitig zu berühren. Die Stahlfläche glitt auseinander.

Fran Imith und Rhodan huschten hindurch. Vor ihnen lag ein zweiter, größerer Lagerraum. Nur wenige Schritt vom Schott entfernt stand ein Nodrone, ein grober, ungeschlachter Kerl mit wallendem Haar. Verwundert starrte er auf das sich von Geisterhand öffnende Schott und zog die Waffe, noch ehe er einen Schritt nach vorne machte. Einen Augenblick später sank er gurgelnd zusammen. Seine Waffe polterte zu Boden.

Ein zweiter Mann, er hatte sich am anderen Ende des Raums mit mehreren Containern befasst, schaute auf. Er sah den Kameraden zusammenbrechen, das offene Schott und riss sofort den Strahler hoch. Eine unsichtbare Kraft stoppte seinen Arm noch in der Aufwärtsbewegung. Aus größer werdenden Augen schaute er zu, wie die Waffe sich in seiner Hand selbstständig machte, aber bevor er reagieren konnte, wurde sein Arm ausgehebelt. Sein Aufschrei hatte etwas Klägliches, als er sich in der Luft überschlug und schwer auf dem Rücken aufkam. Der Versuch, wieder aufzuspringen, blieb im Ansatz stecken, dann kippte er schlaff zur Seite.

»Haben die alle so harte Knochen?«, erklang eine Frauenstimme aus dem Nichts heraus.

»Keine Ahnung, Fran«, antwortete Reginald Bull. »Ich weiß nur, dass der Nächste mir gehört.«

»Wenn es darum geht, den Burschen einiges heimzuzahlen, bin ich auch noch da«, meldete Pratton seine Ansprüche an.

»Das ist kein Spaziergang«, erinnerte Rhodan.

Von den Frachträumen aus gelangten sie auf einen langgestreckten Korridor. Niemand war zu sehen.

»Wo sind die Maschinenräume und die Hangars?«, dachte Bully laut nach. »Die Mannschaftsquartiere düften so kurz nach dem Start nicht belegt sein, zumindest nicht, solange das Schiff sich noch innerhalb des Systems befindet.«

»Wir trennen uns«, entschied Rhodan. »Kontakt über Armband. Die Zentrale erobern wir gemeinsam.«

Sie benötigten nicht einmal zehn Minuten, um weitere acht Besatzungsmitglieder aufzuspüren und auszuschalten. Die Dagorgriffe, von unsichtbaren Händen ausgeführt, zeitigten durchschlagenden Erfolg. Zudem erwiesen sich die Handwaffen aus dem Hotel als Kombistrahler. Der Paralysemodus sorgte dafür, dass die Nodronen für geraume Zeit handlungsunfähig bleiben würden.

Das Schiff entpuppte sich als zylinderförmige Konstruktion. Aus der Anordnung der Räumlichkeiten ergab sich die Folgerung, dass die Zentrale im Bereich der Bugregion zu suchen war. Ungefähr in der Schiffsmitte trafen die vier Terraner wieder zusammen.

Das Schiff beschleunigte inzwischen. Vermutlich stand die erste Überlichtetappe kurz bevor.

Die Zentrale lag vor ihnen. Das geöffnete Hauptschott wirkte geradezu wie eine unausgesprochene Einladung. »Kein Risiko eingehen. Wir nehmen gleich die Paralysestrahler.«

Das Schott ließ nur zwei Personen gleichzeitig passieren. Fran Imith und Reginald Bull drangen als Erste in die Zentrale vor. Im selben Moment flammten über den Bildschirmen blaue Lichter auf.

Fran Imith hastete nach vorne. Im Laufen feuerte sie ihre Waffe ab. Aber der Nodrone, auf den sie gezielt hatte, warf sich gedankenschnell zur Seite. Lediglich Bully traf. Aus den Augenwinkel heraus sah er einen vierten Nodronen an einem Pult hantieren. Bull fuhr herum und löste den Paralysator aus. Doch da hatte der Nodrone schon seinen Strahler hochgerissen und feuerte. Es grenzte an Wahnsinn, innerhalb der engen Zentrale eine Thermowaffe zu benutzen, doch Nodronen kümmerte das nicht.

Der Glutstrahl zuckte auf Fran Imith zu. Die TLD-Agentin befand sich wie die übrigen im Schutz ihres Deflektorfelds, der Nodrone hatte nur zufällig in ihre Richtung gezielt.

Bullys Aufschrei kam zu spät. Fran wirbelte zwar noch herum, aber gleichzeitig traf der Thermoschuss ihren Oberkörper und flutete auseinander. Rhodan und Allgame feuerten nun ebenfalls. Ihre Paralysatorschüsse machten dem Spuk ein schnelles Ende.

»Vierzehn«, sagte Fran in diesem Moment. »Ich hoffe, das waren schon alle. Die Zentrale gehört zumindest uns.«

Bully blickte sie ungläubig an.

»Was ist?«, Fran lachte gequält. »Ich bin kein Geist. Du kennst doch die kleinen Spielzeuge des TLD; ein Schutzschirmprojektor im Fingerring, gerade ausreichend für solche Treffer.«

Bully nickte schwer. Er lauschte. Etwas hatte sich verändert. Augenblicke später verstand er: Die Triebwerke waren verstummt.

»Ein vorprogrammierter Hilferuf wurde ausgelöst«, stellte Rhodan fest. »Sieht ganz danach aus, als hätten wir ein kleines Problem.«

»Wenn es nur das wäre«, antwortete Bull. Ein Blick auf die Bildschirmgalerie zeigte ihm, dass der Frachter noch weit näher an Balance B stand als angenommen. »Wir werden die Meute in kurzer Zeit auf dem Hals haben. Falls wir bis dahin nicht mit dem Kahn umgehen können, sehen wir alt aus.«

Zwischenspiel

Auch der zweite Zugriff auf die Rebellen war gescheitert. Allerdings zeigten die Aufforderungen über die öffentlichen Nachrichtendienste Wirkung. Axx Cokroide wusste nicht, wie knapp die Rebllen erneut entkommen waren, aber sie hielten sich aus unerfindlichen Gründen immer noch im Zentrum Mantagirs auf. Es war nur mehr eine Frage der Zeit, bis ihnen alle Fluchtwege abgeschnitten sein würden. Seine Truppen hatten längst begonnen, die Stadt systematisch zu durchkämmen.

Dennoch war Cokroide unzufrieden. Die letzte Meldung stammte vom frühen Abend des vergangenen Tages, mittlerweile stand die Sonne schon wieder zwei Handbreit hoch über dem Horizont. Irgendwo mussten die Rebellen die Nacht verbracht haben, vermutlich unter freiem Himmel. In dieser Phase waren sie am verletzlichsten.

Ein Anruf schreckte ihn aus seinen Überlegungen auf.

»Von der Funkzentrale wurde vor wenigen Augenblicken der automatische Notruf eines Frachters empfangen, Herr. Die STOLZ VON NODRO …«

»Was ist geschehen?«, fragte er scharf. Der Schiffsname sagte Axx Cokroide genug. Es war der Frachter, der das Fahrzeug der Rebellen nach Nodro transportieren sollte.

»Wir wissen es noch nicht. Ein Angriff fremder Raumschiffe ist ausgeschlossen, ein technischer Defekt auf die Entfernung nicht erkennbar …«

Die Rebellen! Axx Cokroide begriff, dass er am falschen Ort nach ihnen suchen ließ. Während er sie in Mantagir vermutet hatte, mussten sie auf das Gelände der Gesandtschaft geschlichen sein. Anders konnte es nicht sein. Er ignorierte die offene Verbindung und schaltete weitere Hyperfunkkanäle.

»Dies ist ein Notfall. Die STOLZ VON NODRO ist umgehend aufzubringen! Aber keine Totalvernichtung. Der Frachter darf das System auf keinen Fall verlassen!«

Der Befehl wurde von einem Dutzend Sternenkreuzern bestätigt. Die weiteren Bestätigungen sah Cokroide schon nicht mehr. Er stürmte über den angrenzenden Korridor zum nächsten Transmitterraum, um persönlich die Verfolgung aufzunehmen. Diesmal hatten die Rebellen zu viel gewagt. Sie saßen in einer Falle, aus der es kein Entkommen gab.

Axx Cokroide freute sich schon auf die Verhöre.

Kapitel 21

Es war keine schöne Arbeit, aber besser als nur herumzustehen und vor Angst nicht mehr klar denken zu können. »Hilf uns, die Bewusstlosen einzusammeln!«, hatte Fran Imith ihn aufgefordert. »Wir schließen sie in einen leeren Hangar ein. Wenn sie aufwachen, müssen sie sicher verwahrt sein.«

Er hatte nicht geahnt, wie schwer die Burschen waren. Zögernd beugte sich Quart Homphé nach vorne. Der Bewusstlose hatte nicht nur völlig verfilztes Haar, er stank auch geradezu erbärmlich.

Quart bemühte sich, nicht allzu tief einzuatmen. Wieder ergriff er den rechten Arm des Nodronen und zerrte ihn ein Stück weit hinter sich her. Er war körperliche Arbeit nicht gewohnt. Andererseits hatte er den Nodronen schon auf den Korridor hinaus gezerrt. Nur noch dreißig Meter fehlten bis zum Hangar.

Er stutzte. Hatte der Bewusstlose nicht eben den Mund verzogen?

Da war es wieder. Der Nodrone öffnete sogar ein Auge. Dunkelrot funkelte die Pupille. Der Kerl erwachte viel zu schnell.

Quart Homphé überlegte, ob er davonlaufen sollte. Aber die anderen würden ihn dann erst recht für einen Schwächling halten. Das hier war seine Chance, allen zu beweisen, dass er auch anders sein konnte.

Der Nodrone hatte jetzt beide Augen offen. Doch sein Körper war nach wie vor gelähmt, er bewegte sich nicht.

»Glotz mich nicht so an! Ihr seid Mörder und Verbrecher. Genau, das seid ihr.«

Der Kerl winkelte den Unterarm an, ballte die Finger zur Faust. Quart Homphé glaubte, sein Herzschlag müsse aussetzen. Dann brüllte er aus Leibeskräften los: »Hilfe! Hierher! Kommt schon, helft mir! Schnell!«

Niemand kam, und der Nodrone hatte inzwischen beide Arme angewinkelt. Seine Augen brannten voll unverhohlenem Hass. Jeden Moment würde er aufspringen und … Quart Homphé fasste sich an den Hals. *Renn weg!*, schrie alles in ihm. *Lauf, bevor er dich umbringt!* Nicht einmal das konnte er.

Der Nodrone spannte die Muskeln an. Seine Beine zuckten. Quart Homphé schickte ein Stoßgebet zum Himmel oder jedenfalls das, was er für ein Gebet hielt. Gleichzeitig schloss er die Augen, kniff die Lider fest zusammen, ballte die Faust und schlug mit aller Kraft zu.

Der Schmerz raubte ihm beinahe die Besinnung. Er hatte sich die Hand gebrochen, alle Knochen zersplittert. Nie mehr würde er eine Holoinstallation vorbereiten können, von einer Skulptur in den Marsbergen ganz zu schweigen. Er hätte das nicht tun dürfen, hätte … der Schmerz zwang ihn, die Augen wieder zu öffnen. Entgeistert blickte Quart Homphé auf den Nodronen, der erneut reglos am Boden lag. Er starrte seine Hand an, danach den Bewusstlosen, dann quälte sich ein heiseres Lachen über seine Lippen.

»Ich war das! Ich habe ihn niedergeschlagen, ich, Quartodezimus Filidor Edlervon Homphé!«

Er lachte, bis ihm die Tränen über die Wangen rollten.

»Verdammt einfache Technik«, stellte Reginald Bull fest. »Linearantrieb und Positroniken. Absolut nichts Vernünftiges und wirklich Schnelles.« Seine Finger huschten über die Schaltflächen der Konsolen. Nur manchmal zögerte er.

»Ich hoffe, du hast keine Probleme damit«, sagte Perry Rhodan. »Andernfalls übernehme ich.«

»Unsinn. Was die hier haben, ist ein Rückschritt. Bekanntes Prinzip, bekannte Anordnung, nur unlesbare Schriftzeichen. Aber auf die bin ich zum Glück nicht angewiesen.«

Nacheinander veränderte sich die Anzeige der Schirme. Ortungsbilder zeichneten sich ab, Skalen und Verlaufsgrafiken … alles das, was auf terranischen Raumschiffen längst von den überlichtschnellen Syntrons abgearbeitet wurde.

»Wenigstens haben wir den orbitalen Wachgürtel schon weit genug hinter uns. Aber in dem System wimmelt es von Schiffen. Das müssen die achttausend Wachschiffe des Empires sein und dazu jede Menge Frachter.«

»Ich habe hier einige Dutzend große Brocken in der Anzeige«, meldete Rhodan. »Nach meinem Dafürhalten sind das Raumstationen. Vielleicht gehören sie zum Schwarm.«

»Wenn ich mich jetzt um etwas kümmere, dann um den verdammten Antrieb dieses miesen Kahns«, schimpfte Bully. »Das Ding ist eine lahme Ente. Na los doch, komm, wo bleibt der Schub?« Er hatte es endlich geschafft, die blockierten Triebwerke freizuschalten. Lange Flammenzungen leckten aus den Heckdüsen. Die Außenbordoptiken zeigten die Bilder.

»Die Positronik ist schon programmiert. Das sieht mir nach einer lächerlich kurzen Überlichtetappe aus. Aber egal, nur weg von hier.«

»Das wird auch Zeit«, bemerkte Perry Rhodan. »Mehrere schnelle Kreuzer nähern sich auf Kollisionskurs. Distanz …«

»Vergiss es, ich will's nicht hören! Ich frage mich, was ich noch tun muss, um das Ding auf Fahrt zu bringen.«

Ein grelles Aufleuchten sprang von den Schirmen herab und tauchte die Zentrale in ein unwirklich anmutendes Licht.

Bully schnaubte. »Schlechte Zielvorgabe. Die sind noch zu weit entfernt für Wirkungsfeuer. He, jetzt hab ich endlich die Schutzschirme. Aber ich sag's gleich, viel Vertrauen habe ich in die nicht.«

Ein gelbliches Flirren zeigte sich auf den Schirmen der Direktbeoachtung. Wieder feuerten die Verfolger. Diesmal lagen die Strahlbahnen deutlich näher, beinahe schon bedrohlich nahe.

Bully verstummte. Verbissen beobachtete er die Kontrollen. Dann kam sein triumphierender Ausruf: »Eintauchgeschwindigkeit erreicht!«

Die ferne Sonne, das fahle Band der Milchstraße und die angreifenden Raumer verschwanden und wichen dem rötlichen Grau des Linearraums.

Sie waren in Sicherheit.

Vorerst.

Menschen zum Mars

Hinflug, Besiedlung und Terraforming

von Rüdiger Vaas

> Die Expedition zum Mars sollte als die Krönung einer schrittweisen und oft schmerzlich langsamen Entwicklung der bemannten Raumfahrt betrachtet werden, die viele Jahrzehnte beanspruchen dürfte.
>
> Wernher von Braun, Raumfahrtingenieur (1956)

> Ein wissenschaftliches Zeitalter ohne Träume und Visionen wäre eine elende Barbarei, Spießerei und Plackerei, voller Ekel und Überdruss, Zynismus, Nihilismus und Terrorismus. Atavismen beherrschten das Feld, Regressionen fänden statt, totalitäre Systeme und Diktatoren schössen wie Pilze aus dem Boden, Schamanen, Scharlatane, Ideologen, Demagogen und Agitatoren hätten eine herrliche Zeit.
>
> Ernst Sandvoss, Philosoph (1994)

Der Traum von anderen Welten beginnt bereits vor der Haustür. Kosmisch betrachtet ist unser Nachbarplanet Mars der erfolgversprechendste und nächstliegende Kandidat – er strahlt am Firmament als rötlich schimmernder Projektionspunkt für unsere Sehnsüchte. Möglicherweise hat er einst Leben hervorgebracht oder beherbergt noch immer welches. Vielleicht ist seine Bestimmung jedoch, erst künftig Leben zu tragen – eingewanderte Siedler, die den großen Leerraum durchschiffen werden, der Mars von der Erde trennt.

Kein Himmelskörper, abgesehen vom Mond, hat die Wissenschaft weltweit mehr beflügelt und zu Besuchen unbemannter Sonden veranlasst. Kein anderer sperrte sich freilich auch so hartnäckig gegen seine Erforschung – nur ein Drittel aller Missionen war erfolgreich. Doch gegenwärtig rücken amerikanische, europäische und japanische Geräte in einer konzertierten Aktion dem Roten Planeten zu Leibe, um ihm seine Geheimnisse zu entreißen. Neben der marsianischen Klimageschichte und der Suche nach Wasser steht dabei besonders die Frage nach Leben im Mittelpunkt – Leben einst oder noch heute, also Fossilien oder Oasen –, auch wenn zur Zeit die Umweltverhältnisse dort alles andere als lebensfreundlich sind.

Doch automatische Nah- und Fernerkundungen werden nicht ausreichen. Seit längerem wird am Großprojekt einer bemannten Marslandung gearbeitet. »Wir werden Menschen dorthin entsenden, weil wir leben und Menschen sind«, ist Jesco von Puttkamer überzeugt. »Mit der Aussendung von Robotern wird man sich niemals zufrieden geben, schlichtweg deshalb, weil wir keine sind.« Der Raumfahrtwissenschaftler und ehemalige Planungsmanager im Office of Space Flight der amerikanischen Weltraumbehörde NASA spricht sogar von einer »Humanisierung des Sonnensystems«. Und kühne Visionäre denken schon an den nächsten Schritt: den Mars urbar zu machen, das heißt mittels Terraforming zu einer zweiten Erde umzugestalten.

Von Kanälen zum Krieg der Welten

Die Geschichte der Mars ist voller Sensationen. Schon in relativ kleinen Teleskopen lassen sich zahlreiche Oberflächenmerkmale erkennen: helle und dunkle Regionen, weiße Polkappen und gelbliche Wolken. 1877 glaubte Giovanni Schiaparelli, der damalige Direktor der Mailänder Sternwarte Osservatorio Brera, ein netzartiges System von Linien auf der Oberfläche des Roten Planeten zu erkennen (und er war damit nicht der Erste). Er gab ihnen den Namen von Flüssen und sprach von »canali« (italienisch »Rinne, Rille«), was die Phantasie seiner Zeitgenossen alsbald zu einem komplexen

Kanalsystem der »kleinen grünen Männchen« ausfabulierte, mit dem diese Wasser von den Polen in ihre ausgetrockneten Lebensräume leiteten. 1896 veröffentlichte Percival Lowell vom Flagstaff Observatory in Arizona genaue Karten dieser planetaren Wasserversorgung und schrieb: »Wir können dies mit Gewissheit als Hinweis einer Lebensform auffassen, die unserer überlegen ist.« Über 500 Kanäle glaubte er im Lauf der Zeit zu identifizieren, wobei er die Linien nicht bloß als Wasserstraßen deutete – dazu wären sie wohl viel zu dünn –, sondern als Zonen dunklerer Vegetation und kultivierten Landes beiderseits der Wasserleitungen.

Um die Jahrhundertwende galt die Existenz von Leben auf dem Mars schon als so sicher, dass die Französische Akademie der Wissenschaften am 17. Dezember 1900 einen Preis für denjenigen aussetzte, der als Erster mit einer anderen Welt außer Mars (!) kommunizierte. (Der berühmte Mathematiker Karl Friedrich Gauß hatte bereits 1802 vorgeschlagen, in der sibirischen Tundra riesige Symbole zu errichten, um mit den Marsianern in Kontakt zu treten.)

In Science-Fiction-Romanen verbreiteten sich die Marsbewohner ebenfalls rasant. Percy Greg fühlte sich in *Across the Zodiac* (1880) dabei der Wissenschaft durchaus noch verpflichtet und erwähnte sogar die 1877 entdeckten Marsmonde. Weitere frühe Mars-Romane sind *A Plunge into Space* von Robert Cromie (1890), *Journey to Mars* von Gustavus W. Pope (1894), *Edison's conquest of Mars* von Garrett P. Serviss (1898) und Kurd Laßwitz' epochales Werk *Auf zwei Planeten* (1897), in dem er sich bereits mit Bahnkurven und Reisezeiten zwischen Mars und Erde beschäftigte und wie Herbert G. Wells in *Der Krieg der Welten* (1896) annahm, dass die Marszivilisation höher als die irdische entwickelt sei und deshalb die Marsbewohner zuerst uns besuchen würden, nicht umgekehrt. Der wirklich große, werbewirksam inszenierte Invasionsschock gelang freilich erst Orson Welles' Radio-Hörspiel *Der Krieg der Welten* (1938). Die Flut von Science-Fiction-Romanen und -Filmen ist seither nicht abgerissen. Das heizt die Fantasie an und ist ein Grund, warum Mars der populärste Planet ist. »Grün« waren die Marsmenschen übrigens erst seit 1911, als *Tarzan*-Autor Edgar Rice Burroughs *A Princess of Mars* schrieb (1917 als erster von elf Mars-Romanen erschienen).

Die Realität sieht freilich anders aus. Wissenschaftler wären heute schon froh, wenigstens ein paar fossile Spuren von Marsmikroben zu finden. Aufgrund der neuen Erkenntnisse stehen die Chancen womöglich gar nicht so schlecht – auch wenn es fraglich ist, ob ferngesteuerte Roboter mit einem eng begrenzten Aktionsradius und wenigen Instrumenten fähig sein werden, den Nachweis zu führen. Im Vergleich zu grünen Marsmenschen oder hochzivilisierten Bewässerungsarchitekten würden primitive Marsbakterien zwar etwas armselig anmuten – eine wissenschaftliche Sensation wären sie aber allemal.

Mission zur Nachbarwelt

1952 – im selben Jahr, als Isaac Asimov in seiner Story *Wasser für den Mars (The Martian Way)* schilderte, wie die unter Wassermangel leidenden Marskolonisten Eis von den Saturnringen ernteten – schrieb der Raketenpionier und spätere Raumfahrtingenieur für die Apollo-Mondlandungen Wernher von Braun *Das Marsprojekt – Studie einer interplanetarischen Expedition.* Er schlug vor, dass und wie zehn Raumschiffe, zusammengebaut im Erdorbit, 70 Mann Besatzung in 270 Tagen zum Roten Planeten bringen könnten; mit drei Landefähren sollten 50 Menschen auf die Marsoberfläche hinab und 400 Tage dort bleiben, eine Station errichten und Erkundungen unternehmen.

Im November 1964 propagierten dann amerikanische Ingenieure und Wissenschaftler auf einer Konferenz, dass ein Marsflug binnen neun Jahren möglich sei, wenn genug Geld zur Verfügung stünde.

Aber erst 1985 machte ein amerikanischer Präsident erste konkrete Anstrengungen für dieses Ziel: Ronald Reagan setzte die National Commission on Space ein, die 1986 unter dem Titel *Pioneering the Space Frontier* ein Manifest für ein langfristiges Raumfahrtprogramm vorlegte. Es wurde vorgeschlagen, dass zum 50. Jahrestag der ersten Mondlandung, also am 20. Juli 2019, erstmals Menschen den Mars betreten sollten. Zwanzig Jahre später, so die Aussichten, könnten dann schon 1000 Menschen auf dem Mars siedeln.

1989, zum zwanzigsten Jahrestag der Mondlandung, rief schließlich der damalige US-Präsident George Bush zu einem bemannten internationalen Marsflug bis zum Jahr 2025 auf. Die NASA entwickelte daraufhin ein Programm, das 450 Milliarden Dollar gekostet hätte – scheinbar unbezahlbar, doch tatsächlich nur wenig mehr als der jährliche Rüstungsetat der Vereinigten Staaten. Später hat das Exploration Office am Johnson Space Center in Houston, Texas, die Mars Reference Mission ausgearbeitet, die zwischen 20 und 50 Milliarden Dollar kosten würde. Das liegt in der Größenordnung des Apollo-Projekts und der Internationalen Raumstation.

Doch ist eine bemannte Marslandung technisch und logistisch überhaupt möglich? Und wie könnte sie aussehen?

Routen und Flugzeiten

Der Minimalabstand zwischen Erde und Mars beträgt nur 55,65 Millionen Kilometer. (Er wurde mit der engsten Begegnung seit Menschengedenken – das heißt seit über 50000 Jahren – am 27. August 2003 mit 55,75 Millionen Kilometer Distanz knapp erreicht und wird am 29. August 2287 mit 55,69 Millionen Kilometer noch unterboten). Doch das ist nur für Fernrohr-Beobachtungen interessant. Da sich Erde und Mars mit unterschiedlichen Geschwindigkeiten um die Sonne bewegen, müssen Raketen für eine Strecke mindestens das Siebenfache zurücklegen.

Bei den Touren zum Mars und zurück lassen sich zwei grundverschiedene Bahn-Typen unterscheiden: Solche, bei denen für die Dauer des Übergangs kontinuierliche Schubkräfte aufgebracht werden, insbesondere durch zwar schwache, aber stetige elektrische oder Ionentriebwerke; und solche, bei denen die Flugphasen größtenteils durch antriebsloses Treiben zurückgelegt werden, also ballistische, »geworfene« Freifall-Bahnen mit einem anfänglich heftigen Schub aus chemischen Triebwerken.

Letztere sind die einfachsten Bahnen. Der Essener Ingenieur und Architekt Walter Hohmann hat in seinem 1925 erschienenen Buch *Die Erreichbarkeit der Himmelskörper* einen bestimmten Typus solcher Transferbahnen vorgeschlagen: langgestreckte Halbellipsen mit der Erde in einem Scheitelpunkt und dem Zielplaneten im anderen. Sie sind besonders energiesparend, weil sie die Bahngeschwindigkeiten von Erde und Mars (im Durchschnitt 29,8 beziehungsweise 24,1 Kilometer pro Sekunde) optimal ausnützen. Das bedeutet, dass man nur etwa zehn Prozent der natürlichen Geschwindigkeit addieren muss, um die Unterschiede wettzumachen. (Strenggenommen sind die Hohmann-Bahnen nicht exakt realisierbar, da die Erd- und mehr noch die Marsbahn von der Kreisform abweichen und zudem um 1,8 Grad gegeneinander geneigt sind.) Schon Wernher von Braun hat solche Hohmann-Übergangsbahnen seinem Manifest zugrunde gelegt.

Realistische Flugzeiten brauchen 200 bis 350 Tage einfach. Je nach Planeten-Konstellation dauert eine Rundreise bei 300 bis 500 Tagen Aufenthalt insgesamt 900 bis 1050 Tage oder 2,5 bis knapp 3 Jahre.

»Es wird eine lange, harte Reise, aber auch das ultimative Abenteuer«, sagt Eugene Cernan, der Mensch, der den Mond als Letzter betreten hat. »Ich würde schon morgen losfliegen, hätte ich die Chance.«

Der offizielle NASA-Plan

Wie wäre ein Marstrip realisierbar? Wenn es nach der Mars Reference Mission der NASA geht, werden zunächst zwei unbemannte Raumfahrzeuge durchstarten, die die technische Vorhut bilden. Die eine soll das Earth-Return Vehicle (ERV) in eine Marsumlaufbahn befördern, mit dem die künftigen Astronauten zur Erde zurückfliegen werden. Die andere bringt die Aufstiegsrakete – das Ascent Vehicle (AV) – auf die Marsoberfläche, ferner ein Wohnmodul, ein automatisches Kraftwerk zur Produktion von Treibstoff sowie Fahrzeuge und Forschungseinrichtungen. Mit dem AV werden die Astronauten nach ihrer Erkundung des Mars zum ERV im Orbit fliegen und mit diesem wieder zur Erde zurückkehren.

»Das ist ein Vorgehen wie bei militärischen Aktionen. Bevor man Truppen entsendet, versucht man so viele Ausrüstungsgegenstände wie möglich vorauszuschicken, sodass die Truppen bereits alles Notwendige haben, wenn sie ankommen«, erklärt B. Kent Joosten, der als Chefingenieur im Exploration Office arbeitet. »26 Monate bevor die ersten Astronauten den Mars betreten, bringen wir bereits so viele Geräte auf den Weg, wie wir können, und vergewissern uns, dass sie funktionieren, bevor die Crew startet.«

Die Astronauten – sechs sind es nach NASA-Plänen – würden dann drei Jahre später aufbrechen. Außerdem soll je ein weiteres ERV und AV starten, das einer nachfolgenden Mission zur Verfügung steht, aber zugleich der ersten Mannschaft als Ersatzsystem dient, falls etwas schief geht. »Die Crew wird alles in zweifacher Ausfertigung haben«, sagt Joosten. Das zweite Wohnmodul kann mit dem ersten verbunden werden und, solange es nicht gebraucht wird, vielleicht schon als Treibhaus zur Erzeugung von Getreide und Gemüse dienen. Dann werden die nächsten Raumfahrer gleich nach Ankunft als Landwirte tätig sein.

Die Flugpläne müssen sich nach der jeweiligen Position von Erde und Mars im All richten: Nur alle 26 Monate gibt es ein Startfenster, das die Wegstrecke und damit auch die Flugzeit, Treibstoffmenge und Kosten minimiert. Dabei muss die Erde 50 bis 70 Grad hinter dem Mars stehen. Das gilt auch für den Rückflug. Die Strecke beträgt 370 Millionen Kilometer – etwa das Tausendfache der Distanz Erde–Mond.

Zwei Szenarien werden erwogen. Zum einen eine zirka 980-tägige Langzeitmission: 235 Tage für den Hinflug, 510 Tage Marsaufenthalt und 235 Tage für den Rückflug. Zum anderen eine kürzere Mission für etwa 505 Tage: 235 Tage für die Hinreise, nur 30 Tage auf dem Mars und 240 Tage für den

Flug zurück zur Erde. Der Nachteil dieses Szenarios: Es ist mehr Treibstoff nötig, und der Rückflug führt über eine Route, die innerhalb der Erdbahn (fast bis zum Venus-Abstand von der Sonne) verläuft – mit einem größeren Strahlenrisiko und einer doppelt so hohen thermischen Belastung der Systeme aufgrund der geringeren Sonnenentfernung. Auch ist ein Monat Zeit auf dem Mars wohl zu kurz, um eine neue Welt zu erschließen.

Fabriken auf dem Mars

»Für die Einzeltransfer-Mission sind rund 1000 Tonnen Abflug-Masse im Erdorbit nötig – das Doppelte wie die komplette Internationale Raumstation«, sagt Tanja Schmidt vom Institut für Raumsimulation am Deutschen Zentrum für Luft- und Raumfahrt in Köln. »Für eine Mission in mehreren Etappen, wie sie die NASA vorsieht, bräuchte man ohne Ersatzgeräte 900 Tonnen Abflugmasse im Erdorbit – oder 600 Tonnen, wenn man einen Teil des Treibstoffs auf dem Mars selbst produziert. Insgesamt müssen etwa 200 Tonnen Nutzlast zum Mars transportiert werden. Weitere 60 Tonnen entfallen auf das Transit-Habitat, in dem die Crew lebt.« Das sind ganz andere Größenordnungen als bei unbemannten Einweg-Sonden, die viel länger unterwegs sein können und nur einige Kilogramm Nutzlast mit sich führen. »So wogen die Viking-Sonden 800, Pathfinder 360 und der Mars-Express-Lander nur 30 Kilogramm.« Für eine bemannte Marsmission müssen also zunächst einmal Trägerraketen von der Leistungsfähigkeit der legendären Saturn-V gebaut werden, um die Infrastruktur überhaupt in eine Erdumlaufbahn zu bringen, denn ein komplexes Zusammenbauen wie bei der Internationalen Raumstation aus vielen leichten Einzelteilen wäre zu aufwendig.

Ein Teil des Treibstoffs für die Rückreise und die Marsfahrzeuge soll an Ort und Stelle erzeugt werden, um Gewicht und damit Kosten zu sparen. Die Triebwerke und Motoren arbeiten mit Flüssigsauerstoff und Methan. Dazu wird Kohlendioxid aus der Marsatmosphäre mit Hilfe von mitgebrachtem Wasserstoff in Sauerstoff und Methan aufgespalten. Aus dem Wasser gewinnt man – zum Beispiel mit regenerativen Brennstoffzellen – Wasserstoff und Sauerstoff. Der Sauerstoff wird auf Flüssigkeitstemperatur heruntergekühlt, der Kohlenstoff reagiert mit Wasserstoff zu Methan. Wasserstoff kann künftig vielleicht sogar aus dem Wasser gewonnen werden, das als Eis im Permafrostboden und an den Polen lagert.

»Die automatische Treibstoff-Fabrik hat die Tanks des AV schon gefüllt, bevor überhaupt ein Astronaut gelandet ist«, sagt Joosten. Die Energie für die Treibstoff-Produktion wird mit einem Reaktor oder Solarzellen gewonnen.

Hitzeschutz und Antriebstechniken

Eine Herausforderung ist auch die Abbremsung vor der Marslandung. Um nicht zusätzlichen Treibstoff zu verbrauchen, ist eine Verringerung der Eintrittsgeschwindigkeit von 7,7 Kilometern pro Sekunde auf eine für die Landung tolerierbare Geschwindigkeit von 3,3 Kilometern pro Sekunde durch die Luftreibung in der Marsatmosphäre nötig.

»Die hierbei in Oberflächennähe freigesetzte Energie geht zum Großteil auf das Fahrzeug über und muss von einem Hitzeschutzsystem entweder abgestrahlt oder durch ablative Kühlung vom Inneren des Fahrzeugs ferngehalten werden«, sagt Monika Auweter-Kurtz. Ein Team der Professorin am Institut für Raumfahrtsysteme der Universität Stuttgart arbeitet an der Simulation der Eintrittsbedingungen für Sonden in die Atmosphäre der Erde und anderer Himmelskörper. »Wir haben auch zur Qualifikation des Hitzeschutzschildes für die japanische Mission Muses-C beigetragen – einer Sonde, die Materie eines Kometen zur Erde bringen soll«, sagt Pia Endlich.

Ingenieure in Amerika und Europa überlegen zur Zeit, inwiefern sich fortgeschrittene Antriebe beim Marsflug verwenden lassen, beispielsweise elektrische Antriebe oder Nuklearantriebe.

»Chemische Antriebe haben eine kurze Brennzeit und einen hohen Schub, bei elektrischen ist es gerade umgekehrt«, sagt Monika Auweter-Kurtz. Sie ist auch an der Entwicklung von verschiedenen Arten von elektrischen Antrieben – Thermischen Lichtbogentriebwerken, Magnetoplasmadynamischen Antrieben und Hybridplasmatriebwerken mit induktiver Zweitstufe – beteiligt, bei denen Entladungen Treibstoff erhitzen, teilweise ionisieren und auf bis zu 20 Kilometer pro Sekunde beschleunigen.

»Mit solchen Antrieben sind deutliche Reduktionen in den Treibstoff- und somit den Start-Massen möglich – ohne große Verlängerung der Flugzeiten«, betont Pia Endlich. »Daher sind diese Arten von Antrieben nicht nur eine Alternative zu chemischen bei einer Langzeitmission, sondern wahrscheinlich auch die einzige mögliche Option bei einer Kurzzeitmission. Und um eine solche wird es sich bei der ersten bemannten Marslandung wohl handeln.«

Mars Direct

Robert Zubrin rät dagegen von zu viel Experimentierfreude ab und favorisiert die konservativen chemischen Antriebe. Alles andere sei zu teuer und zu unausgereift: »Kolumbus hat auch nicht auf transatlantische Segelschoner gewartet, bis er nach der Neuen Welt suchte. Erst nachdem er sie fand, hat man begonnen, dreimastige Fregatten, Dampfschiffe und die Boeing 747 zu bauen. «

Zubrin war lange Zeit Raumfahrt-Ingenieur bei dem amerikanischen Luft- und Raumfahrtkonzern Lockheed Martin und hat inzwischen eine eigene Raumfahrtfirma, Pioneer Astronautics in Lakewood, Colorado. Er ist auch Mitbegründer und Präsident der Mars Society, einer 1998 gegründeten, privat finanzierten Vereinigung von inzwischen rund 7000 Mitgliedern in über 40 Ländern. Ihr Motto: »Menschen zum Mars!« Zubrin befürchtet, dass die Politiker nicht bereit sind, die hohen Missionskosten zu bezahlen, und hat deshalb ein eigenes, billigeres Programm entwickelt, von dem die NASA inzwischen Teile übernahm. Es heißt Mars Direct und würde in der einfachsten Variante 20 bis 30 Milliarden Dollar kosten, verteilt über den Zeitraum von einem Jahrzehnt – also etwa halb so viel wie das günstigste NASA-Szenario.

Zubrin hält nichts davon, ein großes Marsschiff im Erdorbit zu bauen und womöglich über den Umweg einer Mondstation zu gehen. Er schlägt vor, mit nur vier Personen loszufliegen, zwei Ingenieuren und zwei Wissenschaftlern. Denn nur diese würden wirklich gebraucht. »Mit der Terminologie von Raumschiff Enterprise: Eine bemannte Marsmission benötigt zwei Scottys und zwei Spocks, jedoch weder Kirk noch Sulu oder McCoy – und, was noch wichtiger ist, weder den Raum noch die Verpflegung für diese zusätzlichen Besatzungsmitglieder.« Die NASA-Ingenieure glauben allerdings, dass es in Zubrins Rakete für vier Mann zu eng ist.

Mars Direct kommt mit zwei Raketen von der Kapazität einer Saturn-V aus (45 Tonnen Nutzlast): Eine für ein ERV, das mitsamt kleiner Fabriken, Treibstoff, Fahrzeugen und einem Kernreaktor vorab auf der Marsoberfläche landet, und eine zweite Rakete für die Mannschaft, die zwei Jahre später ankommt, und Proviant für drei Jahre.

Soll die Marslandung nicht eine Einmal-Aktion bleiben, dann würde zusammen mit der zweiten Rakete noch eine dritte zum Mars fliegen mit einem weiteren ERV und Geräten für die nächste Mannschaft, was zugleich als Ersatzsystem für die erste fungieren würde. Und so könnte es mit den bemannten und unbemannten Raketen-Paaren immer weiter gehen, um eine stetige Exploration unserer Nachbarwelt zu gewährleisten.

Mars Direct ist auch deshalb billiger, weil die Ressourcen vor Ort mehr genutzt werden sollen, statt sie zum Mars zu transportieren. Der Gedanke ist naheliegend, denn die Besiedler Amerikas brachten auch nicht Ziegelsteine, Zement und Holz aus der Alten Welt mit. Für Zubrins ERVs muss wesentlich mehr Treibstoff auf dem Roten Planeten hergestellt werden als bei der NASA-Referenzmission, weil der Rückflug direkt vom Mars zur Erde geht – ohne Umsteigen in einer Marsumlaufbahn. »Freilich müsste eine solche Aufstiegsrakete mindestens 20 Tonnen von der Marsoberfläche in eine Transferbahn schießen. Dazu wäre eine Trägerrakete von der Art der Ariane 4 oder 5 nötig«, kritisiert Tanja Schmidt. »Doch wie kann man sie horizontal auf dem Mars landen, dort betanken und wieder starten? Dieser Teil von Zubrins Vorschlag ist riskant und nur schwer realisierbar.«

Bei einem längeren Mars-Engagement werden sich freilich effektive und billigere Methoden konzipieren lassen. James Oberg und Apollo-11-Astronaut Buzz Aldrin haben sogar langlebige Weltraumhabitate in solaren Orbits vorgeschlagen, etwas übertrieben Castles genannt, die sich periodisch der Erde und dem Mars nähern würden und als Taxis fungieren könnten.

Enge, Strahlung, Sport und keine Erde hinterm Fenster

Das Hauptproblem eines Marsfluges besteht nicht nur in den Kosten, sondern auch in der langen Reisezeit, während der die Raumfahrer praktisch völlig auf sich allein gestellt sind. Zwar waren mehrere Kosmonauten insgesamt schon länger als ein Jahr im All, und die gesundheitlichen Belastungen wird man wohl früher oder später in den Griff bekommen. Doch die psychische Situation eines Marsflugs ist mit Arbeiten im erdnahen Weltraum nicht vergleichbar. Im Gegensatz zum Aufenthalt in einer Raumstation haben die Marsflieger im Notfall nicht die Möglichkeit, ins Rettungsboot zu steigen und zur Erde zurückzukehren – sie können noch nicht einmal auf die Erde schauen, sondern sehen nur die Weltraumschwärze hinter den Fenstern ihres Raumschiffs. Diese psychische Belastung darf genauso wenig unterschätzt werden wie physiologische Effekte (Strahlenbelastung, Muskelschwund, Abbau der Knochendichte).

Gegen die Strahlenbelastung durch Sonnenausbrüche würde kurzfristig ein gepanzerter Schutzraum an Bord des Raumschiffs helfen. Das ist freilich nur ein magerer Kompromiss. Eine Abschirmung gegen das höchste Risiko mit Lithiumhydrid, das kosmische Strahlung gut absorbieren kann, würde allein 10 bis 30 Milliarden Dollar kosten.

»Es wird definitiv gemacht. Es ist nur eine Frage der Zeit«, gibt sich Bret Drake angesichts der Herausforderungen an die Humanbiologie dennoch optimistisch. Der Leiter der Human Mission Study am Exploration Office des Johnson Space Center gibt jedoch zu: »Wir brauchen viele Infos von der Raumstation – vor allem Technologietests und zu der Frage, wie sich der menschliche Körper an die Schwerelosigkeit anpasst.« Der NASA-Astronaut Jeff Hoffmann ergänzt: »Training kostet viel Kraft und Zeit, aber es ist notwendig, um auf dem Mars die Arbeiten verrichten zu können. Man braucht die Laufbänder, Trimm-Räder und Kraftmaschinen an Bord.« Grinsend fügt er hinzu: »Und etwas, um den Schweiß abzuwischen, denn in der Schwerelosigkeit sammelt der sich als dicke Schicht auf der Haut.«

Jeder ist sich darüber im Klaren, dass der Marsflug kein Spaziergang sein wird. »Das ist eine lange Mission, anders als alles, was wir bisher getan haben«, sagt Joosten. »Doch im Weltraum sind wir nur sechs Monate am Stück, und das ist etwas, worin wir dank der Raumstationen bereits Erfahrung haben. Wir müssen aber lernen, wie man auf dem Mars lebt.«

Ökologische Lebenserhaltungssysteme

Die Entwicklung langfristig funktionierender Lebenserhaltungssysteme hat bei der NASA – wie auch in der ehemaligen Sowjetunion – eine lange Tradition. Unumgänglich ist ein so genanntes Advanced Life Support System. Es recycelt Wasser (auch Urin), Luft (Sauerstoff-Gewinnung aus Kohlendioxid) und Abfall (menschlicher Kot eingeschlossen). Inwiefern sich eine Nahrungsproduktion im Raumschiff lohnt, ist noch unklar – die Anlagen dürfen nicht mehr Gewicht haben als die Nahrung selbst, da diese sonst einfach mitgenommen werden könnte. Freilich sind Speisen aus Tuben und Plastiktüten auf Dauer Appetitverderber. Wer viele Monate lang im All unterwegs ist, möchte Abwechslung. Doch für Geflügelfarmen oder Schweineställe ist kein Platz an Bord eines Raumschiffs. Am Touro College in New York wurde im Auftrag der NASA daher mit Fleischbrocken experimentiert, die als Zellkulturen in Nährlösungen wachsen. Fünf bis zehn Zentimeter lange Muskelstreifen von Riesengoldfischen, eingelegt in Kälberserum, wuchsen in einer Woche um 14 Prozent. In Alkohol abgespült, mit Pfeffer und Knoblauch gewürzt und gebraten, ergaben sie eine passable Fleischzulage.

Für eine Marsstation sind CELSS-Anlagen (Controlled/Closed Ecological Life Support Systems) eine Notwendigkeit. In solchen kontrollierten ökologischen Lebenserhaltungssystemen werden beispielsweise Weizen, Reis, Kartoffeln, Sojabohnen und Erdnüsse kultiviert, was energetisch wesentlich effektiver als Tierhaltung ist. Abfälle von mikroskopisch kleinen Algen und größeren Pflanzen lassen sich ebenfalls verarbeiten, sodass Sauerstoff und Nahrung produziert wird.

Ein Mensch braucht, grob vereinfacht, täglich etwa zwei Liter Wasser und 3000 Kalorien – 70 Gramm Proteine und 500 Gramm Kohlehydrate. Notwendig dafür ist eine Fläche von etwa 50 Quadratmetern.

Seit den 1950er Jahren wurden in der ehemaligen Sowjetunion immer leistungsfähigere CELSS-Anlagen entwickelt, insbesondere im Rahmen des BIOS-Projekts im Institut für Biophysik in Krasnoyarsk, Sibirien. 1965 gab es ein geschlossenes System mit Chlorella-Algen auf acht Quadratmeter für einen Menschen, was eine Kohlendioxid-Sauerstoff-Balance gewährleistete. Bis 1968 konnten bereits 85 Prozent des Wassers wiederverwertet werden. In weiteren BIOS-Experimenten waren zwei bis drei Personen bis zu sechs Monaten isoliert, züchteten Weizen, Erbsen, Dill und andere Feldfrüchte in Hydrokulturen unter einer Xenon-Beleuchtung und lieferten auf der rund 60 Quadratmeter großen Anbaufläche etwa 80 Prozent der Nahrung sowie mehr Sauerstoff, als die Experimentatoren zum Leben brauchten. Hinzu kamen Experimente auf den Raumstationen Saljut 7 und Mir.

Auch die NASA betreibt CELSS-Forschungen, etwa seit 1989 BioHome am Johnson Space Center. In der zweistöckigen, 7,5 Meter hohen und 3,5 Meter durchmessenden Anlage wurden auf 20 Quadratmeter Weizen, Sojabohnen, Kartoffeln, Erdbeeren, Reis, Erdnüsse und Rettich angebaut. Wasser für die Pflanzen und Toiletten wird mit UV-Strahlung sterilisiert, Trinkwasser wird über die Kondensation aus der Luft gewonnen und ebenfalls sterilisiert. Pflanzen reinigen die Luft auch von Stoffen wie Formaldehyd, Benzenen und Toluenen.

Haushalt auf dem Roten Planeten

Die ersten Marsstationen werden aus mehreren Komponenten bestehen: einem Habitat (Wohnbereich) fürs Essen, Schlafen und die Freizeit, einem Laborbereich für die Forschungen, einem medizinischen Sektor, einem Versorgungsmodul für die Technik (Lebenserhaltungssystem, Funk, Energie, Klimaanlage) und Treibhäusern für die Erzeugung von Nahrung und Sauerstoff. Zum Schutz vor der Ultraviolett- und Teilchenstrahlung aus dem All werden die meisten Teile der Station in den Marsboden eingegraben. Nicht mehr gebrauchte Treibstofftanks können als Baumaterial für die Stationen eine zweite Verwendung finden.

Der Sauerstoff muss nicht vollständig importiert werden. Er kann auch aus dem atmosphärischen Kohlendioxid gewonnen werden. Dazu würde Marsluft angesaugt, gereinigt und auf das 150fache des irdischen Luftdrucks verdichtet werden, sodass sie sich auf 350 Grad erwärmt. Dann würde sie in einem separaten Behälter auf 1000 Grad erhitzt, sodass sich Kohlendioxid in Kohlenmonoxid und Sauerstoff aufspaltet. Letzterer könnte dann auf 28fachen Atmosphärendruck verdichtet und in einem Kältetank bei minus 183 Grad gelagert werden. Auch das Kohlenmonoxid wäre als – weniger ergiebiger – Treibstoff verwendbar. Die Energie für die Treibstoffherstellung könnte ein kleiner Kernreaktor bereitstellen. Eine mit einer Robotersonde zum Mars transportierte 300-Kilogramm-Anlage würde mit 3 Kilowatt täglich 10 Kilogramm flüssigen Sauerstoff produzieren – genug für einen

Rückflug der Raumsonde zur Erde. Für eine bemannte Mission wäre eine 1,6 Tonnen schwere Anlage nötig, die mit 30 Kilowatt Stromleistung innerhalb von 100 Tagen 10 Tonnen flüssigen Sauerstoff bereitstellen könnte.

Mittelfristig könnten die neuen Marsbewohner auch versuchen, Wärmequellen im Tiefengestein anzuzapfen und so Energie zu gewinnen. Und zur Rohstoffgewinnung sollten Mineralerzlager erschlossen werden.

Fäkalien für das Müsli

Die Lebensbedingungen der ersten Mars-Menschen – wenn sie nicht nur, wie die Apollo-Astronauten, einige Tage in ihren Landefähren hausen – werden zunächst große Einschränkungen erfordern. Aber besser als im engen Raumschiff monatelang durchs All zu fliegen, wird es allemal. Am Johnson Space Center wurde schon einmal ein »Mond-Mars-Lebenstest« geprobt: Zwei Frauen und zwei Männer verbrachten drei Monate in einer fensterlosen Modellstation. Sie bestand aus je einem Forschungs-, Schlaf- und Gemeinschaftsraum.

»Als sich am ersten Tag die Türe schloss, da dachte ich: 90 Tage, das hältst du nicht aus«, erzählt John Lewis. »Doch dann begann die Zeit zu verfliegen.« Weder medizinische noch psychologische Probleme seien aufgetreten. Streit habe es zum allgemeinen Erstaunen trotz der drangvollen Enge auch nicht gegeben, obwohl die einzige Möglichkeit, der menschlichen Enge auszuweichen, der Computer gewesen sei. Auf einen Internet-Anschluss würde Lewis auch auf dem Mars nicht verzichten wollen.

»Unsere Fäkalien haben wir verbrannt und als Dünger für den Weizen verwendet, den wir dann ins Müsli gaben«, berichten die Pseudo-Marsflieger. Zwar fanden sie das ziemlich unappetitlich. »Doch im normalen Leben geschieht eigentlich nichts anderes – nur dass wir es nicht so direkt sehen und das Ganze etwas länger dauert.«

Anderswo nimmt man es mit den Mars-Simulationen etwas lockerer – und rührt zugleich die Werbetrommel für den Flug zum Roten Planeten. Organisatoren und Teilnehmer sind begeisterte Raumfahrt-Enthusiasten, die sich in der Mars Society zusammengeschlossen haben. Im Rahmen eines Projekts mit dem bezeichnenden Namen MARS (Mars Analog Research Station) sind Expeditionen auf unserem Nachbarplaneten bereits virtuelle Realität.

Die Mars-Simulanten

Ein starker Wind pfeift über die rotbraune Felslandschaft. Geröll, Sedimentgestein und Sand, so weit das Auge reicht. Doch zwischen den von der Erosion markant geformten Hügeln blitzt es im Sonnenlicht weiß auf. Ein acht Meter hohes zylindrisches Objekt mit einer Satellitenantenne auf dem Dach steht dort auf Stelzen und Teleskopbeinen. Bullige Fahrzeuge parken daneben. Ein tonnenförmiges weißes Gewächshaus liegt einige Meter entfernt. Und im Vordergrund weht eine rot-grün-blau gestreifte Fahne. Sonst ist ringsum nur kilometerweite Steinwüste. Doch plötzlich bewegt sich etwas. Die Tür der Station öffnet sich. Drei Menschen in beigen Monturen und mit überdimensionalen geschlossenen Helmen steigen umständlich die Treppe hinab, gestikulieren, packen Ausrüstung auf die Fahrzeuge, starten und verschwinden alsbald knatternd zwischen den Hügeln.

Die Szenerie mutet an wie auf einem fremden Planeten. Und das ist auch Absicht. Doch hier wird kein Science-Fiction-Film gedreht – obwohl *Titanic*-Regisseur James Cameron den Ort ursprünglich dafür ausgewählt hatte –, sondern die Aktion soll aus der Fiktion Wirklichkeit werden lassen: eine bemannte Marsstation. Bis es so weit ist, werden aber selbst im günstigsten Fall noch 10 bis 15 Jahre vergehen. Das hindert Enthusiasten freilich nicht daran, schon jetzt den Ernstfall zu proben. Und die unwirtliche Wüste mit dem rötlichen Juragestein südlich von Salt Lake City im US-Bundesstaat Utah ähnelt auf den ersten Blick durchaus dem Roten Planeten. Bloß ist die Luft auf dem Mars ohne Sauerstoff und so dünn wie 26 Kilometer über dem Erdboden, die Temperaturen sind kälter, die Schwerkraft beträgt nur 38 Prozent der irdischen, und der Himmel ist lachsfarben, nicht strahlend blau. Auch die exotisch anmutende, zweistöckige Mars Desert Research Station (MDRS) erweist sich bei genauerem Hinsehen als Attrappe, zusammengezimmert aus Materialien vom Heimwerkermarkt. Die 15 Kilogramm schweren »Raumanzüge« sind aus Grobleinen geschneidert, die Sauerstoff-Versorgung im Rückentornister enthält nur einen akkubetriebenen Ventilator, und die Helme wurden aus Plexiglas-Lampenschirmen und Mülleimerdeckeln zusammengebaut. Ein nettes Sandkastenspiel vor einer atemberaubenden Kulisse, ein Abenteuerurlaub mit Astronautenflair?

»Keineswegs«, sagt Jan Osburg, der am Institut für Raumfahrtsysteme der Universität Stuttgart promoviert hat und nun als Raumfahrtingenieur in den USA lebt. 2002 war er zwei Wochen lang mit fünf weiteren Freiwilligen auf dem Marstrip und 2003 gleich noch einmal vier Wochen. »Es geht um eine möglichst realistische Simulation des Betriebs einer Marsstation. Die MDRS ist selbstverständlich nur ein Anfang, ein erster gelungener Ansatz. Aber die Erfahrungen, die wir sammeln, werden zu einer effizienteren Mission der ersten Astronauten auf dem Mars beitragen.« Osburg gibt ein Beispiel: »Bei unseren mehrstündigen täglichen Außenbordaktivitäten hat sich gezeigt, dass man sehr autonom sein muss.« Da die MDRS nur über Satelliten-Internet mit dem »Kontrollzentrum« der Mars Society in Kontakt war und E-Mails frühestens in 10 oder 20 Minuten beantwortet wurden, war die Kommunikation ähnlich langwierig, wie sie es einmal zwischen Erde und Mars sein wird. Je nach Stellung der Planeten brauchen die Funksignale 6 bis 44 Minuten hin und zurück. »Das ist ein grundsätzlicher Unterschied zu Operationen im Erdorbit auf Raumfähren oder der Internationalen Raumstation.«

Betatest oder Abenteuerspielplatz?

»Ich glaube, dass die erste Mars-Crew in einer solchen Station trainiert haben wird«, sagt Robert Zubrin, der Präsident der Mars Society. »Wir betreiben das Projekt ähnlich wie ein Schütze eine Papierzielscheibe benutzt: Sein Ziel ist es nicht, Löcher zu erzeugen – das könnte er mit einem Korkenzieher leichter bewerkstelligen –, sondern zu lernen, wie man schießt.«

Doch MDRS dient keineswegs nur zum Testen und Simulieren eines Stationsbetriebs und der Feldforschung. Ebenso wichtig ist die Öffentlichkeitsarbeit, um die Menschen für eine bemannte Marslandung zu begeistern. Denn die ist letztlich eine politische Entscheidung und kann nur in internationaler Zusammenarbeit gelingen. »Solche Stationen sind sehr publikumswirksam«, sagt Jan Osburg. »Wir wollen zum Mars, wir sollen zum Mars, und es werden bereits konkrete Schritte unternommen«, fasst er die futuristische Botschaft der Aktion zusammen.

Freilich gibt es auch kritische Stimmen. »Die Mars Society ist so etwas wie ein Modellraketenclub ohne Raketen«, schrieb Tom McNichol schon 2001 im Internet-Magazin *Wired.* »Ich denke, offen gesagt, das Ganze führt nirgendwohin«, meint auch Robert Park, Direktor der American Physical Society. »Der schlechteste Platz auf der Erde ist ein Garten Eden – verglichen mit Mars.« Beim Schreiben seines Buchs *Voodoo Science* über Pseudowissenschaften musste er angeblich das Attribut »messianisch« für den charismatischen Zubrin streichen, um nicht einen Gerichtsprozess zu riskieren. Und ein kritischer Journalist bezichtigte die Mars Society sogar als »pseudoreligiöse Erweckungsbewegung«.

»Hier ist unsere Motivation gründlich missverstanden worden«, entgegnet Osburg. »Natürlich begeistert sich jedes Mitglied der Mars Society für die bemannte Erforschung des Roten Planeten. Das ist ja gerade der Zweck unserer Organisation. Und Zubrin ist einer der Exponenten dieser Bewegung, da er sowohl den technischen Hintergrund als auch die nötige Überzeugungskraft hat. Er ist ein exzellenter Lobbyist, kann sich publikumswirksam ausdrücken, hat natürlich seine Ecken und Kanten. Aber die Mars Society hat nichts Sektiererisches.« Michael Shermer, Präsident der Skeptics Society und Verleger des für seine kritische Haltung bekannten oder gefürchteten *Skeptics Magazine*, stimmt zu: »Zubrin ist kein Spinner.«

Dass trotz enormer finanzieller, logistischer und auch gesundheitlicher Beanspruchungen eine bemannte Marslandung im Bereich des Möglichen liegt, ist unstrittig. Inwiefern Projekte wie MDRS dazu beitragen können, steht auf einem anderen Blatt. Klassische Isolationsexperimente der NASA und in der ehemaligen Sowjetunion dauerten Monate, und lange autarke Unternehmen sind ja auch in der Antarktis oder bei Atom-U-Booten keine Seltenheit. Doch die extrem lebensfeindlichen Bedingungen herrschen bei den Hobby-Marsfliegern allenfalls in der Phantasie. »Die Aktion könnte auch in einer Blockhütte stattfinden«, spottet Ernst Hauber vom Institut für Weltraumsensorik und Planetenerkundung des Deutschen Zentrums für Luft- und Raumfahrt in Berlin. Selbst innerhalb der Mars Society wird die Realitätsnähe der MDRS-Simulationen kontrovers diskutiert.

Doch manche Kritik ist sicherlich übertrieben und unberechtigt. Denn Erfahrungen und Erkenntnisse, von denen künftige Missionen profitieren könnten, wirft die Aktion durchaus ab. »Die Stationscrews verstehen sich als Beta-Tester, und eine Absicht des Simulationsbetriebs ist es, unerwartete Probleme zu identifizieren und zu dokumentieren, um sie künftig zu verhindern«, sagt Osburg. »Vieles kann man natürlich isoliert untersuchen, aber nur in einer solchen ganzheitlichen Simulation lässt sich das Zusammenwirken vieler Elemente analysieren und bewerten, etwa so profane Dinge wie der Zeit- und Platzbedarf zum Fertigmachen für die Außenbordeinsätze, die Auslastung der Computer-Netze und der Toilette.« Letzteres hat durchaus einen Beigeschmack für Osburg, denn neben seinen Aufgaben als Stellvertretender Stationsleiter und Sanitätsoffizier war er auch als Bordingenieur zuständig für das Funktionieren aller Stationssysteme – einschließlich der Trockentoilette. Diese reichte entgegen der Hersteller-Angaben für sechs Personen nicht aus – eine Erkenntnis, die im Abschlussbericht sorgsam festgehalten wurde …

Ein wesentlicher Faktor ist die Raum- und Arbeitsaufteilung. Die getreidesiloartige Station erwies sich trotz der beengten Platzverhältnisse als recht praktikabel. Im unteren Stock gibt es neben der Luftschleuse ein Labor, einen technischen Bereich mit Werkzeugen, Dusche, Toilette und Umkleideraum für die »Raumanzüge«. Im Oberdeck liegt der Gemeinschaftsbereich mit den Arbeitsplätzen und der Küche. Außerdem hat jedes Besatzungsmitglied eine Kabine. »Die ist nicht groß, aber geräumiger als beispielsweise auf einem kleinen Segelboot«, sagt Osburg. »Das ist ein wichtiger Faktor: Es muss eine Privatsphäre geben, damit die Gruppendynamik optimal ist. Es hat keinen Sinn, die Leute zusammenzupferchen wie einst auf den Auswandererschiffen. Überleben kann man so zwar schon, aber die Leistungsfähigkeit der Besatzung, von der ja der Missionserfolg abhängt, würde enorm darunter leiden.«

Überhaupt ist die Untersuchung und Modellierung der Gruppenprozesse ein wichtiger Aspekt des MDRS-Betriebs – und ging sogar in Jan Osburgs Dissertation über bemannte Langzeitmissionen im All ein. Doktorvater war der Wissenschaftsastronaut Ernst Messerschmid, Professor für Luft- und Raumfahrttechnik an der Universität Stuttgart und jetziger Leiter des Europäischen Astronautenzentrums in Köln-Porz. Er ist auch ein besonders prominentes Mitglied der deutschen Mars Society – aber keine Ausnahme. »Ein Drittel unserer 180 Mitglieder sind in Wissenschaft und Raumfahrt tätig, ein weiteres Drittel studiert«, sagt Sven Knuth, Pressesprecher der deutschen Sektion der Mars Society. »Das Durchschnittsalter liegt bei 25 Jahren.«

Inzwischen haben sich weit über 100 Mars-Enthusiasten in der Mars Desert Research Station für jeweils eine Woche bis einen Monat aufgehalten. Viele arbeiten – zum Teil bei der NASA – in der Raumfahrt, Planetenkunde, Geologie, Mikrobiologie oder Astrobiologie. Mitglied der ersten rein deutschen Crew war auch Horst Gehrmann alias H. G. Ewers. Der Autor zahlreicher *Perry-Rhodan*-Romane und anderer Science Fiction kümmerte sich unter anderem um UV-Messungen und die medizinische Versorgung seiner fünf Mitstreiter.

MDRS ist nicht das einzige MARS-Projekt. Auf Devon Island in der kanadischen Arktis betreibt die Mars Society schon seit dem Sommer 2000 ein ähnliches Modell. Und zwei weitere Stationen werden wohl 2004 in Island (»Euromars«) und im australischen Outback in Betrieb genommen – alles Landstriche, die mit dem Roten Planeten eine gewisse Ähnlichkeit haben, aber nicht so publikumswirksam gelegen sind wie Utah. Dort werden die Arbeiten indessen immer wissenschaftsorientierter. Sogar ein an der University of Michigan konstruierter Rover für drei Personen kommt jetzt in einwöchigen, autarken Feldtrips zum Einsatz. Alle Stationen sollen noch etliche Jahre in Betrieb bleiben, mit Simulationen zu jeder Jahreszeit: Wenn es ab Mai in Utah zu heiß wird, nimmt die Arktis-Station ihren Betrieb auf, und wenn dort im September der Winter beginnt, geht es wieder in der Wüste weiter. Die Erfahrungen werden sehr genau dokumentiert und ausgewertet, und jeder Interessierte kann die täglichen Berichte der Teams im Internet mitverfolgen.

Robert Zubrin spart nicht mit großen Worten: »Wir brauchen den Mars als einen Ort, an dem neues Denken entstehen kann. Früher war Amerika für Europäer ein solcher Ort. Das ist vorbei. Nun müssen wir den Menschen wieder eine Möglichkeit geben, sich eine eigene Welt zu erschaffen – eine Neue Welt.«

Bis es so weit ist, spekuliert die Mars Society über die ersten Worte, die ein Mensch auf dem Mars sagen könnte – und hat sogar einen Wettbewerb zu diesem Thema ausgeschrieben. »Dieses Mal wollen wir es richtig machen«, schlug Fantasy-Bestsellerautor Terry Pratchett vor. Lembit Öpik, ein Mitglied des Britischen Parlaments, optiert für einen pathetischen Spruch: »Ich stehe hier nicht allein in dieser roten Wüste, sondern mit der ganzen Menschheit und allen, die zum Sternenhimmel schauten und träumten, ihn eines Tages zu berühren.« Einen anderen Einsender, Scott Beeler, plagen dagegen ganz irdische Befürchtungen. Er hört den ersten Marsonauten schon rufen: »Oh, Mist! Ich habe den Schlüssel im Schiff vergessen!«

Eine lebensfeindliche Welt

Der Mars ist keine zweite Erde, aber er könnte eine werden. Trotz mancher Ähnlichkeiten ist er eine lebensfeindliche Welt – und keineswegs so ein Vergnügen wie das MARS-Projekt der Mars Society.

Die Tageslänge von ungefähr 24 Stunden ist die geringste Umstellung. Weil seine Rotationsachse geneigt ist, hat auch Mars Jahreszeiten, doch dauert ein Marsjahr rund zweimal so lang wie ein irdisches. Aber auch dies macht keine Schwierigkeiten. Dass der Rote Planet nur 43 Prozent des irdischen Sonnenlichts und nur ein Drittel der irdischen Schwerkraft hat, ist schon auffälliger. Starke Staubstürme sind nicht gerade einladend. Das Hauptproblem aber sind seine tiefen Temperaturen von durchschnittlich minus 50 bis minus 60 Grad Celsius (auch wenn sie im Marssommermittag manchmal den Gefrierpunkt überschreiten können, aber im Winter fallen sie an den Polen bis auf minus 120 Grad) und die dünne, lebensfeindliche Atmosphäre. Mit sechs Millibar hat sie weniger als ein Hundertstel des irdischen Luftdrucks. Sie besteht zu 95 Prozent aus Kohlendioxid und zu knapp 3 Prozent aus Stickstoff – Sauerstoff, Wasserdampf und andere Gase kommen nur in Spuren vor. Auch gibt es keine Ozonschicht, die den Planet vor der harten UV-Strahlung der Sonne schützt. Erdähnliches Leben an der Oberfläche ist daher unmöglich, zumal dort auch kein flüssiges Wasser mehr existiert. Das war früher freilich anders. Einst war Mars wärmer und feucht, hatte Meere, Flüsse und Seen und eine dichtere Atmosphäre. (Die Ursache für den Klimawandel ist nur vage bekannt und dürfte mit Änderungen der Rotationsachsenneigung zusammenhängen.) Und noch immer gibt es große Mengen an Wasser und Kohlendioxid in Form von Eis im Marsboden (schon im obersten Meter) und an den Polen.

Wollen Menschen langfristig halbwegs unkompliziert – nicht mit ständigen Schutzanzügen und eingegraben in Bunkern – auf dem Roten Planeten leben, gibt es nur zwei Möglichkeiten: Entweder passen sie sich an den Mars an oder umgekehrt diesen an sie.

Die erste Alternative ist schwierig und selbst mittelfristig kaum möglich. Frederik Pohl hat in *Man Plus* (1976) und *Mars Plus* (1994) immerhin einige Vorstellungen aufgezeigt: kybernetisch modifizierte Menschen, die auf dem Mars leben und über Solarzellen und von Satelliten gefunkte Mikrowellen angetrieben werden.

Mars und Erde im Vergleich

Parameter	*Erde*	*Mars*
mittlerer Sonnenabstand (Millionen Kilometer)	149,6	227,9
mittlere Umlaufzeit um die Sonne (Tage)	365,25	686,98
mittlere Bahngeschwindigkeit (Kilometer pro Sekunde)	29,80	24,14
Bahnexzentrizität	0,0167134	0,0933958
Bahnneigung gegen die Erdbahnebene (Grad, Minuten, Sekunden)	-	1.50.59,0
Äquatorneigung gegen die Bahnebene (Grad, Minuten)	23.26	23.59
Rotationsperiode (Stunden, Minuten, Sekunden)	23.56.4,009	24.37.22,66
Präzession (Jahre)	25 850	170 000
Äquatorialdurchmesser (Kilometer)	12 756,28	6794,1

Parameter	*Erde*	*Mars*
Abplattung	1/297	1/167
Masse (Kilogramm)	$5,977 \times 10^{24}$	$6,42 \times 10^{23}$
mittlere Dichte (Gramm pro Kubikzentimeter)	5,514	3,93
mittlere Oberflächenschwerkraft (Gravo) bzw. -beschleunigung (Meter pro Sekunde im Quadrat)	1 9,81	0,38 3,73
Entweichgeschwindigkeit (Kilometer pro Sekunde)	11,18	5,92
Magnetischer Moment (Gauss mal Kubikzentimeter)	$7,91 \times 10^{25}$	$< 2 \times 10^{22}$
Magnetfeldstärke an der Oberfläche (Gauss)	0,31	< 0,0003
mittlere Sonneneinstrahlung (Kilowatt pro Quadratmeter)	1,37	0,6
Albedo (Rückstrahlungsvermögen)	0,39	0,15
mittlere Oberflächentemperatur (Grad Celsius)	22	- 60
mittlerer Atmosphärendruck an der Oberfläche (Millibar)	1013	5,5
Zusammensetzung der Atmosphäre (Angaben in Prozent)	Stickstoff: 78 Sauerstoff: 21 Argon: 0,93 Kohlendioxid: 0,035	Kohlendioxid: 95 Stickstoff: 2-3 Argon: 1-2 Sauerstoff: 0,3
Monde	Luna	Phobos und Deimos

Ökopoiesis

Eine Änderung der marsianischen Verhältnisse erscheint da weniger drastisch, obwohl ein solches Unterfangen wesentlich weitreichender wäre – nämlich einen ganzen Planeten und nicht nur eine Spezies beträfe. Der Ende 1998 verstorbene Genetiker Robert H. Haynes von der York University im kanadischen Toronto hat 1990 für solche planetaren Umgestaltungen den Begriff Ökopoiesis geprägt. (Das Wort setzt sich aus dem Griechischen für »Haus« und »fabrizieren« zusammen.) »Ökopoiesis ist die Herstellung eines nachhaltigen Ökosystems auf einem bislang lebensfeindlichen, sterilen Planeten. Dabei wird eine neue Arena angelegt, in der sich die biologische Evolution letztlich unabhängig von weiteren menschlichen Bewirtschaftungen vollziehen kann.« Das kann beispielsweise eine anaerobe Biosphäre sein, also ein Lebensraum ohne freien Sauerstoff.

Ökopoiesis im engeren Sinn meint, Pionierorganismen – also vor allem Bakterien und Algen – auf einem Planeten anzusiedeln, und zwar entweder als Selbstzweck oder als Anfangsstadium eines größer angelegten Prozesses der planetaren Modifikation. Dazu ist ein Kreislauf von Wasser, Kohlenstoff, Sauerstoff, Stickstoff sowie anderer anorganischer und organischer Stoffe nötig, der sich selbst erhält und ausbreitet. Aufgrund der harschen Marsbedingungen wäre es zwecklos, den Planeten einfach mit Mikroorganismen zu bestreuen. Sie würden sofort gefriergetrocknet, chemisch abgebaut und alsbald zu Staub zermahlen.

Haynes zählte vier Schritte auf, um den Mars letztlich an die menschlichen Bedürfnisse anzupassen: Die mittlere Oberflächentemperatur muss um etwa 60 Grad erhöht werden; die Dichte und somit Masse der Atmosphäre muss sich vergrößern; flüssiges Wasser muss verfügbar sein; und die schädliche UV- und kosmische Strahlung muss reduziert werden. Das genügt aber noch nicht: Um auf dem Mars unbeschwert atmen zu können, muss auch der Gehalt von Sauerstoff und Stickstoff in dessen Atmosphäre beträchtlich zunehmen.

Terraforming

Was auf den ersten Blick unvorstellbar erscheint, ist bei genauerer Betrachtung wenigstens im Prinzip gar nicht so kompliziert: Mars würde wesentlich erdähnlicher, wenn seine Oberflächentemperatur um 60 Grad gesteigert werden könnte. Und so weit muss man es selbst gar nicht treiben, denn eine geringere Temperaturerhöhung setzt bereits Kohlendioxid frei, das als Treibhausgas Sonnenwärme hält und die Temperatur weiter anwachsen lässt. Insofern besteht eine positive Rückkopplung, die man ausnützen kann. Schon jetzt ist die Durchschnittstemperatur des Roten Planeten aufgrund eines Kohlendioxid-bedingten Treibhauseffekts 6 Grad höher als normal. Bei der Erde macht der Treibhauseffekt dagegen 33 Grad aus, was aber weniger durch Kohlendioxid als durch Wasserdampf in der Erdatmosphäre bewirkt wird.

Eine gezielte Erwärmung des Mars wäre also der erste Schritt zu seiner globalen Umwandlung. Ein solcher Prozess des Erdähnlichmachens eines Planeten – ein weitaus radikaleres Unternehmen als die Ökopoiesis – wird als Terraforming bezeichnet. Den Begriff hat der amerikanische SF-Autor Jack Williamson 1942 in einer Story namens *Collision Orbit* in dem Magazin *Astounding* geprägt. Terraforming ist das Verfahren, lebensfeindliche Welten für Menschen bewohnbar zu machen, also insbesondere eine Lufthülle mit den entsprechenden Temperatur-, Druck- und Sauerstoff-Verhältnissen sowie Wasser und pflanzliches Leben zu garantieren. Williamson dachte dabei weniger an die Umwandlung von Planeten als an die Möglichkeit, Planetoiden mit einer Atmosphäre zu versehen.

Der Astrophysiker Fritz Zwicky vom California Institute of Technology schlug 1948 vor, den Mars näher an die Sonne zu rücken, damit er mehr Wärme empfängt. Das würde wiederum die Ansiedlung von Leben und die Umgestaltung seiner Atmosphäre erleichtern. Eine andere Methode schilderte Arthur C. Clarke in seinem 1952 erschienenen SF-Roman *Projekt Morgenröte (The Sands of Mars)*: Hier wird der Marsmond Phobos durch eine langsame Kettenreaktion in eine wärmende Miniatursonne verwandelt. Dadurch verdampft das Eis an den Polen und die Marsatmosphäre verdichtet sich.

Der 1996 verstorbene Astronom Carl Sagan von der Cornell University in Ithaka, auch als SF-Autor erfolgreich (*Contact*, 1985), veröffentlichte 1961 die erste wissenschaftliche Detailstudie zum Terraforming. Er dachte darüber nach, die Venus urbar zu machen – mit Hilfe von in die Atmosphäre eingebrachter Algen, die das Kohlendioxid veratmen und damit den Treibhauseffekt verringern sollten. Das wäre freilich, wie später die Daten von Raumsonden zeigten, ein illusorisches Unternehmen, denn auf der Venusoberfläche herrscht ein Druck von 90 Bar. 1971 wandte sich Sagan dem Mars zu. Dort, so seine Überlegung, könnten angenehmere Temperaturen erzeugt werden, wenn es gelänge, die stark reflektierenden Eiskappen zu verdunkeln und somit die Wärmeabsorption zu verbessern. Sagan hatte hierzu zwei Ideen: die Abdeckung der Kappen mit schwarzem Staub, der sich durch die Pulverisierung eines Planetoiden gewinnen ließe; oder die Ansiedlung dunkler Algen auf dem polaren Eis. Diese Pionierorganismen könnten zudem Sauerstoff erzeugen. Freilich sind bis heute keine Lebensformen bekannt, die den harten Marsbedingungen gewachsen wären – aber vielleicht lassen sie sich ja gentechnisch heranzüchten.

Das Hauptproblem ist freilich der geringe Druck der Marsatmosphäre. Deshalb können weder Wärme noch Feuchtigkeit gespeichert werden – eine wesentliche Voraussetzung für höheres Leben wie auf der Erde. Um einen Marsatmosphärendruck von einem Bar zu erzeugen, wären vier Billiarden Tonnen Gas nötig. Das kann von der Erde nicht zum Roten Planeten geschifft werden – wie sich sofort einsehen lässt, wenn man bedenkt, dass ein Space Shuttle gerade mal 20 bis 25 Tonnen Nutzlast in niedrige Erdumlaufbahnen zu transportieren vermag. Und die Umlenkung von einer Million Kometen mit einem Kilometer Durchmesser als Gaslieferanten zum Mars ist ebenfalls unrealistisch.

Also bleibt nur die Möglichkeit, Mars' allgemeine Umweltbedingungen zu ändern. Wenn sich nämlich das Wasser- und Kohlendioxid-Eis (sowie das in Calcium-, Eisen- und Magnesiumcarbonaten gebundene Kohlendioxid) verdampfen ließe, würde sich der atmosphärische Treibhauseffekt erhöhen und das Marsklima verbessern. Dazu gibt es mehrere – wenn auch heute noch utopisch anmutende – Methoden, die insbesondere Christopher McKay vom Ames Research Center der NASA im kalifornischen Moffett Field und Robert Zubrin ausgearbeitet haben.

Sonnenspiegel und Bomben aus dem All

Eine Möglichkeit ist, mit Hilfe eines gigantischen orbitalen Spiegels den Süden der Marsoberfläche zu erwärmen, um Kohlendioxid freizusetzen. Würde ein Spiegel mit 125 Kilometer Durchmesser in einem stabilen Orbit 214000 Kilometer über dem Roten Planeten stationiert – auf seiner sonnenabgewandten Seite, wo sich Schwerkraft und Lichtdruck gerade ausgleichen –, könnte er genug Sonnenlicht reflektieren, um die Regionen südlich des 70. Breitengrads um fünf Grad zu erwärmen. Der Spiegel aus Aluminium und Kunststoff würde freilich rund 200000 Tonnen wiegen.

Eine andere Möglichkeit ist, Treibhausgase von außen zuzuführen. Ein Transport von der Erde ist aufgrund der gigantischen Kosten illusorisch. Aber künftige Terraformer könnten sich im äußeren Sonnensystem bedienen. Dort schwirren zahlreiche inaktive Kometen herum, die große Mengen an Eis – darunter auch Ammoniak – besitzen. Sie könnten – so ein Vorschlag von Carl Sagan und James Pollack – zum Mars umgelenkt werden, um dort ihre Treibhausgase abzuliefern. Bei einem Sonnenabstand von 3,75 Milliarden Kilometer – dem 25fachen der Erde – müsste die Geschwindigkeit eines zehn Milliarden Tonnen schweren Kometen um nur etwa 0,3 Kilometer pro Sekunde geändert werden, um ihn auf Kollisionskurs zu bringen. Das könnte mit großen Nuklearantrieben geschehen. Bei einer Leistung von 20000 Megawatt würden sie einen Teil des Kometen-Eises auf 2200 Grad erhitzen. Es verdampft mit vier Kilometer pro Sekunde und erzeugt einen Rückstoßeffekt. Nach zehn Jahren, während dessen knapp zehn Prozent des Eises verdampft wären, und nach weiteren zwanzig Jahren im antriebslosen freien Fall würde der Komet auf dem Mars einschlagen. Die dabei entfesselte Energie wäre gewaltig – sie entspricht rund 70000 Atombomben mit der Sprengkraft von einer Megatonne TNT. 50 solcher Einschläge würden aufgrund des eingebrachten Ammoniaks den Stickstoffgehalt in der Marsatmosphäre verdoppeln – oder noch mehr, wenn stickstoff- und sauerstoffreiche Gesteinsschichten getroffen würden. Die Folge wäre eine Erwärmung der Atmosphäre um mindestens drei Grad und ein besserer UV-Schutz. Außerdem würde Eis schmelzen – genug, um ein Viertel des Planeten einen Meter unter Wasser zu setzen. Allerdings wird das Ammoniak im Sonnenlicht allmählich zerstört, sodass eine ständige Atmosphären-Pflege – und das heißt neue Kometeneinschläge – nötig wären. Ein solches Unterfangen ist allenfalls in den Anfangsstadien des Terraformings sinnvoll, denn jeder Einschlag bringt menschliche Siedlungen in große Gefahr. Schon ein Impakt in 1000 Kilometer Entfernung würde von den hoffnungsvollen Neumarsianern nicht viel übrig lassen …

In diesem Zusammenhang darf übrigens eine mittelfristige Gefahr nicht übersehen werden: Die Bahnen der Marsmonde Phobos und Deimos sind instabil. Unter den heutigen Bedingungen werden die kartoffelförmigen Brocken erst in einer halben bis einer Milliarde Jahren abstürzen. Doch wenn sich die Marsatmosphäre ausdehnt und die Monde abbremst, geschieht dies viel früher. Zumindest Phobos könnte noch zu Lebzeiten der Marskolonien vom Himmel fallen. Er würde einen 200 Kilometer großen Krater schlagen. Um dies zu verhindern, müssten die Monde entweder noch vor der Besiedlung zum Absturz gebracht oder mit Raketenantrieben versehen und in sichere Entfernungen gehoben oder – vielleicht am lukrativsten – nach und nach ausgeschlachtet und abgebaut werden, was immerhin Rohstoffe einbrächte.

Treibhausgase für den Mars

Einen weiteren Terraforming-Vorschlag hat der englische Atmosphärenchemiker James Lovelock mit Michael Allbany 1984 in dem Roman *Operation Marsblüte* geschildert. Die Autoren stellen sich vor, wie große Mengen von Fluor-Chlor-Kohlenwasserstoffe (FCKW) mit tausenden nicht mehr benötigten Interkontinentalraketen zum Mars geschossen werden. Die FCKW sind nicht nur Ozonkiller – kein Problem für den Mars, in dessen Atmosphäre es ja sowieso keine vor der UV-Strahlung schützende Ozonschicht gibt –, sondern auch effektive Treibhausgase. Sie könnten also eine Erwärmung der marsianischen Lufthülle bewirken. Und wenn Carl Sagans dunkle Algen an den Polen für zusätzliche Temperaturerhöhungen sorgen, könnten Lovelock und Allbany zufolge zwei Dekaden später bereits die ersten Mars-Menschen auf unserer Nachbarwelt siedeln, wenn auch nur mit Druckanzügen. Dort würden sie alsbald landwirtschaftlich tätig – mit Hilfe von wärmendem Sonnenlicht für die Felder, das von riesigen Spiegeln in Marsumlaufbahnen gezielt auf die Felder gelenkt würde. Diese Spiegel müssten nicht eigens gebaut werden, sondern wären die Sonnensegel, mit denen die Kolonisten von der Erde kämen. (Mit solchen Segeln kann man den Strahlungsdruck der Sonne ausnützen und sich ähnlich wie mit Hilfe des Windes fortbewegen.)

Alternativ könnten die ersten Siedler die FCKW auch erst vor Ort erzeugen, wie Christopher McKay vom Ames Research Center der NASA erwog (besonders in Frage kommen CF_3BR, C_2F_6, CF_3Cl und CF_2Cl_2). Doch das setzt einen riesigen Industriekomplex mit hunderten von Menschen und einer Investition von mehreren 100 Milliarden Dollar voraus – falls künftige Planeten-Ingenieure nicht noch bessere Ideen haben.

Schon bei einem Anteil von nur 1 zu einer Milliarde könnten die FCKW die Temperatur um 0,1 Grad erhöhen. Ihre Halbwertszeiten, bedingt durch die zerstörerische Wirkung der UV-Strahlung, sind mit 100 bis 500 Jahren relativ hoch (es gibt freilich auch pessimistischere Schätzungen). Um die Temperatur auf dem Mars innerhalb von zwanzig Jahren um fünf Grad zu erhöhen, müssten freilich ununterbrochen 263 Tonnen FCKW-Gase hergestellt werden – pro Stunde. Das würde den FCKW-Druck um 0,012 Mikrobar erhöhen. Dafür wäre ein 1300-Megawatt-Kraftwerk nötig – vergleichbar einem durchschnittlichen Atomkraftwerk, das eine mittlere Stadt mit Energie versorgen kann. Wollte man 0,8 Mikrobar FCKW für eine Temperaturzunahme um 40 Grad, wäre gar eine FCKW-Produktion von über 17500 Tonnen pro Stunde nötig und ein Energiebedarf von fast 88000 Megawatt.

Eine schützende Ozon-Sonnenbrille wäre auf diese Weise freilich nicht über der Marsoberfläche installierbar. Doch als Schutzschild könnte man Mars- oder Planetoidenstaub in der Hochatmosphäre verstreuen, der einen Teil der UV-Strahlung absorbieren würde, beziehungsweise Staubstürme erzeugen. Auch eine Photodissoziation von Kohlendioxid ist hilfreich, weil durch das Sonnenlicht dabei neben Kohlenmonoxid auch Ozon entsteht.

Die Begrünung des Roten Planeten

Die drei Strategien – Weltraumspiegel, Meteoritenablenkung und FCKW-Produktion – müssen sich nicht ausschließen, sondern können sich vielmehr wechselseitig ergänzen. »Nach 600 Jahren hätten wir wieder einen wasserreichen Mars«, ist Christopher McKay zuversichtlich.

Vielleicht finden Wissenschaftler auch noch andere Lösungen, die bislang übersehen wurden oder utopisch erscheinen. So könnten mit Hilfe der Nanotechnologie Karbonatlager abgebaut werden: Myriaden von winzigen, sich ständig selbst vermehrende molekulare Roboter würden so große Mengen an Kohlendioxid freisetzen. Doch selbst wenn eine solche Nanotechnologie funktionieren würde, stehen die Chancen doch schlecht, dass sie das auch unter den heutigen Marsbedingungen tut.

Es ist sinnvoll, sich die Energiebilanz des Terraformings anzuschauen: Mit einer Million Joule pro Quadratzentimeter könnten 2 Bar Kohlendioxid ausgegast, der Marsboden zehn Meter tief erwärmt und eine zehn Meter tiefe Wasserschicht geschmolzen werden. Diese Energie empfängt der Planet binnen zehn Jahren. Bei einer Nutzung von zehn Prozent der Sonnenenergie würde das Vorhaben also hundert Jahre dauern. Einige Jahrhunderte, und Menschen bräuchten dort keine Druckanzüge mehr, nur noch Atemgeräte. Auch könnten kuppelartige Zeltstädte entstehen, in denen eine atembare Atmosphäre erhalten bliebe.

Bei günstigeren Bedingungen ist dann auch an das Aussetzen von Mikroorganismen für die Erzeugung von Treibhausgasen zu denken. Dazu gehören etwa bestimmte Formen ozeanischen Planktons, das Methylchlorid produziert, oder auch Bakterien, die Stickstoff und Wasser zu Ammoniak oder Methan metabolisieren. Später ist dann an kälteresistente Flechten zu denken sowie an Bakterien, die Kohlendioxid aus Karbonaten und Stickstoff aus Nitraten freisetzen. Neben der Treibhausgasproduktion haben die Organismen noch weitere Bedeutungen: Klimaregulation, Änderung des Albedo, Aufbau biogeochemischer und hydrologischer Zyklen, Bodenveränderung, Sauerstofferzeugung und schließlich auch organische Rohstoffbildung für die Kolonisten.

Zunächst müssen die Organismen photoautotroph sein, das heißt sich vor allem von Sonnenlicht ernähren. Denn organische Nährstoffe stehen anfangs nicht zur Verfügung. Mit Hilfe von genetischer Manipulation und harten Vorselektionen im Labor (also letztlich einer Art von Züchtung) werden Mikrobiologen versuchen, geeignete Lebensformen auszuwählen und an die Marsbedingungen anzupassen.

Eine Sauerstoff-Produktion von Pflanzen und Bakterien wie auf der Erde dauert sehr lange. Und sie ist an viele Voraussetzungen geknüpft. Dazu gehört genügend Stickstoff für das Pflanzenwachstum. Außerdem ist ausreichend Wasser für einen Ozean erforderlich, der als Kohlenstoffsenke gebraucht wird. Ohne ihn würde der von der Photosynthese erzeugte Sauerstoff immer wieder durch Verwesung verzehrt werden. Ein anderes Problem ist die Bildung von Karbonatfelsen, was Kohlendioxid aus der Atmosphäre entfernt. Ohne ein Recycling der Karbonate wäre das Kohlendioxid schon nach wenigen Millionen Jahren wieder verschwunden

Noch größere Schwierigkeiten bereitet die Tatsache, dass selbst bei steigenden Temperaturen der Marsboden noch immer gefroren bliebe. Wenn man nicht Myriaden von Jahren zu warten bereit wäre, müsste er mit tausenden von Atombomben aufgeknackt werden. Oder man beginnt gleich, mit Wasserstoffbomben den Boden umzugraben, um Wasserdampf freizusetzen und die Atmosphäre zu erwärmen. Aber solche brachialen Methoden sind nicht gerade hoffnungsvolle Insignien eines planetaren Neubeginns.

Unklar ist zudem, ob das als Eis vorhandene Kohlendioxid für eine Operation Marsblüte ausreicht. Doch es ist auch möglich, das im Gestein gebundene Kohlendioxid freizusetzen. Martyn Fogg, Redakteur beim *Journal of the British Interplanetary Society*, überlegte deshalb ebenfalls, Teile der Marsoberfläche mit thermonuklearen Explosionen zu überziehen und förmlich aufzusprengen. Doch selbst eine dichte Kohlendioxid-Atmosphäre und die damit verbundene Erwärmung würde den Mars noch lange nicht in einen Garten Eden verwandeln. Um sich dort unbeschwert – und zwar nicht nur aufgrund der geringeren Gravitation – bewegen zu können, müsste genug Sauerstoff in der Atmosphäre sein. Deren Produktion durch chemische Anlagen und pflanzliche Photosynthese ist aber aufwendig und langwierig. »Ein solches Vorhaben kann nicht in Gang gesetzt und dann sich selbst überlassen werden. Es erfordert vielmehr eine ständige Steuerung durch eine technisch hochentwickelte Zivilisation«, sagt Fogg.

Fazit: Die Begrünung des Roten Planeten ist ein gewaltiges Generationenprojekt, das einen immensen Aufwand und viel Geduld erfordert. Nach einigen hundert Jahren würde, wenn alles gelingt, die Luft feuchter und dichter werden. Doch Meere und ein signifikanter Pflanzenbewuchs wären wohl erst in 10000 Jahren möglich. Und bis der Mars eine zweite Erde wäre (mit einer Sauerstoff-Atmosphäre, deren Ausbildung auf der Erde zwei Milliarden Jahre dauerte), müssten bis zu 100000 Jahre vergehen.

Ethische Fragen

All diese Terraforming-Überlegungen, auch wenn sie im Prinzip realisierbar scheinen, werfen viele Fragen auf – und nicht nur nach der technischen, logistischen und finanziellen Umsetzung, obwohl schon diese weit jenseits unserer gegenwärtigen Möglichkeiten liegen. Sicherlich ist es noch viel zu früh, ernsthafte Pläne zu schmieden.

»Wir wissen zu wenig über den Mars und nicht genug über die Erde«, bringt es Martyn Fogg auf den Punkt. Die

Gefahr, den Mars völlig zu ruinieren, ist nicht von der Hand zu weisen. Und dass sich der Mensch, der gerade dabei ist, seinen eigenen Planeten zuschanden zu richten, in seiner Imagination anschickt, auch auf einer anderen Welt Gott zu spielen, mag vielen als Hybris oder Größenwahn erscheinen.

Haben wir überhaupt das Recht, einen anderen Planeten zu verändern oder gar ganz dem Diktat unserer eigenen Bedürfnisse zu unterwerfen? Was ist, wenn der Mars noch heute Leben trägt, dessen Existenz durchs Terraforming höchstwahrscheinlich ausgerottet würde? »Die Veränderung der Marsatmosphäre sollte erst anvisiert werden, wenn wir genau erforscht haben, was es dort gibt«, warnt denn auch Mark Sims vom Weltraumforschungszentrum der Leicester University. »Wir müssen sicherstellen, dass wir nicht Ökosysteme zerstören, wie wir es auf der Erde taten, denn es gibt eine geringe Chance, dass auf dem Mars Leben existiert.«

Diese und andere ethische, philosophische und auch rechtlich-politische Fragen sind wichtig. Aber bevor sie akut werden, müssten erst einmal Menschen auf dem Mars siedeln und forschen. Bis dahin sind die Terraforming-Überlegungen rein akademisch. Doch auch das hat seinen Wert. Denn immerhin zeigten sie bereits, wie schwierig und aufwendig es ist, eine andere Welt umzugestalten. Das mag im Umkehrschluss dazu beitragen, unseren eigenen Planeten mit seinen Lebensbedingungen höher zu schätzen und alles zu tun, um ihn zu bewahren.

Grüner, Blauer und Weißer Mars

Wann der erste Mensch den Roten Planeten betreten wird, steht buchstäblich noch in den Sternen. Zehn bis zwanzig Jahre würde es bestimmt dauern, wenn jetzt der Beschluss gefasst würde. Selbst eine automatische Rückholmission von Marsgestein ist gegenwärtig nicht vor 2015 geplant. Insofern bleibt noch viel Zeit und Notwendigkeit für die Phantasie.

Wie die Marsexploration ablaufen könnte, ist im Verbund mit den wissenschaftlichen Studien auch ein florierendes

Thema der Science Fiction geworden. Ben Bova beispielsweise schildert in *Mars* (1992) und *Rückkehr zum Mars* (*Return to Mars,* 1999) ausführlich den ersten bemannten Marsflug und die Entdeckung von Leben auf unserem Nachbarn. Der amerikanische Physik-Professor Gregory Benford hat *Das Rennen zum Mars* (*The Martian Race,* 1999) demselben Thema gewidmet. Greg Bear beschrieb in *Heimat Mars* (*Moving Mars,* 1993) einen bereits terrageformten Roten Planeten, der in Konflikt mit der Erde gerät. Das ist ein gutes Beispiel für die psychischen und sozialen Aspekte, die eine Marsbesiedlung unweigerlich mit sich brächte, und die erstmals besonders einfühlsam und melancholisch schon in Ray Bradburys legendären *Mars-Chroniken* (*The Martian Chronicles,* 1950) dargestellt wurden. Nicht nur in dieser Hinsicht besonders ambitioniert ausgefallen ist auch die *Mars*-Trilogie von Kim Stanley Robinson. In *Roter Mars* (*Red Mars,* 1992) malt er das Abenteuer der Kolonialisierung unseres Nachbarplaneten in all seinen Facetten aus: Wissenschaft, Gesellschaft, Landschaft, individuelle und politische Auseinandersetzungen. Die beiden Bände *Grüner Mars* (*Green Mars,* 1994) und *Blauer Mars* (*Blue Mars,* 1996) setzen dann die Geschichte fort bis zu einer Zeit des Mars-Terraformings. Brian Aldiss hat mit dem britischen Mathematiker und Physiker Roger Penrose den Roman *Weißer Mars* (*White Mars,* 1999) dagegen gesetzt. Hier wird das Terraforming von den Vereinigten Nationen gebannt, um Mars ganz der Wissenschaft zu überlassen. Als der Kontakt zur Erde abreißt, versuchen die Forscher eine utopische Gesellschaft auf dem Mars zu errichten.

Die nächste Kulturstufe

Eine bemannte Marslandung wäre eine neue Etappe in der Menschheitsgeschichte und von gar nicht hoch genug einzuschätzendem kulturellem, wissenschaftlichem und technologischem Wert. Ein solches Ziel stellt enorme Anforderungen, doch es gibt keine begründeten Zweifel, dass diese nicht im

Prinzip zu erfüllen wären. Vor einem Jahrhundert ist noch niemand mit einem Flugzeug geflogen, inzwischen sind es jährlich über 500 Millionen. Auch starten heute jedes Jahr mehr Menschen ins All als während der ganzen sechziger Jahre zusammengenommen, dem vermeintlichen Höhepunkt des Weltraumzeitalters.

»Der erste bemannte Marsflug wird wohl eine internationale Mission sein, die Kosten sind einfach zu hoch«, sagt Mark Sims. Aber er glaubt nicht, dass Finanznot das Unternehmen letztlich unmöglich macht. »Der Forschungsdrang ist dem Menschen eigen. Und unser langfristiges Überleben hängt davon ab, eines Tages die Erde verlassen zu können.« Denn selbst wenn wir mit der Erde künftig schonender umgehen als zur Zeit, lassen sich Meteoriteneinschläge und vor allem das Ende der Sonne letztlich nicht aufhalten. Doch bis dahin ist noch Zeit. Das rasante Bevölkerungswachstum ist ein viel größeres Problem. Ob eine Kolonisierung des Alls hier ein ausreichendes Ventil schaffen kann, ist freilich auch zweifelhaft. So wird der eigentliche Motor doch die Suche nach Profit, der Expansionsdrang des Lebens und die menschliche Neugier sein. Beispielsweise wird die Frage, ob unser Nachbarplanet einst primitives Leben trug und vielleicht noch immer beherbergt, wohl nur durch Menschen vor Ort entschieden werden können. Denn robotische Explorationen sind nur sehr begrenzt möglich, und eine Fernsteuerung ist aufgrund der langen Signallaufzeiten viel zu langsam.

Ein ständiger Außenposten auf dem Mars ist sicherlich nicht nur wegen Wissenschaft, Hightech-Arbeitsplätzen und Rohstoffen wichtig. Entdeckung ist für viele Menschen der Sinn des Lebens. Da führt am Mars einfach kein Weg vorbei. »Die menschliche Zivilisation basierte schon immer darauf, das Unbekannte zu erforschen und neue Landstriche in Besitz zu nehmen«, meint Jan Osburg. »Das hat langfristig positive Auswirkungen, wie etwa die Besiedlung Amerikas zeigt. Selbstverständlich braucht es mehr als Pferde und Colts, um sich auf dem Mars zu behaupten. Aber genauso wie Leute in der Wüste Urlaub machen oder sich in Polargebieten eine Heimstatt suchen, wird es irgendwann auch möglich sein, auf dem Mars zu leben. Und letztlich kam es der Menschheit immer zugute, wenn es eine Grenze gab, an der sie sich messen konnte – wohin die Kreativen, Unzufriedenen, Rastlosen gingen und sich eigene Regeln suchten.« Dies beeinflusst auch die Daheimgebliebenen. Osburg: »Zivilisationen haben ein Auf und Ab. Das Ab fängt da an, wo die Maximalausdehnung erreicht ist, wenn sich alles verfestigt, wenn sich die Kreativität in der Bürokratie ausdrückt und nicht mehr im schöpferischen Prozess. Da ist eine physische Grenze wichtig, die man hinausschieben kann.«

Nicht nur für die Enthusiasten der Mars Society lockt der Rote Planet. Raumfahrt ist ein integraler Bestandteil einer technologisch orientierten, expandierenden Kultur und hebt den Menschen ein wenig über den Erdenstaub hinaus. Jesco von Puttkamer sieht im bemannten Raumflug vor allem einen »kulturellen Wachstumsprozess«, der kurzfristig als »techno-utilitärer Vorreiter von großem Wissens- und Wirtschaftspotenzial« wirke und auf längere Sicht »durch seine Abenteuer- und Explorationsethik neue Wachstumsanstöße« liefere und einen »Begriffs- und Bewusstseinswandel« auslöse, »dessen humanistische Potentiale allein schon den menschlichen Schritt ins All sinnvoll machen: dadurch, dass er der Frage nach dem Warum allen Seins und unserer Existenz neue Dimensionen und tiefere Bedeutung verleihen kann.« Das sind hehre Worte und womöglich unrealistische Übertreibungen. Aber einen »weltverändernden kulturellen Prozess« wie die Seereisen von Christof Kolumbus könnten bemannte Marsmissionen durchaus bewirken, wenn sie nicht wie die Mondlandungen im finanziellen und ideellen Trübsinn stecken bleiben.

Dass sich Raumfahrt auch gesamtgesellschaftlich lohnen kann, bestreiten nur engstirnige planetarische Kleingärtner. So sind beispielsweise weit über 30 000 Erzeugnisse als Spin-off-Beiprodukte der Raumfahrt in die Volkswirtschaften geflossen – und das, obwohl die Apollo-Projekte primär politisch motiviert waren. Bessere Solarzellen, Verbundwerkstoffe und mikroelektronische Komponenten in Medizintechnik und Biomechanik sind zu nennen sowie zahlreiche Entwicklungen von der computergestützten Angiographie und Laser-Angioplastie bis zu digitalen Körperabbildungstechniken wie Röntgentomographie, diagnostische Radiographie, Sonar-Echo-Methoden und Kernspintomographie. Auf seinem Höhepunkt beschäftigte das Apollo-Projekt über 400 000 Personen in der NASA und in mehr als 20 000 Betrieben. Marsflüge und -kolonien werden Potenziale von noch ganz anderen Größenordnungen aktivieren können – gerade auch in technologischer Sicht, etwa bei Recycling-Verfahren und der Entwicklung von Fusionsreaktoren, die die drohende Energiekrise für lange Zeit aufhalten können.

Doch kulturelle, technologische und wirtschaftliche Überlegungen sind nicht alles. Wenn die Erde nicht langfristig zur Todesfalle des Homo sapiens werden soll, gibt es nur die Möglichkeit eines Überlebens der Menschheit im Kosmos. Marsflüge sind das Sprungbrett zu den Sternen, und Marskolonien würden die Chancen für den Fortbestand der Menschheit schon deshalb erhöhen, weil unsere Spezies dann auf zwei Planeten verteilt wäre. Die Erde ist die Wiege der Menschheit, aber man kann nicht immer in der Wiege bleiben.

Vielleicht wird es schon in wenigen Jahrzehnten permanente Marsbasen geben, und für die Kolonisten dort ist unser Planet dann nicht mehr Heimat und alltägliche Selbstverständlichkeit. Allmählich wird die Erde für die Mars-Menschen zu einem fernen Ort werden, den man nur vom Fernsehen und Internet und aus Zoos und Museen kennt sowie manchmal von Geschäfts- oder Urlaubsreisen. Worüber werden dann wohl die künftigen Science-Fiction-Autoren in der Marskolonie schreiben, wenn ihnen der Rote Planet für ihre Träume keinen Stoff mehr gibt? Als Kim Stanley Robinson dies gefragt wurde, antwortete er ohne langes Nachdenken: »Über die Erde natürlich!«

Rüdiger Vaas ist Wissenschaftsjournalist und Astronomie-Redakteur bei der Monatszeitschrift »bild der wissenschaft«. Seit 1988 schreibt er regelmäßig für PERRY RHODAN-Report und -Journal. Außerdem hat er Science-Fiction-Erzählungen und mehrere Bücher über Naturwissenschaft und Philosophie veröffentlicht.

Weiterführende Literatur:

Ewers, H. G.: Guten Morgen Mars. Sol 31 (2003), 57–63.
Mackowiak, B.: Energie vom Mars? Stuttgart 1996.
Puttkamer, J. v.: Jahrtausendprojekt Mars. München 1997.
Smith, A. E.: Mars – The Next Step. Bristol, New York 1989.
Vaas, R.: Mars-Gestade. bild der wissenschaft 2 (2001), 56–59.
Vaas, R.: Mars. bild der wissenschaft 6 (2003), 44–61.
Zubrin, R./Wagner, R.: Unternehmen Mars. München 1997.

Ausgewählte Infos im Internet:

Einführung zum Mars:
http://www.wappswelt.de/tnp/nineplanets/mars.html

Aktuelle unbemannte Sonden:
http://mars.jpl.nasa.gov/missions/index.html

Die bemannte Mars-Referenz-Mission der NASA:
http://spaceflight.nasa.gov/mars/reference/hem/hem1.html

Die Mars-Society:
http://www.marssociety.org/
http://www.marssociety.de

Terraforming:
http://www.users.globalnet.co.uk/~mfogg/
http://www.astrobiology.com/terraforming.html
http://www.martianuscapella.com/articles/spacestudies/Mars/bottom.html
http://www.astroexpo.com/reference/techpapersdetail.asp?id=153
http://www.astrobio.de/terraforming.html
http://sci.esa.int/home/marsexpress/index.cfm
http://www.isas.ac.jp/e/enterp/missions/nozomi/cont.html

Vernor Vinge

Eine Tiefe am Himmel

Tausende von Jahren in der Zukunft: Das bedeutendste Ereignis in der Geschichte der menschlichen Zivilisation steht kurz bevor ...

Ausgezeichnet als bester Roman des Jahres – das einzigartige Meisterwerk eines der größten Science-Fiction-Autoren unserer Zeit!

»Ein grandioses Buch. Mit diesem Roman schuf Vernor Vinge, was der Wüstenplanet für seine Zeit war: Das große galaktische Epos des beginnenden 21. Jahrhunderts.«

Analog

06/8314

HEYNE

John Clute

Sternentanz

Die ultimative Space Opera unserer Zeit – eine mit Action und Phantasie vollgepackte Reise durch die Tiefen des Alls.

Ein Genuss für alle Leser von Peter F. Hamilton, Dan Simmons und Jeffrey A. Carver!

»Sternentanz ist nicht nur ein Roman – es ist ein Triumph!« ***Stephen Baxter***

06/6448

HEYNE

Stephen Baxter
Das Multiversum

»Stephen Baxters Werk zählt zum Besten, was die SF je hervorgebracht hat! Er ist der legitime Erbe von Isaac Asimov und Robert A. Heinlein.« **The Guardian**

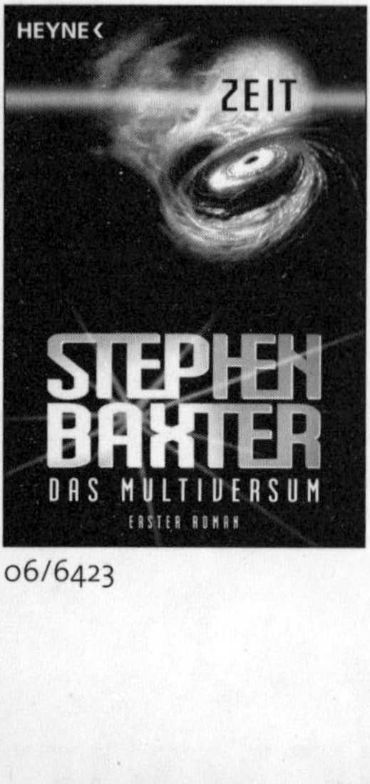

06/6423

06/6424

HEYNE